SCENARIO

MAGABOOK

시나리오 #6

2017년 가을

| Hot 스타 |

| 한국 영화 시나리오 걸작선 | 〈5〉

| 특집 |

| 시나리오로 보는 영화 | 〈5〉

contents

| Hot 스타 |

배우가 사랑한 시나리오

| 마동석 |

"오늘 밤, 다 쓸어버린다!"

2004년 서울…하얼빈에서 넘어와 단숨에 기존 조직들을 장악하고 강력한 세력인 춘식이파 보스 '황 사장(조재윤 분)'까지 위협하며 일대의 최강자로 급부상한 신흥 범죄 조직의 악랄한 보스 '장첸(윤계상 분)'.

뒤흔든 '장첸' 일당을 잡기 위해 주먹 한 방으로 도시의 평화를 유지해온 괴물 형사 '마석도(마동석 분)'와 든든한 리더 '전일만(최귀화 분)' 반장이 이끄는 강력반은 나쁜 놈들을 한 방에 쓸어버릴 끝.짱.나.는. 작전을 세우는데….

통쾌하고! 화끈하고! 살벌하게!
나쁜 놈들 때려잡는 강력반 형사들의 '조폭소탕작전'이 시작된다!

〈범죄도시〉는 실제 사건에서 모티프를 얻어 기획 단계부터 참여하게 된 영화입니다.
부족한 제가 그 과정에 살짝 참여하게 된 씨앗이었다면 그 씨앗에 싹을 틔우고, 열매를 맺게 해주신 글을 쓰신 감독님을 비롯해 모든 스태프에게도 이 지면을 통해서 깊은 감사의 말씀을 드립니다.

이 작품은 실화를 바탕으로 하다 보니 대사나 액션 부분에서 영상미나 화려함보다는 리얼리티에 초점을 맞추자고 생각했습니다. 시나리오 집필 과정에도 가끔 참여해 감독님께 말씀드린 부분도 리얼함이었습니다. 그래서 발로 뛰는 취재를 통해 실제 형사분들과 조선족분들을 만나고 그들의 말투, 행동, 몸짓 하나하나를 밀도 있게 그려내기 위해 노력했다고 생각합니다.
시나리오가 만들어지는 과정을 보면서 저 또한 많은 공부를 하게 된 시간이었습니다.

〈범죄도시〉는 어려운 역경을 거쳐 우리 민족의 큰 명절인 추석 시즌에 개봉했습니다.

이 작품이 다른 대작들과 맞붙어서 선전할 것을 예견한 분들은 그리 만치 않았을 것입니다. 하지만 너무나 감사하게도 많은 관객의 사랑을 받았습니다.

이 영화에서 담고자 했던 재미와 의미를 함께 느끼고 공유해주신 관객 한 분 한 분에게 진심으로 감사를 드립니다.

마지막으로, 좋은 시나리오를 만들기 위해 노력하는 작가님들!

마동석이 응원합니다. 파이팅입니다!!!

| 마동석 |

DRAMA

2016년 OCN 38사기동대
2014년 OCN 나쁜 녀석들
2012년 TVN 닥치고 꽃미남 밴드
2011년 MBC 나도 꽃
2010년 SBS 강적들
2008년 SBS 타짜
2007년 SBS 불한당
MBC 히트

CF

2017년 미닛메이드
2016년 에뛰드하우스, 배달통, 마약공익광고, 유한크로락스, 오레오 동서식품, 오뚜기 죽, 백전백승
2015년 핫초코 미떼, 덩허접, 배달통

MOVIE

2017년 곰탱기, 신과함께, 부라더, 범죄도시, 원터풀 라이프
2016년 두 남자, 굿바이 싱글, 부산행
2015년 함정
2014년 악의 연대기, 상의원, 일대일, 군도
2013년 결혼전야, 더 파이브, 살인자, 롤러코스터, 배우는 배우다, 감기

이미지로 남은 고향

| 허성수 |

고향이 성기게 자란 들풀이라면 나는 언제나 그 위를 스치고 지나가는 바람이었다.

기억을 상실한 바람처럼 잠시 머물다 문득 기억 찾아 제 갈 길 떠나는 여행자였고 이방인이었다. 언제나 떠돌기만 하는– 사랑을 잃어버린 도시에 부는 삭막한 바람처럼.

이미지로 남은 고향

참 오래도록 까맣게 잊고 살았다. 아니 잊고 싶었다.

그럼에도 고향은 어릴 적 내 모습과 함께 수많은 이미지로 머릿속에 켜켜이 쌓인 채 남아 있다. 아니 내 몸속 깊이 채색되고 체화된 그리움의 언어와 아픔으로….

그 이미지의 조각들을 먼저 살펴보자

– 여름밤, 멍석 위로 쏟아지던 수없이 많은 별들의 무리.
– 짙푸른 밤하늘을 띠처럼 가로지르던 미리내!
– 어둠 속에 빛나던 반딧불이의 향연
– 용케도 모깃불 연기를 피해 내 살에 침을 꽂아 피를 빨던 모기 떼들

– 철없는 막내아들의 더위를 식혀주기 위해 당신의 더위는 잊은 채, 끝없이 부채질을 해주시던 어머니! 그리고 구수하면서도 향기로웠던 어머니만의 체취!(나이 먹은 지금도 그 체취가 문득 코끝을 스칠 때면 아련하게 가슴 한구석이 저려온다)

– 긴 담뱃대에 쌈지담배 꾹꾹 눌러 피우시던 아버지의 매캐하면서도 고소하던 담배 연기 냄새!

– 어머니 아버지가 들려주시던 호랑이 담배 피우던 시절의 옛날 옛적 이야기!

어찌 이뿐이랴!

– 바람 따라 달리 들리던 집 뒤를 에워싸고 있던 울창한 대숲의 속삭임,

– 작은 밭뙈기 하나 건너에 있는 뫼 등걸(얕은 산)의 아름드리 소나무들!

바람이 심하게 부는 날이면 대나무들은 자지러지는 소리를 냈고 뫼 등걸의 아름드리 소나무들도 악마의 울부짖음 같은 울음을 토해내곤 했다.

"어후 휘이잉~ 어후 휘이~잉~~!"

그 소리는 마치 클라이맥스를 달리는 비장한 오케스트라의 연주 같기도 하고 한 많은 원귀의 울음소리 같기도 했다.

그뿐이 아니다!

- 햇빛에 보석처럼 부셔져 빛나던 아랫마을 앞을 흐르던 앞 강물의 잔물결들.
- 석양이 지는 어스름 녘, 먹이 사냥을 끝내고 집 뒤의 대숲으로 날아들던 비둘기들!
- 빛의 잔상이 겨우 남아 있는 늦은 시간에 허둥지둥 날아든 지각한 새가 동료들과 자리다툼을 벌이며 질러대던 아우성 소리!
- 밤이면 마른 땅 위에 부셔져 반사되는 창호지 사이로 환하게 빛나던 달빛!
- 비석치기 땅따먹기 자치기 등으로 시간 가는 줄 몰랐던 흐르는 누런 콧물 훌쩍 들이마시던 어릴 적 동무(친구)들.

나에게 고향은 이런 것이다.

마치 10여 년 전에 한 번 읽어보고 내팽개치다시피 책꽂이에 꽂아 놓은 채 한 번도 돌아본 적 없는 명작 시집 속에 숨겨져 있는 시의 운율들처럼 내 속에 켜켜이 쌓여 있는 가슴 시린 그리움이고 아픔이다.

한편으로는 놓아버리고 싶어도 쉽게 놓아지지 않는, 언제나 나를 묶고 있는 수많은 인연과 인습과 관습의 끈들, 그 끈들은 아직도 나를 묶고 옥죄는 사슬일 때가 가끔 있다.

그렌데도 나는 글을 쓴다는 명목으로 끝내 바람이고 여행자이고 이방인이었다. 그리고 고향은 언제나 바람에 눕는 푸르게 성긴 들풀이었다.

내 고향 김해

김해는 경상남도 동부에 있는 도시다.

낙동강 서쪽에 위치하며 1세기 중엽부터 4세기 말까지 가야 연맹체의 중심국이었던 가락국의 도읍지로 고대국가의 발상지다. 나는 그 고대국가 가락국의 후손으로 대대로 김해에서만 약 2000여 년을 살아온 골수 김해 토박이다.

몇 년 전 '김수로'라는 연속극의 주인공이 바로 김해 김씨와 김해(양천) 허씨 그리고 인천 이씨의 시조다. 지금도 김수로왕과 허황후의 왕릉이 있고, 매년 가야문화제가 성대하게 열리고 있다.

그리고 김해는 영남의 곡창지대로 예부터 배, 사과, 복숭아 따위의 과수 원예농업이 발달했으며 영남 지방 최대의 쌀 생산지로도 유명하다.

김해평야의 젖줄인 낙동강은 강원도 태백에서 발원해 영남 지방을 통과하고 남해로 흘러드는 강으로 한반도를 통틀어 압록강 다음으로 긴 강이다.

과거에는 평야를 가로질러 흐르던 강이 낙동강의 본류여서 김해에 위치해 있던 고대의 금관가야가 철을 수출해 지역 강국으로 거듭나는 원동력이 될 수 있었지만, 지금은 강물에 의한 퇴적으로 삼각주가 생성되고 강폭이 점점 좁아져 몇 개의 수문이 만들어지면서 낙동강의 본류가 바뀌게 되었다.

낙동강이란 이름으로 불리게 된 유래가 두 가지 있다.

하나는 가야의 낙양 동쪽으로 흐르는 강이란 의미인데, 낙양은 지금의 경북 상주로 알려져 있어서 그 신빙성이 덜하다.

이보다 더 확실한 건 가락국(駕洛國)의 동쪽으로 흐르는 강이란 의미에서 붙여진 낙동강(洛東江)이 오히려 정설에 가깝다고 재야 사학자들은 말한다.

그 강 하류에 오랜 세월 퇴적층으로 만들어진 들판 가운데 김해 국제공항이 자리하고 있다.

김해시는 남쪽으로는 부산광역시 강서구와 창원시 진해 등 해안도시와 인접해 있고, 북쪽으로는 양산시와 밀양시와 접하며, 동쪽으로는 부산광역시 강서구와 북구, 서쪽으로는 창원시 진해구와 성산구의 항구와 접하고 있다.

근래 들어 김해가 사람들에게 많이 회자된 이유는 고 노무현 대통령의 고향이 김해 진영이라 더 알려지는 계기가 되지 않았나 싶다.

■ 대동(大東)면 수안(水安)리

엄밀히 말하면 나의 고향은 사실 김해시 중심에서 동쪽으로 약 4~5 킬로미터쯤 떨어진 부산과 접경 지역에서 조금 외떨어진 대동면 수안리란 곳이다.

수안리란 이름의 유래는 산 좋고 물 좋고 살기가 편안한 곳이란 의미에서 붙여진 이름이다.

삼면은 높고 깊은 산으로 둘러쳐져 있으며 남쪽이 탁 트인 아랫마을과 윗마을로 이루어진 풍광이 아름다운 한국의 전형적인 농촌 풍경을 연상하면 얼추 맞을 것이다. 나는 그 윗마을에서 태어나고 자랐다.

산 좋고 물 좋기로 유명한 수안리는 해가 서쪽에서 뜨고 동쪽으로 졌다.

이른 아침이면 서산의 정상부터 햇빛을 받아 붉게 물들기 시작해 서서히 마을 전체로 퍼져나갔다. 당연히 질 때도 황금빛으로 물든 동쪽 산 아래에서부터 서산 그림자가 서서히 검게 물들어갔다.

아랫마을 앞으로는 그리 넓지 않은 작은 황금들이 펼쳐져 있고 그 앞으로는 낙동강 지류가 흘렀다. 우리는 그 강을 앞강이라고 불렀다.

그 강 가운데는 삼각주가 만들어놓은 제법 큰 섬이 하나 있었는데 갈대와 부들이 에워싸고 있어 온갖 새와 물고기들이 서식했다.

섬 중앙에는 몇 개의 버드나무가 일렬로 크게 자라고 있었고, 그 옆으로 꽤 넓은 농토와 사람이 살지 않는 한 채의 초가집이 있었다. 그 집은 농사를 거두어들이기 위해 임시로 지어놓은 집이었다. 동네 사람들은 나룻배 한 척으로 농사를 짓기 위해 그 섬으로 드나들었다. 물론 그 나룻배가 동네 아이들의 놀잇배로 둔갑하는 경우가 훨씬 더 많았지만 말이다.

윗마을에서 바라본 그 섬의 풍경은 마치 유명 화가가 그려놓은 멋있는 풍경화를 연상케 했다.

그리고 섬 너머로는 대저의 넓은 들판이 넓게 펼쳐져 있었는데, 김해 비행장에선 이따금 비행기가 떠오르는 모습이 멀리 내려다보였다. (지금이야 김해 국제공항으로 발전해서 하루에도 수없이 많은 비행기가 뜨고 진다.)

그뿐만이 아니다. 잿빛 테를 두른 듯 아득하게 멀리 보이는 구포의 금정산 아래로 부산에서 서울로 가는 기차가 언제나 검은 연기를 뿜어내며 물금과 삼랑진 쪽으로 칙칙폭폭 칙칙폭폭 소리를 내며 지나가는 모습이 하루에도 몇 번씩 보이곤 했다.

그 기차가 기적이라도 울릴 때면 신기하게도 한순간 검은 연기가 하얀 연기로 변했다.

아마도 그 증기기차가 어린 소년의 가슴에 호기심과 꿈을 심어주는 원천이었을 것이다.

기차가 지나가는 저 산 너머엔 무엇이 있을까? 저 증기기차는 지금 어디로 가고 있는 것일까? 저 속에는 얼마나 많은 사람이 타고 있을까? 그리고 저 비행기 속에는 어떤 사람이…? 별별 상상을 다 했다.

그리고 아랫마을에는 대처로 이어지는 좁은 신작로가 있었는데, 가뭄에 콩 나듯 어쩌다 트럭한 대가 뽀얀 먼지를 일으키며 지나갈 때면 윗마을에까지 휘발유 냄새가 전해져 내 코를 자극하곤 했다. 난 그 휘발유 냄새가 그렇게 좋을 수가 없었다.

■ 유년(幼年)의 기억

유년 시절 하면 나에겐 절대로 잊을 수 없는 영원히 지워지지 않을 두 개의 특별한 기억이 있다. 그 첫 기억은 마치 내 머릿속에 사진을 박아놓은 듯이 강렬한 인상으로 남아 있다.

다소 일반적이지 않은 기억이라 조금은 불가사의하게 느껴지는 기억이기도 하다.

몇 살 때쯤인지 나이를 가늠하기는 힘들다. 짐작해보건대 우리 나이로 두 살 아니면 세 살 때쯤이 아닐까 생각해본다. 그보다 더 먹었을 수는 절대 없다.(물론 난 사랑을 지나치게 많이 받은 막내아들에 응석바지이긴 했다.)

어린 내가 낮잠을 자다 깨어나 보니 집 안이 너무나 조용하고 어머니가 보이지 않았다.

나는 어머니를 찾아 울며 문지방 턱을 겨우 엉금엉금 기어서 넘어 나왔다. 햇빛이 쨍한 나른한 오후의 한낮 풍경을 둘러보며 엄마를 부르다가 나도 모르게 울음을 뚝 그쳤다.

윗마을에서 바라본 햇빛에 부서지며 수많은 보석을 뿌려놓은 듯이 반짝이던 잔물결들!!

난 넋을 놓고 그 모습을 바라보고 있었다. 그것은 단순한 반짝임의 수준을 훨씬 웃도는 것이었다. 세상의 모든 보물을 다 깔아놓는다 해도 그보다 더 아름다울 수는 없었다. 난 지금도 가끔 그때 그 강의 반짝이던 물결들을 떠올리곤 한다.

어린아이의 눈에 그것은 경이였고 신비였다. 지금도 난 그 순간을 어떤 말로도 표현하기가 쉽지 않다. 그것이 내가 처음 접한 세상의 아름다움이 아닌가 싶다.

그 후로도 나는 앞강의 그런 모습을 일 년에 몇 번은 꼭 보며 자랐다. 날씨와 계절의 변화에 따라 표정을 달리하는 강의 다양한 변화를 보며 성장한 셈이다.

두 번째의 인상 역시 강렬해서 잊히지 않고 있다. 정말로 미안하지만 이 역시 나이는 가늠할 수가 없다. 내 짐작으로 서너 살쯤 되지 않았을까 생각한다.

밤이었다. 나는 어머니 등에 업혀 마구 치대며 몸을 뒤로 뻗대고 있었다. 문득 눈에 들어온 건 맑고 짙푸른 밤하늘에서 빛을 내며 내 머리 위로 쏟아져 내리던 별들의 무리였다.

너무 놀란 나는 한동안 멍하니 그 별들을 보고 있었다.(믿거나 말거나.) 이 인상 역시 사진을 박은 듯이 내 기억 속에 선명하게 남아 있다. 그 뒤로도 난 자라면서 자주 밤하늘을 올려다보곤 했다. 짙푸른 밤하늘을 가로지르는 신비스러운 미리내와 별들이 너무나도 특별했으니까.

'저 별들은 왜 땅으로 떨어지지 않고 하늘에 떠 있을까' 하고 생각하면서.

그래서인지 요즘도 우주의 신비에 관한 서적이라면 끼니를 잊을 정도로 푹 빠져 읽는 편이다.

이제와 생각해보면 약간은 일반적이지 않은 이 두 개의 기억 역시 고향의 아름다운 자연환경이 나에게 안겨준 특별한 선물이 아니었을까 한다.

안타까운 건 요즘은 어딜 가더라도 별 보기가 정말 어려운 시절이 되고 말았다.

■ 살아 있는 전통 한의 뿌리

당시만 해도 마을마다 '동제 굿'이나 달맞이 축제 '지신밟기' '성주풀이' 등 다양한 전통문화와 전통놀이가 있었다. 더구나 일 년 열두 달 매월 명절이 있었다.

예컨대 음력 1월 1일은 새해 첫날이라 일 년 중 가장 큰 명절이고, 1월 15일은 정월 대보름이라 전날 밤 오곡밥과 묵은 나물을 먹고 당일에는 부럼과 귀밝이술을 마셨다.

....

음력 3월 3일은 삼짇날이라 하여 강남 갔던 제비가 돌아온다는 날로 진달래꽃을 찹쌀가루에 버무려 지진 진달래전과 진달래술, 과일로 만든 포를 먹었다.

…………….

음력 5월 5일 단오엔 창포물에 머리 감고 여자들의 그네뛰기와 남자들은 씨름하는 풍습이 있었다.

이런 식으로 매월 명절이 있다 보니 가난한 농촌이지만 언제나 즐거움이 넘쳤다.

더구나 큰 명절 때면 동네 어르신들이 부르는 구성진 옛 가락을 몇 날 며칠을 두고두고 들을 수 있었다. 나는 모쪼록 물 만난 물고기처럼 좋아했다. 당시에 많이 들었던 노래가 우리의 전통 민요 중 '아리랑' '도라지 타령' '뱃노래' '성주풀이' '창부타령' '노랫가락' '모심기 노래' '권주가' 등 꽤 다양했다.

다시 말해 36년 일제강점기를 거치고 6.25를 거치며 잃어가던 전통문화와 전통놀이, 나아가 민족의 혼이라고 말할 수 있는 것들을 지방의 이름 없는 민초들이 되살려내고 있었던 셈이다. 그런데 기가 막힌 일이 벌어졌다.

군사정권이 들어서면서 미신이다 비능률적이라며 모두 금지시켜 버렸다.

지금에 와서 생각해보면 참으로 어이없고 기막힌 일이 아닐 수 없다.

물론 산업화에는 성공했는지 모르지만 우리는 전통을 잃어버린 민족, 뿌리 없는 민족이 되어 자존심도 중심도 돈으로 팔아먹고 항로를 잃어버린 배처럼 지향점을 잃어가고 있는 건 아닌지 묻고 싶다. 갈 곳을 잃어버린 무주고혼처럼 떠돌고 있는 건 아닌지….

(이제 와서 새삼 뒤늦게 전통문화 되살리기를 지자체마다 펼치고는 있지만 이미 생명을 잃어버린 겉치레에 불과하다.)

가난한 민족을 살려보겠다는 열정은 이해하지만 민족정신과 민족혼이 무엇인지 이해하지 못한 군사정권이 우리 민족의 근간을 뿌리째 흔들고 뽑아버린 건 아닌지… 참으로 서글픈 일이 아닐 수 없다.

아무튼 동네 어른들이 들려준 그 구성진 가락은 아직 인성이 자리잡기 전의 어린 가슴에 메아리가 되어 스며들었고, 전통이 전하는 향기에 푹 빠진 꼬마는 동네 어른들을 흉내 내어 물동이로 장고를 대신하고 깡통으로 꽹과리를 대신해 두들기며 어른들이 부르던 민속 노래를 신들린 듯 따라 부르곤 했다.

아버지 어머니는 그런 막내를 바라보며 가끔

"즈기(재가) 뭐 댈라고(될려고) 저라노?" "광대가 될라 카나?!" 하시며 허허 웃곤 했다.

해작(骸昨)골의 통곡 소리

그러나 산 좋고 물 맑은 곳이라고 해서 꼭 좋은 영향만 있는 것은 아니었다. 좋고 나쁘고를 떠나서 내 인생에 지대한 영향을 끼친 지극히 모순적인 상황도 없지 않아 있었다.

자연환경이 좋은 곳이다 보니 마을 가까이 해작골이라 불리던 공동묘지가 자연스레 형성되었다. 그곳에선 사흘이 멀다 하고 상여의 선소리가 들려왔다 .

– "형제자매 많다 한들 어느 누가 대신 가리
어~어호~ 어허야 어거리 넘차 어허야
– 북망산이 멀다 해도 대문 앞이 북망일세
어~어호~ 어허야 어거리 넘차 어허야

맹모삼천지교의 얘기는 삼척동자도 다 안다. 맹자가 처음 살던 곳이 바로 죽은 자들의 무덤이 있는 공동묘지 근처다. 매일같이 보는 것이 죽은 사람을 안타까워하는 가족들의 슬픔과 통곡 소리였다.

인성이 자리 잡기 전 맹자는 그런 모습들만 봐서 노는 것도 곡소리 하면서 죽은 자의 넋을 위로하는 놀이를 했다. 그래서 맹모는 맹자를 데리고 이사를 간다. 시장 바닥으로 갔다가 다시 서당이 있는 곳으로.

나의 어머니는 맹모만큼 현명하지는 않았었나 보다.(힘든 시절이었으니까 이해해주기로 하자.) 그러나 내가 작가가 되는 데 최초의 동기부여를 한 사람이 바로 내 어머니다. 어쨌든 선소리의 한 맺힌 듯한 가락은 동네 어른들이 부르던 명절맞이 민요들과 그 맥을 같이한다.

그런 어느 날이었다. 그날도 어김없이 상여의 선소리가 들려왔다.

나는 별생각 없이 이렇게 물었다.

"엄마! 사람이 와 죽노?"

"숨 안 수(쉬)면 죽는다."

현답이라곤 할 수 없으나 명쾌한 대답임에 틀림없었다.

나는 실제로 코를 막고 입을 막고 숨을 안 쉬고 참아봤다. 너무 고통스러웠다.

죽음이란 것이 갑자기 큰 공포와 두려움으로 다가왔다.

-사람이 왜 죽어야 할까? 죽지 않고 살면 좋을 텐데-

최초로 시작된 사유가 하필이면 죽음의 문제였다. 그 순간부터 죽음의 공포가 어린 가슴에 똬리를 틀고 자리 잡기 시작했다. 말하자면 내가 작가가 되기 위한 최초의 동기부여가 해작골의 선소리와 어머니로부터 주어진 셈이었다.

나도 늙으면 죽겠지. 꼬마는 죽음의 문제로 엄청 괴로워했다. 그 괴로움이 너무 심해져서 심지어 죽은 나의 시체를 끌어안고 통곡하는 어머니의 모습을 내가 천장 위에서 지켜보는 꿈을 꾸기도 했다.

이것이 고향의 환경이 나에게 최초로 안겨준 선물이라면 선물(?)이었다. 그러나 초등(국민)학교에 들어가면서 나는 새로이 주어진 환경에 적응했고 죽음에 대한 생각들을 까맣게 잊어갔다.

■ 이야기꾼의 시작

집에서 초등학교까지의 거리가 강변을 끼고 산모롱이를 돌고 돌아 약 2킬로미터는 족히 넘었다.

그 거리는 이제 갓 학교에 입학한 아이들에겐 대단히 멀고 지리할 수 있는 거리였다.

내가 어릴 때만 해도 읽을거리가 참 많이도 빈약했다.

방과 후면 동무들은 강을 끼고 산허리를 감도는 먼 길을 돌아와야 했으므로 나에게 옛날얘기를 해달라고 졸랐다. 수줍음을 많이 타는 아이였음에도 다행히 나는 옛날이야기를 무척 즐겨 했다.

나는 거의 매일 엄마 아버지에게 들었던 호랑이 담배 피우던 시절 얘기나 어사 박문수 이야기, 또 사랑방 아저씨(머슴)들이 들려준 귀신 이야기에 나의 상상력을 더해 뼈대와 살을 덧붙여 들려주곤 했다.

레퍼토리가 바닥이 나면 재탕에 3탕까지 했지만 처음에 했던 얘기를 그대로 반복하지는 않았던 것 같다. 말하자면 2편, 3편을 즉흥적으로 만들어 들려주곤 했는데 친구들은 별로 싫어하는 기색을 내보이지 않았다. 아마도 지루한 긴 시간을 잊을 수 있어서가 아니었을까 싶다.

돌이켜 생각해보면 그게 내 이야기꾼의 첫 시작이었다.

게다가 친구들은 어쩌다 만화 한 편이 생기면 무조건 나에게로 가져왔다. 그러면 교실에서나 양지바른 화단으로 우르르 몰려나가 나를 중심으로 아이들이 죽 둘러앉았고, 나는 그 만화를 읽기 시작했다.

친구들은 눈을 반짝이며 내 소리에 귀를 기울였다.

그래서인지는 몰라도 아무도 나에게 시비를 걸거나 하는 아이들이 없었다. 거칠기로 유명한 아이들조차도 나에게는 언제나 사근사근한 편이었다.

■ 가설극장(무대) 키드

나는 무척 겁이 많은 아이였다. 밤이면 화장실은커녕 안방에서 작은 방을 건너가기조차 무서워할 정도였다. 귀신 이야기를 하도 많이 들어서 상상력이 지나치게 풍부해서였을 것이다.

초등학교 1학년 때였다. 동네 청년들이 하는 연극을 처음으로 보고 완전히 매료되고 말았다.

그런 어느 날, 내가 다니는 학교보다 더 먼 원동이란 산골짜기 외딴 마을에서 그 동네 청년들이 연극을 한다는 소문을 들었다. 산을 넘고 물을 건너야 하는 꽤 먼 거리였다.

그날 저녁 나는 동무들에게 연극을 보러 같이 가자고 꼬드기고 졸랐지만, 단 한 명도 연극 따위에는 관심이 없었고 같이 가겠다고 나서는 친구도 없었다.

그사이 날은 벌써 서서히 어두워지기 시작했다.

아랫마을로 내려가면 혹시 같이 갈 친구가 있지 않을까 생각하고 나도 모르게 아랫마을을 향해 내달리기 시작했다.

윗마을에서 아랫마을로 내려가는 과정에는 도깨비들이 나와 사람을 홀린다는 꽤 깊은 물웅덩이와 자살한 몽달(총각)귀신이 나온다는 절벽길이 있었는데, 도깨비 귀신은 지나가는 사람을 잘 놀린다고 했다. 씨

름을 하자고 해서 지면 사람에게 해코지를 하기 때문에 꼭 왼배지기(씨름 기술)로 도깨비를 넘겨야만 도깨비가 '졌다' 하면서 사라진다고 했다. 다음 날 씨름한 자리엔 언제나 몽당 빗자루 한 자루가 남아 있었다고도 했다.

두려움을 극복하고 겨우 아랫마을에 도착해 동무들을 불러 꼬드겼지만 그 애들 역시 연극 따위엔 관심이 없었다.

이미 날은 어두워졌고 윗마을인 집으로 돌아가기도 난감했다. 꼬마는 어디에 홀리기라도 한 듯 원동을 향해 발길을 옮기기 시작했다.

밤이면 집 안에서 건넌방도 못 가던 아이가 무려 3킬로미터가 훨씬 넘는 칠흑 같은 어두운 밤길을 그것도 혼자 가겠다고 나선 것이다. 대모험의 시작이었다.

이미 칠흑같이 어두워진 길에는 인적마저 뚝 끊어지고 개미 새끼 한 마리 얼씬거리지 않았다.

당시만 해도 길목 곳곳엔 무섭고 괴기스러운 이야기들이 전해져오는 장소가 꽤 많았다.

밤길엔 언제나 거지 귀신들이 떼거리로 몰려나와 사람을 홀린다는 일제가 뚫어놓았다는 동굴앞도 지나야 하고, 보리밭에서 아이들의 간을 빼 먹는다는 외딴곳의 문둥이 집도 지나야 했다. 밤마다 불빛이 번쩍이다가 그믐날에 귀신이 나온다는 무덤가도 지나야 하고, 처녀 귀신이 나온다는 작은 연못도 지나가야만 했다.

꼬마는 깜깜하게 어두운 신작로와 꼬부랑길을 숨차게 뛰고 달리며 산길물길을 돌고 돌아 우여곡절 끝에 겨우 원동이란 외딴 마을에 도착했다. 온몸은 완전히 식은땀으로 젖어 있었다.

요행히 마을 입구에서 처음으로 지나가는 사람을 만나 청년들이 연극하는 집이 어디냐고 물었다. 그 아저씨가 일러주는 대로 그 집을 찾아들었다.

많은 사람이 서성이고 있었고 무대를 대신한 대청마루 위에서는 인민군 형님과 국방군 동생이 서로 총을 겨누고 있는 마지막 장면이 연희되고 있었다.

국군인 동생이 노래처럼 부르던 그 대사를 나는 아직도 잊지 않고 있다.

"형~님아 손들어라 동~생은 국군에 있다."

인민군인 형님이 동생을 향해 함께 겨누고 있던 권총을 서서히 늘어뜨렸다. 그리고

"동생아! 날 용서해다오!""형님!" "동생아!" 하면서 달려가 서로 끌어안자 사람들 사이에서 박수가 터지고 임시로 쳐놓았던 광목막이 가로질러 닫히고 말았다.

그것으로 끝이었다. 너무 허망했다.

끝 장면만을 보기 위해 여기까지 왔던가 싶었다. 이제 어떻게 돌아가야 하나 태산 같은 걱정이 앞을 가렸다.

구경하던 사람들이 뿔뿔이 흩어지고 있었다. 나는 같은 방향으로 가는 사람들을 따라 걸었다.

다행히 원동의 아랫마을까지 가는 아저씨 한 분이 있어서 잠시 동행했다. 그 아저씨는 내 사는 곳이 수안리라는 말을 듣고 진심으로 걱정을 해주었다.

그 아저씨와 헤어져 또다시 칠흑같이 어둡고 낯선 길을 홀로 걷기 시작했다.

밤이 꽤 깊어 있었다. 불빛 하나 없는 외딴길에 오직 나 홀로였다. 사위는 쥐 죽은 듯 조용해서 아무 소리도 들리지 않았다. 이따금 먼 마을에서 컹컹 개 짖는 소리가 들릴 뿐이었다.

그런데 문제는 왔던 산모롱이 길을 답습해서 되돌아가기는 너무나 무서웠다.

한 번도 가본 적 없는 들로 나가 논두렁길을 택하기로 마음먹었다. 그래도 그쪽엔 시야가 트여 있을 테니까.

다행히 곡식들이 익어가는 들 가운데로 좁은 소로가 나 있었다.

나는 별빛에 의지한 체 그 길을 따라 한참을 걸었다. 그런데 거짓말처럼 저 앞에서 하얀 소복을 입고 머리를 풀어 헤친 여인이 오고 있었다. 순간 발이 땅에 붙박인 듯 얼어붙었다. 심장이 터질 것처럼 뛰기 시작했다. 사람일까 귀신일까? 다행히 그 여인도 날 보고 대단히 놀라는 눈치였다. 소복을 입은 여인이 서서히 나에게로 다가왔다. 나는 꼼짝도 할 수가 없었다.

여인이 날 경계하며 좁은 소로에서 옷깃을 스치며 지나쳤다. 그 순간 전 세포가 가시처럼 솟구쳤다. 뛰기 시작했다. 정신없이 달리고 또 달렸다. 그 먼 길을 어떻게 달려서 집에까지 왔는지 기억이 없다.

집에 도착했을 때는 늦은 밤인데도 마당에 장작불을 밝혀놓고 가족 전체가(사랑방 아저씨들까지) 잠들지 못하고 막내아들의 행방을 걱정하고 있었다.

나는 어머니를 보자마자 어머니 품에 안겨 바로 기절하듯 쓰러졌다.

"야가 와 이라노 어이… 야야 성수야, 어데 갔다가 인자 왔노?"

어머니의 울부짖는 듯한 소리를 들으며 바로 잠에 빠져들었다.

그 후로도 아무리 먼 곳이라 해도 가설극장이 들어온다는 소문만 들으면 기를 쓰고 가서 봐야만 했다.

실제로 가보면 필름이 낡아서 비가 주룩주룩 내리는 화면에 무슨 이야기인지 도무지 알아볼 수 없을 정도였지만, 그래도 그걸 볼 수 있다는 것이 좋았다. 아마도 고향의 환경이 내게 심어준 광대의 기질, 이야기꾼의 기질을 유감없이 발휘하고 키우던 시절이 아니었나 싶다.

그러고 보니 초등학교 시절은 언제나 즐겁고 행복한 기억만 남아 있다. 여름방학이면 우리는 아랫마을 앞에 있는 앞강에서 벌거숭이가 되어 하루 종일 헤엄치고 물놀이를 즐기기도 했고, 조개를 잡기도 했다. 물론 그 조개는 저녁 반찬이 되어 밥상에 올랐다.

또 겨울이면 낙동강은 꽁꽁 얼어붙었다.(지금은 공해로 얼지 않고 강폭도 형편없이 좁아졌지만.) 겨울방학이면 꽁꽁 얼어붙은 강바닥 위에서 손수 만든 스케이트를 즐겨 탔다.

예나 지금이나 시골 아이들은 뭐든 본인의 손으로 직접 만드는 것이 장기다.

나 역시 그랬다. 그것이 총이든 새총이든, 연이든 바람개비든, 스케이트든 심지어 일본의 잔재인 나막신을 동무들과 함께 재미 삼아 만들어 신기도 했을 정도였다.

나는 누구인가?

중 · 고등학생이 되면서 유년기 때 가졌던 죽음에 대한 의문이 되살아났다.

-나는 누구인가?- -인간이란 무엇인가?- -우주란 무엇인가?-

철없을 때 가졌던 죽음에 대한 사유가 색깔을 달리해 진화된 형태로 드러났다.

그 해답을 찾기 위해 깊고 깊은 고뇌에 빠져들었다. 세상의 모든 고통을 혼자 다 짊어진 것 같은 심각한 학생으로 변해갔다. 그 물음에서 오는 고통을 피할 길이 없었다.

책 속으로 빠져들었다 .파고 또 파고, 후비고 또 후벼도 책 속에서 그 해답을 구할 길은 없었다.

학창 시절을 넘어 어른이 되기까지 수많은 철학서도 접하고 예수도 석가도 만났지만, 그 모든 문제를 깔끔하게 해결해주진 못했다. 물론 종교를 통해 자살의 유혹을 벗어나긴 했다.

그러나 그 모든 문제를 시원하게 해결해준 건 종교도 문학도 철학서도 아닌 과학 서적이었다.

물론 그동안 읽었던 많은 책이 밑거름이 되긴 했다.

따지고 보면 물리학 서적을 접하게 된 계기도 고향에서 본 짙푸른 밤하늘을 가로지르던 미리내와 쏟아져 내리던 별들의 무리 때문일 것이다.

이렇듯 고향은 내 몸속 깊이 채색되고 체화된 그리움이자 영상언어다. 내 피와 살 속에 살아서 흐르고 있는 시정이요, 서정이자 나의 뼈대를 이루고 있는 정서다.

에필로그

지금도 몇 년에 한 번 바람처럼 고향을 다니러 간다. 부모님과 선조들의 무덤이 그곳에 있기 때문이다. 갈 때마다 옛 모습을 찾아볼 수 없을 만큼 변해버린 고향 마을을 바라보며 나도 모르게 읊조리는 옛 시조가 하나 있다. 고려 말 삼은으로 알려진 길재 선생의 회고가다.

한 개인의 작고 초라한 이야기에 언감생심 고려 충절의 상징인 길재 선생의 회고가가 전혀 얼토당토 않다는 걸 잘 알면서도 나도 모르게 읊조리고 있는 나를 발견하곤 한다.

오백년(五백년) 도읍지(都邑地)를 필마(匹馬)로 돌아드니
산천(山川)은 의구(依舊)하되 인걸(人傑)은 간데없네,
어즈버 태평연월(太平煙月)이 꿈이런가 하노라
– 길재 (吉再 1353 ~ 1419)

난 시인도 음악가도 아닌 시나리오 작가다.

난 지금도 늘 글이 고프다. 앞으로도 더 많은 이야기를 하고 싶다.

다 하지 못한 한이 남아서다.

남의 얘기가 아닌 정말로 나의 얘기를 말이다.

사진 | 장정숙

| 허성수 |

경력

-제1회 서울시 주최 청계천 관련 시나리오 공모 심사위원장
-충무로 단편영화제 심사위원장(1,2,3,4,5회)
-한국영화 대종상 예심위원
-한국 시나리오 대전 심사위원
-영상작가전문교육원 기초반/전문반 담임 교수(역임)

주요 영화 작품

〈여곡성〉 〈비극은 없다〉 〈변금련 면〉 〈인간시장2〉 〈빨간 앵두2〉 〈96 뽕〉 외 40여 편

방송 작품

-KBS TV-
6.25 특집극 〈비극은 없다〉(5부작)
드라마 초대석 〈매우 잘생긴 우산 하나〉

-MBC TV-
MBC 특집극 〈이 강산에 태어나〉
추석 특집극 〈푸른 하늘 흰 구름〉

-MBC 베스트셀러 극장-
〈떠나지 않는 해변〉(1985) 〈이중유희〉(1985) 〈배신의 계절〉(100회 특집) 외 20여 편

주요 수상

-한국 영화인 총연합회 영화인 공로상 수상
-제11회 일간연예스포츠신문 주최 시나리오 부문 수상
-제 8회 한국 연예스포츠 주최 시나리오 대상
-대한민국 신문기자협회 주관 최우수 시나리오 작가상

시나리오 작가 이진모

한국 영화 시나리오 걸작선〈5〉

소나기

1979.9.13 개봉

원　작 | 황순원

각　본 | 이진모

감　독 | 고영남

출　연 | 이영수, 조윤숙, 김신재, 주영훈

신1 (F. I) 꽃밭

(꽃 속에 싸여 있는 소년 이 꽃 저 꽃 향기를 맡는다.
홍조 띤 얼굴에 떠오르는 천진한 미소)

신2 초원

(미풍이 분다.
미풍에 휩쓸리는 수풀
수풀 사이로 달려오는 소년 뭔가 쾌성을 터트리고 있다.
소리는 들리지 않는다.
달려가다 문득 날개를 펴듯 양팔을 쭉 펼치는 소년 새처럼 하늘로 난다.
시냇물 위로 날아가는 소년
구름 위로 날아가는 소년

신3 숲속

(하늘을 가린 잡목 숲
숲 사이로 비치는 햇살
나뭇잎 흔드는 바람소리
구슬을 굴리는 듯한 새소리
살금살금 걸어오는 소년
다람쥐가 나무를 탄다.
신기한 듯 보는 소년
까만 눈알을 귀엽게 굴리는 다람쥐
다람쥐를 향해 휘파람을 휘휘 부는 소년
푸드득-
흠칫해서 보면 산새가 난다.
활짝 웃는 소년 새를 쫓아 달려간다.)

신4 어느 정원

(아름다운 관상목과 과일 나무들
소년이 와서 그 신비한 분위기에 마음을 뺏긴다.
소녀의 뺨처럼 아름답고 예쁜 열매들 유혹하듯 미풍에 한들거린다.
자신도 모르게 나무 밑으로 다가가는 소년
소년 들고 있던 책보를 던지고 신발을 벗어 팽개치고 나무 위로 올라간다.
탐스런 열매를 딴다.
덥석–
한입 베어 먹는다.
신비한 맛–
눈을 가늘게 뜨고 미소를 금치 못하는 소년
그때–
숲속에서 아름다운 젊은 여인이 슬며시 나타난다.
예쁘고 화려한 천으로 알몸을 가린 요염하기도 하고 신선해 보이기도 한 요정 같은 모습
여인 미소 띤 얼굴로 다가와 소년의 책보와 신발을 집어 든다.
그제야 여인을 발견하고 당황하는 소년
여인 책보와 신발을 갖고 숲속으로 향한다.
급히 나무 위에서 내려오는 소년
숲속으로 멀어져가는 여인)

소년 (다급히) 어! 누나! 누나!

(부르짖으며 뒤쫓는다.
들은 채도 않고 숲속으로 사뿐사뿐 사라지는 여인
소년 힘껏 달리지만 제자리 뜀박질만 하고 있다)

신5 산길

(구름처럼 둥실둥실 떠가는 여인
저만큼 다급하게 뒤쫓아오는 소년
한 프레임에 잡힌 둘의 모습이 밀착된 듯 가깝게 보이지만 무한한 거리감이 느껴진다.
달려오면서 계속 소리치는)

소년 누나! 신발하고 책보 주세요. (생글생글 웃으며 그냥 걷고 있는 여인)

신6 계 곡

(소년이 달려온다.
날듯 물 위로 걸어가는 여인
첨벙–
계곡으로 뛰어드는 소년
저만큼 벼랑으로 둥실둥실 올라가는 여인
계곡을 건너 허덕이며 벼랑 밑으로 달려가는 소년
여인 어느새 벼랑 위로 올라가 소년을 향해 생글생글 웃어준다.
벼랑을 타고 오르는 소년
여인 소년에게 손짓한다.
필사적으로 기어오르는 소년
가시에 찢기는 옷자락
바위틈에 긁히는 손가락
피가 방울방울 맺힌다.
산 위에 무지개처럼 떠 있는 여인
가까스로 여인의 발밑까지 기어오르는 소년
풀포기를 잡고 젖 먹던 힘을 다한다.
그러나 풀포기가 뽑히며 벼랑 밑으로 미끄러지는 소년.

"아 – 악!"
비명을 지르며 절벽 아래로 낙하해간다.
마치 한 마리의 새가 바람에 날듯 리드미컬하게 승화된 슬로 모션으로-)

신7 어느 둔덕 위 (현실)

(슬로 모션으로 굴러떨어지고 있는 베잠방이 소년.
순간-
낮잠에서 깨어나는 소년
꿈속의 그 소년 석이(11)다.)

석이 (어리벙벙) 휴우- 꿈이었구나…

(안도하듯 한숨 토하며 좌우를 살핀다.
저만큼 산비탈에서 풀을 뜯고 있는 송아지.
그 옆에 받쳐진 꼴바지게.
주변에 흩어진 꼴춤- 황새낫-
그 위에 반짝이는 청량한 초가을 저녁 햇살.
눈을 비비며 부스스 일어나는 석이 비탈 위로 올라간다.
낫을 집어 든다.
주섬주섬 꼴춤을 챙긴다.
이따금 고개를 갸웃하는 석이 꿈의 뒷맛이 묘하게 되살아온다.
그때 기적 소리
놀라는 송아지 눈. 귀를 쫑긋거린다.
산 밑을 보는 석이
멀리 산 밑 터널에서 기차가 빠져나온다.
퐁- 퐁-
내뿜는 검은 연기
칙칙대는 기관차의 수증기

꽤—액
연신 울려대는 기적.
긴 뱀처럼 쑥쑥—빠져나오는 열차들 산 밑으로 달려온다.
햇빛에 반짝이는 열차 차창들)

신8 달리는 기차 안

(신사복 차림의 준구(34)가 타고 있다.
곁에 연신 창밖을 내다보고 있는 해맑은 단발머리 소녀 연이(12)
창밖에 스치는 시원스러운 전원 풍경.
물결치는 볏논. 날아다니는 백학. 김매는 아낙네들.
바람에 나풀거리는 연이의 단발머리.
그때—
어디선가 함성 소리
문득 산 위를 살피는 연이.
산 위에서 손을 흔들고 있는 석이의 실루엣.
활짝 웃는 연이. 들고 있던 파란 손수건을 마주 흔든다.)

신9 산 위

(굳어지는 석이 얼굴.
창밖에서 나풀거리는 파란 손수건.
창 안에 떠 있는 낮달 같은 새하얀 연이의 얼굴.
석이 생각난 듯 다시 손을 흔든다.
멀리 간이역을 향해 빙글 돌아나가는 열차.)

신10 갈림길

(저녁 바람

움박골에서 퍼져오는 저녁연기
송아지를 몰고 꼴지게를 지고 오는 석이
맞은편에서 우마차가 온다.
우마차 뒤꽁무니에 걸터앉은 연이와 준구.
털썩거리는 여행용 가방과 꽃무늬 책가방.
갈림길에서 마주치는 석이와 우마차 흘깃 석이를 보는 연이.
그 손에 파란 손수건
무심코 연이를 보는 석이.
그러나 서로 손을 흔들었던 사인 줄은 피차 알 수 없다.
노을빛에 곱게 타오르는 연이의 분홍빛 얼굴.
못 볼 것 본 것처럼 얼른 시선을 돌리는 석이.
이려-쪄
엉뚱하게 고삐 끈으로 송아지 엉덩이를 철썩 갈긴다.
음매-하고 펄쩍 뛰는 송아지.
석이를 보고 방긋 웃는 연이.
그 양 볼에 쏙 패는 보조개 그렇게 엇갈려간다.
산 밑 움박골로 향하는 석이.
벌끝 서당골로 향하는 우마차-)

신11 석이네 집 마당

(마당에 술렁대는 저녁연기.
송아지를 몰고 들어서는 석이.)

석이 엄마- (부엌에서 달려 나오는 석이 엄마)
엄마 왜 이제 오냐? 쇠죽은 언제 쑤려고
(소고삐를 받아 외양간으로 몰아넣는다.
꼴지게를 소죽 부엌 앞에 받치는)
석이 아버진 여태 안 오셨어?

엄마 그래! 너의 아버진 해 있을 때 댕기시지 않고서! 원
(울타리 너머 동구 밖을 살핀다.)

신12 서당골 윤초시 댁 전경(부감)

(그 고래등 같은 기왓골
그러나 여기저기 허물어지고 쑥대가 자란 품이 퇴락의 빛이 역역하다.
드높은 솟을대문 너머로 가방을 든 준구와 연이가 들어가는 게 보인다.)

신13 동 · 사랑채

(쪼르르 달려 들어오는 연이)

연이 할아버지!
(큰 소리로 외친다. 드르륵- 사랑문을 열고 내다보는 탕건 쓴 윤초시(71))
윤초시 (확 밝아지며) 아이구 이게? 우리 연이 아니냐? (곰방대를 들고 달려 나온다.)
연이 할아버지-

(마주 달려간다. 뜰악 섬돌 위에서 연이를 덥석 가슴에 안는 윤초시.
서로 마구 얼굴을 비비는 할아버지와 증손녀.
마당 한가운데 서서 굳은 표정으로 그 광경을 지켜보는 준구.
연이의 볼에 눈물이 흐른다.)

윤초시 하- 그 녀석! 울긴 허허… (윤초시도 왠지 눈물이 글썽해진다.)
윤초시 자! 어서 안채로 들어가자-
(고무신을 챙겨 신고 안채로 향한다. 그대로 무겁게 서 있는 준구)

신14 석이네 집 안방(밤)

(요란한 다듬이 소리. 다듬이질하고 있는 엄마.
한편에 호박을 베고 벌렁 누워 책을 읽고 있는 석이.
문득 다듬이질을 뚝 멈추는)

엄마 어이구 이이가 어쩌자고 여태 안 오실까?
(답답한 듯 방망이로 방문을 밀친다. 벌컥 열리는 방문. 캄캄한 마당)
석이 (읽던 책을 접으며) 이제 서당골쯤 오셨다.
엄마 필경 주막집에서 술 잡숫겠지!

(그때 사립문 밖에서 헛기침 소리가 난다.
벌떡 일어나는 석이와 엄마 어느새 뜰로 성큼 올라서는 석이 아빠 명호(36)
헐렁한 신사복 한 손에 고등어 한 꾸러미를 들었다.)

엄마 어이구 이제 오셔요?
(고등어 꾸러미를 받아 든다)(달려가 명호의 얼굴에 코를 흠썩대는)
석이 술 냄새도 안 나시는 걸 뭐 (엄마를 본다)
명호 (씩 웃으며) 허- 그 녀석고 술은 무슨 술이냐? 서당골 윤초시 댁에 들렸다 오느라고 좀 늦었지.
엄마 윤초시 댁엔 왜요?
명호 텃밭이나 두어 마지기 얻어 붙일까 했더니만…
엄마 퇴짜 맞았어요?
명호 퇴짜 맞은 게 아니라, 거 왜 서울서 자동차 사업 한다던 큰손자 있잖아?
엄마 준구 서방 말이유?
명호 음! 준구가 사업에 폭삭 망해가지고 왔어! 딸까지 데리고.
엄마 쯧쯧 저걸 어쩐데요.
명호 그 택택하던 윤초시네가 하루아침에 그렇게 망할 줄 누가 알았나?
엄마 글쎄 말이유.
(가만히 듣다가 문득 아까 만난 연이 얼굴을 퍼뜩 떠올리는 석이)

신15 윤초시네 안방

(아랫목에 쌔근쌔근 잠들어 있는 연이
왠지 그 머리맡에서 울고 있는 노파.
연이의 증조모 한씨(69)
아랫목에 마주 앉은 윤초시와 준구.)

윤초시 (다그치듯) 그래 내가 뭐랬냐?
준구 면목 없습니다.(고개를 떨군다.)
윤초시 인석아! 문전옥답 날린 건 고사하고 선대에 정승 지낸 가문이 부끄럽다.
(펵펵 빨아대는 애꿎은 곰방대)
한씨 (눈물을 훔치며) 그래 에미는 어떡하고 왔냐?
준구 당분간 처가에 가 있으라고 했습니다.
윤초시 …못난 놈 같으니라고.

(수염이 부르르 떨린다.
당장 쥐구멍이라도 들어가고 싶은 준구.
그 곁에 쌔근쌔근 잠자고 있는 연이의 평온한 얼굴.
무슨 꿈이라도 꾸는 듯 방실방실 웃는다.)

-F. O-

신16 (F. I) 들판

(청량한 초가을 아침 햇살
석이가 간다.
옆구리에 낀 책보.
멀리 산 밑에 보이는 한촌의 아담한 국민학교)

신17 동. 운동장

(숲에 쌓인 성냥갑 같은 교사들.
뛰노는 아이들.
공차기를 하는 소년들.
줄넘기를 하는 소녀들.
그때 교문 쪽에서 들어서는 준구와 연이.
소녀들 줄넘기를 멈추고 일제히 연이를 본다.
깔끔한 연이의 옷차림.
예쁜 책가방.
부러운 듯 살피는 소녀들.
연이 빼기듯 입술을 쫑긋 오므리고 눈을 깜짝거리며 간다.)

소녀 1 서당골 대갓집 손녀딸이래.

소녀 2 서울서 전학 왔대나 봐.

소녀 2 예쁘게 생겼다 그치?

소녀 1 되게 뽐낸다 얘.

(못 들은 척 지나치는 연이.
빙긋 웃으며 소녀들을 살피는 준구.
연이 문득 한 곳을 보고 눈이 동그래진다.
한편 시소 위에 앉아 무심코 연이를 살피고 있는 석이.
그 콧잔등에 파리똥같이 다닥다닥한 주근깨.
연이와 시선이 마주치자 그만 굳어지는 석이.
연이 눈을 치뜨며 입술을 삐쭉한다.
당황해서 얼굴이 빨개지는 석이.
땡땡
연시 같은 석이 얼굴에 상학종이 운다.)

신18 개울가

(책보 멘 석이가 달려온다.
달려오다 오똑 멈추는 석이
흰 모래밭에 던져진 꽃무늬 책가방.
좌우를 살피는 석이
저만큼 개울 기슭에서 물장난을 하고 있는 연이의 뒷모습.
왠지 가슴이 철렁하는 석이.
얼른 못 본 채 징검다리를 건넌다.
조심스러운 발걸음
그때 들려오는 연이의 노랫소리
"뜸북뜸북 뜸부기"
뭔가 이상해서 걸음을 딱 멈추는 석이
동시에 노랫소리도 딱 그친다.
돌아보려다 다시 걷는 석이
"뜸북뜸북 뜸부기"
걸음걸이에 장단 맞추듯 또 들려오는 노랫소리.
또 걸음을 멈추는 석이
또 뚝 그치는 노랫소리.
어쩔까 하고 가만히 서 있는 석이
물속에 비치는 석이의 물그림자.
어느새 또 빨개진 석이의 얼굴
석이 용기를 내어 다시 걷는다.
"귀뚤귀뚤 귀뚜라미"
또 장단 맞춘다.
석이 화가 나서 그만 확 내달린다.
석이의 뜀박질처럼 빠른 템포로
"찌르릉찌르릉 비켜나세요! 자전거가 나갑니다. 찌르르르릉 앞에 가는 저 학생 멍청이 학생"

석이 노랫소리가 들리건 말건 마구 달린다.
"하하하"
뒷덜미를 쫓아오는 연이의 웃음소리)

신19 갈림길

(헐레벌떡 달려오는 석이 숨을 몰아쉬며 뒤돌아본다.
뚝 때문에 보이지 않는 연이)

석이 계집애 쬐그만 게 까불어
(아무도 뵈지 않는 개울 쪽을 향해 눈을 흘겨준다.)

신20 다시 개울가

(이튿날
책보를 멘 석이가 온다.
노래를 떠벌이며 오다가 개울 쪽을 보고 오뚝 걸음을 멈추는)

석이 (당황한 듯) 어 저게 또… (혼잣말처럼 중얼거린다)

(징검다리 위에서 물장난을 하고 있는 연이.
난처한 듯 입맛을 쩍 다시는 석이.
어쩔까 망설이다가 그 자리에 슬그머니 앉아버린다.
연이가 가버릴 때까지 기다리자는 속셈이다.
그때 마침 지게를 지고 오는 농부 하나.
옳다 됐다는 듯 그 뒤를 살금살금 뒤따라가는 석이.
연이 농부를 발견하고 일어선다.
징검다리를 건너가는 농부.
뒤따르는 석이.

흘깃 석이를 발견하고 장난스러워지는 연이, 훌쩍 개울 속으로 뛰어든다.
그 앞으로 지나치는 농부.
석이도 연이를 못 본 체 지나친다.
물속에서 공연히 풍덩거리는)

연이 아유 시원해라! 어쩜 물이 이렇게 맑지?!
(못 들은 채 지나가는 석이)
연이 야 송사리 봐라! 어 물방게도 있네?!

(물속을 살피며 계속 호들갑을 떤다.
본 체도 않고 도망치듯 가버리는 석이의 먼 모습)

신21 개울가 부근

(이튿날
잠자리 잡는 걸음으로 살금살금 오는 석이.
나무 뒤에 몸을 숨기고 개울 쪽을 살핀다.
또 개울 징검다리에 앉아 있는 연이의 먼 모습.
아연실색하는 석이)

석이 (울화가 난 듯) 아이구 저걸 그냥 (주먹으로 가슴을 탕탕 두들긴다)

신22 개울가

(징검다리 위에서 세수를 하고 있는 연이
분홍빛 스웨터 소매를 걷어 올린 팔과 목덜미가 마냥 희다)

신23 나무 밑

(선뜻 나서지 못하고 갈팡질팡 주위를 맴도는 석이)

석이 계집애! 가서 개울 속에다 꽉 처박아버릴 끼다.

(결심한 듯 발을 탕탕 구르며 개울 쪽으로 나간다.
세수를 마치고 이번엔 물속을 빤히 들여다보는 연이.
저만큼 기세등등해서 오는 석이.
계속 물속만 살피는 연이.
수면에 일렁대는 연이의 예쁜 얼굴.
물속을 향해 생긋 웃는다.
그러다 갑자기 물을 움켜낸다.
확 흩어지는 피라미 떼.
석이가 온 걸 아는지 모르는지 그냥 날쌔게 물만 움켜내고 있는 연이.
번번이 허탕이다.
막상 개울가에 왔지만 용기가 푹 죽어버리는 석이.
짬짬거리다가 별수 없이 그 자리에 털썩 주저앉는다.
좌우를 살핀다.
어제처럼 지나는 사람이나 있어줬으면…
계속 물만 움켜내고 있는 연이 문득 물속에 뭔가 꺼낸다.
하얀 조약돌.
훌쩍 일어선다.
팔짝팔짝 징검다리를 뛰어 건너간다.
이제 비키나 보다 해서 밝아지는 석이, 건너가서 홱 돌아서는)

연이 이 바보!

(휙 조약돌이 날아온다.
저도 모르게 벌떡 일어서는 석이.
연이 단발머리를 나풀거리며 막 달린다.

어리둥절 살피고 있는 석이.
갈밭 사이로 달리는 연이 갈꽃 속으로 쌓여버린다.
그 자리에 선 채 언저리만 살피고 있는 석이.
나타나지 않는 연이.
목을 길게 빼는 석이.
보이지 않는 연이.
발돋움하는 석이.
갈꽃 위로 반짝이는 청량한 가을 햇살뿐
그때 저쪽 갈밭에 갈꽃 한 움큼이 움직인다.
연이가 갈꽃 안고 걷고 있다.
갈꽃다발이 들길을 걸어가는 것만 같다.
그대로 서 있는 석이.
멀어져가는 연이와 갈꽃.
이윽고 보이지 않는 연이.
석이 문득 발밑에 연이가 던진 조약돌을 내려다본다.
물기가 걷혀 있다.
그것을 집어 주머니에 넣는 석이.
시곗바늘처럼 옆으로 기다래지는 석이의 그림자.

- O. L -

이튿날
잔뜩 긴장해서 오고 있는 석이 나무 둥지 뒤에 숨어서 개울 쪽을 살핀다.
그러나 뵈지 않는 연이.
순간적으로 안도한 듯 싱긋 웃으며 개울가로 달려가는 석이.

- O. L -

물가에 소요하고 있는 물새 떼들과 비둘기 떼들.
저만큼 석이가 온다.
좌우를 살피는 석이.
연이가 보이지 않자 걱정하는 얼굴이 되는 석이
징검다리 앞으로 다가온다.

후루룩 구구
나는 물새 떼와 비둘기 떼
긴 포물선을 그으며 까뭇하게 날아간다.
물 위에 가꾸로 던져진 석이 모습
징검다리 위에서 연신 좌우를 살핀다.
휘-이
바람이 분다.
파문 속에 부서져버리는 석이의 물그림자.)

신24 학교 정문

(눈부신 아침 햇살 등교하는 학생들-
달려오는 소년들 재잘대며 오고 있는 소녀들
정문 측백나무 울타리 뒤에서 소녀들을 살피고 있는 석이.
웃고 떠들며 지나치는 소녀들
그러나 보이지 않는 연이의 모습.)

신25 윤초시 댁 대문 앞

(석이가 지나치듯 가면서 안을 슬쩍 기웃거린다.
사랑채 뜰 위에 앉아 있는 윤초시의 완고한 얼굴)

신26 개울가

(아무도 없다.
휘이-
한바탕 갈꽃을 휩쓸리며 지나가는 하늬바람-
개울 위 방죽 먼 끝으로 석이가 서 있는 게 보인다.)

신27 방죽 위

(멍청히 서 있는 석이 아쉬움에 휩싸인다.
좌우를 살핀다.
개울물-
바람-
바람이 그리는 파문 파문들-
그리고 눈부신 햇살과 한들거리는 갈꽃뿐.
고개를 갸웃하는 석이, 슬며시 조약돌을 꺼낸다.
조심스럽게 주무른다.
끼룩- 끼룩-
먼 산을 배경으로-
횡선을 그리며 백학 한 마리가 난다.
올려다보는 석이
그 울음소리가 애타게 느껴지는 석이.)

신28 석이네 집 우물가

(빨래를 하고 있는 엄마, 비누로 빨랫감을 치대다가)

엄마 아이구머니나-

(손을 번쩍 떼며 살핀다. 빨갛게 부풀어 오르는 손가락 얼른 빨랫감을 뒤지는 엄마.
석이의 베잠방이에서 나오는 조약돌-)

엄마 아이구! 얘가 웬 조약돌을 넣구 다닌담.

신29 동. 방 안

(거울 속에 담긴 석이의 얼굴 이마에 돋은 빨간 종기.
석이 열심히 손톱으로 짠다.
아픈 듯 찡그리는 석이.
그때 밖에서 들리는 엄마의)

소리 얘– 석아–
석이 응 ?! (대답하고 나간다.)

신30 우물가

(빨래하고 있는 엄마. 석이가 방 안에서 나온다.)

석이 (마당으로 내려온다)
엄마 (보며) 웬 돌멩이를 주머니에 넣고 다니냐? 계집애처럼
석이 응– 그거
(하고 조약돌을 발견하더니 얼른 집어 주머니 속에 집어넣는다.)
엄마 뭘 또 집어넣냐? 옷 쉬 해지게–
석이 ……
(공연히 빨개진다.)
엄마 원 별 애두 다 보겠다.
석이 엄마! 이게 뭐야?
엄마 뭐가?
석이 이마빡에 이런 게 돋았어.
엄마 종기 났나 보다.
석이 이게 종기야?
엄마 어디 보자–
(이마빡을 엄마에게 들이대는 석이)
엄마 (살피다가) 아이구 이게 이게 여드름 아냐?
석이 여드름이 뭔데?

엄마 아이구 망측도 해라.
(앞치마로 얼굴을 가리며 웃는다.)
석이 여드름이 뭐냐니까?
(그냥 콧살을 찡그리며 웃어대는)
엄마 못된 송아지 뿔 먼저 나는 거란다.
(뻥해서 보고 있는 석이)

신31 개울가

(석이가 온다.
보이지 않는 연이의 모습
석이 징검다리를 건너간다.
가다가 문득 걸음을 멈춘다.
좌우를 살핀다. 아무도 보이지 않는다. 그 자리에 앉는다.
물속에 손을 담근다. 세수를 한다.
세수하다 말고 물속을 빤히 들여다본다.
검게 탄 얼굴이 비친다.
툭 불거진 여드름도 보인다.
싫다-
두 손으로 물을 움켜쥔다. 파문 속에 부서지는 얼굴-
또 비치기 전에 마구 물을 움켜쥔다.
그러다가 뭔가 느끼고 돌아본다.
저만큼 건너오고 있는 연이.
벌떡 일어서는 석이.
생긋 웃는 연이.
깜짝 놀라 후닥닥 달리기 시작하는 석이
디딤돌을 헛짚는 석이 물속에 빠진다.
아랑곳없이 더 달리는 석이
저만큼 흔들리며 다가오는 메밀밭.

메밀밭 속으로 뛰어 달리는 석이 입술에 뭔가 흘러든다.
손으로 훔쳐낸다.
코피다- 그냥 코피를 훔쳐내면서 달리는 석이.
"바보! 바보!"
하는 연이의 소리가 환청으로 뒤쫓아온다.
더욱 달리는 석이
(그 모습이 멀리 사라지며)

-F. O-

신32 (F. I) 윤초시 댁 지붕

(화면 가득히 기왓골 조형 미술처럼 느껴지는 그러나 군데군데 허물어진 기왓골.
웃자란 쑥대와 잡초들 그 위에

소리 "뭐라구? 이젠 조상 대대로 살아온 이 집마저 팔자고?"
기왓골이 들썩하게 들리는 윤초시의 고함)

신33 동 · 안채 마루

(고개를 홱 치켜드는 준구)

준구 그럼 어떡하시겠습니까? 이대로 우리 집구석이 망하는 꼴을 보고만 있으란 말입니까?
(안방에서 발을 탕탕 구르는)
윤초시 허허! 저놈 보게. 아 집구석을 망하게 한 놈이 누구야 누구냐고?
준구 그러니까? 망하는 꼴 그냥 보고 있을 순 없잖습니까?
윤초시 허어- 저런 뻔뻔한 놈 같으니라고.
준구 (격렬하게) 저도 괴롭습니다! 저도 괴롭다고요.

윤초시 모두 제 못난 탓이지! 누가 널 괴롭혔냐? 괴롭혔어.

준구 할아버지! 한 번만 기회를 주십시오. 한 번만 더-

윤초시 (말을 막듯) 어림없다. 내 눈에 흙 들어가기 전엔 이 집 기왓장 하나 흙 한 줌 어림없다고!

(수염을 부르르 떨며 섬돌에 곰방대를 탕탕 친다.
한쪽에서 한숨만 푹푹 내쉬고 있는 한씨
그때 까마귀 울음-
벌떡 일어나 뜰 끝으로 달려가는)

한씨 훠어이- 이놈에의 까마귀! 훠어이! 썩 날아가거라.
(마구 팔을 내젓는다)

신34 석이네 집 마당

(마당에 낮게 깔리는 부엌 연기
풀짐을 지고 들어서는 명호.
부엌에서 내다보는 엄마)

엄마 이제 와요?

명호 음-

(풀짐을 한쪽에 받치고 일어선다.)

명호 (수건으로 땀을 훔치며) 근데 웬 놈의 날씨가 이렇게 푹푹 찐담.

(하늘을 찡그리며 본다)

엄마 그러게요. 마당에 연기 깔리는 폼이 소나기라도 한줄기 할 모양인가? 원!

명호 석이는 여태 안 왔소?

(털썩 마루에 앉는다)

엄마 네! 오늘은 토요일이라 일찍 올 텐데-

(들판 쪽을 살핀다)

신35 개울가

(책보 낀 석이가 온다.
개울 쪽을 보고 확 반가워지는 석이
개울 속에서 뭔가 줍고 있는 연이의 모습.
고동이라도 줍는 듯-
그러나 다음 순간-
긴장하는 석이 얼굴.
연이를 못 본 채 조심조심 징검다리를 건넌다.
그때-)

연이 (소리) 야- !
(못 들은 척 그냥 건너는 석이)
연이 (소리) 얘! 이게 무슨 조개지?

(자신도 모르게 돌아서는 석이
검고 맑은 연이의 눈과 마주치는 석이의 시선.
얼른 연이의 손바닥에 시선을 떨구는)

석이 …비단조개-
연이 이름도 참 곱다
(활짝 웃는다)

신36 갈림길

(석이와 연이가 간다. 걷다가 문득 걸음을 우뚝 멈추는)

연이 너! 저 산 너머 가본 일 있니?
(먼 산을 가리킨다)
석이 없다-

연이 우리 가보지 않으련? 시골 오니까 혼자서 심심해서 못 견디겠다.

석이 …저래 봬도 멀다-

연이 멀면 얼마나 멀려고! 서울 있을 땐 사뭇 먼 데까지 소풍 갔었다.

(난처한 듯 연이 얼굴만 살피는 석이.
빤히 석이를 살피는 연이.
연이의 눈이 금세 바보! 바보! 할 것만 같다)

신37 논 사잇길

(금빛으로 변해가는 벼 포기들
석이와 연이가 온다.
뜸북뜸북- 볏숲에서 뜸부기가 운다)

연이 야- 뜸부기 운다.

(신이 난 듯 소리친다.
석이가 설렁줄을 흔든다.
푸득- 푸드득
참새 몇 마리하고 뜸부기가 날아간다.
덩달아 설렁줄을 흔들어대는 연이.
춤추듯 마구 우쭐대는 허수아비)

연이 야- 재밌다.

(석이를 보며 깔깔댄다.
멀뚱하니 뭔가 생각하고 있는 석이.
그 얼굴에 흐르는 명호의)

소리 석아! 너 학교 일찍 갔다 와서 텃논에 참새 봐야 한다.

연이 얘 뭘 생각하니?

석이 후딱 생각을 걷으며) 아무것도 아냐

(획- 가던 길로 달려간다.
아버지 소리를 털어내기라도 하려는 듯-
뒤쫓아가는 연이.
따끔따끔 부딪쳐오는 풀벌레들-
빨려드는 느티나무
파란 하늘-
맴도는 독수리
궁전같이 피어나는 뭉게구름
이런 것들이 뛰는 시선에 마구 흔들리며 다가온다.
그렇게 한참 달리다 어지러운 듯 우뚝 멈추는 석이
비칠비칠하며 킥킥댄다.
그때)

연이 (소리) 얘-

(돌아보는 석이.
저만큼 논가에 엎드려 있는 연이.
웃음을 깨물고 빨리 와보라고 손짓한다.
비칠거리며 달려가는 석이)

연이 얘! 이것 좀 봐! 호호!

(웃음을 죽이며 가리킨다.
벼 포기 허리춤에 매달려 있는 메뚜기 한 쌍
커다란 암컷 위에 업혀 있는 수컷)

연이 큰 게 수놈이구 이게 암놈인가 봐-

석이 아냐? 작은 게 수놈이야

연이 애걔 쬐그만 게?

(부끄럽다는 듯 벼 포기 뒤쪽으로 싹 돌아가는 메뚜기 한 쌍)

연이 호호!

석이 하하!

(깔깔대고 웃다가 공연히 얼굴이 빨개지는 석이)

신38 언덕길

(나는 고추잠자리 떼-
잡으려고 훌쩍 뛰는 석이 얼굴과 연이 얼굴이 화면 밑에서 솟았다 꺼졌다 한다.
문득 밭 언저리를 살피는)

연이 얘! 저게 뭐니?

(저만큼 원두막이 서 있다)

석이 원두막!

연이 여기 참외 맛있니?

석이 그럼 ! 참외 맛도 좋지만 수박 맛은 더 좋다.

연이 하나 먹어봤으면

(입맛을 쩍 다신다.
석이 달려가 밭에 있는 무 두 밑을 뽑아온다.
아직 밑이 차지 않은 애무다.
잎을 비틀어 팽개친 후 연이에게 한 알 건네는 석이.
그러고는 이렇게 먹어야 한다는 듯 입으로 껍질을 벗긴다.
우쩍 깨문다.
따라 하는 연이 그러나 세 입도 못 먹고)

연이 아이 맵고 지려-

(집어 던진다)

석이 정말 맛없다 못 먹겠다.

(더 멀리 팽개친다)

신39 물레방앗간 부근

(멈춰 있는 물레바위
바퀴 사이로 석이와 연이가 달려오는 게 보인다.)

연이 야 물레방아다. 근데 왜 돌지 않지?

석이 요샌 모두들 기계 방아로 찧는다.

연이 우리 한번 돌려보자.

석이 안 돼! 부서졌어!

연이 우리 방앗간에 들어가 보자.

석이 쉿! 들어가지 마라.

연이 (아연한 듯) ? !

석이 그 안에 처녀 귀신이 있다.

연이 뭐? 처녀귀신?

석이 그래 작년에 그 속에서 처녀가 목매 죽었어.

연이 어머나

(공연히 심각해진 석이 얼굴)

연이 처녀가 왜 죽었는데?

석이 총각이랑 약혼했는데 총각이 서울서 온 색시한테 반해서 도망가버렸대나 봐.

연이 저런! 쯧쯧!

(어른처럼 혀를 찬다)

석이 (문득 무서워진 듯) 가자.

연이 정말 처녀 귀신이 나올까?

석이 그럼 총각들만 들어가면 펑- 하고 나타난단다.

연이 그럼 난 괜찮겠네?

석이 싫다 난 무섭다.

(연이 살금살금 들어간다)

신40 동 · 안

(희뿌옇게 쌓인 먼지.
어두컴컴한 여기저기에 놓여 있는 방앗간 도구들.
연이가 긴장해서 들어온다.
여기저기 살핀다.
정말 금세 처녀 귀신이라도 나올 듯 음산한 분위기.
연이 방아틀 쪽으로 걸어간다. 살금살금-
그때-
호호- 간드러진 처녀의 웃음소리)

연이 (깜짝 놀라) 엄마얏-

(하고 그 자리에 털썩 주저앉는다.
방앗간 공기창으로 쏘옥 올라오는 석이의 장난스러운 얼굴
석이 안을 살피다 눈이 커진다.
기절한 듯 방아 고위에 쓰러져 있는 연이
급히 사라지는 석이 얼굴
소란한 발소리와 함께 급히 뛰어드는 석이)

석이 애! 애!

(연이를 잡고 마구 흔든다. 여전히 축 늘어진 연이)

석이 애! 내가 잘못했어! 애

(금세 울먹울먹-
그때
호-호- 정말 처녀 귀신 같은 웃음소리를 터트리며
오뚜기처럼 일어서는 연이-)

석이 엄마야-
(이번에 석이가 기겁해서 털썩 주저앉는다)

신41 산 밑

(울창한 숲.
소란한 말매미 울음소리.
숲 사이로 달려오는 석이와 연이.
아스라한 둘의 웃음소리)

신42 벼 랑

(한들한들 피어 있는 도라지꽃과 싸리꽃.
연이가 올라가 꽃을 꺾는다.
꽃을 꺾다가 잘못 미끄러지는 연이)

연이 어머나!

(칡덩굴을 긁어쥔다.
화면 밖에서 놀라 달려오는 석이
연이의 손을 간신히 잡아 끌어 올린다.
연이의 오른쪽 무릎에 맺혀 오르는 핏방울.
놀라며 상을 찡그리는 석이-
자신도 모르게 상처에 입술을 갖다 대고 빨기 시작한다.)

연이 괜찮아! 괜찮아–

(석이 생각난 듯 좌우를 살피더니 소나무 쪽으로 달려간다.
소나무 등걸에 하얗게 엉겨 있는 송진
그것을 떼어 연이에게 되달려온)

석이 이걸 바르면 낫는다.
(연이 상처에 문지른다. 그런 석이가 재미있기만 한 연이)
석이 저기 송아지가 있다! 그리 가보자–

(앞장서 달려간다.
꽃묶음을 들고 뒤쫓는 연이
풀밭에 송아지가 있다
석이가 달려가 고삐를 잡아 쥐고 등을 긁어주는 척– 훌쩍 올라탄다.
송아지가 놀란 듯 껑충거리며 돌아간다.
하하– 하–
재미있는 듯 깔깔대는 연이
송아지 위에서 빙빙 돌아가는 석이
연이의 흰 얼굴이– 분홍 스웨터가– 남색 스커트가– 안고 있는 꽃다발이
함께 범벅이 된다.
모두가 하나의 꽃묶음 같다!
어지럽다.
그러나 내리지 않으리라.
자랑스럽다.
이것만은 연이는 흉내 낼 수 없는 자기만 할 수 있는 일인 것만 같다.
그때)

소리 너희들 예서 뭣들 하느냐

(농부 하나가 억새풀 사이로 올라온다.
얼른 송아지 등에서 뛰어내리는 석이
연이와 석이를 살피다 송아지 고삐를 챙겨 든)

농부 어서들 집으로 가거라! 소나기가 올라.

(하늘을 올려다보는 석이와 연이
정말 하늘 위에 먹구름 한 장이 떠 있다.
송아지를 몰고 내려가는 농부
갑자기 사면이 소란스러워진다
우수수-
바람이 나뭇잎을 흔들고 지나간다.
삽시간에 보랏빛으로 변하는 주위-)

신43 산 밑

(떡갈나무 숲-
달려 내려오는 석이와 연이
후드둑
나뭇잎에 빗방울 떨어지는 소리
일제히 뚝 그치는 말매미 울음소리
동시에 시작되는 소란스러운 청개구리 소리)

연이 어머! 저길 봐!
(건너편 산을 살핀다. 바라보는 석이)
석이 어- 소나기다.

(벌판 끝-
첩첩한 산등성이- 등성이로 하얗게 몰려오는 소나기-

마치 하얀 베일이 커튼처럼 펄럭이듯 온 누리를 덮어오는 장관
경이감으로 바라보고 있는 석이와 연이
그 자리에 오뚝 선 채 그것을 지키는 둘
점차 몰려오는 소나기
선뜩! 선뜩!
연이와 석이의 목덜미에 떨어지는 빗방울
이어 대번에 눈앞을 가로막는 하얀 빗줄기
소리를 지르며 누가 먼저랄 것 없이 내달리는 석이와 연이)

석이 야– 저기 원두막이 있다.

(뽀얀 비안개 속에 보이는 원두막
그리로 달려가는 둘
한창 세차게 쏟아지는 소나기)

신44 원두막

(기둥이 기울고 지붕도 갈래갈래 찢어졌다.
황망히 달려오는 석이와 연이)

석이 이리로 이리로–

(비가 덜 새는 곳에 연이를 세운다.
계속 세차게 쏟아지는 소나기
입술이 파랗게 질리는 연이, 어깨를 자꾸만 떤다.
무명 겹저고리를 벗어 연이의 어깨를 감싸주는 석이
연이 석이를 한번 올려볼 뿐 하는 대로 잠자코 있다.
석이 벌거숭이 상체가 어색한 듯 어깨를 으쓱이며 팔을 휘젓는다.
연이는 안고 온 꽃묶음 중에서 가지가 꺾이고 일그러진 것을 골라 발밑에

버린다.
한층 더 세차게 쏟아지는 소나기
어느새 연이가 앉아 있는 곳은 비가 새기 시작한다.
밖을 살피던 석이
저만큼 수수밭 쪽으로 달려간다.
세워놓은 수숫단을 비집어 보더니 옆의 수숫단을 날라다 덧세운다.
그리고 연이를 향해 손짓한다.
연이 그쪽으로 달려간다.
연이를 수숫단 속으로 밀어 넣는 석이
자신은 밖에서 소나기를 그대로 맞으며 맨손운동을 한다.
석이의 벗은 몸에서 무럭무럭 김이 오른다.
그런 석이가 안됐는지)

연이 (속삭이듯) 얘! 너두 이리 들어와!
석이 괜찮아—
(한층 활발하게 제자리 뜀박질)
연이 아이! 이리 들어오라니깐?

(상을 찌푸리며 안쓰러워한다.
하는 수 없이 엉덩이를 들이대고 안으로 들어가는 석이
꽃묶음이 우그러든다.
주춤하는 석이)

연이 괜찮아 이리 바싹 앉아!

(더 들어앉는 석이
이윽고 껴안듯 바싹 앉은 둘
확— 끼쳐오는 석이의 살 냄새
그러나 고개를 돌리지 않는 연이

오히려 석이에게 안겨들듯 더 바싹 붙어 앉는다.
얼굴이 빨개진 채 어쩔 줄 모르는 석이
그러나 연이와 나란히 앉아 있는 게 싫지는 않다.
어느새 소란하던 수수 잎 소리가 뚝 그쳤다.
밖이 멀게졌다.
수숫단 속을 빠져나오는 둘
언제 그랬냐는 듯 쨍- 하고 한줄기 햇살이 비친다.
파랗게 드러나기 시작하는 쪽빛 하늘
석이와 연이 마주 보며 갠 하늘처럼 활짝 웃는다.)

신45 개울가

(엄청나게 불어 있는 흙탕물.
와서 망설이는 석이와 연이.
석이 잠자코 연이에게 등을 돌려댄다.
연이 기다렸다는 듯 석이 등에 업힌다.
조심스럽게 개울물 건너는 석이
한가운데로 허리춤까지 차오르는 흙탕물)

연이 어머나!

(놀란 듯 소리치며 석이의 목을 흰 팔로 끌어안는다.
쑥스러움이라도 털어내려는 듯 힘차게 개울을 건너가는 석이
어느새 그 위에 쨍쨍하게 내려 쏟는 눈부신 햇살)

신46 서당골 동구 밖

(느티나무 앞
비에 젖어 햇살이 반짝이는 이파리들

접은 우산을 들고 달려오는 윤초시
저만큼 비에 젖은 연이가 달려온다)

연이 할아버지

윤초시 연아-

(달려가고 달려온다. 연이를 덥석 안는 윤초시)

윤초시 소나기 맞구서 어딜 갔다 오냐?

(무섭잖게 나무란다)

연이 응- 친구하구 저 산 너머에 갔다 왔어.

윤초시 저런! 그러다 감기 들면 어쩌려구! 어서 가자

연이 그래두 재미있었는걸?

윤초시 허- 그 녀석

(마을 쪽으로 들어간다)

신47 석이네 집 마당

(부엌에서 나오는 엄마
외양간에서 소털 빗질을 하고 있는 명호)

엄마 참! 별 애도 다 보겠네

명호 왜?

엄마 석이 말이에요.

신48 동 · 부엌

(아궁이에서 보릿짚을 때고 있는 석이)

엄마 (소리) 비 맞은 옷 벗어 빨자니까 그냥 말려 입겠다고 저렇게 청승을 떨고 있지 뭐유? 글쎄

명호 (소리) 제 성미대로 하게 내버려두지 뭘-

(혀를 날름하는 석이)

엄마 (소리) 요사이 아이가 왜 저렇게 빈축스러워질까?

(콧살 찡그리며 웃는 석이의 쑥스러운 얼굴에 불빛이 환히 비치고 딱-딱-
보릿짚 매듭 타는 소리가 요란한 폭죽 소리처럼 들리면서)

-F. O-

신49 F. I 개울가(아침)

(징검다리
책보 낀 석이가 건너온다.
버릇처럼 좌우를 살핀다.
아무도 없다.

O. L

오후-
학교 쪽으로 석이가 온다.
또 주변을 살핀다.
보이지 않는 연이
물새 소리가 적막함을 더 느끼게 한다.
물위로 거꾸로 비쳐 석이가 징검다리 위를 지나간다.)

신50 학교 처마 밑

(땡- 땡-
종을 치는 여선생
교실에서 쏟아져 나오는 아이들
석이가 달려 나온다.
소녀들 노는 쪽으로 달려간다.

공기놀이하는 소녀들
줄넘기 하는 소녀들
술래잡기하는 소녀들
달려와서 살피는 석이
얄궂다는 듯 석이에게 입을 삐쭉이는 소녀들
책보로 눈 가린 소녀 술래가 도둑을 잡는다.
분홍 스웨터 남색 스커트를 입었다.
눈에 반짝해서 그 소녀를 주시하는 석이
술래가 헛손질할 때마다 킬킬대고 웃는다.
도둑을 잡아 책보를 걷는 소녀 연이가 아니다.
실망해서 멀쑥해지는 석이
하- 하- 호호-
그 얼굴에 소녀들의 참새 떼 같은 웃음소리)

신51 어느 교실

(오르간 치는 여학생. 합창하고 있는 소녀들)

노래 보일 듯이- 보일 듯이- 보이지 않는! 따옥! 따옥- 따옥 소리- 구슬픈 소리!

(제비 새끼 입들 같은 하모니.
소녀들의 얼굴을 쭉- 훑어가다가 노래가 두 소절 끝날 때쯤-
소녀들의 시선이 지휘자의 지휘봉을 외면하고 일제히 한 곳을 본다.
교실 창문 너머에서 쏘옥- 석이 얼굴이 올라왔기 때문이다.
합창단원들을 일일이 빤한 시선으로 살피는 석이.
머리에 리본을 단 소녀
주근깨가 다닥다닥한 소녀
새침데기 같은 소녀
다부지게 생긴 소녀

수많은 소녀 중에 연이의 모습은 없다.
지휘하다 홱 돌아보는 지휘자의 화난 얼굴.
석이와 딱 마주치는 시선
슬며시- 복도 너머로 없어져버리는 석이의 실망스러운 얼굴)

신52 밤하늘

(별 하나 보이지 않는 캄캄한 하늘.
번쩍- 번쩍-
이따금 어둠을 헤집고 스치는 마른 번갯불)

신53 석이네 집 마당 (밤)

(마루 위에 배꼽을 내놓고 늘어지게 자고 있는 명호
윙윙대는 모기 소리
철썩- 철썩-
자다가도 손바닥으로 허벅지와 팔뚝을 치며 모기를 쫓는 명호
마당에 빨갛게 피는 모깃불.
허옇게 피어오르는 연기
곁에 무릎 세우고 동그마니 앉은 석이
번쩍- 번쩍-
밤하늘에 스치는 마른 번갯불
불안하게 올려보는 석이)

신54 윤초시댁 사랑채

(장지문을 핥는 마른 번갯불
드르륵- 미닫이를 열고 밤하늘을 살피는)

윤초시 허어- 웬 마른 번갯불이 이렇게-

(청지기채 앞에 서 있던)

머슴 글쎄 말입니다요! 마른 번갯불이 잦으면 그해 흉사나 가뭄이 든다던데-

윤초시 허어- 흉한

(무섭게 쏘아본다)

머슴 아이구- 예 쇤네가 그만

(확- 문을 닫아버리는 윤초시)

신55 동 · 안방

(불빛이 일렁이는 주름진 한씨의 얼굴
아랫목에 이불을 쓰고 누워 있는 연이 핼쑥한 얼굴
한씨 물수건을 짜서 연이의 이마에 얹어준다.
또 장지문을 핥고 지나가는 마른 번갯불
겁에 질리는)

연이 할머니! 무서워.

한씨 응! 괜찮다 마른 번갯불이란다.

연이 (여전히 무서움)…

한씨 (달래듯) 마른 번갯불은 좋은 거란다.
마른 번갯불이 치면 그해 경사와 풍년이 든단다.

연이 그래? 정말이야?

(좀 밝아진다)

한씨 그럼-

(대답하는 억양과 달리 밝지 않은 얼굴)

연이 아빠는 어디 갔어?

한씨 주막에 갔을 게다.

연이 왜 자꾸 술만 마셔?

한씨 이제 곧 돈 벌러 간단다.

연이 술 마시고 할아버지랑 자꾸만 싸우니까 내가 아프지.

한씨 맞다. 그래서 할머니가 혼꾸멍냈단다. 이젠 싸우지 않을게다.

연이 …….

한씨 …(가벼운 한숨)…

연이 할머니! 옛날얘기 해줘.

한씨 이젠 그만 자거라. 푹 자고 어서 몸살이 나아야지 학교 가지.

연이 싫어. 한 마디만 해줘야지 뭐−

한씨 옛 얘기 너무 즐겨 하면 궁하단다.

연이 싫어 한 마디만 한 마디만.

한씨 얘기도 다 우려먹고 할 게 있어야지 원.

한씨 …음− 음… 왜? 여우고개라고 있지 않냐? !

연이 음! 있어!

(눈을 빛낸다)

한씨 거긴 말이다 옛날부터 여우가 많아서 여우고개라고 한단다.

바로 이 여우고개 너머 한 총각애가 살았구나.

총각애는 고갤 넘어 도당엘 다녔는데 아주 총명해서 글두 썩 잘했구나.

그런데 하루는 총각애가 서당엘 가는데 여우고개서 꽃 같은 색시가 나오더니 총각애 귀를 잡고 입을 쪽 맞췄구나. 그러더니 꽃 같은 색시가 제 입에 묻었던 알록달록한 고운 구슬 알을 총각애 입에다 넣어주었다 제 입으로 도로 옮겼다 했구나.

총각애는 색시가 너무 고운데 그만 홀려서 색시가 하는 대로만 했구나.

이렇게 구슬 알을 물리길 열두 번이나 하더니만 꽃 같은 색시는 아무 말 없이 아까 온 데로 가버렸구나.

이렇게 날마다 총각애가 서당엘 가구 올 적마다 꽃 같은 색시가 나와 입을 맞췄구나.

그런데 날이 갈수록 총각앤 몸이 축나고 글공부도 못해만 갔구나. 그래 하루는 훈장이 총각애보고 왜 요샌 글도 못 외구 얼굴이 상해만 가느냐 물었구나. 그랬더니 총각앤 그저 요새 집에서 농사일루 분주해서 소 먹이고 꼴 베느라고 그렇지! 몸은 아무 데두 아픈 데가 없다구 했구나.

그래두 총각앤 날이 갈수록 얼굴이 못해만 갔구나. 그래서 어느 날 훈장이 몰래 총각애 뒤를 쫓아 가봤구나……

(여기서 얘기를 그치고 잠시 엉킨 실 꾸러미를 입으로 뜯고 고르는 한씨)

연이 …그래서? 응?

(재미있어 죽겠다는 듯 보챈다.)

한씨 그래 숨어서 꽃 같은 색시와 총각애가 하는 꼴을 다 봤구나. 그래 다음 날 훈장은 총각애를 불러서 색시가 구슬을 물려주면 그저 꿀꺽 삼켜버리라고 일렀구나. 만약 그렇지 못하면 죽고 만다고 일렀구나. 다음 날 훈장이 몰래 쫓아 가 봤더니 총각앤 구슬을 못 삼키고 말았구나.

연이 잉- 삼켰으면 좋을걸-

(안타까운 표정)

한씨 보다 못한 훈장은 그 다음 날 오늘은 구슬을 못 삼키면 정말 죽고 만다고 호통을 쳤구나.

그날도 총각애가 여우고개에 이르니깐 이건 또 나날이 고와만 가는 꽃 같은 색시가 나타나 총각애 귀를 잡구 입을 쭉- 하고 맞추더니 또 구슬 알을 물려주었구나.

총각앤 정말 눈 딱 감고 구슬을 삼켜버렸구나. 그랬더니 지금껏 꽃같이 곱던 색시가 별안간 큰 여우로 변해가지고 그 자리에 죽어 넘어졌구나.

연이 엄마야!

(자신도 놀랐다는 듯 눈을 크게 떠 보이는 한씨)

연이 그- 그래서?

한씨 총각애가 눈을 떠보니 눈앞에 꽃 같은 색시는 간데없고 큰 여우가 죽어 있으니까 총각앤 너무 놀라서 까무러치고 말았구나. 그날도 몰래 따라갔던 훈장이 총각앨 업고 왔단다.

연이 그래 그 총각은 어떻게 됐어?

한씨 사흘만 더 있으면 죽을 걸 훈장 덕분에 살았지. 그래 그 뒤부턴 훈장 말 잘 듣고 공부 잘 해가지고 과거에 급제했다더라.

연이 그 여우 새낀-

한씨 거야 가죽을 벗겨서 돈 많이 받고 팔았지.

연이 지금도 여우가 고운 색시로 둔갑해?

한씨 다 옛날얘기라 그렇단다.

연이 야- 재밌다.

한씨 이제 그만 약 먹고 자거라.

(구슬같이 까만 한방 알약을 내민다. 잠자코 받아 먹는 연이)

신56 여우고개

(책보 낀 석이가 올라온다.
정말 꽃 같은 색시가 나타난다.
색시가 구슬 알을 석이의 입속에 물렸다 자기 입에 물었다 한다.
숲속에서 훈장처럼 바지저고리에 탕건을 쓴 연이가 삼키라고 고함을 치고 있다. 그러나 아무리 소릴 질러도 소리가 나지 않고 석이도 구슬을 삼키지 못한다.
석이는 꽃 같은 색시한테 홀려서 하라는 대로 하고만 있다.
연이는 안타까워 더 몸부림치고 소리를 지른다.)

신57 윤초시 댁 안방

(번쩍-
잠을 깨는 연이
불 꺼진 어두컴컴한 방 안.
잠들어 있는 한씨
입에 녹다 만 알약이 씹힌다.
무서운 꿈이라도 뱉어버리듯 알약을 뱉어버리는 연이)

신58 갈림길

(까만 승용차 한 대가 달려온다.
맞은편에서 석이가 온다.
석이 앞에 멈추는 승용차.
주춤 서며 승용차를 살피는 석이
승용차 창문에서 나타나는 신사복 사내의 얼굴
석이에게 뭔가 묻는다.
석이- 사내와 뭔가 주고받더니 서당골 쪽을 손으로 가리킨다.)

신59 윤초시 댁 대문 앞

(세 사내와 석이가 온다.
석이가 윤초시 댁을 손가락질한다.
석이의 머리통을 쓰다듬어주고 대문 안으로 들어가는 사내들
석이 혹시 연이가 나오지 않나 해서 안을 기웃거린다.)

신60 동 · 안방

(오랜만에 병석에서 일어난 연이가 머리를 빗고 있다.
핼쑥해진 그 얼굴이 왠지 더 깜찍하고 예뻐 보인다.
거울을 보며 열심히 머릿결을 손질하는 연이
한씨가 옆에서 도와준다.
그때 밖에서 거칠고 낯선 음성이 들린다.
이어 맥없는 준구 음성도 들린다.
빗질을 멈추고 귀 기울이는 연이와 한씨)

준구 (소리) (애원하듯) 자! 예까지 왔으니 어서 좀 올라오게.

사내 1 (소리) (거칠게) 이것 봐 우리가 놀러 온 줄 알아.

준구 (소리) 알고 있네. 좌우간 마루로 올라와서 술 한잔하면서 내 사정 얘길 들어보라고.

사내 2 (소리) 잔소리 말고 빨리 돈이나 내놔! 시간 없어.
(파랗게 질리는 한씨와 연이. 한씨 황황히 밖으로 나간다.
그대로 앉아 있는 연이.)

신61 동 · 마루
(나오는 한씨
마루에 걸터앉아 고개를 푹 떨구고 있는 준구
마당에 버티고 서 있는 장승처럼 험악한 얼굴의 세 사내)

사내 1 (다그치듯) 어쩔 거야.
준구 ……
사내 2 가타부타 대답을 하라고.
준구 여보게들 오늘은 아무 소리 말고 그냥 돌아가주게.
지금 내 딸애가 앓고 있다네 제발.
사내 1 허튼소리 집어치워! 그게 우리하고 무슨 상관이야.

(그때-
중문 쪽에서 아연히 다가오는 윤초시
윤초시를 보는 한씨와 준구
윤초시를 느끼지 못한 사내들)

사내 1 돈이 안 되면 할 수 없지. 약속대로 이 집하고 전답이라도 차압하는 수 밖에
(불문곡직하고 그 소리에 발끈하는)
윤초시 뭐? 뭐라고? 언놈이 이 집을 차압해. 누구 집이고 누구 전답인데 차압을 하냐고?
(버럭 고함을 지른다. 깜짝 놀라 돌아보는 세 사내들)

신62 안방

(거울 앞에 그대로 앉아 두 손으로 얼굴을 가리고 흐느끼는 연이)
윤초시 : (소리) 언놈들이냐? 도대체 감히 이 윤씨 사대부가를 차압하겠다는 네놈들이
뭘 하는 놈들이냐고?
(울고 있는 연이. 윤초시의 울부짖음 같은 호통이 점차 드높아가면서)

신63 갈밭

(바람에 휩쓸리는 갈꽃들.
갈밭을 쭉 훑어가다가 한 곳에서 갈꽃을 꺾고 있는 석이의 외로운 모습.
석이- 갈꽃을 꺾으며 연신 개울 쪽과 서당골을 살핀다.
오지 않는 연이
석이- 갈꽃을 계속 꺾으며 또 서당골을 살핀다.
여전히 보이지 않는 연이
석이- 실망한 듯 개울 쪽으로 간다.
무심히 흐르는 개울물
석이 징검다리 위에 서서 갈꽃 한 송이 한 송이를 물위에 떨군다.
낙화!
낙화처럼 떨어져 물위에 둥-둥- 떠가는 하얀 갈꽃-갈꽃들
석이- 마지막 한 송이를 던져버리고 돌아선다.
거기-
어느새 왔는지 환상처럼 서 있는 연이의 핼쑥한 모습.
너무나 반가워서 말을 못 하는 석이.
젖은 눈으로 석이를 빤히 살피는 연이.
살포시 떠오르는 반가운 미소)

석이 연아
(저도 모르게 튀어나오는 떨리는 음성)
연이 그동안 앓았다.

(가느다랗게 토한다.)

석이 …….

연이 …….

(뚝 길로 나선다.
따라가는 석이
뚝 위에 앉는 연이
나란히 앉는 석이)

석이 그날 소나기 맞은 탓 아냐?

(가만히 고개를 끄덕이는 연이)

석이 이젠 다 났냐?

연이 아직도…… 하도 갑갑해서 나왔다. 참 그날 재미있었어.

석이 …….

연이 근데 그날 어디서 이런 물이 들었는지 잘 지지 않는다.

(분홍 스웨터 앞자락을 내려다본다.
거기에 묻어 있는 검붉은 진흙물 같은 자죽.
빤히 그것을 내려다보는 석이)

연이 그래! 이게 무슨 물 같니?

석이 …….

(그냥 스웨터 앞자락만 보고 있다)

연이 내 생각해냈다 그날 도랑물을 건너면서 내가 업힌 일이 있지?
그때 네 등에서 옮은 물이다.

(얼굴이 확 달아오름을 느끼는 석이)

신64 갈림길

(나란히 걸어오는 석이와 연이. 길갈래에서 마주 서는 둘)

연이 참! 오늘 아침에 우리 집에서 대추를 땄다. 낼 제사에 쓰려고.

(스웨터 주머니에서 대추 한 줌을 꺼내 민다. 주춤하는 석이)

연이 맛봐라 우리 증조할아버지가 심었다는데 아주 달다.

(두 손을 오그려 받는)

석 이 : 참- 알도 굵다.

연이 그리고…… 저 우리 이번 제사 지내고 나서 좀 있다 집을 내주게 됐다.

(대추를 손에 쥔 채 엉거주춤 연이를 보는 석이)

연이 왜 그런지 난 이사 가는 게 싫어졌다. 어른들이 하는 일이니 어쩔 수 없지만…….

(전에 없이 연이의 까만 눈에 떠오르는 쓸쓸한 빛-)

석이 …….

연이 그럼 잘 가!

석이 ……(안타깝게 본다)……(순간적으로 젖어 오르는 연이의 눈시울)

석이 연아!

(연이 잠자코 돌아서더니 서당골 쪽을 향해 또박또박 걸어간다.
대추를 두 손으로 움켜쥔 채, 연이의 멀어지는 뒷모습을 보고 있는 석이
금세 울음보가 터질 것 같은 표정이다.
뒤돌아보지 않고 가는 연이)

신65 석이네 집 안방(밤)

(곤히 잠들어 있는 명호와 엄마.
한쪽에 누워 있는 석이.
잠 못 자고 말똥말똥 천장을 살핀다.
문득- 뭔가 생각난 듯- 살며시 일어나 밖으로 나간다)

신66 동 · 부엌

(바스스-
문을 열고 들어오는 석이 여기저기 살핀다.
시렁 위에 놓인 바가지
석이 바가지를 들고 나간다.)

신67 마을 앞길

(달빛 속에 석이가 간다.
머리통에 뒤집어쓴 바가지
손에 든 지게 작대기
지나던 사람이 이상한 듯 살핀다.
시침 떼고 그 앞을 쓰윽 지나는 석이)

신68 오솔길

(객혈하는 듯한 소쩍새 울음소리
석이가 온다.
저만큼 달빛 속에 무성하게 서 있는 덕쇠 영감네 호두나무숲
석이 달려가 한 나무를 타고 올라간다.)

신69 호두나무 위

(낑낑대며 올라오는 석이
다 올라와서 허리에 찬 작대기를 뽑아 든다.
한 손으로 나뭇가지를 잡고 벌떡 일어선다.
머리에 쓴 바가지에 탁하고 호두 열매 부딪는 소리가 난다.
고개를 마구 흔드는 석이
투둑-
호두 두어 개 부딪치는 소리.

좀 더 올라가는 석이 또 머리통을 흔들어본다.
탁 타닥- 탁-
수없이 바가지에 부딪치는 호두 소리
됐다는 듯 작대기를 움켜쥔 손에 침을 퉤 뱉는 석이
순간 떴다 사라지는 무서운 덕쇠 영감의 얼굴
주춤하는 석이
다음 순간 떠오르는 연이의 보조개 팬 해맑은 얼굴
석이 에라 모르겠다는 듯 작대기를 마구 휘두른다.
툭탁툭탁- 후드득
요란하게 떨어지는 호두
계속 작대기를 휘두르는 석이)

신70 개울가

(석이가 온다.
불룩한 주머니
주머니마다 가득 찬 호두 알들
석이 여기저기 살핀다.
보이지 않는 연이
서당골 쪽을 아쉽게 살피는 석이)

마음의 소리 바보! 연이더러 병이 났거든 이사 가기 전에 한번 만나자고 할걸!
바보 같은 것! 바보 같은 것!
(그만 혀를 친다)

신71 석이네 집 마당

(나들이옷을 갈아입고 닭 한 마리를 안고 있는 명호
그때 학교에서 돌아오는 석이)

석이 아버지! 어딜 가세요?
(그 말에 대꾸는 않고 닭 무게만 겨냥해보는)
명호 (엄마에게) 이만하면 될까?
엄마 (망태기를 내주며) 벌써 며칠째 걀걀하고 알 날 자리를 보던걸요? !
크진 않아도 살은 쪘을 거예요.
석이 (엄마에게) 엄마! 아버지 어딜 가셔?
엄마 저 서당골 윤초시 댁에 가신단다! 제사상에 놓으시라고.
석이 그럼 큰 놈으로 하나 가져가지! 저 얼룩 수탉으로.
(그런 소리 말라는 듯 꼬꼬댁거리며 목을 쭉 뽑는 수탉)
명호 인마! 그래도 이게 실속 있다!

(그 말에 열없어 책보를 집어 던지고 외양간으로 달려가 소잔등을 철썩 갈기는 석이
마치 쇠파리라도 잡는 채– 껄껄대고 웃는 명호와 엄마)

신72 동 · 안방(밤)

(자리에 누워 있는 석이와 엄마.
말똥말똥 연이 생각에 잠겨 있는 석이)

엄마 아니? 이이가 왜 또 여태 안 오실까? …… 낼모레 이사한다더니 벌써 이삿짐이라도 꾸려주고 오시나 원.
석이 (놀라며) 엄마! 윤초시 댁이 낼모레 이사한대?
엄마 그렇다나 보다!
(굳어지는 석이.
자신도 모르게 주머니 속에 호두 알을 소리 내어 주무른다.)
엄마 호두는 먹지 않고 왜 주머니 속에 넣고만 다니냐?
석이 …….
(계속 호두 알만 주무르며 또 연이 생각에 잠긴다.)

엄마 호두랑 꺼내놓고 그만 자거라! 주머니 속에 넣고 자다가 옆구리 다칠라.
(정말 잠이 오는 듯 긴 하품을 뿜더니 스르르 눈꺼풀이 감기는 석이)

신73 석이네 집 앞

(연이가 와서 안을 살핀다.
색시처럼 노란 저고리에 청갑사 치마를 맵시 있게 입은 연이)

연이 석아! 석아!

(예쁜 목소리로 부른다.
기다리고나 있었던 것처럼 안에서 달려 나오는 석이)

석이 (확 밝아지며) 어! 연이 아냐?
연이 얘! 우리 이사 안 가기로 했어!
석이 (반가워서) 정말?
연이 그럼! 여기서 오래오래 살기로 했어. 아빠 일이 아주 잘되셨대나 봐!
석이 야 신난다! 난 네가 이사 가면 어쩌나 하고 얼마나 걱정했다고.
연이 나도 너하고 헤어진다고 얼마나 섭섭해했는지 몰라.
석이 (생각이 난 듯) 참 이사 가기 전에 이걸 너 주려고 얼마나 찾았다고!
(주머니에서 호두를 움켜 낸다)
연이 어머! 호두 아냐?
석이 음! 이 근동에선 제일 알도 굵고 맛 좋은 덕쇠 할아버지네 호두야! 자! 받아!
(호두를 내민다. 두 손으로 얼른 받는)
연이 석아!
(문득 그 눈시울에 반짝이는 물기)

신74 타작 마당

(신명 나게 돌아가는 열두 발 상모 끈
질탕한 징 소리와 꽹과리 소리
한바탕 벌어진 풍악놀이
타작 마당을 가득 메운 마을 사람들
손뼉을 치며 웃고 떠드는 그들
까닥까닥 소서잡이
딱 부릅뜬 총포잡이
얼렁뚱땅 장고잡이
저마다 신명 나서 팽이처럼 돌아가는데
달려와 어른들 틈을 비집고 그것을 구경하는 연이와 석이
연이는 눈이 휘둥그레진다.
덩실덩실 갓 쓰고 도포 입고 어깨춤이 한창인 윤초시
석이 눈이 휘둥그레진다.
꽹과리 치며 팽이처럼 돌아가는 석이 아빠 명호
하하하- 호호호-
재미있어 죽겠다는 듯 깔깔대는 석이와 연이)

신75 개울가(밤)

(모래밭.
훤한 횃불
그 아래서 음매 하고 우렁하게 울부짖는 황소 한 마리
등판에 걸친 일등상이란 헝겊
씨름판에서 정말 황소처럼 엉겨 붙은 두 장정
둘레에 삥 둘러앉은 구경꾼들
그 틈에 열을 올리고 있는 연이와 석이
밀치고 밀리는 씨름꾼들
씨름꾼 자세히 보면 연이 아빠 준구다.
씨름꾼 2는 서울서 승용차 타고 온 사내 1

으랏차차-
비호 같은 준구의 배치기
모래를 튀기면서 떨어지는 사내 1
와- 함성을 터트리는 구경꾼들
만세를 외치며 좋아서 깡충깡충 뛰는 연이와 석이
준구 황소 고삐를 채고 획- 그 잔등으로 타고 오른다.
움-머-
포효하며 전후좌우로 씨름판을 누비는 황소
그 위에서 주먹을 불끈 쥐고 구경꾼들의 환호에 응답하는 준구
연이 황소 앞으로 달려간다.
허리를 구부려 획 연이를 안아 올리는 준구
더욱 열광하는 구경꾼들
석이 손바닥이 아프도록 박수를 보내고 있다)

신76 바닷가

(수평선
불끈불끈 솟아오르는 보름달
파도 위에 부서지는 달빛
그 은파 은파
드높아가는 강강수월래의 청아한 노랫가락
손에 손을 잡고 원무 추는 아름다운 처녀들
사뿐사뿐 솟아오르는 버선들
출렁이는 열두 폭 치맛자락
달려와서 신비한 듯 살피는 석이와 연이
둘을 발견하고 다가오는 처녀들
석이와 연이를 에워싸고 강강수월래를 추는 처녀들
처녀들 틈에 섞여 있는 석이 엄마
처녀 댕기 드리고 갑사 치마저고리로 단장한 그 아름다운 모습

여우고개의 그 예쁜 처녀 얼굴도 섞여 있다
황홀해서 어쩔 줄 모르는 석이와 연이
환하게 웃으며 선회하는 처녀들
달덩이 같은 엄마 얼굴
장미꽃 같은 여우 처녀 얼굴
한층 흥겹게 드높아가는 노랫소리
한동안 몰아경으로 빠져들다가)

신77 움박골 동구 밖

(느티나무며 장승에 얼기설기한 새끼줄들
새끼줄 마디마디마다 펄럭이는 흰 헝겊들
잡귀를 쫓고 안녕을 부른다는 그 새끼줄 위에
와— 함성이 터지며 화면 가득히 치솟아 오르는 청솔가지 타는 불기둥
밤하늘을 뒤덮는 연기
빨갛게 확산되었다가 하얀 재로 흩어져 날리는 불티들
이른바 한민족의 새해 카니발인 정월 대보름 불놀이가 벌어진 것이다.
연기와 불길에 그을리는 대보름달
깡통에 불을 담는 아이들
불을 둘러싸고 웃고 떠드는 마을 사람들
술잔을 주고받는 청년들
알밤과 호두를 까먹는 소년 소녀들
그 틈에 섞여 호두를 깨 먹고 있는 석이와 연이)

신78 들판

(줄 달린 불깡통을 휘두르며 달리는 아이들
와—
불싸움을 돋우는 아이들의 함성! 함성!)

신79 동구 밖

(불싸움을 구경하고 있는 마을 사람들
그 틈에 섞여 있는 석이와 연이의 얼굴
멀리 보이는 아름답고 화려한 아이들의 불싸움 광경
와- 와-
아스라하게 들려오는 아이들의 함성
그런데 문득 그 아름다운 광경이 확 사라지며 캄캄해지는 들판
동시에 딱 그치는 함성
이상한 듯 곁을 살피는 석이
어느새 흔적도 없이 사라져버린 마을 사람들
곁에 있던 연이도 보이지 않는다)

석이 (당황하며) 어
(갈팡질팡 주위를 맴돈다. 보이지 않는 연이)
석이 연아, 연아!

(울먹한 음성으로 부르며 달려간다.
어둠 속으로 달려가다 돌부리에 걸려 푹 쓰러지는 석이)

신80 다시 석이네 집 안방

(번쩍 잠이 깨는 석이. 그 얼굴에 들리는)

소리 허참! 세상일도…….
(언제 들어왔는지 나들이옷을 벗고 있는 명호)

명호 윤초시 댁도 말이 아니야! 그 많은 전답 다 팔아버리고 대대로 살아오던 집 마저 남의 손에 넘기더니 또 악상까지 당하는 걸 보면…….

(명호의 옷을 받아 걸던)

엄마 핏줄이라곤 그 계집애 하나뿐이었지요?

(잠이 확 깨는 석이)

명호 그렇지 사내애 둘 있던 것 어려서 잃어버리고

(자신도 모르게 일어나려다 그대로 누워 감정을 억제하는 석이)

엄마 어쩌면 그렇게 자식 복이 없을까!

(괴로워서 끙 하며 뒤로 눕는 석이)

명호 글쎄 말이지, 이번에는 꽤 여러 날 앓는 걸 약도 변변히 못 써봤다더군!

(방 벽에 던져진 명호와 엄마의 그림자를 멍하니 보고 있는 석이)

명호 지금 같아선 윤초시네도 대가 끊긴 셈이지!……그런데 참 이번 계집애는 어린 것이 여간 잔망스럽지가 않아! 글쎄 죽기 전에 이런 말을 했다지 않아?

엄마 무슨 말요?

명호 자기가 죽거든 자기가 입던 빨간 스웨터랑 남색 치마를 꼭 그대로 입혀서 묻어달라고…….

엄마 아이구 참! 요새 아이들은…….

(어느새 눈물을 흘리고 있는 석이
울음소리를 참는 듯 입술을 지그시 문다.
볼을 타고 흐르는 눈물 베갯잇을 적신다.
연신 눈물이 괴어오르는 검고 커다란 눈동자
석이의 그 슬픈 얼굴을 카메라가 서서히 클로즈업하다가
스톱. 모션 되면 점묘초상화 같은 그 얼굴에)

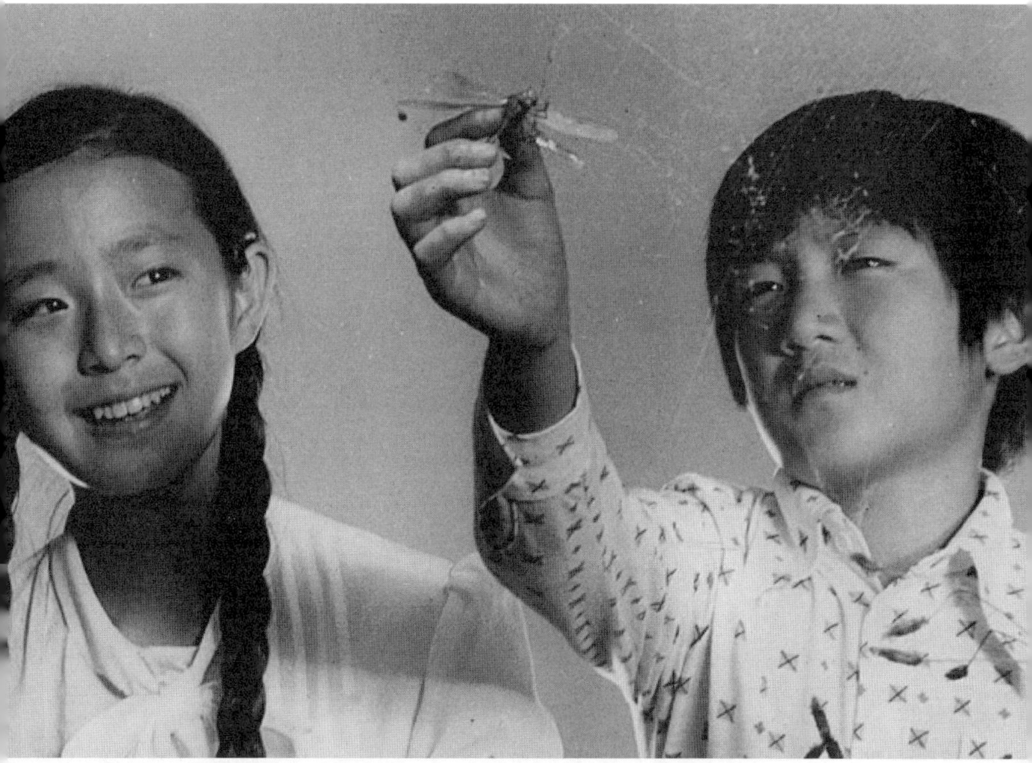

전주국제영화제 '시나리오의 날'

| 김효민 작가 |

우리는 같은 꿈을 꾼다 : 한국영화의 새로운 미래

매년 봄. 겨울을 녹이는 훈풍처럼 전주국제영화제가 찾아온다. 따뜻하고 고즈넉한 고장 전주에서 한국영화계의 자양분이 될 영화들이 한 상 가득 차려져 관객들을 만난다. 2000년 시작된 전주국제영화제는 벌써 20년 가까운 시간 동안 매년 새로운 봄을 전해왔다. 자칫 한곳만 보고 달려가기 쉬운 상업영화 시장에 대안을 제시하고 영화 관객에게는 '취향의 다양성'과 '새로운 영화 체험'을 느낄 수 있게 해준다.
올해도 어김없이 '영화 표현의 해방구'라는 슬로건으로 우리를 찾아온 제18회 전주국제영화제(JIFF). 개막작 〈우리는 같은 꿈을 꾼다: 몸과 영혼〉(On Body and Soul, 2017, 일디코 엔예디[Ildiko Enyedi]각본/연출)을 시작으로 4월 27일부터 5월 6일까지 열흘간의 잔치가 있었다. 근로자의 날(5월 1일), 석가탄신일(5월 3일), 어린이 날(5월 5일) 등 징검다리 연휴가 포함된 영화제 기간에 기대했던 많은 관객과 영화제 관계자가 참여해 더욱 풍성하고 활기차게 꾸며졌다.

이 특별한 영화제에 더욱 특별한 행사가 있었다. 시나리오 작가들이 연대해 새로운 한국영화의 미래를 제시한 '시나리오의 날'이 개최된 것. 한국시나리오작가협회가 주최하고 작가들이 주축으로 참여한 이번 '시나리오의 날'은 다양한 프로그램과 알찬 내용으로 준비되어 호평받았고, 그동안 한국영화계에서 소외되어 왔던 저작권 문제와 작가의 권익 문제를 전면에 내세워 창의적인 영화제작 환경을 위한 노력을 더했다.

전주국제영화제에서 시나리오 관련 행사로는 최초 단독 개최된 '시나리오의 날'은 송길한 작가 특별전과 함께 영화 작가들의 이야기가 꽃피는 큰 축제가 되었다.

밤을 잊은 열기, '시나리오의 날'의 시작

배우 장민영과 그룹 '유키스' 출신의 배우 동호의 사회로 시작된 '시나리오의 날'은 한국시나리오작가협회에서 제작한 시나리오작가협회 소개 영상으로 시작되었다. 시나리오작가협회의 역사와 역할을 소개한 다큐멘터리가 끝난 후, 이충직 집행위원장과 문상훈 한국시나리오작가협회 이사장의 인사말이 이어졌다.
이충직 위원장은 전주에서 시나리오 작가들의 행사가 열리는 것에 축하와 감사의 인사를 전했고, 문상훈 이사장은 "이번 행사를 계기로 시나리오 작가의 이름 찾기에 더욱 노력하겠다"며 강한 각오를 다졌다.
영화인협회장 지상학 작가의 축사도 있었다. 시나리오 작가로서의 경험으로 풀어낸 축사에는 영화를 사랑하는 이들이 함께하고자 뜻을 모은 '시나리오의 날' 행사에 대한 애정이 묻어 있었다. 열띤 분위기로 시작된 행사는 이어진 프로그램으로 계속되었다.

충무로 별곡, 표준계약서를 말하다

'시나리오의 날' 첫 번째 프로그램은 '시나리오표준계약서를 위한 대담회'였다. 지난 2015년 장관 고시된 시나리오표준계약서의 활용 실태를 점검하고 개선 방향을 모색하는 자리. 구체적인 시나리오 작가들의 고충을 이해하고 더 나은 창작 환경을 만들기 위해 '시나리오 작가의 날'에 뜻깊은 시간을 준비했다.

한국영화의 발전과 영화인들의 합리적인 협업을 위해 탄생한 표준계약서. 표준계약서의 공정성과 필요성을 널리 알리고 사용의 활성화를 위

해 영화계 각 부문별 패널들이 모여 표준계약서의 활성화 방안을 말하는 자리가 마련되었다.

특히 이번에는 표준계약서의 필요성을 짧은 극으로 그려내 알기 쉽고 재미있게 즐길 수 있는 기회를 만들었다. 최근모 작가의 극본으로 송민혁, 박재운, 서재필 배우와 하명진 변호사가 작가들과 함께 '충무로 별곡'이란 제목으로 콩트를 공연했다. 마당극 형식으로 콩트 내내 웃음과 공감의 코드가 관객들의 호응을 얻으며 이어지는 대담회에 대한 기대를 높였다.

대담회에는 서병인 싸이더스 본부장, 전영문 PD, 임의영 작가가 영화현장의 표준계약서 사례를 가감 없이 대변했고, 하명진 변호사가 법률해석과 조언을 덧붙였다. 대담회는 Q&A로 이어져 2차 저작권 관련 질문으로 이어졌다.

이번 표준계약서 대담회는 표준계약서를 제공하고 계약하는 영화인 모두에게 공론화의 장을 마련해주었고, 표준계약서가 나아가야 할 방향을 제시한 자리였다. 국내에서 개최된 국제영화제에서 시나리오 작가들이 주최한 최초의 대담회였고 창작의 주체인 작가들이 준비했다는 점에서 의심할 여지없이 창작 환경의 진일보를 이끌어낸 자리였다.

작가가 말하는 시나리오, 시나리오를 던지다!

가수에게 노래가 있고, 배우에게 연기가 있다면 작가들에게는 시나리오가 있다. 누구보다 이야기를 사랑하고, 이야기와 함께 동거동락하는 작가들의 따끈한 미공개 창작 시나리오를 직접 들을 수 있는 시간이 있었다. '시나리오의 날' 두 번째 프로그램이었던 '시나리오 피칭(Scenario Pitching)'.
'아이피칭미디어협동조합'의 도움을 받아 영상으로 제작된 시나리오 피칭은 작가가 직접 출연해 시나리오를 소개하고 창작 의도를 설명함으로써 이야기의 이해도를 높일 수 있었다. 영화를 보는 듯한 생생함과 재미는 덤으로 행사장을 들썩이게 했다.

'아이피칭미디어협동조합'과 함께한 시나리오 피칭은 안철환 기획, 이차연 제작총괄, 백승아 프로듀서의 손을 거쳐 탄생되었고, 짧은 시간에 시나리오의 내용을 효과적이고 풍부하게 전달하기 위해 영상으로 제작되어 '시나리오의 날' 최고의 인기 프로그램으로 자리매김했다.
행사장을 빛낸 세 편의 피칭 작품은 〈가족소리〉(작가 백승익 피칭연출 박지훈), 〈도산역 앞 우체통〉(작가 이주연 피칭연출 신정철), 〈세계배축구기〉(작가 김성실 피칭연출 임공삼).
엉망으로 살던 삼남매가 가짜 다큐 프로그램을 만들어 대국민 사기극을 펼치며 가족애를 찾아가는 코믹 드라마 〈가족소리〉, 비정한 정치인이 된 남자가 국무총리 인사청문회에서 첫사랑을 만나 과거의 아픔을 돌아보게 되는 〈도산역 앞 우체통〉, 1954년 최초로 월드컵에 진출한 한국 축구 선수들의 이야기를 다룬 〈세계배 축구기〉 세 편 모두 열띤 호응을 얻으며 영화화 가능성을 높였다.
제작자와 작가가 모두 만족하는 시나리오 공개를 위해 기획된 이번 피칭은 시나리오 판매의 대안으로 시도되어 좋은 반응을 이끌어냈다. 앞으로 작가들의 오리지널 시나리오 판매를 활성화할 수 있는 방법으로 널리 이용되길 바라며 한국영화계의 새로운 시나리오 유통 모델이 되길 기대해본다.

시나리오 작가가 뽑은 올해의 영화인들

'시나리오의 날' 마지막은 시나리오 작가들이 직접 영화인들에게 시상을 하는 순서였다. 작가의 눈으로 본 영화, 영화인은 어떤 평가를 받을지 많은 사람이 궁금해했으리라 생각한다. 제1회로 제정된 시나리오 작가상은 작가가 주는 상인 만큼 좋은 작품을 쓴 작가들에게 그 상을 첫 번째로 시상했다.
작가로서 영화를 사랑하고 작품에 정진하는 아름다운 모습을 지닌 작가에게 수여하는 '아름다운 작가상'에 〈돌아온다〉를 쓴 정성희 작가가 선정되었다. 허철 감독, 김유석, 손수현 주연의 〈돌아온다〉는 제41회 몬트리올 영화제 금상을 수상. 작품성을 인정받는 쾌거를 이루며 아름다운 작가상의 의미를 더했다. 더불어 '신인 작가상'에는 〈우리들〉을 쓴 윤가은 작가에게 돌아갔다. 데뷔작으로 무한한 가능성과 능력을 인정받고 유수 영화제에서 놀라운 성과를 기록한 작가다.
그리고 시나리오 작가상의 하이라이트라고 할 수 있는 '올해의 작가상'은 〈공조〉를 쓴 윤현호 작가가 받았다. "무엇보다 작가들이 주는 상을 받아서 기쁘다"는 윤현호 작가는 〈변호인〉에 이어 〈공조〉까지 많은 관객의 사랑을 받고 있다.

시나리오 작가들이 배우에게 주는 남우주연상은 박해일, 여우주연상은 수애, 캐릭터상은 오달수가 수상했다. "기대하지 못한 상을 받아 기쁘다"는 박해일 배우와 작가들에 대한 고마움을 전한 수애 배우, "작가들이 주는 특별한 상이니 깊이 간직하겠다"는 오달수 배우 모두 제1회 시나리오 작가상 배우 부문 수상의 영광을 함께했다.

마지막 수상으로 감독상에는 〈죽여주는 여자〉를 연출한 이재용 감독이 선정되었다. 〈죽여주는 여자〉는 인간과 사회에 대한 깊이 있는 관찰로 다른 영화들과 차별화된 작품성을 보여주었다는 선정의 변이 있었다.

'시나리오의 날'의 대미를 장식한 시나리오 작가상은 이제 걸음마를 시작했지만 규모와 내실을 다지며 해를 거듭해가길 기대해본다. 역사가

될 시나리오 작가상을 축하하며 배우이자 싱어송라이터인 박길수의 축하 공연으로 제1회 '시나리오의 날'은 마무리되었다.

작가 송길한, 영화의 영혼을 쓰다

제18회 전주국제영화제에는 시나리오 작가들에게 또 다른 큰 경사가 있었다. 전주영화제 주요 프로그램으로 기획된 송길한 특별전이다. '작가 송길한, 영화의 영혼을 쓰다'의 제목을 가진 특별전은 전주국제영화제가 관객들에게 매년 세계의 거장 감독이나 국가를 소개하고 영화의 마스터들과 대화를 나누는 자리를 마련해왔던 '스페셜 포커스' 섹션에 포함되어 관객들을 찾았다.

특별전을 기획한 전주국제영화제 김영진 수석 프로그래머는 "작가 송길한은 현대 한국영화사를 거론할 때 빼놓을 수 없는 위치에 있는 시나리오 작가다. 특히 1980년대 이후 임권택 감독과 함께 작업한 〈짝코〉 〈만다라〉 〈길소뜸〉 〈티켓〉 등의 작품은 분단의 역사, 개인의 구원, 사회적 타락 등의 소재를 폭넓게 관통하면서 타의 추종을 불허하는 깊이를 이뤄냈다. 그 밖에도 〈우상의 눈물〉 〈안개마을〉 〈씨받이〉 〈나비품에서 울었다〉 등 당시 한국영화 의무 제작 시스템 아래서 제작된 영화들을 통해서도 인간과 사회를 거시적 · 미시적 관점으로 동시에 포착하는 날카로운 작가적 안목을 보여주었다"며 송길한 특별전을 기획한 배경을 밝혔다.

송길한 작가의 궤적을 고루 보여주기 위해 1970년대 작품 설태호 감독의 〈둘도 없는 너〉, 조관수 감독의 〈마지막 날의 언약〉부터 임권택 감독과 함께한 〈길소뜸〉 등의 중기작과 1992년 작품 이장호 감독의 〈명자 아끼꼬 쏘냐〉에 이르는 후기작까지 총 12편을 상영했다.

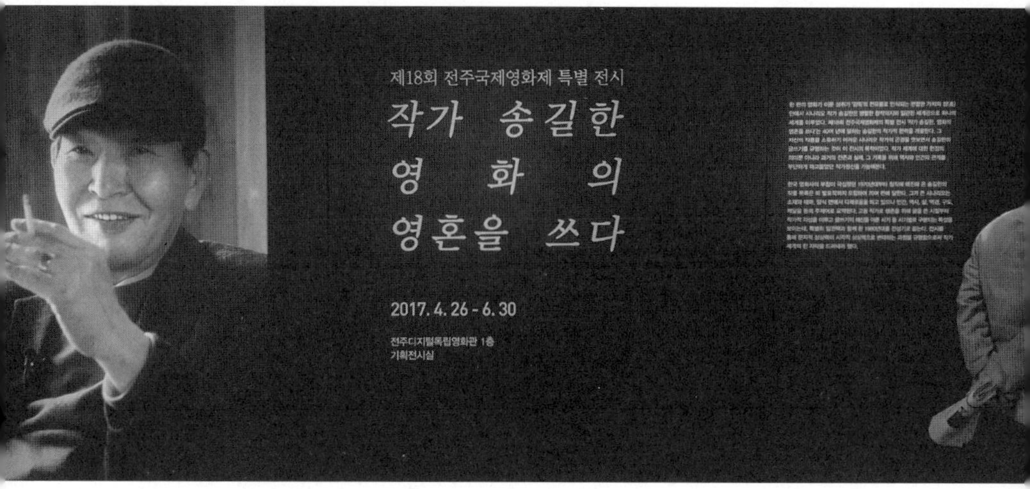

'시나리오의 날'에 참여한 작가들은 28일 상영된 송길한 특별전의 월드 프리미어 작품 〈비구니〉를 함께 관람하며 송길한 작가와 기쁨을 함께했다. 1984년에 제작을 시작해 불교계의 반발로 제작이 중단되었던 〈비구니〉(감독 임권택)는, 부분 복원되어 특별 상영되었다.
또한 이번 특별전은 영화 상영과 함께 전시까지 관람할 수 있었다. 동서대학교 임권택 영화 연구소와 한국영상자료원의 공동 주최로 〈스페셜 포커스: 작가 송길한, 영화의 영혼을 쓰다〉 전시를 전주디지털독립영화관 1층 기획전시실에 열었다. 40여 년간 시나리오 작가로 활동한 송길한 작가의 생애와 이력, 작품 세계를 한눈에 볼 수 있는 전시였다. 송길한 작가는 마스터 클래스와 시네마 클래스를 통해서도 관객을 만나며 작가의 작품 세계를 보여주었다. 평생을 작품집필과 후학양성으로 일관한 그는 명실공히 한국 시나리오의 큰 산이다.

'한국영화의 새로운 미래가 될 시나리오의 날'

제1회 '시나리오의 날'은 대단원의 막을 내렸다. 전주국제영화제의 개막작 〈우리는 같은 꿈을 꾼다〉의 제목이 눈에 띈다. 모든 영화인은 같은 꿈을 꾼다. 재미있는 이야기를 만들고 관객과 더불어 울고 웃는 꿈. 좋은 시나리오를 만드는 것은 비단 영화 작가 혼자 꾸는 단꿈은 아닐 것이다. 영화를 만드는 사람이라면 반드시 관심을 기울이고 힘써야 하는 일인 것이다. 그러기 위해서는 시나리오에 대한 풍부한 지원과 투자가 필수다.

'시나리오의 날'은 한국영화의 새로운 미래가 되기 위해 시작되었다. 새로운 이야기, 더 나은 이야기로 관객을 만날 수 있는 한국영화를 위해 '시나리오의 날'은 더 많아져야 하며 더 깊어져야 한다.

전주국제영화제의 사전 행사로 시작된 '시나리오의 날'이 주요 행사로 자리 잡아 더 많은 관객과 영화인의 사랑을 받는 날을 기대하며, 기대를 현실화하기 위한 과제가 우리 앞에 남겨졌다.

행사를 개최한 한국시나리오작가협회장 문상훈 작가는 "작가들의 이름을 찾아주기 위해 행사를 기획했다"고 말했다. 작품에 인장을 새길 수 있는 작가가 늘어난다면 한국영화의 이야기는 더욱 발전할 것이다. 작가들의 인장을 더 많은 작품에서 볼 수 있는 그날을 위해 '시나리오의 날'은 계속될 것이며 그 중심에 영화의 문을 여는 시나리오 작가들이 있다.

■ '(사)한국시나리오작가협회'란?

100년 역사를 가진 한국영화의 산증인으로 1954년 설립되어 1956년 사단법인으로 그 역사를 시작했다. 지난 60여 년간 한국영화의 성장을 이끌었으며 시나리오 작가들을 대변해왔다. 시나리오표준계약서 전면 실시를 통한 작가 보호, 사회 홍보를 통한 권익 증진, 작가 내부의 상호 친목 도모를 실현하고 있으며, 27년 전통의 영상작가전문교육원을 운영해 신인 작가 발굴과 지원에도 힘쓰고 있다.

제 3회 BIFAN 시나리오 쇼케이스를 기다리며

| 남상욱 작가 |

여름 내내 사람을 지독히도 괴롭히던 무더위도 어느새 지나가고 성큼 가을이 찾아왔다. 아침저녁으로 부는 쌀쌀한 바람에 몸을 움츠리다 보니 문득 사람이란 참 모순된 존재라는 생각이 든다. 여름에는 이 시원한 바람을 그렇게도 바랐는데 말이다.

그러고 보면 지난여름에 제2회 BIFAN 시나리오 쇼케이스를 준비할 때도 그랬다. 끝나기 전에는 '어찌 됐든 좋으니 제발 끝만 나라' 싶었는데, 행사를 끝내고 나서 보니 '조금 더 잘 준비할 수 있었는데' 하는 아쉬움이 남지 않았던가.

IP마켓으로서의 시나리오 쇼케이스

한국시나리오작가조합에 가입 후 틈틈이 조합 사업을 도운 인연으로, 조합의 사무국장직을 맡은 지도 이제 1년이 다 되어간다. 그동안 시나리오 작가의 이해를 대변하고 권익을 옹호하기 위해 여러 사업을 진행했고, 그중 어느 것 하나 중요하지 않은 것이 없었다.

하지만 그중에서도 나에게 가장 소중한 사업을 하나 꼽으라면 BIFAN 시나리오 쇼케이스를 이야기하지 않을 수 없다. 이번 글이 쇼케이스에 관한 것이라서 괜히 하는 말이 아니다. 이 쇼케이스 사업 안에 작가의 권익을 위한 모든 요소가 포함되어 있다는 생각이 들기 때문이다.
여기서 잠시 시나리오 쇼케이스가 정확히 어떤 행사인지 짚고 넘어가는 게 좋을 것 같다.
시나리오 쇼케이스는 말 그대로 시나리오 작가가 쓴 시나리오를 직접 선보이는 행사다. 영화 시장이 다양화되고 발전하기 위해서는 시나리오 작가의 공력이 들어간 오리지널 시나리오가 나와야 한다. 하지만 현재 한국영화계에는 시나리오 작가의 오리지널 시나리오를 찾아보기가 힘든 형편이다. 작품 개발에서부터 안정을 추구하다 보니 새로운 아이템보다는 이미 시장에서 검증된 아이템을 만드는 것을 선호하기 때문이다. 어느 게 낫다 나쁘다 말할 수는 없겠지만, 이런 식이라면 작가의 공력이 들어간 재기 발랄한 시나리오가 영화로 만들어지는 건 점점 더 요원해질 뿐이다.

이 상황을 타개하기 위한 방법 중 하나로 한국시나리오작가조합은 직접 IP(지적 재산권) 마켓을 열기로 했다. 작가가 제작사들을 찾아다니는 것이 아니라, 여러 제작자들을 직접 불러들여 자신의 오리지널 시나리오를 선보이는 자리를 가지자는 계획이었다. 이런 IP마켓은 이미 외국에서는 활발한 움직임을 보이고 있었다. 할리우드만 해도 이미 만성적인 소재 부족에 시달리며 과거 인기 있었던 시리즈를 반복 재생산해내기에 급급했고, 할리우드를 넘어서며 세계 최대 시장으로 떠오른 중국 역시 기술력과 자본을 뒷받침해주지 못하는 기획력이 큰 문제였다. 그런 상황이다 보니 그들이 관객을 사로잡을 스토리 콘텐츠를 찾기 위해 IP마켓을 주목하는 건 어찌 보면 당연한 이치였다.
또한 현재는 멀티 플랫폼 시대. 좋은 스토리는 영화뿐만 아니라 웹툰, 웹소설, 드라마, 게임 등등 다양한 플랫폼과 장르에서 사랑받을 수 있다. 그러니 더더욱 IP마켓의 중요성은 커져만 갔다.

물론 성공적인 IP마켓을 유지하는 게 그리 쉬운 일은 아니다. 구매자들이 제 발로 마켓에 참여할 수 있도록 유도해야 하고, 또한 그들로부터 긍정적인 반응을 이끌어내서 마켓이 성과를 낼 수 있어야 했다. 하지만 쉬운 일은 아니라 할지라도 불가능하다고 여겨지지는 않았다. 결국 IP마켓에서 가장 중요한 것은 양질의 콘텐츠인데, 크레딧 작가로 이루어진 한국시나리오작가조합으로서는 콘텐츠만큼은 자신 있었기 때문이었다.

2016년 1월, 한국시나리오작가조합이 중국 북경에서 중국 제작자들을 대상으로 개최한 제1회 북경 한국시나리오작가 쇼케이스(2016 Korean Screenwriter Showcase in Beijing)는 이런 자신감을 뒷받침해주는 기회가 되었다.

2016년, 한국시나리오작가조합과 부천국제판타스틱영화제의 만남

북경에서 열린 한국시나리오작가 쇼케이스의 피칭 참가자 중 한 명으로 직접 보고 들은 바만 말하건대, 당시 중국 제작자들의 반응은 가히 폭발적이었다. 처음 열리는 행사이기에 사전에 제작사에 연락을 돌린 주관사 코디즈에서도 과연 사람들이 올까 싶어 내심 전전긍긍했다고 하던데, 행사가 열리자마자 그 걱정은 쑥 들어가 버렸다. 100석 규모의 세미나실에는 중국 제작자들이 꽉 찼고, 심지어 통로 계단에도 제작자들이 쭈그리고 앉아 있어 피칭 참가자들이 자리를 양보할 지경이었다. 그 직후에 열린 비즈니스 미팅 때에도 인기가 많은 곳은 두세 군데의 제작사와 동시에 미팅을 진행할 정도였다. 당시의 분위기가 단순한 호기심만은 아니었다는 점은, 소개된 5편의 작품 중 2편이 그 직후에 바로 계약 완료되었다는 것으로 확인되었다.

‘첫술에 배부르랴’라는 속담이 무색하리만큼 한국시나리오작가 쇼케이스가 성황리에 막을 내린 후, 조합 내에서는 이런 행사를 국내에서 진행할 수 없을까 하는 의견이 나왔다. 만약 그렇게만 된다면 조합 작가들이 행사에 더욱 활발히 참여할 수 있을 것 같다는 생각이 들었다.
또한 중국이 큰 시장인 것은 맞지만 공산주의 체제 아래서 피할 수 없는 것이 있었으니 바로 ‘검열’이었다. 경찰이 나쁘게 나오면 안 된다, 해결할 수 없는 범죄가 나오면 안 된다, 귀신이나 주술 같은 미신이 나오면 안 된다 등등 그야말로 검열당할 것 천지라 장면 하나 대사 한 줄을 만들 때에도 신경을 안 쓸 수가 없었다. 문제는 그 검열이라는 것이 매년 바뀌는 데다가 해석 역시 코에 걸면 코걸이고 귀에 걸면 귀걸이식이라는 것이었다. 그러다 보니 우리가 보기에는 좋은 콘텐츠인데도 중국 검열 기준에서는 탈락하는 경우도 생겨서, 그런 콘텐츠들을 선보일 새로운 자리가 필요하다는 데 의견이 모아진 것이다.
‘시작이 반이다’라고 했으니 이제 나머지 절반을 채울 차례였다. 조합 작가들의 콘텐츠를 선보일 자리가 필요했다. 하지만 그냥저냥 한 자리라면 하지 않는 편이 나았다. 몇 가지 조건이 필요했다.

1. 이벤트성으로 벌어지는 1회용 행사가 아닌 지속 가능한 행사가 될 수 있는 자리
2. 국내 제작자뿐만 아니라 글로벌한 제작자들이 모이는 자리
3. 시나리오 쇼케이스에 참여하는 시나리오 작가들에게 최소한의 보상을 줄 수 있는 자리

어찌 보면 꿈만 같아 보이는 이야기지만 조합 입장에서는 이런 조건들이 이루어져야만 시나리오 쇼케이스가 진정 시나리오 작가들의 권익을 위한 행사가 될 것이라고 생각했다.
그리고 그때 만난 곳이 바로 부천국제판타스틱영화제였다.

부천국제판타스틱영화제는 '사랑, 환상, 모험'이라는 주제 아래 올해로 21회를 맞이하는 명실상부 국내 유일의 국제 장르 영화제이자 아시아 최대 규모의 장르 영화제다. 출범 당시인 1997년만 해도 한국은 장르 영화의 불모지나 다름없었다. 장르 영화를 사랑하는 관객들로서는 부천국제판타스틱영화제의 출범이 그야말로 '판타스틱'했을 터였다. 국내에서는 도저히 볼 수 없을 것만 같았던 장르 영화들을 극장에서 볼 수 있는 유일한 기회였으니 그럴 수밖에. 나 역시 장르 영화를 사랑하는 한 사람으로서 부천국제판타스틱영화제가 열린다는 소식을 접하고 흥분했던 기억이 난다.

중간에 정치권의 외압 때문에 영화제가 분리되기도 하는 등 아픔을 겪었지만, 이제는 부산국제영화제와 더불어 국내 최대 국제영화제로 우뚝 선 부천국제판타스틱영화제. 그곳에서 2016년부터 야심 차게 출범시킨 프로젝트가 있으니 그것이 바로 '코리아 나우'다.

1인당 연평균 극장 관람 횟수 4.22회를 기록하고 있는 세계 최고 수준의 한국의 영화 산업은 아이러니하게도 최근 더욱 심화된 스크린 독과점 및 중박 영화의 실종으로 대변되는 부익부 빈익빈으로 한국 영화인들 사이에선 낙관보다는 비관론이 지배적이다.

부천국제판타스틱영화제는 도전과 협력이라는 두 화두를 근간으로 한국 영화 산업의 균형적인 발전과 궁극적으로 세계 속의 '케이 무비(K-Movie) 신드롬'의 탄생에 이바지하기 위하여 '코리아 나우'라는 인더스트리 프로그램 섹션을 신설하였다.

국내의 직능별 단체들과 공조하여 실제적인 사업적 결실들을 생산하기 위한 획기적인 산업 프로그램들을 기획하였고, 특히 중국 영화인들의 적극적인 참가를 실현시킴으로써 BIFAN이 한중 영화 교류의 장으로 선두적인 역할을 수행할 것이다.

-BIFAN 홈페이지에 기재된 '코리아 나우' 소개글

위의 소개글만 봐도 잘 알 수 있듯이 '코리아 나우'는 한국 영화 산업의 발전을 위해 만들어진 프로젝트다. 'SF판타스틱 포럼' 청년 감독 발굴 프로그램 '내일을 향해 쏴라!' '한중 공동제작 활성화 포럼' 등의 굵직한 행사가 치러진다.

영화제 측에서는 조합이 북경에서 낸 성과에 주목하고 '코리아 나우' 프로그램의 일환으로 'BIFAN 시나리오 쇼케이스'를 진행해달라고 요청한 것이었다.

조합 대표인 김현정 작가님의 노력 덕분에 위의 세 가지 조건이 모두 이루어졌고, 드디어 본격적으로 제1회 BIFAN 시나리오 쇼케이스가 시작되었다.

제 1회 BIFAN 시나리오 쇼케이스의 성공, 하지만…

2016년, 제1회 BIFAN 시나리오 쇼케이스의 담당자로서 내가 처음 한 일은 작품을 모집하는 것이었다. 조합 홈페이지와 카페에 공고를 걸고, 조합 작가들에게 4~5장 내외의 기획안을 받았다. 그럼 영화제 측에서는 한국의 영화제작자들로 구성된 심사위원단으로 블라인드 심사를 거쳐 한국 영화 시장을 위해 개발이 필요하다고 판단되는 작품 5편을 선정, 일정 금액의 기획개발비를 지원하기로 했다.

그 결과 5편의 작품이 선정되었고, 선정 작가들은 영화제 시작 전까지 20장 분량의 트리트먼트를 개발하고 영화제 기간 내에 피칭 행사를 진행했다. 영화제 측에서는 한국 시나리오 작가들의 오리지널 아이템들을 해외 제작자들에게 알리겠다는 일념으로 작가들의 기획안을 영어와 중국어로 번역했고, 피칭 행사 때에도 영어와 중국어 동시 통역을 시행했다.

(이 자리를 빌려 부천국제판타스틱영화제 측에 다시 한번 감사 인사를 한다. 영화제 측의 전폭적인 지원이 없었다면 BIFAN 시나리오 쇼케이스는 열리기 힘들었을 것이다.)

그 결과, 제1회 BIFAN 시나리오 쇼케이스는 성공적으로 막을 내렸다. 행사 중간 중간에 비즈니스 미팅을 갖고 싶다는 요청이 쇄도했다. 이후 열린 '한국 시나리오 작가의 밤' 행사 역시 성황리에 막을 내렸다.

하지만 그 직후 문제가 터졌다. 사드 사태가 본격화된 것이다.

제1회 BIFAN 시나리오 쇼케이스가 열릴 당시만 해도 한중 영화 합작 분위기는 절정으로 치닫고 있었다. 당시 행사장을 찾아온 제작자 중 다수가 중국 제작자였다. 그랬기에 아이템 계약을 제안한 쪽도 중국 제작자가 많았다. 그런데 그 이후 문제가 터졌다.

사드 사태로 중국 측과의 모든 계약이 스톱된 것이다. 당시 준비 중이던 제2회 북경 한국시나리오작가 쇼케이스 역시 무기한 연기될 수밖에 없었다. 다시 중국과의 외교 관계가 회복되기를 바랄 뿐이다.

새로운 시작, 제2회 BIFAN 시나리오 쇼케이스

등 돌린 중국을 바라보며 계속 한숨만 내쉴 수도 없는 노릇. 훌훌 털어내고 새롭게 앞으로 나아가야만 했다. 그래서 제2회 BIFAN 시나리오 쇼케이스는 국내 제작자들을 대상으로 진행하기로 결정했다. 하지만 시놉시스 번역과 동시 통역은 그대로 진행하기로 했다. 지금의 상

황에도 BIFAN 시나리오 쇼케이스의 취지는 '오리지널 시나리오 창작 활성화'이면서 또한 '해외 진출을 도모하기 위한 프로젝트 피칭 행사'였기 때문이다. 상황에 따라 행사의 취지가 바뀔 수는 없는 일이었다.
또 다시 조합 작가들의 선의의 경쟁이 이루어졌고, 그 결과 5편의 선정작이 결정되었다.

모기로부터 시작된 거대한 재난 블록버스터 〈겨울모기〉(작 최종구)
고전을 파격적으로 해석한 핏빛 동화 〈심청전〉(작 민경근)
두뇌로 승부하는 정통 웰메이드 형사물 〈폴리스라인〉(작 김호연)
사무실로 찾아온 HAL9000과 계약직 직원들의 서바이벌 게임 〈인텔리전스〉(작 이은경)
조선에서 벌어지는 엑소시즘에 관한 신비로운 이야기 〈구마비록〉(작 김영갑)

그야말로 신선한 소재와 다양한 장르로 이루어진 다채로운 작품들의 향연이었다. 역시 한국시나리오작가조합의 힘은 작가와 그들에게서 나오는 아이디어라는 사실을 또 한 번 느낄 수가 있었다.
작품의 힘 때문이었을까. 2017년 7월 16일 일요일, 부천 고려호텔 4층 크리스탈룸에서 열린 제2회 시나리오 쇼케이스는 중국 제작자가 참석하지 않은 가운데에도 자리를 꽉 채운 채 진행되었다. 시나리오 작가들이 자신의 시나리오를 피칭한다는 행위 자체에서 느껴지는 진정성이 제작자들에게 전달된 것 같아 행사를 준비하는 내내 고생했던 나 역시 피로가 녹는 듯한 기분이었다.
그 이후 진행된 비즈니스 미팅에서 무슨 이야기가 오갔는지는 나도 알 수가 없다. 다만 여러 긍정적인 대화가 오갔다는 정도만 들었을 뿐이다. 그 긍정적인 대화가 실제 성과로 나타나길 간절히 바랄 뿐이다.

선선한 가을바람을 맞으며 겨울이 오길 기다리는 지금, 이 글을 쓰고 있노라니 벌써부터 내년 여름이 성큼 다가온 것 같다. 삼 세 번이라고 아마 내년 BIFAN 시나리오 쇼케이스까지는 내가 담당할 듯한데, 과연 어떻게 해야 내 힘은 덜 들이고 행사는 성공적으로 치를 수 있을지가 벌써부터 고민이다. 그리고 고민보다 훨씬 더 큰 바람이 있으니, 이 행사를 통해서 시나리오 작가들의 오리지널 시나리오가 활성화되어 한국 영화계에 신선한 바람이 불길 바란다.

이 땅의 모든 시나리오 작가들, 건필하시길! 언젠가는 우리의 노력이 빛을 발할 날이 있을 겁니다.

■ **한국시나리오작가조합(Screenwriters Guild of Korea. SGK)이란?**

한국 영화 산업 현장 일선에서 활동하는 시나리오 작가들의 이해를 대변하고 권익을 옹호하기 위하여 지난 2005년 첫발을 내딛은 단체다. 그 후 2015년 3월 작가조합의 재건을 선포하고 5월 비영리 사단법인이 되었다. 한국 시나리오 작가의 권익을 옹호하고 이해를 대변하는 활동에 늘 앞장서고 있다.

작가 교육생에서 대표가 되기까지

장소 : 충무로 영상작가전문교육원
날짜 : 2017년 9월 1일
시간 : PM 03:00 ~ PM 05:00
대상 : 영상작가전문교육원생 및 작가 그리고 지망생
정리 : 김재형(창작반 50기)

문상훈 – (사)한국 시나리오작가협회 이사장

여러분은 많은 신청자 중에서 그래도 일찍 신청해 선정된, 정말 운이 좋은 분들입니다. 오늘 오시는 용필름 대표님은 여러분이 앉아 있는 이 자리에서 수업을 받으셨습니다. 그리고 정말 이렇게 얘기하면 정확할지 모르겠지만, 그는 꿈을 이루었죠. 여러분도 참고 열심히 노력하면 반드시 기회가 올 거라고 생각합니다.

오늘 정말로 모시기 힘들고 뵙기 어려운 선생님을 모셨으니, 좋은 기회와 추억이 되었으면 좋겠습니다. 임승용 대표를 소개하겠습니다.

임승용 – 용필름 대표

임승용입니다. 기분이 이상하네요. 저 자리에 앉아 맨날 장난치던 저는 공부 열심히 안 한 학생이었습니다. 박철민 선생님이 제 기초반 선생님이었는데, 선생님한테 혼나고 연구반 때 유동훈 원장님한테도 혼이 나곤 했죠.

제가 뭘 얘기해야 할지…. 공부를 잘 안 했던 학생이라서 시나리오도 잘 안 쓰고, 제가 13기였는데 (황조윤 작가의 영화 포스터를 보면서) 여기 쓰여 있는 거 보니까 몇 기였는지도 잘 몰랐는데, 필명이 황조윤이라고 돼 있죠. 황조윤은 김대우 감독이 지어준 필명이에요. 본명은 의철, 황의철 작가인데, 황 작가랑 전철홍 작가, 제작자가 된 한재덕 대표 이렇게 같은 반이었어요. 이들과 매일 만났죠. 요즘도 일주일에 수업을 두 번 하나요? 한 번만 하나요? 저희 땐 두 번 했거든요. 두 번 오면, 맨날 선생님 수업 듣고 저희끼리 스터디한다고 하고선 뭐 맨날 술 마셨죠.(웃음) 밤새 술 마시고 다음 날 아침에 가고 그랬는데, 어찌어찌하다 보니까 스터디했던 친구들끼리 서로 써보고, 욕하고 맨날 그러다가 제가 한국 영화 프로듀서 일을 시작하게 됐죠. 전 그전에 디즈니에 다니고 있었는데, 디즈니가 재미없어서 한국 영화를 시작했어요.

첫 작품은 그 친구들하고 하지 못했고요. 두 번째 작품이 〈봄날의 곰을 좋아하세요〉인데 그때 황조윤 작가가 데뷔했죠. 그리고 바로 이어 〈올드보이〉 할 때 황조윤 작가가 구도를 잡아 진행했고, 그다음에 전철홍 작가랑 〈주먹이 운다〉. 전철홍 작가는 그것으로 데뷔했고요. 지나고 보면 뭐… 그들은 이제 다 바빠지고 잘나가서 연락이 잘 안 되네요. 전화 오면 막 씹고. 근데 처음에는 거의 모여서 합숙하다시피 하며 시나리오 쓰고 계속 욕하고 편지 써놓고 도망치고 그랬는데, 지금은 다들 자기 작품들 잘하고 있어요. 한재덕 대표는 저랑 나이도 같아서 친구지만, 나머진 저보다 어린 동생인데 잘되어서 기분이 되게 좋습니다. 시나리오 쓰는 거 어렵죠. 쉽나요?
쉬우면 여기 앉아 있을 리 없는데 그냥 쓰면 되지. 시나리오 쓰는 거 어렵습니다. 저도 시나리오 개발하는 거 어려워요. 물론 작가가 쓰는 거지 제가 쓰는 건 아니니까. 쓰는 거야 제가 알 바 아니고 저야 가이드를 붙이고 어떻게 쓰라고 하지만, 글을 쓰는 작업은 참 어려워요. 안 그래도 원장님이 오늘 강연을 부탁하셔서 뭔 얘기를 해야 하나 고민 좀 하다가, 그냥 제가 시나리오를 개발하는 과정에서 중요하게 생각하는 게 뭘까. 어차피 저는 제작자고 제작을 하는 피디이기 때문에, 작가들이나 감독님들이 저나 우리 팀에 제안할 때 보는 관점이라든가 어떤 아이템을 영화적으로 개발하는 데 주안점이 뭘까. 그런 것들이 작가로서 아직 자기 생각을 내지 못하는 여러분에게 좋은 점이 되지 않을까 하는 생각이 들었어요. 좋은 작가와 좋은 감독이 아직 저한테 제안하진 않으시더라고요. 저희가 좋아하는 아이템을 갖고 개발하고 있는데 시나리오들이 더러 들어오곤 합니다. 회사 메일로도 들어오고 또 아는 분들은 개인적으로 보는데 시나리오를 볼 때 제 관점은 캐릭터가 어떠냐, 어떤 기획점이 장점이냐. 나도 뭐 이런 여러 가지 작법서나 이론서에 나올 법한 말들의 관점에서 보기도 하지만, 회사가 시나리오를 볼 때 가장 중요한 것은 한 번 읽기 시작하면 끝까지 읽히느냐 그게 제일 중요한 문제인 것 같아요.

영화는 대부분 웬만하면 보다가 극장에서 나가진 않잖아요. 재미없어도 욕하면서 보는데, 못 견디겠으면 뛰쳐나갈 수 있죠. 시나리오는 더군다나 강제적인 행위가 아니기 때문에, 시작해서 끝까지 읽을 맘으로 시나리오를 읽겠지만, 중간에 덮거나 좀 있다 읽자가 되는데, 제일 중요한 것은 처음부터 끝까지 읽히는 게 제일 중요하더라고요. 그래야 이 시나리오에 대한 평가를 할 수 있는데 중간에 멈춰버리면 그 시나리오는 잊히기 쉽더라고요.
시나리오가 처음부터 시작해서 끝까지 읽힐 수 있는 것은 필력이 좋다거나 대사가 좋다거나 구성이 좋다든가 여러 가지 문제가 복합적으로 들어가 있어야 하지만. 제일 중요한 것은 호기심, 뭘까라는 궁금함, 이 인물이 왜 이러고 있을까, 이 사랑은 왜 이렇게 펼쳐질까라는 구조의 스토리적 호기심이거나 캐릭터적 호기심이 있어야 한다라는 것, 그게 있으면 읽히더라고요.
보통 어떤 방식이든 간에 이야기를 만들 때 이른바 그 문장을 강조하는 방식, 즉 두괄식으로 이야기를 설명할 것이냐, 어떤 주요한 이야기들을 앞에 밝혀놓고 후설명을 할 것이냐, 또는 설명이나 묘사를 먼저 해놓고 결론을 밝힐 거냐. 시나리오는 당연히 대부분 선설명을 하고 뒤에 강조를 하는 방식일 텐데, 그런 방식이 유지되기 위해서는 기본적으로 미스터리한 호기심을 유발하는 이야기로 설정이 만들어져야 한다고요. 그리고 인물도 똑같은 것 같은데 성격적으로 자기가 하고 싶은 이야기를 먼저 얘기하는 사람도 있고, 계속 먼저 무언가 자기가 할 이야기를 감추고 있고 상대가 궁금하게 하는 이야기 방식이 있는데, 시나리오는 먼저 할 얘기를 해버리면 그 인물에 대한 호감도와 재미가 떨어져버리죠. 결국 하고 싶은 얘기를 시나리오 뒤에서 보여주기 위해 참고 참고 참는 인내, 그리고 그것을 읽는 독자나 사람들이 기다려줄 수 있을 만큼 필력으로 끌고 가느냐가 문제인데. 그러다 보니까 글 쓰는 사람이 하기 쉬운 오류가 있는데 그게 뭐냐면 수업 시간에 배우셨을 거예요. 백스토리라고 하는 거, 그 인물이 왜 이렇다. 예로 엄마한테 버림받고 아빠는 술주정뱅이 집안은 어떻게 되었고 그래서 얘가 살인할 수밖에 없는 이런 이유를 만들잖아요. 그런 게 나오기 시작하면 덮죠. 너무나 천편일률적이고 누구나 알 수 있을 법하고 그런 사람은 당연히 그렇다고 생각하죠. 그런데 살인자가 평범한 직장인이고 평범한 가정이 있고 잘못이 없어. 이 사람이 살아가는 데 어떤 게 없어. 근데 이 사람은 아침마다 편의점에 가서 어떤 걸 사. 그런 사람인데 저녁때 누구를 죽였어. 그러면 이 사람은 왜 죽였을까?에 대한 궁금증 어떤 게 호기심이 더 생기겠어요. 전형적인 백스토리를 가진 사람이 누구를 죽인 것보다 후자로 얘기한 평범한 사람이 살인 사건에 휘말렸다는 것에 더 호기심이 가잖아요. 근데 설정, 백스토리를 만들다 보면 굉장히 클리셰한 표현들, 클리셰한 설정들을 만들 수밖에 없거든요. 근데 설정을 만들기 위한 설정을 하지 말고 되도록이면 이야기의 미스터리와 호기심을 위해서는 어떤 인생을 무를 탁 잘랐을 때 단면으로 보여주듯이 그 인물이 갖고 있는 주변을 그 안에서만 표현을 하라는 것이죠. 이게 말로는 쉬운데 이야기를 들어보면 인간은 다 선하기 때문에 이 사람이 어떤 나쁜 짓을 저질렀으면 그 나쁜 짓을 저질렀을 만한 원인을 찾기 마련이거든요. 그 원인을 잘 메워줘야 해요. 그러면 이야기는 우리가 사람들과 어울려 살았기 때문에 객관성을 띠게 되고 객관성이 지나치다 보면 클리셰할 수밖에 없다는 거죠. 그러니까 '인물을 만들 때는 가능하면 그 인물의 백스토리를 만들지 마라' 이렇게 얘기하면 선생님들의 수업 내용과 너무 반대인가요?(웃음) 백스토리를 만들 필요가 없다. 차라리 그 사람의 지나간 3일 정도만 구성해둬라. 이 사람이 과연 3일 동안 무슨 일을 했을까 그 정도만으로 이야기를 구성했을 때 오히려 인물에 대한 차별화된 독특함이 태어날 수 있다.

그리고 스토리의 호기심에 대해 이야기하면 그것은 인내력인 거 같아요. 작가나 연출자 모두에게도 똑같이 적용되는 이야기인데 가능한 한 사건이 갖고 있는 핵심과 진실은 뒤에 표현해줘라. 예를 들면, 영화적으로 잘 만들었다고 동의할 수 없지만, 〈겟아웃〉이란 영화를 보면 전형적인 스토리에 미스터리를 갖고 끝까지 이야기가 가는 영화잖아요. 꾹꾹 누르면서 영화를 보여주잖아요. 이 사람들은 누구지? 이 사람들은 왜 그렇지? 흑인 한 명이 있는데 쟨 누군데 백인처럼 말하지 이런 호기심의 퀘스천 마크를 계속 만들어내고 뒤에 가서 밝혀주는 방식. 근데 뒤에 가서 돈이 부족했는지 무슨 사정이 있었는지 영화를 좀 허술하게 찍었더라고요. 전형적인 방식 대부분의 스릴러와 호러적인 영화를 만들 때에 그런 설정을 잡는데, 거꾸로 생각해서 멜로를 만들 때 그렇게 생각해보세요. 여러분이 좋은 멜로 영화를 떠올려보면, 그런 설정이 들어간 영화들이 많아요? 지나간 영화지만 여기 있는 분의 나이대가 대부분이 〈러브레터〉란 영화를 보셨을 것 같은데, 죽은 남자 친구한테 편지가 오잖아요. 그런 일이 가능하진 않잖아요. 그런 호기심이 생기는 설정에 결론은 진실을 빨리 밝히지 않는 거죠. 왜 그럴까 찾아가 보고 주인공이 찾는 것은 관객들도 찾게 되고 따라가게 되어 있거든요. 근데 이제 거기에 관객이 바라지 않는 또는 생각지도 못했던 진실, 감정을 밀어 넣으면 그 영화가 사람들 마음에 남게 되는 거죠.
저는 상업영화를 만드는 사람이니까. 예술영화가 갖고 있는 어떤 독창적인 표현들에 대해서는 제가 뭐 어떻게 논의할 수 있는 얘기는 아닌 것 같고요. 상업적인 영화를 만드는 드라마의 트루기는 이미 완성되어 있는 것이기 때문에, 그러나 그것을 얼마나 자기화해 체화해서 영화를 만드는 것이냐가 중요한 문제죠. 그것의 가장 큰 기준은 예나 지금이나 결국 인물이든 또는 그 스토리 전개에 대한 호기심이라는 거죠. 호기심이 없으면 이야기에 대한 전개가 어렵죠.

여러분 시나리오 누군가에게 주거나 내실 때 요즘도 기획 의도 적으라고 하나요. 기획 의도 적으라고 해요. 등장인물 소개 성격은요? 적나요. 적지 마세요. 어떡하지? 이렇게 얘기하면 안 되는 건가.(웃음). 강렬하게 시작하지 않으면 시선을 자꾸 끌지 못하는데, '내가 이런 의도로 시나리오를 보여드립니다', 또는 '이런 인물들이 이 영화에 나옵니다'라고 소개하는 것은 재미없어요.
영화를 만들 때 크레딧을 어떻게 위치시키는가도 요즘 영화 만들 때는 매우 중요한데 최근 영화 〈덩케르크〉 보셨나요. 거기 보면 스튜디오가 어딘지 제작사가 어딘지 제목 딱 3개 올리고 바로 영화를 시작해버려요. 크리스토퍼 놀런 감독의 이름도 넣지 않고 영화가 바로 시작해버려요. 그것은 그만큼 주목도를 빨리 주겠다는 거죠. 크리스토퍼 놀런도 등장인물 소개와 기획 의도 소개를 오프닝 크레딧에 안 하고 있는데, 우리가 왜 해요. 우리도 할 필요 없는 거죠. 기획 의도는 그런 의도라고 얘기한 다음에는 사람들이 그것을 읽은 다음에는 삐딱하게 보기 시작해요. 이런 의도로 썼다며. 근데 이 시나리오가 그런 의도야 하는 식의 어떤 판단의 기준으로(선입견) 같은 것을 만들게 되거든요. 등장인물도 등장인물이 이런 거라는 예로 철수 영희 이렇게 먼저 써놓으면 사람들이 읽을 때 헷갈려 해요. 잠깐만 철수가 누구지, 다시 보고, 그러면 등장인물 속에 대충 스토리가 들어가 있잖아요. 이런 인물이고 이런 이야기다. 그러면 스토리를 조금씩 알고 시나리오를 보게 되는 거잖아요. 당연히 호기심이 떨어지지 않을까요? 호기심이 없어지면 가뜩이나 호기심을 만들어야 읽히고 끝까지 보게 하는데 이게 다 예측되면 안 되잖아요. 그러니까 등장인물이 적혀 있는 시나리오를 받아서 읽다 보면 끝까지 못 읽을 확률이 높더라고요.

제가 읽었던 시나리오 중에 기억이 남는 게 있는데, 시나리오가 그렇게 좋지 않았습니다. 시나리오는 또 이면지 통에 들어가겠구나 했는데 시나리오를 다 읽었더니, 시나리오 뒤에서 자기가 이 글을 어떻게 썼고 등장인물이 이렇게 나온다가 나오더라고요. 오히려 나는 그 뒷부분이 더 재밌더라고요.(웃음) 내가 읽은 내용과 다른 등장인물과 다른 기획 의도 같더라고요. 시나리오를 이렇게 쓰지, 왜 이렇게 재미없게 썼나. 다른 사람이 썼나 하는 생각이 들었어요. 그것도 참신한 경험이었어요. 그럼에도 그 시나리오에 작의와 등장인물이 앞에 있었더라면 그 시나리오는 더 재미없고 끝까지 보지 않았겠죠.
그러면 교육원 교육 방식과 많은 공모전 형식에 타협하자면 기획 의도를 쓰더라도 3줄 5줄 넘어가지 않는 느낌. 교육원에서 김대우 감독님의 첫 강의가 매우 기억에 남는데, 수업 중에 영화 〈록키〉의 록키를 설명할 수 있는 등장인물 소개를 해보래요. 뭐냐 이를테면 이탈리아인 종마…. 많은 설명들이 있었죠. 근데 한마디로 왼손잡이. 어떤 학생이 한 단어로 얘기를 끝내더라고요. 그 말이 굉장히 강렬하더라고요.

우리가 누구나 왼손잡이라는 인상, 그것이 갖고 있는 왼손잡이의 기질을 생각하잖아요. 약간 반항적인 것, 좀 더 예술적인 것 이런 것들. 왼손으로 뭔가를 할 때 낯섦이 주는 이격감이 있는데 그 말 한 마디가 그 인물을 설명하는 표현이라는 것. 그런 게 대단히 좋은 것 같아요. 강렬한 하나의 느낌. 이것이 전달되는데 그것에서 스토리를 보여주는 것은 없잖아요. 오히려 호기심은 증폭시킬 수 있는 표현이라는 것 그것이 제일 중요한 문제인 것 같아요. 근데 막 구구절절 다 설명해놓고, 왼손잡이인데 고리대금업자 밑에서 일하고 있고, 복싱을 너무 하고 싶은 사람이고. 애완동물 가게에서 일하는 여자를 사랑하고 있고, 어느 날 세계 챔피언이 도전자가 없는 상황에서 필라델피아에서 특별한 도전의 기회를 주게 되고, 록키가 도전하며 마지막 대결 아폴로와 록키가 한 링에서 마주치게 된다는…. 이러면 스토리를 다 알아버리는 거잖아요. 그러면 마지막 페이지만 읽으면 되네, 걔네들이 싸워서 이겼나 졌구나만 보면 되잖아요. 어 졌구나. 끝이잖아요. 즉 본인이 시나리오 중간에 써놓은 표현과 대사들이 잘 안 들리게 되는 거죠.
하다못해 기획 의도를 쓸 때는 좀 뜬구름 잡는 것처럼 쓰세요. 뭔가 예술적인 표현을 써도 되고, 직유와 은유를 남발한 무슨 말인지 모르게.

예를 들어 살인자의 기억이라고 되어 있는데, 어떤 암호 같은 문자 공식을 쓰고 이 문제를 풀기 위해 이 시나리오는 어쨌다 이러면, 독자가 잠깐만 이게 뭐지 하게 되잖아요.(웃음) 마치 기획 의도조차도 시나리오의 일부처럼 그렇게 느껴지게 해야지. 거기서 뭐 살인자를 잡을 수 있는 건 살인자이지 않을까란 이런 기획 의도로 시작하면, 독자는 킬러가 킬러를 잡는 얘기구나 하면서 그러면 설현은 누구야? 근데 또 밑에 써 있어. 그에겐 딸이 있었고 그게 설현이야.(웃음) 그러면 독자는 킬러가 딸이 있고, 딸을 지키기 위해 다른 킬러와 싸우는 얘기구나 생각하게 되고, 거기에 이미 이 영화가 갖고 있는 셀링 포인트가 다 드러나서 스토리에 대한 가독성과 호기심이 절반은 없어져 버리는 거죠. 다르게 표현하는 방법도 있어요. 예를 들면 눈에 넣어도 아프지 않은 딸이 있다. 그녀를 위해서라면 뭐든지 할 수 있다. 그러나 단 하나 내 비밀만 그녀가 알지 않는다면…. 이런 표현을 썼다고 치면, 독자는 예쁜 딸한테 절대로 보여주기 싫은 비밀은 뭘까란 호기심을 유지한 채 시나리오를 보게 되는 거죠. 그런 말들을 통해 시나리오의 비밀을 너무 빨리 밝히지 않는 등장인물과 기획 의도였으면 좋겠다는 것이 제작자 입장에서 시나리오가 끝까지 읽히게 되는 팁이라는 이야기고요.

그리고 시나리오를 볼 때 가장 눈에 들어오는 건 결국은 지문과 대사일 텐데. 제가 우리 작가들한테도 이런 얘기 많이 하는데, 대부분 여러분들이 대사를 쓰면 사람이기 때문에 어쩔 수 없이 절대로 입으로 얘기하는 구어체가 아닌 문어체일 수밖에 없어요. 본인은 구어체라고 하지만 문어체가 됩니다. 그것을 가장 빨리 해결할 수 있는 방법이 듣는 겁니다. 아빠 엄마 동생 등 가족들이나 친구들을 모아놓고 시나리오의 역할을 주고 읽어보라고 해보세요. 물론 연기까진 할 필요는 없고요. 그러면서 본인이 잘 들어보며 체크하기 시작하세요. 그러면 자신의 모든 대사가 체크되기 시작할 겁니다. "절대 구어체가 아니야" 하고 들어보면 사람의 입과 귀가 나눠져 있듯이, 누군가가 말하는 것을 들었을 때와 그냥 자신이 읽었을 때 느끼는 구어성이 확연히 다릅니다. 체계가 다르기 때문에 구어체가 그냥 절대로 써지지 않아요. 물론 잘 쓰인 소설 속 대사를 읽어봐도 구어체가 아닌 경우도 종종 있습니다. 하지만 소설은 그럴 필요가 없죠. 소설은 영화가 안 되니까요. 하지만 시나리오는 영화가 되는 것이 목적이잖아요. 영화가 되려면 결국은 말이어야 하는데, 그 말을 입 밖에 소리를 내보지도 않고 귀로 들어보지도 않고 대사화한다면 그것은 절대 좋은 구어체 문장이 나올 수 없다는 거죠.

여러분, 자신이 쓴 대사를 듣고 있으면 오글거려요? 그것도 다 표시가 되죠. 오글거린다는 것은 뭘 얘기하는 거냐면, 어떠한 한 상황을 너무 과장되게 설명하고 있을 때 그렇게 되는 거죠. 그건 여러분뿐만 아니라 대부분의 사람이 다 그래요. 어떤 상황을 표현할 때 과장할 수밖에 없어요. 근데 살면서 일상생활을 하면, 예를 들어 내가 어떤 친구와 얘기를 하는데 내 자신이 화났다는 것을 드러내놓고 이야기하는 사람 있어요? 내가 화났다는 것을 대놓고 이야기하기보단 약간은 그것을 감추면서 얘기하잖아요. 바로 직설적으로 얘기하지 않잖아요. 특히 남녀 사이에는 더더욱 그렇잖아요. 화나더라도 한 번은 참거나 감추거든요. 근데 그게 시나리오의 대사가 되면 다 직설로 얘기해요. 거기에 미묘한 차이가 있어요. 구어와 문어의 차이가 거기에 있으니까, 뭐 대사를 그렇게 듣다 보면 말로하기에 편안한 대사를 쓸 수 있게 돼요.

다음은 지문인데요. 저는 국어국문학과를 졸업했는데 제가 국문과였음에도 문장을 쓰는 교육에 있어서 안 좋은 교육을 받았다고 생각하는데, 원래 우리나라 말에는 중문, 복문이 없어요. 접속사라는 것이 없었거든요. 그러나 이런 것들이 뒤에 만들어진 거지. 우린 모두 다 단문 주어와 동사 하나의 문장이었던 거지, 주어와 동사를 접속어를 엮어서 긴 문장이 되거나, 주어와 동사 사이에 또 다른 주어와 동사를 집어넣은 복문 구조의 말들이 없었다는 겁니다. 이게 다 일본어와 영어의 번역에 의해서 남겨진 유산이에요. 근데 시나리오를 잘 쓰는 지문들을 보면 굉장히 짧아요. 그리고 쓸데없는 묘사를 하지 않는다는 것. 시나리오 안에서 직유 또는 비유, 은유 이런 표현들을 절대 하지 않아요. 그런 표현은 어떤 강압적인 방식이거든요. 그녀가 나무 구덩이 풀잎에 베어 쓰러지듯이 쓰러진다. 이게 무슨 말이야. 어떻게 쓰러지면 나무 구덩이 풀잎에 베어 쓰러지듯이 쓰러지는 거지. 그런 말 그런 비유를 따지다가 그 부분에서 감정을 놓쳐요. 그냥 그녀가 쓰러졌다 이 한 마디면 되는데. 그러나 그녀가 쓰러졌다 이 말을 좀 더 강조해서 보이고 싶을 때는 그다음에 어떤 말을 붙여야죠. 근데 많은 시나리오 안의 문장들을 보면 이상한 표현들이 너무 많아요. 예를 들면 가을 하늘이 뭉게뭉게 피어 있고, 그녀의 얼굴에 뭉게구름이 내려와 있다. 어떤 표정이면 뭉게구름이 여자의 얼굴에 내려와 있는 거지? 이것을 어떻게 표현할까요? 그리고 대부분 그것은 연출의 영역이지, 시나리오 작가의 영역이 아닌데 자꾸 연출적인 표현들을 하고 있거든요. 지문은 대부분 단문으로 쓰고 비유와 은유의 표현들을 피해야 하는데, 그렇다고 해서 절대 쓰지 말라는 뜻은 아닙니다.

시나리오상에서 정말 중요하다고 생각되는 포인트 부분에서 기승전결이든 3단 구성이든 그 어딘가에 핵심적 포인트가 있을 때 거기서 중요한 순간에 비유와 은유를 강하게 쓰면, 여태껏 건조하게 단문 위주로 쓰다가 거기서 비유와 은유가 딱 들어가는 그 순간은 굉장히 강렬해요. 그것은 의도적으로 읽는 사람이 이 부분이 굉장히 중요하구나 하는 것을 무의식적으로 느끼게 되는 것이죠. 근데 비유가 남발하다가 그 장면을 단문으로 쓰면 그냥 넘어가요. 이거 뭐지? 이러면서. 사실 거기까지 가지도 않죠. 비유가 많고 은유가 많은 지문들이 있는 시나리오는 읽다 보면 이걸 어떻게 표현하는 거지? 이렇게 되면서 맥이 끊기죠. 자꾸 그런 표현들을 지향하면 안 돼요. 본인들이 글을 쓰는 작가이다 보니 작가로서 자기 시그너처가 들어가다 보니까 직유와 은유를 쓰게 되는데 가능하면 쓰지 않는 게 제일 좋아요.

그리고 또 많이들 헷갈려 하는 게 있는데, 신 구분.

신을 구분할 때 보통 장소가 변하거나 시간이 변하면 신이 구분된다고 생각하는데. 예, 맞아요. 보통 이것이 맞는 말인데, 신이 구분되기 이전에 먼저 단계에서 중요한 것은 이야기가 구분되는 것. 어떤 하나의 이야기가 다른 이야기로 변환되는 구분점을 잘 둬야 하는 것을 알아야 해요. 즉 이 말은 신의 구분도 시퀀스의 구분도 결국 시나리오의 하나라는 것이죠. 사람들로 하여금 이 이야기에서 빠져나가지 않게 이 이야기가 어떤 장점을 주고 있는지, 또는 관객들이 독자들이 책을 덮고 커피를 마시러 가고 전화를 받고 문자를 받지 않고 시나리오를 계속 읽게 하는 방법으로 대사를 잘 쓰고 지문을 잘 쓰는 방법도 있지만 신을 구분하는 것도 대단히 잘해야 한다는 거죠. 이건 개인적인 취향인데, 가끔 신 타이틀이 하나의 신이 되는 경우가 있어요. 예를 들어 거기에 비유나 은유를 쓰는 사람이 있는데 구름 인서트 같은 것이 있는데, 한참 두 남자가 싸우고 있어요. 싸우다가 둘이 주먹을 맞고 딱 쓰러졌어. 둘이 하늘을 보고 있는데, 구름이 지나간다는 걸 한 신으로 구분하는 경우가 있어요. 그게 되게 멋있어 보여요.

#116. 들판.

남자 둘이 싸우고 있다.

#117. 시선이 머무는 하늘의 구름.

이러면서 #118으로 신이 전환되면 이거 뭐지? 하면서 설레게 돼요. 그게 되게 기술적인 거예요. 사람으로 하여금 이야기를 환기시키게 만들고 감정을 환기시키게 되는. 이게 작은 기술이에요. 방금 말한 두 남자가의 싸움신 그 사이에 구름을 집어넣고 다른 신이 전개된다 그게 무엇일까요? 앞 신의 내용과 뒤 신의 내용이 다르다는 거죠. 그 구분점을 어떻게 두느냐. 한 장소 안에서 벌어지다가도 스토리의 변환이 일어났을 때 신을 구분해준다거나 또는 장소가 다르더라도 신을 하나로 묶어가지고 스토리의 스피드를 올려버린다든가. 그런 구분을 잘해야 관객이 또는 독자가 그걸 읽을 때 이야기가 갖고 있는 정속의 스피드보다 더 빠른 반응이 일어나요. 그러니까 스토리를 구분하는 건 작가의 몫이니까 작가가 어떻게 스토리를 구분했는지를 읽는 사람이 그걸 알아들을 수 있어야죠. 읽는 사람이 자꾸 의심하거나 딴생각하지 않게 그 의도대로 시나리오를 읽게 만들어야죠. 결론은 그것이 대사나 지문만으로 이루어지는 것이 아니고 굉장히 많은 부분은 시퀀스의 구분과 신의 구분으로 이루어진다는 것이죠. 이 모든 것이 모아져야 시나리오의 첫 페이지부터 끝 페이지까지 한달음에 읽게 하는 기본이 되는 것 같아요. 그래야지 중간에 한 번이라도 끊어서 읽으면 뭐랄까 김이 빠지죠. 저희 회사에서 준비하는 서른 살 초반의 신인 감독이 있어요. 제가 그 친구를 스물여덟에 작가로 만났어요. 회사에서 그분의 첫 시나리오를 접했을 때 회사 모든 사람이 중간에 끊기지 않고 한 번에 다 읽었어요. 그리고 작가가 의도하는 장면에서 눈물, 이런 거죠. 그 시나리오 안에 이런 장면이 있어요. 탈북자하고 그의 엄마가 중국에서 살고 있어요. 그 아들이 공항 중국 경찰들에게 잡힐 위기에서 도망을 쳤어요. 지하 단칸방에 그는 몰래 숨어 살고, 엄마는 몰래 노래방에 가서 도우미를 해요. 어느 날 엄마가 냄비를 하나 들고 와가지고 문을 두드리고 엄마가 들어가요. 그러면 거기에는 생일상의 국수가 있어요. 돈이 없으니까 감자국수를 해서 갖고 온 거예요. 생일이라 축하한다고 엄마가 아들에게 그 걸 다 먹으라고 하면 아들은 그걸 나눠 먹자고 해요. 그러면 엄마가 무슨 생일상을 나눠 먹냐, 그걸 다 안 먹으면 반밖에 크지 않는다면서 아들을 다 먹이죠. 그러니까 아들이 뭉클하면서 그걸 다 먹었어요. 그때 엄마는 이제 간다고 하면서 돌아서요. 아들이 되게 기분이 이상해지죠, 왜냐 자기는 젊은데 여기서 숨어 있어야 하고, 엄마는 노래방 도우미로 나가서 일해야 하니까. 그날 저녁에 엄마가 일하고 있는데 공안이 쫓아오고 도망치다가 그 자리에서 죽었어요. 그것을 사촌을 통해 아들이 전해 듣게 되든데, 아들은 엄마가 죽은 곳을 갈 수 없어요. 가면 공안에게 잡히니까. 그래서 결국은 아들이 장례도 못 치르고 보네요. 며칠이 지난 후에 아들이 큰 바가지에 뜨거운 물을 받아다가 사건 현장으로 걸어가요. 뭐 하는 건가. 시나리오 묘사가 이러해요. 뚜벅뚜벅 걸어간다. 교통사고 난 자리에 엄마 피가 배어 있잖아요. 그걸 아들이 뜨거운 물을 붓고 닦아내요. 그러면서 아들이 울어요. 이 신의 영화에 12페이지 정도 초반에 불과해요. 이 친구가 엄마의 시신을 판 돈으로 외국에 가서 자기 신분을 해결하려고 노력하는 얘기인데, 이미 초반 저 신 지점에서 관객에겐 끝난 거죠. 그냥 헤어날 수 없어요. 이런 인물이 어떤 선택을 해야 하느냐, 자기 인생을 어떻게 선택해야 하느냐의 이야기가 펼쳐지는데, 강렬한 에피소드 하나가 결국은 이야기를 뒤로 넘기는 가장 강렬한 원동력이 된다는 것이죠. 그리고 이 영화에서 내가 만들어내는 것 중 가장 재밌는 이야기가 어떤 스토리 안에 있다면, 그런 강렬한 에피소드가 영화의 초반부에 배치되었다면 최소한 독자는 앞부분만 읽다가 끝내지 않고 끝까지 읽게 됩니다. 그 에피소드의 강력한 힘 때문에. 그래서 호기심은 계속 유지시키면서 결론을 뒤에 밝히지만, 이 영화에서 주는 재밌는 강력한 에피소드가 전반부에 배치되면서 그 호기심을 유발하는 작용을 하고 그것이 사람들로 하여금스토리를 끌어당기게 하는 가장 큰 매력이 된다. 이렇게 말씀 드린 대로 시나리오를 써서 보내주시면 저희가 만들기만 하면 될 텐데.(하하하)

물론 말하는 거랑 쓰는 것은 천양지차니까요. 저도 여기서 수업 들을 때 선생님 말하는 거 들으면 쉽게 쓸 수 있을 것 같았죠. 이제 스터디할 때 일주일 안에 다 써서 모이자 그러면, 저희는 좀 격한 스터디여서 일주일마다 시놉을 썼어요. 그러면 그 시놉을 모두 읽고 만났거든요. 수업 끝나면 저녁 9시부터 새벽 늦게까지 그 7명의 시놉을 계속 까기 시작하죠. 뭐 예를 들어 글 쓰지 않는 게 좋을 거 같다 이런 식의 독설까지도 서슴없이 했죠. 전철홍 작가는 자신은 왜 이렇게 글을 못 쓰냐며 술이 만땅 돼서 커피 자판기 때리고. 이런 얘기 하면 안 되는데…. 근데 이것은 일종의 기술이기 때문에 결국은 많이 쓰면 늘더라고요. 많이 써보고 많이 생각해보면 늘어요. 황조윤 작가는 제 기억에 두 달에 한 편꼴로 시나리오 한 편씩 썼어요. 그러면서 이거 재밌지 않냐, 사람들에게 물어보고. 그러면 막 꺼져라 그런 얘기 하고. 예를 들면 제목이 뭐였더라 그는 〈그녀와 잤을까〉. 내용이 보면 그냥 자신 얘기예요. 이런 걸 일주일에 90신 정도로 써와요. '이거 네 얘기잖아' 이랬었는데, 그러던 친구가 지금은 충무로에서 톱클래스 작가잖아요. 굉장히 많이 썼어요. 그런 과정 속에서 시나리오 기술을 몸으로 체험하는 과정을 겪었다고 할까요.

황조윤 작가는 글 쓰는 거 외에는 할 수 있는 게 별로 없기 때문에 이거라도 열심히 해서 잘된 게 정말 다행이죠. 이런 얘기 들으면 삐치죠. 시나리오는 이렇게 쓰면 잘 씁니다라고 말씀드렸고요. 이것은 작법과 기준이 좀 다른 내용인데, 지금도 가끔씩 꺼내서 보는 책이 있어요. 이론서이면서 작법서인데 우리나라 것으로 번역됐지만, 잘 번역된 것 같진 않아요. 현대 영화를 만드는 기술, 실제로 그 작법서를 쓰신 분이 아주 유명한 스크립트 닥터예요. 미국식으로 치면 최종 감수권을 갖고 있는 시나리오 작가란 말이죠.

제가 디즈니에 있을 때 〈귀여운 여인〉의 시나리오 폴더를 볼 수 있었는데, 그 안에 109고의 귀여운 여인이 있었어요. 거기의 108~109고의 감수자가 로버트 타운였어요. 〈차이나타운〉 시나리오 작가이고, 최고의 시나리오 스크립트 닥터죠. 스크립트 닥터로 유명한 활동이 〈미션 임파서블〉 시리즈. DC의 코믹스 감수자이기도 하죠. 스크립트 감수자는 크레딧에 이름을 올리지 않아요. 그런데 돈은 제일 많이 받아요. 결국은 〈귀여운 여인〉 108고, 109고 버전이 이전의 귀여운 여인과 비교했을 때 달라진 점이 인상적이에요. 초반부에 리처드 기어가 자기 변호사에게 "야, 키 줘"라고 해서 람보르기니를 타고 베벌리힐스를 내려가다가 그 여자(줄리아 로버츠)를 만나죠. 그래서 이야기가 시작되잖아요. 107고 버전까지 절대 빠지지 않았던 것이 그 파티 장면에서 자기 옛 와이프도 있었고, 옛 여친들도 있어서 리처드 기어가 얼마나 나쁜 놈인지, 비정한 놈인지를 보여주는 장면이 10분 정도 있어요. 그 신이 재미없냐, 아니에요. 그 신이 연극적으로 보이면서 재미있었거든요. 근데 107고에서 108고로 넘어가면서 그 신이 빠졌어요. 로버트 타운이 그 신을 없애버렸어요. 대신에 5줄 6줄 덧붙였는데, 자신의 변호사한테 "야, 키 줘. 내 차가 고장 났어"라고 말하는 장면이 추가됐죠. 즉 이 장면이 자신이 고용한 변호사인데 자신이 고용한 변호사의 차도 맘대로 하는, 근데 나가 봤더니 차는 람보르기니고, 리처드 기어가 얼마나 돈이 많고 제멋대로인지를 그 대사 3개로 보여주거든요. 그거면 앞 부분에 큰 신으로 보여주려고 했던 것들을 그냥 압축해서 보여주거든요. 이 점이 두 가지 기능이 있는 거예요. 그렇게 신의 분량을 절약하고, 굉장히 인상적인 건 지금이야 그렇게 생각 안 할 수 있지만 서부 유럽과 미국 문화들 안에서 람보르기니 쿤타치가 갖고 있는 성공한 자란 어떤 상징성이 있거든요. 그것을 타고 베벌리힐스 거리를 돌아 내려오는데, 만났던 그 여자가 차를 타고, 차 얘기를 막 하잖아요. 이건 이렇게 해야 하고 저건 저렇게 해야 하고, 이 신만으로 굉장히 강렬한 캐릭터를 확보하고 이야기에 대한 판타지, 저런 걸 대수롭지 않게 볼 수 있는 성공하고 돈 많은 남자란 환상이 있는 거죠.
이 두 가지를 영화 안에서 얻게 되는 거죠. 그렇게 그 신만으로 압축해 백스토리도 필요 없어진 거죠. 보통 흔해빠진 리처드 기어 캐릭터의 백스토리인 엄한 아버지에 엄마가 많았고, 아이비리그 나왔고 돈으로 방탕한 생활을 했다 이런 걸 다 보여줘야 할까요. 그런 이야기가 필요 없다는 거죠. 말투, 그가 표현하고 있는 어떤 행동으로 그의 캐릭터를 표현하는 거지. 여기서도 서로 친한 사람들이 있겠지만, 어린 시절 어떻게 살아왔느냐가 중요한 게 아니잖아요. 중요한 것은 지금 내 앞에 있는 사람이 어떤 이야기를 하고 어떤 것을 의논하는지 중요할 뿐이죠. 그런 걸로 인물을 표현하기 시작하라는 거죠.

로버트 타운만큼 유명한 린다 시거란 스크립트 닥터가 있는데, 그분이 쓴 책 중에 《Making a good script great》라는 유명한 작법서가 있어요. 좋은 시나리오를 더 좋게 만드는 방법을 기술해놓았죠. 제가 영화를 만들 때 어떤 면에서 기준이 되는 책이에요. 거기서 기억에 남는 말들 중에 이런 것이 있어요. 본인이 표현하고 싶은 메시지는 메인 플롯에 넣지 마라. 서브플롯에 넣는 것이 메시지다. 그것이 처음에는 이해가 안 됐는데, 그것을 매우 중요하게 다룬 영화가 〈위트니스〉입니다. 그런 영화를 예를 들면서 표현하는 영화가 여러 가지가 있어요. 아마존에 주문하면 많이 비싸지 않고, 영어도 그리 어렵지 않으니까. 한번 다른 식으로 접근하고 생각해 볼 수 있는 방법이라 생각합니다. 실제로 요즘에 마블의 영화나 여름 시장을 장악하고 있는 미국의 블록버스터 영화들은 스토리를 그다지 중요하게 생각지 않거든요. 근데 왜 그렇게 느껴지냐 하면 한 편으로 스토리를 짜지 않아요. 그들에겐 이제 아예 작가란 존재 자체가 모호해졌어요. 스토리 팀으로 운영하는데, 그 팀이 30~40명 돼요. 그 팀이 전체 이야기를 구성하고 그 이야기의 구성을 촘촘히 만든 다음 작가를 고용하고 감독을 붙여 이야기를 짜다 보니까, 단편의 이야기들이 스토리적으로 약간 얼기설기한 느낌이 있는데, 그것을 시각적인 용도로 채우고 그것을 반복하다 보니 관객들로 하여금 마블의 영화는 봐야 하는 것이 되죠. 그 뭐죠. 트랜스 자동차 나와서 변신하는… 〈트랜스포머〉요. 그 영화 스토리 얼마나 후져요. 문제는 스토리만 반복될 뿐 스토리가 나아지지(확장되지) 않아요. 1편, 2편, 3편도 스토리가 확장되지 않고 계속 반복만 되잖아요.

지금 마블의 영화는 조금씩 확장되어 왔었잖아요. 이제 한계가 와서 그들의 표현으론 페이지 3에 해당하는 시기가 왔다고 이야기해요. 그럼에도 스토리가 좋은 영화들이 밀려 미국에선 독립 영화처럼 말하기도 하지만, 지나보면 영화도 돌고 도는 것. 결국은 이렇게 허접한 스토리의 영화들이 또 밀려나고, 스토리가 있는 영화들이 부각되는 날이 올 테니까. 그러려면 구성이 단단해야 해요. 한번 그 책을 보라고 권하고 싶네요. 제가 하고 싶은 말은 여기까지예요. 오늘은 30분만 이야기하고 나머지 시간은 질문을 받으려 했는데 이야기가 좀 길어졌네요. 쉬었다가 질문 받는 시간 갖겠습니다.

Q. 감독 선정 기준에 대해 알려주시겠습니까?

리얼로 이야기해야 하는 거죠. 제 맘대로 합니다.(허허) 꼭 그런 건 아니에요. 최근 이해영 감독하고 〈독전〉을 찍고 있는데, 마약 소재 액션 영화이고 이해영 감독의 전작은 〈경성학교〉 공포예요. 그 전작은 〈천하장사 마돈나〉 코미디물인데, 전혀 액션과 잘 어울리지 않아 보이지 않나요? 그런데 제가 이해영 감독한테 〈독전〉을 하자고 제안한 이유는… 일단 저는 감독을 정하기 전에 감독하고 친해져요. 그래서 시간이 좀 걸려요. 1~2년 정도 한 달에 한 번씩 차도 마시고 술도 마시고 얘기하다가 이 사람을 좀 알아가고. 영화는 꼭 감독을 영화적으로 닮게 되더라고요. 그래서 그렇게 알고 나면 〈독전〉 이후에 뭐 할지 알게 될 것 같고요. 영화 〈럭키〉를 했던 이계벽 감독은 〈올드 보이〉 때 조감독이었어요. 그러다 보니까 저한테 혼도 많이 나고 욕도 많이 먹었지만, 그 이후 우리 회사에서 〈야수와 미녀〉라는 영화로 데뷔했어요. 사람을 아니까, 그 사람한테 어울리는 스토리가 뭔지, 그 사람이 잘할 수 있는 게 뭔지, 그 사람이 좋아하는 게 뭔지 알게 되더라고요. 그러니까 감독을 선정하는 데 시간이 좀 오래 걸리는 것 같아요. 박찬욱 감독님도 알고 지낸 지 거의 20년 됐죠. 감독님이 좋아하시고 감독님이 뭘 잘하시는지를 저도 은연중에 알게 되니까 그런 작품을 제안하게 되는 것 같더라고요. 신인 감독은… 저희 회사에서도 준비하는 신인 감독이 몇몇 있는데, 신인 감독은 아무리 잘나가고 유명해도 바로 데뷔시키지 않습니다. 저희 회사에서 준비하는 신인 감독 중 충무로에서 〈몸값〉이라는 단편 한 작품으로 핫해진 방년 27세의 친구가 있습니다. 그 영화를 스물다섯 살에 만들었는데, 굉장히 핫했던 영화여서 여기저기 러브콜을 받았겠지만, 저희 회사에서는 이 친구를 바로 데뷔시키지 않고 1년간 시나리오를 쓰게 했어요. 지금 개봉하는 〈침묵〉, 다른 시나리오 몇 편을 쓰고 본인이 시나리오의 감을 알고, 물론 저도 이 친구에 대해서 알아야 하니까. 지금은 자신이 데뷔할 작품 열심히 쓰고 있어요. 감독을 정하는 기준은 조금 다른 것 같아요. 기성 작품 감독님들은 제가 그분들을 좀 알아야 하고, 최근에 같이 작업하기로 한 김종관 감독님의 〈더 테이블〉이라는 영화가 최근에 개봉하는데, 그분하고도 한 2년, 술 좋아해서 술 마시고 그러면서 그분이 어떤 것을 좋아하는지 알게 되었고, 그에 맞는 아이템이 있어 같이 하게 되었어요. 다른 질문 있으신가요?

Q. 시나리오 만들 때 영화의 표현 기술이 어디까지 왔는지 어떻게 파악하나요? 작가가 그것을 알아야 그 수준에 맞는 작품을 쓸 거 같아서요.

예를 들어 저한테 마블에서 만드는 〈어벤져스〉 시나리오를 주면 영화를 만들 수 없습니다. 한국의 기술 문제도 어느 정도 있겠지만, 기술은 결국 자본이잖아요. 돈이 있으면 만들 수 있는데, 한국에서 만들 수 있는 자본의 베스트는 이번에 〈군함도〉가 찍은 거잖아요 250억 정도. 물론 이후에 이 영화 기록은 깨지겠지만. 저희 회사에서 지금 준비하는 것 중 예산이 200억 왔다 갔다 하는 영화가 있는데 손익분기점 맞출 생각을 하니까 정말 후달립니다. 이 정도 예산이라면 700만 관객을 확보해야 손익분기점을 맞출 수 있거든요. 한국에서 700만 이상 되는 영화는 매년 몇 편 안 나오잖아요. 그걸 최저 목표치로 잡고 영화를 만든다는 것은 좀 문제가 있어요. '기술력이 어느 정도인가를 어떻게 아는가'라는 질문에 대한 답변을 드리면, 그냥 돈이 어마어마하게 들 것 같은 시나리오는 쓰지 마십시오. 그것은 알 수 있잖아요. 예를 들면 아침을 로마에서 먹고, 점심은 케이프타운에서 굴 한 접시 어때? 이런 건 안 되죠. 화성에서 서부극 이런 건 절대 안 되죠. 상상력에 제한을 드려서 정말 죄송한데, 그런 시나리오들은 좀 피해주시면 기술력의 논란 문제는 고민하지 않아도 될 것 같습니다.

Q. 지금까지 제작하신 영화 중 가장 애착이 가고 만족하시는 영화가 있으신지요?

이 질문은 정말 많이 듣는 건데요. 사실 저희 회사가 〈침묵〉을 개봉하면 열다섯 번째예요. 우리가 외부에서 아이템을 받아 영화를 만든 적은 한 번밖에 없습니다. 나머지는 저희가 개발한 작품이기도 하고 다 사연이 있어요. 그래서 뭐가 더 애착이 간다고 말할 수 없어요. 흥행이 됐다 안 됐다를 떠나 사람들이 유난히 … 저희 작품 내용이 딸과 아빠의 불륜, 여자들 동성애, 〈방자전〉은 춘향전 고전도 비틀었다고 남원 지역 분들이 올라오셔서 사무실도 때려 부수고, 제가 피 나오고 살 나오는 영화 전문이라고 그러시는데. 사실 제가 생각하는 영화 세계관에 가장 근접한 영화는 〈주먹이 운다〉예요. 그 영화를 만든 곳이 용필름 전 회사인 시오필름인데 그 작품이 그 회사의 창립작이었어요. 그때 정말 좋았습니다. 전철홍 작가를 아시는 분은 아시겠지만 굉장히 무뚝뚝하고 모르시는 분이 보면 이 사람이 시나리오 작가야 조폭이야 그러시겠지만(웃음), 굉장히 따뜻한 감성을 소유한 친구입니다. 그 친구가 할 수 있는 가장 베스트를 뽑았었던 거고. 당시 류승완 감독도 되게 용감한 분이셨죠. 지금도 용감하시지만 그때는 젊어서 그런지 패기 넘쳤고, 최민식 · 류승범이라는 훌륭한 배우들과 좋은 시나리오를 가지고 한 좋은 경험이라는 생각이 듭니다. 〈주먹이 운다〉가 유난히 마음속에 남습니다.

제가 어떤 장르를 좋아한다고 하는 기준이 없거든요. 〈아가씨〉 만들다가 〈럭키〉도 하고, 그전엔 〈뷰티 인사이드〉도 하고, 〈방자전〉도 했는데 도대체 이 작품 속에 공통분모가 없잖아요. 저는 그때마다 제가 재미있는 걸 선택하는 거 같아요. 호러, 멜로 다 좋아합니다. 이제 SF만 남았네요.

Q. 박찬욱 감독님에게 〈핑거 스미스〉(아가씨 원작)를 권하신 계기와 이유가 있으셨나요?

〈핑거 스미스〉는 소설 자체가 굉장히 재미있었어요. 워낙 감독님이 언론지상에 그 얘기를 많이 하셔서…. 제 와이프가 먼저 읽고 저한테 권해줬어요. 저희 와이프가 자신이 재밌는 거 책상에 올려주고 그러면 되게 귀찮은데. 그런 뻘짓을 해요. 100권 올려놓으면 한두 권 정도 볼까 말까 합니다. 〈핑거 스미스〉는 우연히 읽어봤는데, 제가 어릴 때 〈흰색 옷을 입은 여자〉라는 고전 소설을 읽었는데, 이 책으로 인해 아서 코난 도일이란 작가가 추리 소설가가 되겠다는 마음을 정하게 해줬다고 극찬한 책이죠. 와이프도 이걸 알고 추천해준 건 아니고, 〈핑거 스미스〉를 읽다 보니 이 책이 〈흰색 옷을 입은 여자〉의 오마주란 것을 알게 되었죠. 앞의 시작 부분이 대단히 비슷하거든요. 계속 읽어나가면서 서사와 반전이 대단히 매력적이어서 영화로 만들고 싶었어요. 근데 소설의 배경이 1800년대의 빅토리아 시대고, 이것을 한국에서 만들 수는 없을 것 같고, 외국에 나가서 만들어야 하나, 한국에서 어떻게 변형해서 만들어야 할까 고민하다가 이 이야기는 그냥 박찬욱 감독님이 좋아하실 거란 생각이 먼저 들었어요. 그래서 박찬욱 감독님께 읽어보시라고 제안했고, 아니나 다를까 일주일 만에 소설 재밌다고 답변이 왔어요.
특별히 어떤 이유가 생각나지 않고 프로듀서 감독을 오랫동안 하다 보면 이런 욕구가 있어요. 맨날 저런 영화 그만하고 이런 영화 해보는 건 어떨까 하는 트는 맛이 있잖아요. 물론 발라드 가수에게 댄스 가수 하라고 하면 안 되겠지만, 그가 가진 폭이라는 것이 있는데 폭을 더 넓혀 주거나, 그 폭 안에서 좀 더 새로운 것을 보고 싶은 마음이 제가 박찬욱 감독님에게 있는 것 같아요. 지금도 감독님하고 무슨 소설을 같이 얘기하고 있는데, 그 이야기는 지금까지의 감독님 영화 색깔과 완전히 다른 이야기예요. 뭐 앞으로 5년 후, 아니 살아생전에 만들지 모르겠지만.

Q. 작가들이 시나리오 마켓에 올리면 좋은 작품들을 제작사에 추천해준다고 하는데, 실제로 마켓에서 추천한 작품들을 제작사 측에서 검토하나요?

예, 저희 제작사도 마켓 쪽 추천작들을 검토하고 있습니다. 저희 회사에도 일주일에 한 번씩 아이템을 보고한다고 합니다. 트리트먼트 형식 이야기나, 시나리오 형태의 추천받은 작품들을 검토하고 좋은 작품들은 저한테 제안합니다.

Q. 개인적으로 자신이 쓴 시나리오가 마음에 들어 직접 영화사에 보내는 것은

어떻게 해야 하나요?

보내지 마십시오. 절대로 읽지 않아요. 예전에는 시나리오 써서 제작사든 어디든 많이 보내라고 했는데, 그것은 절대로 좋은 방법이 아니에요. 읽지 않을 확률이 너무 높습니다. 시나리오 마켓이나, 공모전을 이용하는 것이 낫습니다.

예전에는 한양대에서 영화 찍는 애가 있대, 난 중대에서 영화 좀 찍는데 이러면서 서로 만나 얘기 좀 하다가 충무로에 좋은 재능으로 수혈되는 경우가 있었는데, 요즘은 단편이나 좋은 영화를 뽑아 올리는 기준이 되는 아카데미나 미장센 단편 영화제 등 검증받은 영화들이 너무 많아요. 재야의 고수를 찾을 필요가 없거든요.

일본도 마찬가지로 예전에는 영화 회사에 들어가 도제 시스템에서 배우고 데뷔하는 것이었는데, 요즘은 유일하게 데뷔할 수 있는 방법이 피아 영화제에서 상 받는 방법밖에 없대요. 영화제에서 상 받지 않으면 일본에선 상업 영화 극상업 영화 감독으로 데뷔하기 힘들거든요.

저희도 사무실로 시나리오가 많이 오는데 냉정히 얘기하면 읽습니다. 하지만 저는 읽지 않습니다. 많은 시나리오가 읽히지만 한 번도 제안을 받아본 적이 없습니다. 그것은 그 시나리오가 나쁘다는 것이 아니라, 사실 회사에서 관심도가 없는 거죠. 공식적인 공모전이나 공신력 있는 기관에서 선발된 작품들을 다 읽기에도 힘이 부치는데 개별적으로 오는 것까지 관심과 신경을 못 쓰게 되죠. 개별적으로 보내는 것은 좋지 않습니다.

어쩔 땐 짜증 나는 일이 될 수도 있죠. 일주일에 시나리오를 3편씩 보내는 분도 있고, 메일이 열려 있으니까 30분마다 고쳐서 하루에 9번을 고쳐서 보내는 분도 있어요. 그분들은 열정일 수 있지만 받아보는 입장에선 스팸으로 보내고 싶어질 수 있어요.

Q. 신인 작가로서 작가가 갖춰야 할 마인드는 뭐가 있을까요?

미소.(하하) 글쎄요. 글을 쓴다는 것은 자기 세계관을 만드는 거고, 자기가 생각한 세계를 구축하는 건데. 제가 작가들이랑 처음 미팅을 할 때, 회사에서 시스템을 거쳐 이제 어떤 작가가 좋겠다고 얘기해서 그 작가들을 기획실이든 피디가 만나 전화를 한 다음에 최종적으로 결정을 해서 미팅할 때, 제가 부탁하는 것이 몇 가지 있어요. 개발 시간은 오래 걸려도 좋지만 시나리오 쓰는 시간은 한 달 안에 쓰라고 부탁해요. 개발은 6개월 1년이 걸려도 초고를 쓰는 시간은 한 달밖에 안 드려요. 초고 쓰는 기간이 길어지면 의논하고 협의했던 것들 말고 다른 것을 써오는 경우가 종종 생기기 때문이죠. 그래서 그런 것들은 협의 안에 기간에서만 생각하고 한 달 안에 빠르게 초고를 쓰라고 제안하는 거죠. 그리고 두 번째는 처음에 스토리 아웃트라인이나 시놉은 짧게 써라. 거기다가 온 힘을 다 쓰지 말고, 100미터 달리는 힘으로 다 쓰고, 우리는 1만5000미터를 달려야 하는데 나는 더 이상 못 써 이렇게 돼버리면, 나머지를 할 거냐 이거예요. 시놉 써오라고 했더니 30p 써오고 이럴 때 있어요. 친한 작가가 열정이 넘쳐서 그렇게 써오면 반도 안 읽히는데 이렇게 말을 시작하죠. 그렇게 쓰지 말라는 거죠. 3막의 구성으로 A4 용지 한 장을 넘지 마라. 그것이 좋으면 크게 확장을 시작해서 개발할 수 있는데 별로면 빨리 엎어야 하잖아요. 그것이 9페이지 20페이지가 넘어버리면 그것을 쓰는 노력이 있으니까 본인들도 그 노력이 아까울 거 아니에요. 그러면 자신들도 고집을 피워요. 그러면 육두문자를 날리기 시작하고 상황이 안 좋아지죠. 그럴 때 미소가 필요해요.(하하) 그렇잖아요. 작가는 돈을 받고 글을 쓰지만 작가는 결국 칭찬을 먹고사는 사람들인데 자기가 쓴 글이 "재밌었어" "좋았어" 얘기만큼 좋은 게 어디 있겠어요. "별로인데" "뭐야 이거" 이러면 어느 작가가 좋아하겠어요. 하지만 작가는 그 순간에도 미소를 띨 수 있어야 해요. 그런 모습에는 화를 못 내요. 그래 그러면서 다음 논의로 넘어가게 되죠. 근데 작가가 거기서 인상을 쓰거나 기분 나빠 하면 "이따위로 써놓고 지금 어따 대고 화야" 이렇게 되기 시작하면 작업이 잘 진행될 수가 없죠. 일단 태생적으로 작가는 뭔가를 제안하는 사람인 거잖아요. 계약이 진행되고 나서 회사가 이런 식으로 싶다고 의도가 들어가면 제안을 받는 사람인데, 그 제안을 받아서 뭘 썼는데 다행히 그것이 좋은 평가를 받으면 좋겠지만, 안 좋은 평가가 전해졌을 때 성질을 부리면 작업이 어떻게 되겠어요. 물론 다음 계약에도 많은 영향을 미치겠죠. 그래서 미소라고 이야기하는 것인데, 중요한 부분은 처음부터 너무 공들여 하나에다 온 힘을 쓰지 말라는 거예요. 큰 그림을 그리는 (것이지) 에피소드 만드는 거에 너무 열중하지 말라는 말이에요. 큰 울타리를 짜는 게 중요한 것 같아요. '이런 남자가 있고 저런 남자가 있다. 근데 애들이 어떤 사건에 얽혀서 어떻게 했어'라는 정도의 얘기지. '이 남자는 어땠는데, 이 여자는 어땠는데. 이 사건은 어떻고 과거는 어떻고' 이런 식으로 쓸 필요가 없다는 거죠. 큰 울타리 정도를 만들고 그래야지 뭐 욕을 먹어도 "아 그거는 제가 안 써서 그래요" 하고 빠져나갈 수 있잖아요.(하하) 좋은 것 가르쳐드렸네요.

Q. 작가의 수입은 어느 정도 되나요?

천차만별입니다. 계약하는 조건에 따라 다르죠. 저희가 1억에 계약하는 작가도 있고요. 용필름은 기준이 있는데, 신인 작가한테는 2000만~3000만 원이 시작인 것 같아요. 그리고 저희는 기간이 정해져 있어요. 6개월, 8개월 이렇게 기간을 정해놓고 진행해요. 잘 쓰면 계속 올라가고요. 많이 받으시게 됩니다.

Q. 영화가 성공하면 거기에 따른 성과금이 있나요?

있습니다. 〈럭키〉 쓰신 작가 보너스 많이 받았습니다. 저희 회사의 보너스 기준은 작가료가 있으면 그 작가료를 베이스로 놓고 흥행이 어느 정도 달성됐을 때 작가료의 50퍼센트, 100퍼센트, 200퍼센트 이런 식으로 드립니다. 잘되면 돈 많이 버는 직업이죠. 그리고 1억씩 받는 작가가 되면 열에 아홉은 거절하는 작가가 되죠. 전철홍 작가 많이 받거든요. 잘 쓰니까. 거절하는 게 일이라고 하죠. 그는 겹쳐서 쓰는 게 아니라서 일 년에 많아야 2편 정도 계약하거든요.

Q. 신인 작가와 기성 작가 사이에는 차이점이나 장단점 같은 게 있을 거 같은데요?

미소입니다. 여유가 있느냐 없느냐. 그런 것은 경험에서 나올 수 있고요. 노련한 작가는 고집이 생기고, 신인 작가는 패기가 있죠. 물론 여러분은 신인 작가가 되기 위해 여기에 와 있지만, 신인 작가가 피해야 할 부분은 중심을 잡는 거라고 생각해요. 처음이다 보니 남의 말을 다 들어야 하는 것처럼 느껴지잖아요. 회사에서 얘기하는 거 감독이 얘기하는 거 거기에서 내가 생각하는 것이 뭐냐에 밸런스를 맞추는 것이 중요하고, 거기서 귀를 열어야 하는 것이 중요하죠. 기성 작가는 앞날을 멀리 봐야 해요. 여러분이 기성 작가가 됐을 때 가장 힘든 게 뭐냐면 기성 작가는 아예 귀를 닫는 거죠. 자기가 옳다고 생각하죠. 그것이 결국 산을 내려오는 길이 되는 거죠. 영화는 작가가 쓴 대로 절대 만들어지지 않아요. 그게 시나리오의 운명이에요. 시나리오는 영화가 갖고 있는 뉘앙스를 대사의 큰 가이드를 통해 이야기 구조를 잡는 것이죠. 현장에서 숱하게 바뀌거든요. 그래도 크레딧에 작가 이름이 올라가는 건 그 작가가 써놓은 이야기적인 가치관과 세계관이 들어가기 때문인데, 문제는 그런 경험을 몇 번 하다 보면 사람들이 쉽게 하는 오류가 자기가 쓰지 않은 현장에서 만들어진 것조차 자기가 한 것처럼 느끼게 되는 것이죠. 되게 많아요 그런 경우가. 그러면 협업이라는 것을 점점 더 잊어버리게 되죠. 사실 영화는 협업의 과정이거든요. 카메라가 없으면, 배우가 없으면, 감독의 디렉션이 없으면, 작가의 글이 없으면 안 되잖아요. 이 모든 과정을 작가 스스로 이해하는 데 굉장히 오래 걸리더라고요. 작가는 글을 쓰고 현장에 오는 일이 별로 없으니까. 미소는 여유입니다. 여유가 있으면 자기 것을 받아들이지 않는 것에 대해서도 수용할 수 있는 여유가 있어야 하고, 자기 생각이 옳고 사람들이 추종한다고 해서 무조건 옳다고 자만하면 이제 내려가야 할 길만 남는 거죠. 그러면 그 작가한테는 당연히 연락을 안 하겠죠.

Q. 작가 생활만 하다가 연출이 하고 싶을 때 어떻게 하면 되죠?

내가 썼으니까 연출시켜 주세요 하면 됩니다.

Q. 그렇게 되면 연출을 다 시켜주나요?

답변 : 둘 중 하나겠죠. 꺼지라든가. 아니면 좀 달래다 고집을 피우면 연출을 할 수 있죠. 여기에 정답은 없어요. 그건 각자의 사정과 경우에 따라 달라지니까. 박훈정 감독의 케이스는 후자죠. "나 이거 썼는데 사람들이 좋대. 나 이거 연출할 거야." "왜 이래." "안 시켜주면 딴데 갈 거야." 그래서 감독이 된 경우이고요. "꺼져"라고 말한 케이스는 세상에 안 드러나서 잘 모르겠네요.(웃음) 저한테는 아직 작가가 글을 썼는데 '이걸 연출하겠다'라고 저희 작가가 저희한테 제안한 적은 없었

어요. 신인 감독인데 자기가 연출하겠다고 그래서 "꺼져"라고 말한 건 두 번 있었던 것 같네요. 그건 정말 답이 있는 게 아니라 케이스 바이 케이스예요.

Q. 처음에 디즈니에서 일했다고 하셨는데, 어떻게 디즈니에서 일을 하게 되셨나요?

이야기가 재미없을 수도 있는데, 아니 재미있을 수도 있겠네요. 저희 부모님 집이 미국에 있거든요. 미국 부모님 집에 갔다가 어떤 사건에 휘말려 제가 경찰서에 잡혀갈 뻔한 적이 있었어요. 그것이 윗집에서 신고해서 그렇게 된 건데요. 그 사람이 오해한 것이 너무 미안하다며 자기 회사에 놀러 오라고 해서 갔더니 거기가 디즈니였어요. 그리고 대학원에 다니다가 졸업하고 일을 해야겠다고 생각해서 디즈니에 면접을 봤는데, 최종 면접 때 미국 본사에서 면접관이 부모님 윗집에 살던 그분이더라고요. 깜짝 놀랐어요. 청국장 냄새를 시체 썩는 냄새로 오해해 신고했던 거여서. 지금도 저 있을 때 디즈니 사수가 지금 디즈니 대표님이거든요. 가끔 "제 영화 개봉해야 하는데 디즈니 영화 개봉하면 힘들잖아요." 그러면 "오랜만이야" 하면서 "개봉 좀 밀어주세요" 하는 그런 사이가 되었죠.

Q. 미드의 〈왕좌의 게임〉 같은 시리즈물을 제작할 계획도 있으신가요?

없습니다. 저는 영화만 만들겠습니다. 드라마까지 만들 마음의 여유가 없어서. 뭐 저희 회사의 다른 피디나 기획실이 만들고 싶다면 검토는 하겠지만, 제 안에서 드라마를 만들고 싶은 욕망은 없어요. 저는 제가 하는 일만 했으면 좋겠어요. 근데 작가들은 바라봐야 할 지점이라는 생각이 들어요. 사실 넷플릭스로 통칭되는 그 온라인 서비스가 결국 곧 극장을 지배하게 될 거 같거든요. 그렇게 된다면 단순히 2시간이라는 영화 틀의 경계의 개념이 무너질 수 있고, 저 죽을 때까진 있겠지만 다음 세대에는 굉장히 급변할 수 있기 때문에 스토리텔링에 큰 변화가 올 거라 생각이 들어요. 사실 한국의 꽤 유명한 감독님들에게 넷플릭스, 비비씨 이런 곳에서 제안이 많이 오거든요. 거긴 6부작, 8부작, 12부작 이러니까. 그건 작가로서는 고민을 해봐야 할 지점이라는 생각이 드네요.

Q. '죽기 전에 꼭 이런 영화 만들고 싶다' 하는 영화 있으신가요?

죽기 전에는 놀아야죠.(웃음) 뭘 또 영화를 만들겠어요. 이만큼 만들었으면 됐지. 죽기 전까지 영화를 만드는 사명감까진…. 그냥 좋아하는 영화, 제가 힘들 때 어딘가에서 쉴 때 영화를 보면 저는 새로운 영화를 찾아보는 스타일은 아니에요. 옛날 영화를 다시 보곤 해요. 그때마다 보는 영화들이 있어요. 그리고 '아, 나는 정말 이런 영화에 비해 내가 만든 영화가 떳떳한가?' 느끼는 영화. 구로사와 아키라 감독의 〈라쇼몽〉은 제 기억에도 100번 넘게 본 거 같아요. 또 히치콕의 영화들을 굉장히 좋아합니다. 또 그 영화 보면 웃음이 나는데, 〈아파트 열쇠를 빌려드립니다〉는 가끔 우울하면 봐요. 옛날 영화들 좋아하는데, 로맨틱 코미디나 로맨스나 이런 거 만들 때는 저희 항상 롤 모델은 〈아파트를 열쇠를 빌려드립니다〉가 되고요. 사실 〈라쇼몽〉은 제가 범접하기 어려운 영화라서 마음속에 멋진 영화라고 생각하고 있고요. 가끔 히치콕의 영화들은 해볼 수 있을 거라 생각이 들기도 하다가 히치콕이 영화 얼마나 잘 만들었는가 하는 생각이 들며 절망하곤 하죠. 죽기 전에는 놀아야죠.

Q. 영상으로 표현된 것을 별개로 시나리오만으로 봤을 때 가장 좋았던 시나리오 있으신가요?

김대우 감독님의 〈정사〉 시나리오 굉장히 훌륭합니다. 〈정사〉는 정말 멋진 시나리오인 것 같아요. 시나리오 상태로만 보면 〈아가씨〉도 대단히 잘 쓴 것 같아요. 신의 배분과 구성 이런 것들이 좋았고, 그러니까 영화에 상관없다고 해서 〈아가씨〉 영화 별로였어 이 말이 된 것 같기도 하네요. 잘 모르시는 영화일 수 있는데 〈네고시에이터〉란 영화인데 새뮤얼 잭슨과 케빈 스페이시가 나올 거예요. 그 영화 진짜 시나리오 좋아요. 영화도 재밌고요. 시나리오를 굉장히 잘 썼어요. 스릴러물에 서는 거의 레퍼런스급이라 할 수 있을 만큼 잘 썼던 것 같아요. 〈식스센스〉도 정말 시나리오가 좋죠. 기억나는 건 이 정도네요.

Q. 교육원 나오셨는데 어쩌다가 제작의 길로 가시게 되었는지요?

사실 저는 교육원을 시나리오 작가가 되겠다고 오진 않았어요. 대학원에서 저는 국문학과였는데, 논문을 시나리오에 관해 써야 하는데 시나리오를 제대로 배울 수 있는 곳이 없었고요. 지인의 소개로 작가 교육원이 있다는 것을 알게 되어, 실제적인 시나리오 대해 어떻게 강의하는 건가 알려고 들은 것 같아요. 사실 저는 장편 시나리오를 쓰지 않았어요. 시나리오를 쓰겠다는 마음이 있었던 건 아니라서. 그다음에 논문까지 썼는데, 제작은 김대우 감독님의 권유였어요. 보통은 작가 수업이라 작가를 해보라고 하실 텐데 기획 일을 해보라고 하셨어요. 저도 관심 있었고요. 근데 김대우 감독님이 기획 일을 해보라고 말하고선 그 이후로 말이 없더라고요. 그다음에 누구를 소개해주는 것도 아니고, 뭐 없어 그냥. 여기 근처 전통 찻집에서 모과차 사주시면서 기획을 해보면 좋겠다 그러면서 끝.(웃음) 그리고 몇 년 후 디즈니에서 일하면서 '한국영화와는 멀어지는 건가' 이런 생각 들 때, 김대우 감독님이 전화하셔서 "뭐하냐?"고 물으셔서 뭐 하고 있다 그랬더니, 만나자고 그러시더라고요. 만났더니 한다는 말씀이 "한국영화 기획 일 해보라 그랬더니 왜 안 하냐"고 그러시는 거예요. 아니 뭐 그러면 소개라도 해주시던가. 그렇게 말도 안 하고 무책임하게 그러더니, "스승이 길을 알려주는 거지 밥 먹으라고 반찬까지 집어 줘야 하느냐"며 엉뚱한 소리를 하시더라고요.(웃음) 저도 제가 알아서 할 거라고 말했지만, 아무튼 어찌어찌하다 보니 그 권유로 살고 있게 되더라고요. 제 제작 일에 작가 교육원에서 공부한 것은 정말 도움이 많이 됐어요. 여기서 수업받은 내용도 좋았고, 사실 스터디하면서 서로의 작품을 어마어마하게 씹고 욕했지만 그것으로 인해 우리에겐 꽤 좋은 비판의 눈이 생겼던 것 같아요. 거기서 욕을 많이 먹어서인지 어디 가서 욕먹어도 욕먹은 거 같지 않더라고요.(웃음)

Q. 작품을 선정하는 기준이 주관적인 재미 여부가 크다고 하셨는데, 원작이 있는 작품들도 그런 주관적 기준에 의해 하시나요?

그렇죠. 무언가 큰 재미의 포인트가 있어야 해요. 그게 느껴져야 하고요. 저희가 만든 영화 〈표적〉은 프랑스 영화가 원작인데, 거기서 가장 좋았던 포인트는 딱 하나 사건을 풀어나가는 여형사가 영화 중간에 죽는데 그 순간 누가 범인인지 드러나고 그 한 장면 때문에 만들게 됐어요. 누가 그 영화를 사라고 했는데 저는 리메이크를 사겠다고 했죠. 리메이크가 사는 것보다 더 비싸요. 그 영화가 고몽(프랑스 제작사)의 영화였기 때문에 아시아에 리메이크를 처음 판 케이스였어요. 계약도 일 년 넘게 걸리고, 재미없으면 그런 오랜 시간을 견딜 수 없었겠죠.

뭔가 재밌는 포인트를 나만 느끼면 안 되고 사람들도 재밌게 할 수 있겠다는 자신감이 있어야 하죠. 그래서 원작이 있는 작품들을 리메이크할 때 굉장히 많이 바꿔요. 지금 찍고 있는 〈독전〉도 영화의 3분의 2는 완전히 다른 내용이고, 〈아가씨〉도 원작에 없던 내용을 후반부에 3막으로 더 집어넣었고요. 사실 리메이크는 어려운 작업인 거 같아요. 원래 세계관이 있고 그것을 다른 세계관과 교합하는 것이라, 차라리 오리지널을 쓰는 게 편하죠.

Q. 최근 영화 중 재미있게 본 영화가 있으신가요?

〈레이디 맥베스〉가 좋았습니다. 완전 죽이더라고요. 저보고 영화를 만들라고 하면 그렇게 만들진 않을 거 같고요. 영화를 볼 때는 순수한 관객이 되어 보기 때문에 제가 재밌냐 없느냐가 중요하죠. 작년인가 재작년인가, 최근에 본 영화 중 가장 기억에 남는 영화는 〈데몰리션〉이고요. 아직도 영화적인 잔상이 굉장히 많이 남네요. 〈시카리오〉도 되게 좋았어요. 〈시카리오〉는 대단히 잘 쓴 작품이라 생각되고요. 〈시카리오〉는 보통 하지 않는 맥거핀 방식인데, 여주인공을 맥거핀으로 앞장 세워놓고 밑에다가 사건을 뿌려놓은 상업 영화에서 잘 안 쓰는 방식이에요. 그 조합이 굉장히 잘 맞아 들어갔다는 것이 좋았습니다.

저희 기수, 제 기억이 정확하진 않은데, 기초반이 60~80명 정도 있었던 것 같은데요. 그때도 시나리오 작가가 되고 싶어 했던 친구들이 많았죠. 근데 지금 시나리오 작가가 된 친구가 몇 명 있어요. 황조윤, 전철홍, 〈인디언 썸머〉로 데뷔한 김실, 김재한이란 친구를 포함해 작가 4~5명 정도 되는데, 그 말은 나머지는 작가가 안 된 거잖아요. 그래서 이 일이 참 힘든 일이라는 생각이 들어요. 글을 쓰는 작가로 산다는 것이 쉬운 일이 아니죠. 어느 날 황조윤 작가가 저한테 "그만두고 딴 일을 하겠다"고 해서 말리지는 않았어요. 6개월 있다가 다시 돌아와서 시간을 정하고 딱 일 년만 열심히 쓰고 안 되면 접겠다고 했어요. 그 일 년 동안 백두대간 공모전에 당선되고, 저랑 준비했던 시나리오가 투자를 받아 진행되고, 그 지나간 이 년이란 기간 동안 못 버티고 자신과는 안 맞는다 했는데, 글 쓰는 일이 쉽지 않은 일이더라고요. 저는 작가가 되겠다는 생각이 애당초 없어서 그들처럼 글 쓰는 힘듦을 느끼진 못했어요. 전철홍 작가가 신림동 고시촌 반지하에서 글을 썼을 때, 제가 여러 번 그곳을 갔었는데, 어느 날은 애가 죽은 것 같더라고요. 가니까 수염은 길고 앉은뱅이책상에 앉아 글을 쓰고 있더라고요. 밥은 먹었냐 물어보면 "어 어제 먹은 거 같아" 이러고. 이렇게 힘들게 글을 쓰더라고요. 고통스러운 일이죠. 그 고통을 못 견뎌서 그만두는 경우도 있죠. 세상에 반드시 작가가 되어야 하는 건 아니잖아요. 이것도 사람이 하는 일 중 하나인데. 이왕 하기로 마음먹었다면 빠른 길을 찾는 것이 중요한 것 같아요. 빠른 길로 작가가 되는 길은 앞서 질문에도 답변을 드렸지만, 여러 가지 좋은 공모전이나 올릴 수 있는 사이트를 이용하시고요. 또 글은 이렇게 써야지 하는 것과 이렇게 쓰는 것은 다른. 즉 고등학교를 다니고 있는 것은 중졸이고요. 고등학교를 졸업해야 고졸이잖아요. 여러분은 지금 시나리오 작가가 되려고 노력하는 사람이지 시나리오 작가가 아니잖아요. 그러면 시나리오 작가가 되려고 노력한다는 건 다른 게 없어요. 보고 읽고 쓰고 얘기 듣고, 이 네 가지밖에 없어요. 이렇게 쓰고 얘기 듣는 과정에 아는 분 10명 정도에게만 얘기해서 결론이 나왔을 때는 대부분 그 평이 맞아요. 사람들에겐 수십만 년 동안 이어진 이야기의 체화되어 있는 DNA가 다 전해져 왔거든요. 누구나 이야기를 들어보면 재미가 있다 없다는 걸 쉽게 알 수 있거든요. 문제는 재미있게 쓰는 게 어려운 거죠. 그러니 많이 쓰고 이야기도 많이 들어보고, 재미있는 것을 많이 보고, 많이 느껴보고 (하세요). 제가 시나리오 할 때 가장 많이 한 게 뭐냐면, 정해진 영화를 보고 시나리오로 필사해보기, 그리고 짝지어서 서로 쓴 부분을 비교해보며 서로 열심히 까보는 거죠. 그러면 습득되는 게 있어요. 그 감독의 그 작가의 그 영화의 스토리텔링이 글로써 습득이 되는 거죠. 이것도 기술이니까, 글을 쓰는 것도 기술이니까. 결국은 글 쓰는 데에 정답은 없는 것 같아요. 열심히 쓰고 열심히 비판받고, 그 사람들이 왜 이렇게 생각하는가에 대한 답을 찾는 거죠. 갑자기 제 쓸데없는 말들로 여러분의 작가 인생에 어두운 그림자를 드리운 건 아닌가 하는 생각이 드네요. 들어주셔서 감사하고 여러분 모두 훌륭한 작가가 되시길 바랍니다.

감사합니다.

시나리오로 보는 영화 〈5〉

박열

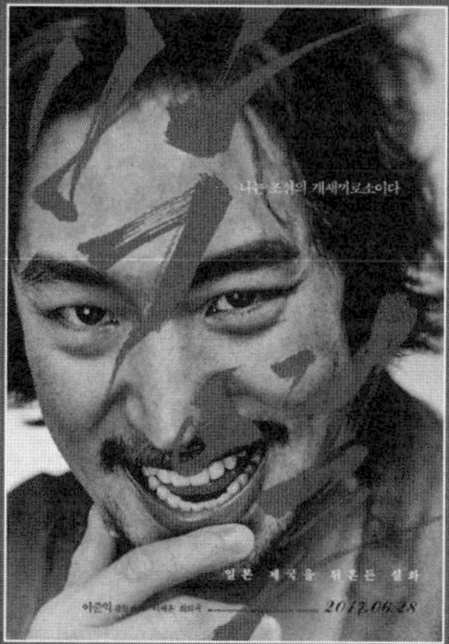

2017.06.28 개봉

각　본 | 황성구
감　독 | 이준익
출　연 | 이제훈(박열), 최희서(후미코), 김인우(미즈노) 외
수　상 | 제26회 부일영화상 (각본상 외)
제54회 대종상 수상 (감독상 외)
제37회 한국영화평론가협회상 수상 (각본상 외)

프롤로그. 일본 여관 / 밤

여관 건너편 골목에서 누군가를 기다리고 있는 박열, 김중한, 최영환, 홍진유, 최규종, 정태성.
여관으로 김성철이 들어가자 홍진유가 손짓한다.
잠시 후 박열에 의해 밖으로 끌려 나오는 김성철.

박열
러시아에서 받은 군자금 어디다 빼돌렸어?

김성철
니들 누구야!

박열
나 박열. 여긴... 우리가... 지금 단체 이름이 뭐냐?

정태성
어제까진 의거단이였는데 오늘부터 박살단.

김성철
하하... 이 사람들이... 내가 누군지 알아?

박열
와세다대학 나와서 동북아일보 초대 주필하는 김성철.
러시아에서 받은 독립자금 어딨냐니까!

김성철
당신들이 알 바 아니잖아.

최규종
어쭈... 좀 배웠다고 무시한다 이거지?

박열
여운형 선생이랑 제국호텔에서 조선독립연설 좀 했다고
우리 무시하는 거야?

김성철
아니 그게 아니고. 지금 국제정세가 어떻게 돌아가는지
알아? 러시아 사회주의와 미국 윌슨의 민족자결주의
사이에서 3.1운동 이후에 우리 조선인들이 어떻게 독립을
쟁취해야 하는지...

퍽! 김성철에게 주먹을 날리는 김중한.

김중한
독립을 입으로 하냐?
우리는 폭탄 살 돈이 없어 가지고 밑바닥 생활하는데...

김중한을 저지하는 박열.

최영환
너 그 돈 갖고 미국으로 토낄려고 그러지?

김성철
아이.. 진짜 이런 무식한 조선인 새끼들한테..
박열
뭐? 무식? 이런 씨!
넌 유식해서 피 같은 독립자금을 횡령 하냐.

김성철에게 욕을 퍼 부으며 짓밟는 일행들.
골목에 들려오는 호각소리.
계속해서 김성철을 구타하는 박열 일행들.

1. 도쿄 시내 / 낮

일본인 손님을 태우고 인력거를 끌고 달려가는 박열.
목적지에 도착하자 차비를 바닥에 던지며 내리는 일본인 손님.
바닥에 떨어진 돈을 세어보는 박열.

박열
(일본어) 오십 전 모자라는데...
일본인 손님
(일본어) 잔돈 없어.

가려는 손님의 바짓가랑이를 붙잡는 박열.

박열
(일본어) 오십 전. 오십 전.
일본인 손님
(일본어) 조센징 새끼가...

박열을 무자비하게 밟는 일본인 손님.

나는 개새끼로소이다
하늘을 보고 짖는, 달을 보고 짖는
보잘 것 없는 나는 개새끼로소이다
높은 양반의 가랑이에서
뜨거운 것이 쏟아져
내가 목욕을 할 때

2. 이와사끼 오뎅집 앞 / 낮

홍진유와 후미코가 오뎅집 앞에서 대화를 나누고 있다.
후미코 손에 들린 '조선청년' 잡지.

후미코

'나는 그의 다리에다
뜨거운 줄기를 뿜어대는
나는 개새끼로소이다'

홍진유

(일본어) 개새끼. 개새끼라잖아.

후미코

(일본어) 장난 말고!

홍진유

(일본어) 박열이라고 불령선인 중의 불령선인이지.

후미코

(일본어) 불령선인 박열?

홍진유

저기 오네. 개새끼.

이때 인력거를 끌고 오뎅집 앞으로 들어오는 거지같은 몰골의 박열.
박열에게 다가가는 후미코.

박열

(일본어) 손님?

후미코

당신이 말 안 듣는 조선인 중에서
제일 말 안 듣는 조선인 박열?

박열

일본여자야 조선여자야?

후미코

가네코 후미코라고 해요. 조선 이름은 문자.

박열

문자... (후미코가 든 잡지를 보고) 아! 개새끼!

후미코

어떻게 알았어요?

박열

문자양이 여덟 번째 쯤 될 것 같은데.
그 시를 읽고 날 찾아온 여자 중에.

후미코

당신 혹시 배우자가 있으신가요?

박열

...

후미코

만약 그런 사람이 있다면 나는 단지 당신과
동지로써만 교제해도 상관없습니다만...

어떠신지요?

박열

난 혼자입니다.

후미코

우리 동거 합시다.
(일본어) 나도 아나키스트예요.

박열

근데 몇 살이요?

후미코

스무 살.

씨익 웃는 박열.
헝겊에 싼 물건을 들고 오뎅집 안에서 나오는 김중한.

김중한

가자.

박열

나도 인력거 타는 맛 좀 보자.

인력거에 오르는 박열.
어이없어 하던 김중한이 인력거를 끌려고 한다.

박열

문자라고 했나... 어떤 사람이야?

김중한

왜? 일본인이라서 반감 있어?

박열

일본 권력에 대해서는 반감이 있지만
민중에게는 오히려 친밀감이 들지.

미소 지으며 후미코를 쳐다보는 박열.
인력거를 타고 떠나는 박열을 보는 후미코.

3. 후지산 인근 공터 / 낮

멀리 후지산 자락이 보이는 인근.
공터 한가운데로 휙~ 던져지는 사제폭탄.
작은 불꽃이 파시식 솟았다가 금방 사그라진다.
터벅터벅 걸어와 불발탄을 집어 드는 박열.

박열

질산 75. 숯 15. 황 10% 딱 맞춘 건데

왜 안 터지는 거야. 이거.

김중한

야! 색깔을 봐라. 새까만 게 숯을 너무 많이 넣은 거 아냐?

박열

그럼 숯이 10이고 황이 15인가?

김중한

폭탄은 안 터지고 속이 터지네. 속이.

박열

아... 니트로글리세린만 있으면 되는 건데.

4. 다다미방 / 낮

이삿짐을 푸는 박열과 후미코.
후미코의 지시에 짐을 여기저기 옮기는 박열.

박열

'청년에게 고함' 읽었어?
부르주아들은 결혼하면 신혼여행 간다는데
우린 동거 기념으로 출판이라도 해볼까?

크로포트킨의 책 <빵의 쟁취>를 집어 드는 후미코.

후미코

크로포트킨! 내가 '빵의 쟁취(パンの略取)'는 가지고
있는데 둘이서 번역해 볼까?

박열

빵의 쟁취? 그 책은 번역이 나왔잖아. 다른 사람 건 내고
싶지 않아. 빈약하더라도 둘이 쓰는 게 낫지 않을까?

후미코가 동거서약을 방문에 붙인다.

후미코

일루와봐.

박열

왜?

후미코

(인주 내밀며) 찍어.

박열

뭔데?

후미코

동거서약.

박열

군이 이런 거까지 할 필요가 있어?
같이 살면 되는 거지.

인주를 찍어 후미코의 볼에다 지장 찍는 박열.
그 손을 그대로 잡아 동거서약서에 꾸욱~ 찍는 후미코.
픽...웃는 후미코.

5. 이와사끼 오뎅집 / 밤

담배연기와 오뎅 국물에서 나오는 수증기로 뿌연 오뎅집 안.
손님들 사이로 후미코가 오뎅 그릇을 들고 분주하게 서빙을 보고 있다.
구석에 박열과 홍진유, 김중한, 최영환, 최규종, 정태성이 앉아있다.

박열

스기모토가 도망가는 바람에
프랑스에서 오기로 한 폭탄도 나가리...
종로경찰서 폭탄사건으로 김한이 잡히는 바람에
상하이도 나가리...
우리가 직접 만들어봤지만 그것도 나가리...

최규종

(조심스럽게) 이건 어때?

최영환

뭐?

최규종

약국에서 폭약판매허용치가 0.02그램이잖아?
약국을 수백 군데 돌면 제대로 된 폭탄을 만들 수 있지 않을까?

김중한

언제 수백 군데를 돌아요? 그럴 차비나 있어?

최영환

저번처럼 친일기업가한테 돈 뜯으면 안 돼?

박열

목숨 걸고 돈 뜯어내서 차비로 쓰자구?

최영환

그럼 뭐 방법 있어?

김중한

상하이에서 가져오기로 한 거.
의열단에서 연락만 오면 내가 갔다 오면 돼.

최규종

기다리다가 시기 놓치면 어떻게 할 건데?

지나가던 술에 취한 일본인 건달 서너 명이 오뎅집 안에 불령사 일행을 보고

취객1
(일본어) 저 사회주의 빨갱이 새끼들 또 작당 한다 작당해.
취객2
(일본어) 저 조센징 쓰레기들은 다 밟아버려야 돼!

칼 뽑고 비척거리며 들어오려는 일본인 건달들.

가즈오
(저지하며, 일본어) 조용히 지나가세요. 여기 영업하는데...
취객1
(일본어) 넌 뭐야? 너도 조센징이지?
가즈오
(일본어) 문명국 시민이 이러시면 안 되지.

안에서 소란을 주시하던 후미코. 검을 휘두르려는 취객에게 뜨거운 오뎅 국물을 와락 붓는다.

후미코
(일본어) 이런 친뻬라같은 새끼들이 어디서 칼을
휘두르고 지랄이야. 지랄이.

우르르 밖으로 나오는 불령사 회원들. 뒤따라 나오던 박열, 부엌칼을 집어 든다.

박열
한물간 사무라이 쪽바리 새끼들이..
상투를 다 짤라버리까부다..

건달들에게 부엌칼을 살벌하게 휘두르는 박열.
쭈뼛거리며 도망가는 건달들.
후미코가 들고 있는 빈 그릇을 보고.

박열
이거 우리가 주문한 오뎅 아니야?
후미코
(일본말) 제국주의 똘마니들 쫓는데 잘 썼으면 됐지 뭐.
정태성
(메뉴판 가리키며) 어차피 사회주의 오뎅이잖아.
박열
오뎅 국물로 되겠어?
홍진유
뭐?

박열

후미코를 던지는 거야.
후미코가 뜨거운 오뎅 국물을 들고 몸을 날리는 거지!

홍진유

그거 괜찮네!
후미코상이야말로 스바라시이 폭탄데고자이마스!

후미코

내가...?

후미코를 들쳐 안으려는 홍진유를 밀치고 후미코를 번쩍 들어 안더니
골목으로 돌진하는 박열.

박열

불령사의 비밀무기! 가네코 후미코 폭탄이다!

후미코의 웃음소리를 듣는 불령사 회원들.

김중한

또 불발탄이군...

유쾌하게 웃는 회원들.

6. 다다미방 / 낮

대문에 불령사 표찰이 걸려 있고
2층 벽에는 붉은 하트 모양에 반역이란 검은 글씨가 쓰여 있다.
방 안에서 기관지 '현사회' 편집회의 중인 불령사 회원들.
박열, 후미코, 홍진유, 최영환, 김중한, 하쓰요, 가즈오, 정태성, 최규종.

홍진유

충남 천안에 사는 이카이 마사오라는
불령일본인이 돈을 조금 보내왔어.

돈을 챙기고 정태성에게 편지를 건네는 홍진유.

정태성

"나는 오로지 빵을 구하기 위해 반도에서 떠돌고
있는 몸이다. 당신들을 도와주고 싶은 마음에 적으나마
이발할 돈을 아껴 후원금을 동봉하니 우송료에라도
사용해 주길 바란다."

하쓰요에게 통역을 해주고 있는 김중한.
이런 김중한을 유심히 보는 박열.

최규종
눈물 난다. 눈물 나.
이젠 광고료도 좀 들어오니 그런 후원금은 받지 말자고
김중한
주면 감사하다고 받어. 객기부리지 말고.
최규종
뭐? 객기?
홍진유
그럼 받는 걸로 하고. 다음. 이어서 5차 정기 모임의 다음 의제는 '사회주의자를 매도한 신문기자 특파원 장진성을 구타해야 되나 말아야 되나' 입니다. 어떻게 할까요?
최규종
뭘 어떻게 해? 저번 김성철처럼 두들겨 패줘야지.
(일본어) 중한이가 무식하게 사람 패는 거 잘하잖아...
(日本語) ジュンハン、おまえ専門だろ？人殴るの。。
(중한 오마에 센몬다로? 히토나구루노..)
김중한
이씨~

김중한을 자제시키려는 하쓰요.

홍진유
그럼 구타하는 거에 찬성 합니까?
하쓰요
(일본어) 사회주의자를 매도했다고 그렇게 해야겠어?
우리가 앞뒤 안 가리고 행동하는 단체야?
후미코
무정부주의자는 본인의 자유의지에 맡기는 거 아냐?
박열
그럼, 할지 말지는 각자 알아서 판단하기로 했잖아.
홍진유
아.. 좋습니다. 뜻 있는 회원들만 가서 구타하도록 하겠습니다.

김중한과 하쓰요를 물끄러미 바라보는 박열.

7. 다다미방 앞 거리 / 밤

불령사 회원들을 배웅해주러 나오는 박열과 후미코.
김중한에게 손짓하는 박열. 일행들과 거리를 두고 걸으며,

박열

중한아, 상하이 가는 거 취소해.

김중한

왜? 상하이 가라고 한건 너잖아.

박열

하쓰요랑은 자주 만나냐?

뜨끔하며 뒤따라오는 하쓰요를 힐끗 보는 김중한.

김중한

응... 가끔...

박열

상하이 간다고 하쓰요한테 말했어?

김중한

내가 하쓰요 만나는 거랑 폭탄 가져오는 거랑 뭔 상관이야?

박열

가지마. 작전취소다.

김중한

뭐? 나 못 믿는 거야?

박열

널 못 믿는 게 아니라 내가 신중하지 못했다.

김중한

에이씨~ 못 믿는다는 거네?!

후미코

뭔 일인데 그래?

김중한

(일본어) 하쓰요 가자!

하쓰요를 데리고 서둘러 길을 걸어가는 김중한을 물끄러미 바라보는 박열.
어리둥절한 불령사 회원들 사이로 걱정스런 표정의 후미코.

8. 다다미방 / 밤

방안으로 들어오는 박열과 후미코.

후미코

폭탄 얘기 왜 나한테 말하지 않았어?

박열

폭탄이 손에 들어오면 다 말하려고 했지.

박열의 따귀를 철석 때리는 후미코.

후미코

(일본어) 일은 니가 다 꾸미고 나한테 통보만 한다?

박열

아니 그게..

후미코

공동생활 서약 잊었어?

동지로 여기지 못하면 너랑 같이 못 가.

박열

(뺨을 만지며) 아...엄청 아프다.

9. 다다미방 / 아침 / 1923.09.01

인삼이 잘 깔려있는 다다미방에서 인삼 뒤집으며 실뿌리 뜯어먹고 있는 박열. 문이 열리자 화들짝 놀라는 박열. 신문을 가지고 방으로 들어오는 후미코.

후미코

파는 물건에 손대지 말랬지?

박열

이게 나 혼자 좋자고 먹는 거야?

픽! 웃으며 팔다 남은 신문뭉치를 내려놓는 후미코.

후미코

(일본어) 일 안 해?

왜 대낮에 빈둥거려?

박열

인력거 손님하고 대판 싸우고 때려 쳤어.

(신문뭉치 보며) 그거 팔다 남은 거지?

내가 다 팔고 올게.

신문뭉치를 집어 드는 박열. 집안이 서서히 떨리기 시작한다. 진동을 느낀 후미코.

후미코

이번 건 쫌 쎈 대? 인삼 좀 덮어.

신문 한 장 빼서 인삼 덮고 천장을 바라보는 박열. 우두둑 떨어지는 먼지.

10. 관동대지진 / 낮

동경거리. 건물이 흔들리고 전차가 선다. 전차에서 뛰어내리는 사람들.
인력거를 팽개치고 뛰는 인력거꾼. 땅이 쩍 갈라지며 뒹구는 사람들.
무너지는 목조건물.
밀려올라오는 보도블록.
지붕에서 쏟아져 내리는 기왓장들.
골목에서 불이 붙은 집에 물을 끼얹는 사람들.

동경 대지진의 참혹한 풍경들이 자료화면으로 보여 진다.
폐허가 된 채 불타는 도시... 만신창이가 된 채 넋을 잃은 사람들...

11. 내각청사 회의실 / 낮

반파된 청사 안으로 벗겨질 듯 나막신을 튕기며 달려오는 미즈노.
미즈노(내무대신/55) 아카이케(경시총감/43) 야마나시 한조(육군대신/59) 우치다 고사이(외무대신/58)

아카이케
(일본어) 무사하셨네요? 총리가 공석인데 어쩌죠?
미즈노
(일본어) 총리 부재 시엔 외무대신이 주재해야지.

회의실로 들어가는 미즈노와 아카이케.
지진으로 금이 간 둥그런 원탁에 둘러앉아있는 내각 각료들이 보인다.
화재현장에서 갓 나온 듯 다들 재를 뒤집어쓴 채 황망한 몰골들.
부채질 소리가 청사 안에 가득 울린다.

우치다 고사이 (외무대신/58)
(일본어) 총리의 부재로 인하여 외무대신인
제가 임시내각회의를 시작합니다. 피해 상황은?
아카이케
(일본어) 오늘 오전 낮 11시 59분, 도쿄와 지바현 등
간토 일대에 진도 7.9의 대지진이 발생했습니다.
현재 파악된 바로는 사망자 10만 명 이상, 이재민 20만 명
이상, 1백억 엔 이상의 재산피해가 예상됩니다.
우치다 고사이
(일본어) 여기 왜 이렇게 더워?
아카이케
(일본어) 도쿄 전체가 화재 때문에... 밖은 46도입니다.
우치다 고사이
(일본어) 육군대신 수습대책은?

야마나시 한조 (육군대신/59)
(일본어) ...무조건 최선입니다.
상황은 최악이지만 최선을 다하겠습니다.
우치다 고사이
(일본어) 얼마나 걸릴 것 같나?
야마나시 한조
(일본어) ...저는 육군대신입니다. 그건 내무대신이...
상황은 최악이지만 최선을 다하겠습니다.
미즈노
(일본어) 지금 피해복구가 최선이 아닙니다.
우치다 고사이
(일본어) 그럼 뭐가 최선이야?
미즈노
(일본어) 수습보다 대책이 최선입니다.

12. 이와사끼 오뎅집 / 밤

지진으로 난장판이 된 오뎅집 안.
후미코와 박열이 부서진 물건들을 정리하고 있는데 밖에 나갔던 홍진유가 들어선다.

홍진유
난리가 났다, 난리가!
후미코
난리가 난거 누가 몰라?
홍진유
그게 아니라, 사람들이 다 황궁 앞에 몰려가 있어. 대책을 세우라고 난린데 금방이라도 폭동으로 번질 거 같다.

심각해지는 박열의 얼굴.

후미코
폭동? 말만 들어도 설레네.
박열
폭동이 나도록 가만 놔두지 않을 텐데...
후미코
누가?
박열
천황과 그 패거리들 말야.

멀리 폭발음과 함께 붉은 빛이 박열의 얼굴 위로 번져온다.

13. 내각청사 회의실 / 낮 / 1923.09.02

제복에 훈장을 주렁주렁 단 야마모토 곤노효에가 안으로 들어선다.
벌떡 자리에서 일어서는 각료들. 고통스러운 얼굴로 말문을 여는 야마모토.
야마모토 곤노효에(총리/71) 고토 신페이(내무대신/67)

야마모토
(일본어) 천황폐하의 명을 받아 다시 총리를 맡게 된 야마모토 곤노효에입니다. 내무대신이 대책을 말하시오.

고토 신페이
(일본어) 저도 오늘 임명 되가지고 전임 내무대신의 의견을 듣는 것이....

미즈노
(일본어) 오는 길에 보니까 야스쿠니 신사, 우에노 공원에 사람들이 떼거지로 모여 있습니다. 폭동이 일어나기 전에 계엄령을 선포해야 됩니다.

덴 겐지로 (사법대신)
(일본어) 계엄령은 전시나 내란이 발생했을 때만

미즈노
(일본어) 5년 전 쌀 폭동 잊었습니까?

덴 겐지로
(일본어) 명분 없는 계엄령이 되려 내란을 부를 수도 있소!

미즈노
(일본어) 명분이 왜 없습니까?

야마모토
(일본어) 무슨 명분?

미즈노
(일본어) 조선인이 우물에 독을 탔어요.

일제히 경악하는 관료들. 되려 태연한 표정의 미즈노.

야마모토
(일본어) 그...그게 무슨 소리야?

미즈노
(일본어) 이 난리 통에 조선인이 우물에 독을 타고, 여기저기 불 지르고 다닌다고...

야마모토
(일본어) 누가 그래?

미즈노
(일본어) 누가 그럽디다.

덴 겐지로
(일본어) 당신 조선에서 폭탄 맞고 3.1폭동으로

해임 당했잖아.

야마모토

(일본어) 조선에 대한 개인적인 분노와 증오로 함부로 말하는 거 아닌가?

미즈노

(버럭, 일본어) 지금 그게 중요합니까?
조선인이 우물에 독을 탔다는 게 중요한 거 아니오?

무시할 수 없는 궤변 앞에서 말문을 잃는 야마모토와 각료들.

미즈노

(일본어) 지진을 틈타 조선인이 불을 지르고, 국가주요시설과 주요 인물들에게 폭탄을 던지고 있다 이 말입니다. 기뻐 날뛰고 있다구요!

덴 겐지로

(일본어) 그것이 설령 사실이라도 지금은 재해복구가 우선... 아닙니까?

미즈노

(일본어) 재해복구는 어차피 수년, 수십 년 걸립니다! 그때까지 국민들이 참고 기다려 줄 것 같아요? 폭동이 일어나면 사법대신이 책임 질 겁니까?

대답하지 못하는 덴 겐지로.

미즈노

(일본어) 지금 천황궁 앞에 몰려있는 성난 민심을 누가 달랩니까? 우리가 천황폐하를 지켜야 할 거 아닙니까! 안 그러면 우리가 표적이 되요! 우리가!!!

망설이는 야마모토. 각료들의 부채질 소리가 더 격렬해진다.
움찔하며 자리에서 일어서는 야마모토.

야마모토

(일본어) 육군대신 야마나시 한조를 관동 계엄 사령관 및 도쿄 경비 사령관으로 임명한다.

야마나시 한조

(벌떡 일어서며, 일본어) 하이~!

야마모토

(일본어) 전 내무대신 미즈노 렌타로와 내무성 경보국장 고토 후미오, 경시총감 아카이케 야츠시가 이번 대지진 수습과 치안책임을 맡는다.

미즈노와 고토, 아카이케가 벌떡 일어서며 '하이~!' 를 외친다.

14. 거리 / 밤

안개처럼 먼지가 덮인 폐허를 걷고 있는 조선인 소녀.
그 위로 들려오는 라디오 뉴스.

라디오 소리
(일본어) 9월 2일 오후 6시를 기해 계엄령을 선포한다...
다수의 불령선인이 과격한 사상을 가진 자와 규합하고
있으므로, 재향군인회, 소방수, 청년단원등이 협력해서
그들을 경계하고 유사시엔 적당한 방책을 강구하라.

라디오 뉴스를 주의 깊게 듣고 있는 자경단원들.

Cut to
오뎅집에서 라디오 뉴스 듣는 불령사.

홍진유
계엄령에 불령선인을 왜 들먹거려.

Cut to
터벅터벅 걸음을 옮기는 소녀.
그때 먼지 사이로 모습을 드러내는 자경단 사내들.
사내들의 손에 들린 죽창을 겁에 질린 모습으로 바라보는 소녀.

자경단
(일본어) 쥬-고엥 고짓셍 (15엔 50전) ... 발음해 봐.
쥬-고엥 고짓셍.

소녀
...주고엔...

- 경과
돌아서는 자경단들.
그 뒤로 툭~쓰러지는 소녀. 가슴에서 피가 번져 나온다.

15. 이와사끼 오뎅집 / 밤 / 1923.09.02.

어둠에 쌓인 오뎅집 안. 밖에서 간헐적으로 들려오는 일본인들의 고함소리, 총소리.

일본인 (소리)
(일본어) 거기 서! 조센징!

조선인 (소리)
저쪽으로! 저쪽으로!!

나무 덧문 사이로 숨죽인 채 밖을 내다보는 박열과 후미코 그리고 홍진유.
엉망진창이 된 가즈오와 최규종이 안으로 들어선다.

가즈오
(일본어) 정태성과 최영환이 세다가야 경찰서로 연행됐다.
최규종
마구잡이로 불령선인들을 검거하고 있어.
후미코
개새끼들...

그때 밖에서 비춰오는 불빛.

취객1
(일본어) 여기요, 여기.
여기가 사회주의 빨갱이들 소굴이요.

쾅쾅~ 문 두드리는 소리가 들려온다.

홍진유
(힐끗 밖을 바라보다가) 형사들이야! 얼른 뒷문으로!
경찰 (소리)
(쾅쾅 치며, 일본어) 문 열어!

후미코가 뒤돌아서려는데 박열이 움직이지 않고 생각에 잠긴다.

후미코
뭐해, 어서!
박열
나는 잡힌다.
후미코
무슨 소리야?
박열
지금 상황에선 차라리 경찰서가 안전해.
자경단이 눈에 띄는 대로 조선인들을 죽이고 있잖아.
홍진유
그래서 제 발로 경찰서를 들어가겠다?
박열
불령사 회원 모두에게 연락해.
세다가야 경찰서에서 만나자고.

후미코

나도 같이 가.

박열

넌 일본인이잖아? 가즈오 너도 남아.

불쾌한 후미코의 표정.
문을 열고 밖으로 나가는 박열과 홍진유, 최규종.
문 앞에 기다리고 있는 특고형사와 경찰들.

16. 미즈노 집무실 / 낮 / 1923.09.03

9월 3일자 도쿄 일일 신문 1면 탑에 커다란 제목 '불령선인'
그 아래 조선인 폭동 기사를 읽는 미즈노.

미즈노

(일본어) 조선인 200명이 경찰과 충돌하여 수십 명의 부상자 발생...현장에서 20명 검거... 불령선인들이 절도, 강간하고 있다.

기사를 보며 흡족한 미소를 짓는 미즈노
성난 표정으로 방으로 들어오는 덴 겐지로.

덴 겐지로

(일본어) 조선인들이 무차별적으로 학살당하고 있소.

미즈노

(일본어) 누가 그래요? 난 못 들었는데.

덴 겐지로

(일본어) 국제사회에 알려지면 비난을 면치 못 할 거요.

미즈노

(일본어) 사법대신께서 국제사회에 알리시게요?

덴 겐지로

(일본어) 감출 수 있다고 생각하오?

미즈노

(일본어) 이건 일본인들이 스스로를 지키려는 자위적 행윕니다.

덴 겐지로

(일본어) 대일본제국은 야만사회가 아니오! 법과 체계가 있는...

미즈노

(일본어) 법과 체계는 사법대신이 지키세요.
난 내 나라, 내 국민, 천황폐하를 지킬 겁니다.

덴 겐지로

(일본어) 내가 사법대신을 그만 두겠소!!

자리를 박차고 나가는 덴 겐지로를 비웃듯 바라보는 미즈노.

17. 세다가야 경찰서 유치장 / 낮

박열과 불령사 회원들이 유치장 안에 몰려있다.
여진으로 인해 흔들리는 유치장. 덩달아 흔들리는 사람들.

최영환

이러다 여기 무너지면 떼죽음이잖아?

정태성

천하의 불령사가 제 발로 경찰서에 들어오다니...

최규종

조선인이 우물에 독을 탔다며? 그럼 독을 타자구!
집에 불 질렀다며? 그럼 불을 지르자구!

박열

우리가 일본 민중과 싸우는 거야?

갑자기 바깥이 소란스러워진다. 비명소리, 총소리.
멈칫하는 사람들. 유치장으로 헐레벌떡 뛰어 들어오는 상처 입은 사내.

조선인

문 좀 열어주시오!
자경단이 경찰서 안까지 들이닥쳤소.
조선인을 닥치는 대로 다 죽이고 있어!

박열

경찰은?

조선인

모른척하고 있소! 문 좀. 문 좀...

자물쇠로 채워진 문을 붙잡고 흔드는 조선인.
순간 뒤따라 들어서는 자경단들.
박열과 불령사 회원들이 부수기라도 할 것처럼 같이 문을 흔든다.
죽창과 쇠고랑으로 사내를 무참하게 찌른다.
겁에 질려 뒷걸음질 치는 불령사 회원들.
조선인 사내가 쇠창살을 붙잡은 채로 절명한다.
분노로 일그러지는 박열의 얼굴.
홍진유와 불령사 회원들이 겨우 쇠창살에서 박열을 떼어놓는다.

자경단
(일본어) 니들 다 조선인들이지? 그치?
박열
…
자경단
(일본어) 쥬-고엥 고짓셍(15엔 50전) 해봐.

꿀 먹은 벙어리가 되는 불령사 회원들.
철창 가까이 죽창을 들고 다가오는 자경단.
뒤로 물러나는 불령사 회원들.
물러나지 않고 서 있는 박열의 배를 죽창으로 쿡쿡 찌르는 자경단.

자경단1
(일본어) 너 해봐.

죽창을 당기며 뺏는 박열. 그대로 자경단을 향해 겨누는 박열.

박열
그래. 조선인이다. 개새끼들아!

탕! 공포탄 쏘며 안으로 들어오는 경찰들. 소란 피우는 자경단을 밖으로 내모는 경찰들.

경찰
(일본어) 이제 그만! 나가!
자경단2
(일본어) 불령한 조센징들을 왜 보호해주고 지랄이야!!!
경찰
(일본어) 나가! 나가!!
자경단1
(일본어) 조선인을 죽였으면 훈장을 줘야할 거 아냐.
자경단2
(일본어) 우리의 애국충정을 막으면 안 되지.

18. 미즈노 집무실 / 낮 / 1923.09.05

신문을 들고 황급히 들어오는 아카이케.

아카이케
(일본어) 일이 커지고 있습니다. 현재 검거된 조선인만 수천 명입니다. 수용할 시설이 없습니다.
미즈노
(일본어) 왜 말귀를 못 알아먹어? 죽여도 무방하다 했잖아.

아카이케
(일본어) 이미 자경단에서 처리하기 시작했습니다.
군마현, 사이타마현 까지 학살이 자행되고 있습니다.

호외와 신문을 미즈노에게 건네는 아카이케.
호외에 실린 제목.
'군마현 사이타마현에서 조선인 학살'

미즈노
(일본어) 이런 게 나오면 어떡해!
당장 보도 통제 해!
아카이케
(일본어) 네!

신문에 실려있는 '관동일대 조선인 죽이기의 진상, 피해자 사백삼십 여명'.

미즈노
(일본어) 여기 사백삼십 명이란 숫자는 맞는거야?
아카이케
(일본어) 현재 집계된 숫자만 그 정도입니다.
전국적으로는 육천 명 정도로 예상됩니다.
미즈노
(일본어) 육천 명? 대지진 삼일 만에 육천 명이라...
좀 많은데...
미즈노
(일본어) 여기 구속돼 있는 조선 놈들 중에 한 놈만 뽑아.
아카이케
(일본어) 어떤 놈이요?
미즈노
(일본어) 조선인에게는 영웅, 우리한텐 원수로 적당한 놈.

19. 세다가야 경찰서 유치장 / 낮

박열과 불령사 회원들이 우두커니 앉아있다.
그때 경찰이 후미코와 가즈오를 데리고 들어선다.

박열
니들이 여길 왜 와?
후미코
나도 불령사야.
박열

그래서 자진해서 들어온 거야?

가즈오

(일본어) 응.

박열

이제 니가 좀 무섭다.

후미코를 옆 유치장에 집어넣는 경찰.
유치장에서 들려오는 후미코의 목소리.

후미코

하쓰요가 보이지 않아.

박열

김중한은?

후미코

조선으로 간다고 했어

박열

...

홍진유

걱정하지 마. 김중한도 하쓰요도 불령사 회원이야.

후미코

하쓰요가 며칠 전에 나에게 불령사를 관두자고
했어. 이런 거 다 쓸데없는 짓 같다고.

최규종

...그래서 뭐라고 했는데?

후미코

말이 필요해? (일본어) 따귀를 때렸지.

박열과 불령사 회원들이 너털웃음을 터뜨린다.

20. 세다가야 경찰서 조사실 / 낮 / 1923.10.14

특고 형사에게 취조 받는 하쓰요.

특고 형사

(일본어) 그래서 대상이 누구야? 누구냐고!!

기침에 피가 묻어 나오는데도 담배 달라고 손짓하는 하쓰요.
담배 건네며 불을 붙여주는 특고 형사.

특고 형사

(일본어) 폐병 환자가 줄 담배를... 쯧쯧...

피 묻은 입에 담배를 깊게 빨아들이며 특고 형사를 노려보는 하쓰요.

하쓰요

(일본어) 혁명을 하려면 이번 가을이 좋다고 했지...

기침하는 하쓰요.

21. 세다가야 경찰서 앞 / 낮

경찰에게 붙잡혀 경찰서 안으로 들어가는 수갑 찬 김중한.

22. 세다가야 경찰서 조사실 / 낮 / 1923.10.19

물 고문 받던 김중한.

김중한

(일본어) 상하이에서 내가 폭탄 가져오면
박열이 던진다고 했어!!! 됐어?!

오기에 찬 김중한의 목소리.
그 위로 울리는 전화벨 소리.

23. 미즈노 집무실 / 낮

수화기를 들고 무언가를 적고 있는 아카이케.

아카이케

(일본어) 응...그래...그래서?..진짜?

전화 끊고 미즈노에게 다가가 쪽지를 건네는 아카이케.

아카이케

(일본어) 구체적인 진술을 확보했습니다.

미즈노

(쪽지를 보며, 일본어) 고문한 거 아니지?

아카이케

(일본어) 손도 안 댔답니다.

미즈노

(일본어) 불령사라는 단체가 상하이에서 폭탄을
구입하려고 했다?

아카이케
(일본어) 예.
미즈노
(일본어) 구했대? 못 구했대?
아카이케
(일본어) 못 구한 것 같습니다.
미즈노
(일본어) 구했을 수도 있잖아. 어디다 던지려고 했을까?
아카이케
(일본어) 이번 가을이 좋다고 했답니다.
미즈노
(일본어) 가을이라... 가을에 무슨 행사가...

잠시 고민하다가

미즈노
(일본어) 주동자가 누구라고?

24. 내각청사 복도 / 낮

복도를 걸어가는 미즈노와 아카이케

아카이케 S.O
(일본어) 박열이라고 세다가야에선 유명한
불령선인입니다.

사법대신 방문을 여는 미즈노.

미즈노
(일본어) 히라누마 사법대신이 큰 일을 맡아야겠습니다.
히라누마
(일본어) 내가... 뭘?
사법대신 된지 며칠 안됐는데...

25. 세다가야 경찰서 유치장 / 낮

조사를 마친 하쓰요가 유치장으로 들어온다.
후미코를 스쳐 지나가는 하쓰요.

후미코
(일본어) 어디까지 말했어?

하쓰요
...콜록콜록

26. 히라누마 사법대신 집무실 / 낮 / 1923.10.20

히라누마와 미즈노 앞에 정장을 입고 서 있는 다테마스.

미즈노
(일본어) 불령사라고 들어봤나?
다테마스
(일본어) 사회주의에 물들어 있는 불량한 조선인들 단체 말씀입니까?
미즈노
(일본어) 불령선인은 우리가 불량한 조선인을 지칭하는 의미로 쓴 말인데, 지들이 그 이름으로 단체를 만들어? 우리를 조롱하겠다는 뜻 아닌가. 자네가 그 단체의 사건을 맡아주게.

히라누마의 눈치를 살피는 다테마스. 끄덕이는 히라누마.

다테마스
(일본어) 맡겨 주신다면 최선을 다하겠습니다!
히라누마
(일본어) 오늘부로 기소하고 최대한 공정하고 합리적으로 수사하게.
다테마스
(일본어) 하이.
히라누마
(일본어) 자네, 영국에서 유학하고 그 쪽에 친구들도 많다고 했지?
다테마스
(일본어) 그렇습니다.
히라누마
(일본어) 그들에게 보여줘. 우리가 서구제국주의와 대등하다는 걸.

다테마스에게 다가가 옷매무새를 만지는 미즈노.

미즈노
(일본어) 아, 과정은 투명해야 하지만 결론은 정해져있네.

다테마스

(일본어) 예?

미즈노

(일본어) 대지진 와중에 사회주의 일본인 및 조선인이 배후에서 폭동을 선동했다는 걸 밝혀내야하네.

다테마스

...!!

난처한 표정의 히라누마.

27. 세다가야 경찰서 유치장 / 낮

우두커니 앉아있는 박열. 특고 형사가 유치장의 문을 열고 들어선다.

박열

(일본어) 벌써 나가?

특고 형사

(일본어) 형무소로 이송이다.

박열

(일본어) 죄목이 뭔데?

특고 형사

(일본어) 치안경찰법 위반 혐의로 기소됐다.

박열

(일본어) 겨우 그거야?

최규종

(일본어) 왜 열이만 데려가? 그럼 우린 뭐야?

특고 형사

(일본어) 몰라. 상부 지시야.

박열을 데리고 유치장을 나서는 경찰.
박열이 옆 유치장의 후미코를 본다.

박열

이번엔 따라오지 마.

후미코

...

박열

오면 안 돼.

그때 후미코가 쇠창살을 마구 흔든다.

후미코
(일본어) 나도 같이 했어. 나도 데려가!
특고 형사
(일본어) 뭘 같이 했는데?
후미코
(일본어) 뭐든지!
홍진유
(일본어) 나도 같이 했다!
최규종
우리도 데려가! (일본어) 우리도!
최영환
나도 데려가!

불령사 회원들이 일제히 '나도 같이 했다!' 외치며 쇠창살을 흔든다.
최규종이 '인터내셔널가(일본어 버전)'을 선창하자 따라 부르는 회원들.
휴우~ 한숨 내쉬는 박열.

28. 도쿄 폐허 거리 / 낮

폐허가 된 건물 안에서 모닥불을 피우고 고구마를 구워 먹고 있는 사람들.
아사히 신문 호외가 날리고 어린 아이가 호외를 집어 들고 건물 안으로 들어온다.
호외를 보는 사람들.

29. 내각청사 / 낮

총리를 비롯한 내각들이 둘러앉아 있다.
툭~ 신문이 던져진다. 1면 커다란 제목.
'지진 중의 혼란을 틈타 동경에서 대관 암살을 기도한 불령선인의 비밀결사 대 검거'

야마모토
(일본어) 조선인학살사건 보도통제 해제하자마자
조선인 비밀결사 대 검거가 기다렸다는 듯이 나왔군.
(조소하며) 자네 머리에서 나온 건가?
미즈노
(일본어) 하늘이 도운 거 아닙니까?
조선인들이 폭동을 일으켰다고 했는데,
어라? 증거가 안 나오네? 이럼 우린 어떻게 되는 겁니까?
(신문을 들고) 근데 증거 나왔잖아요.
조선인들이 폭탄을 입수해 대관 암살을 기도했다는 증거.
진술도 있고.

진술서를 흔드는 미즈노.
히라누마를 제외한 모두가 고개를 끄덕인다.

30. 이치가야 형무소 박열 감방 / 낮

박열이 감방 안으로 들어선다.
쿵~ 닫히는 문.
문창살 사이로 박열의 모습을 지켜보는 후지시타 형무관.

후지시타
(일본어) 니가 그 유명한 불령선인이구나.
박열
…
후지시타
(일본어) 죽어서야 문이 열리는 이치가야에
온 걸 환영한다.
박열
(일본어) 잠시 후에 문이 열린다, 에 천황 걸고 내기할까?
후지시타
(일본어) 미친놈.
박열
(일본어) 니들이 미친 거지. 천황이 신이냐?
후지시타
(일본어) 뭐?
열
(일본어) 천황도 인간이야. 똥 싸고 오줌 싸고.
난쟁이 똥자루 같은 작~은 인간.

벌컥 문이 열리며 후지시타가 안으로 들어선다.

박열
(일본어) 거 봐, 문 열린 댔잖아…

후지시타가 박열에게 마구 곤봉세례를 퍼붓는다.

31. 이치가야 형무소 후미코 감방 / 낮

숨에 찬 후지시타. 후미코를 감방 안으로 집어넣는다.

후지시타
(일본어) 넌 더 미친년이냐? 어디서 저런 미친놈하고

놀아나가지고 여기 들어오고 그러냐?

후미코

(일본어) 미친놈…

후지시타

(일본어) 저놈이 미쳤다는 걸 알긴 아는구나.

후미코

(일본어) 너 말이야. 임마!

곤봉으로 위협하는 후지시타.

32. 도쿄지방재판소 제5호 조사실 / 낮 / 1923.10.24

거울을 들여다보며 옷매무새를 가다듬는 다테마스.
연습이라도 하듯 무표정한 얼굴로 한껏 근엄한 인상을 지어 보인다.
그때 삐거덕 문이 열리며 경찰과 함께 들어서는 박열.
거울 속으로 박열의 모습을 바라보는 다테마스.

다테마스

(일본어) 앉으시죠. 긴장 푸시구요.

박열

난 긴장 안 해. 자네 긴장 했나?

멈칫하는 다테마스. 건방진 박열의 태도가 당황스럽다.

박열

앉지.

다테마스

(일본어) 본국어 할 줄 아십니까?

박열

(먼저 앉으며) 할 줄 아는데, 조선말로 하겠네.

다테마스

(일본어) 본국의 재판숍니다. 본국말로 진행하겠습니다.

박열

그럼 난 한마디도 안 할래.

다테마스

…

박열

일단 앉어.

다테마스

(앉으며, 일본어) 그럼 피고에게 불리할 수 있습니다.

박열
조선말 할 줄 아네.
다테마스
...
박열
내 말 알아듣잖아.
다테마스
(당황하다가, 일본어) 사실... 틈틈이 배웠습니다.
박열
조선어를 배우는 이유는 딱 한가진데...
열악한 식민지 근무로 출세의 지름길을 열고 싶다...
이거지?
다테마스
(일본어) 넘겨짚지 마십시오.
박열
자네가 조선말을 쓰면 심문이 훨씬 수월할 텐데.

잠시 어떻게 할까 고민하는 다테마스.

다테마스
(일본어) 그럼 각자의 말로...
박열
나이가 어떻게 되나.
다테마스
(일본어) 나이는 왜...
박열
묻잖나.
다테마스
(일본어) 서른... 하나.
박열
나보다 위군. 편하게 말 놓게. 그게 나도 편하네.

다시 어떻게 할까 고민하는 다테마스.

다테마스
(일본어) 피고인이 편하다면... 그렇게 하지.
박열
기소이유가 뭔가.
다테마스
(서류 보며, 일본어) 무정부주의 동지를 규합하여
사회주의운동 및 폭력에 의한 직접 행동을 목적으로 하는 비밀결사단체 결성혐의다.

박열

뭐가 이렇게 장황해.
그냥 폭탄을 입수해 던지려 한 혐의 아닌가?

다테마스

(놀라며, 일본어) 인정하는 건가?

박열

(놀리듯) 자네라면 인정하겠나?

싸한 얼굴로 박열을 뚫어지게 바라보는 다테마스.

33. 이치가야 형무소 후미코 감방 / 낮

감방 문을 치는 후미코.
소리에 후미코 감방 앞으로 온 후지시타.

후미코

(일본어) 필기구를 달라.

후지시타

(일본어) 벌써 유서를 쓰려고?

후미코

(비웃으며, 일본어) 반성문 좀 쓰려고.

후지시타

(일본어) 왜? 조선 놈하고 미친 짓 한 게 후회 되나?

후미코

(일본어) 그 조선 놈이랑 무슨 짓을 했는지
자세하게 써주지.

34. 도쿄지방재판소 제5호 조사실 / 낮

심문록을 앞에 둔 다테마스와 마주앉은 박열.

다테마스

(일본어) 이름.

박열

박준식. 사람들은 박열로 부르네.

다테마스

(일본어) 나이.

박열

자네보다 아홉 살 어리네.

다테마스
(일본어) 스물둘... 직업은?
박열
잡지 발행인으로 해두지.
다테마스
(일본어) 주소는?
박열
도쿄부 도요타마군 요요하타죠 요요키도미가야 1474번지.
다테마스
(일본어) 본적은?
박열
조선 경상북도 문경군 마성면 오천리 98번지.
다테마스
(일본어) 피고는 현재 누구와 살고 있지?
박열
가네코 후미코.

Cut to
이번엔 다테마스가 후미코와 마주앉아있다.

다테마스
(일본어) 박열과 같이 살고 있나?
후미코
(일본어) 그렇다.
다테마스
(일본어) 박열의 호적에 들어있나.
후미코
(일본어) 들어있지 않다.
적을 두는 건, 서로가 원치 않았다.
다테마스
(일본어) 조선엔 왜 갔었나?
후미코
(일본어) 아홉 살 때 고모 집에 식모살이 갔다.
다테마스
(일본어) 왜 식모살이를 하게 되었나?
후미코
(일본어) 부모에게 버림받았다.
다테마스
(일본어) 일본엔 언제 돌아왔나?
후미코
(일본어) 3.1운동 직후 돌아왔다.

다테마스
(일본어) 박열은 어떻게 만났지?
후미코
개새끼.
다테마스
(일본어) 뭐?!
후미코
(일본어) 박열이 쓴 개새끼라는 시를 보고 이 남자라고 생각했다.
다테마스
(일본어) 시 제목이 개새끼인가.
후미코
(일본어) 그렇다.

펜으로 써 내려가는 다테마스.

후미코
개새끼.
다테마스
(움찔!)
후미코
(일본어) 시를 읊는 거다.
다테마스
(일본어) 묻는 말에만 대답해.

Cut to
다시 박열과 마주앉은 다테마스.

다테마스
(일본어) 피고는 불령사를 조직하고 있나?
박열
그러네.
다테마스
(일본어) 불령사는 사회주의자 단체 맞나?
박열
아니네. 불령사는 아나키스트 단체네.
다테마스
(일본어) 당신이 수괴인가?
박열
그렇다.

다테마스
(일본어) 폭탄입수계획을 주도한 것이 맞나?

태도 돌변하며 다테마스를 노려보는 박열

박열
폭탄? 무슨 폭탄?
다테마스
(일본어) 김중한을 통해 상하이 의열단으로부터
건네받으려던 폭탄.
박열
...

계속 다테마스를 노려보는 박열.

다테마스
(일본어) 다시 묻겠다.
폭탄입수계획은 당신이 주도한 것이...
박열
(말 끊는) 변호사를 불러주게.
내 입으로 말하지 않겠네.

Cut to
다시 후미코와 마주앉은 다테마스.

다테마스
(일본어) 박열의 폭탄입수계획은 알고 있었나?
후미코
(잠시 고민하다가, 일본어) 알고 있었다.
다테마스
(일본어) 정말인가?
후미코
(일본어) 틀림없다. 박열과 같이 모의했다.
다테마스
(일본어) 언제 어디서? 구체적인 장소나 날짜를 진술하라.
후미코
(일본어) 박열이 진술한 대로다.
다테마스
(일본어) 박열은 아무 진술하지 않았다.

멈칫하는 후미코.

다테마스

(일본어) 폭탄입수계획은 말하지 않았다.

후미코

(일본어) 변호사를 불러 달라.

다테마스

(일본어) 지금 장난 하나?

노려보는 다테마스를 태연하게 바라보는 후미코.

35. 이치가야 형무소 복도 / 낮

박열이 후지시타와 함께 복도를 걸어간다.
감방 안에 있는 후미코와 눈을 마주친다.

박열

김중한이 폭탄입수계획을 불었어.

후미코

(피식 웃으며) 알고 있어.

36. 이치가야 형무소 박열 감방 / 낮

감방 안으로 들어오는 박열.
맞은편 감방에 있던 최영환과 최규종. 박열에게 말을 거는 최규종.

최규종

너무 억울하지 않어? 폭탄 한 번 던져보지 못하고...

박열

우리 전부를 옭아매려 할 거야. 한 사람으로 몰아야 돼.

최영환

어떻게...?

박열

...

정태성

혼자 덮어 쓰려고?

박열

다행히 김중한도 나에 대해서만 진술했다.
다른 사람들은 폭탄에 관해서 아는 바도 없고 들은 바도 없는 거야.

또 다른 감방에서 두 사람의 얘기를 듣던 홍진유.

홍진유
너 혼자 어쩌려고?
박열
그들이 원하는 영웅이 돼줘야지.
최규종
야! 혼자 튀려고 하냐?!
후지시타
조용 안 해?!! 이 조센징 빨갱이 새끼들!!!

37. 도쿄지방재판소 제5호 조사실 / 낮

박열과 다테마스가 앉아있다.

박열
내가 이제부터 자진해서 얘기하겠다.
다테마스
(일본어) 그럼... 폭탄 투척 계획은 누구와 상의했지?
박열
다른 불령사 회원들은 모르는 일이다.
다테마스
(일본어) 혼자 계획했단 말인가?
박열
그렇다.
다테마스
(일본어) 투척 대상은 누군가?
박열
니네 도련님 미치노미야.

수기하던 펜을 멈칫하는 다테마스.

다테마스
(일본어) 누구라고?
박열
히로히토 황태자 아명이 미. 치. 노. 미. 야. 인거 몰라?

벙 찌는 다테마스. 차마 그 이름을 쓸 수 없다는 듯 덜덜 떨리는 다테마스의 손.

박열
써. 안 써? 왜 무서워?
다테마스
(일본어) 피고의 진술이 무얼 뜻하는지 아나?

박열
(태연히) 자네 일생일대 최대의 사건이
될 거라는 건 알고 있지.

38. 미즈노 집무실 / 낮

미즈노가 전화를 받고 있다. 그 옆에 서 있는 아카이케.

미즈노
(일본어) 응? 뭐..뭐라고? 누구?

39. 내각청사 회의실 / 낮

문을 열고 황급히 뛰어오는 미즈노와 뒤따르는 아카이케.

미즈노
(일본어) 총리각하...대역사건이 발생했습니다!
야마모토
(멈칫, 일본어) 뭐?
미즈노
(일본어) 불령사 수괴 박열이 히로히토 황태자를
암살하려 했답니다.

경악하는 각료들.

야마모토
(일본어) 황태자께선 무사하신가?
미즈노
(일본어) 아... 무사하십니다. 신께서 황태자를
지키셨습니다.
야마모토
(일본어) 총알이 빗나갔나.
미즈노
(일본어) 총알이 아니라 폭탄입니다.
야마모토
(일본어) 폭탄?! 안 터졌나?
미즈노
(일본어) 따지고 보면 그렇죠! 놈들이 황태자의 결혼식을
실행 날짜로 잡았는데, 신께서 지진을 일으켜 결혼식을
미뤘잖습니까!

'이게 말이야... 뭐야...' 잠시 당황하는 야마모토와 내각들.

미즈노
(일본어) 지진이...지진이 황태자를 살린 겁니다.
지진이 안 났다면 그놈이 황태자의 결혼식에 폭탄을
던졌을 겁니다.

야마모토
(일본어) 실행은 없었고 모의만 있었다는 얘기 아닌가.

아카이케
(일본어) 지진이 안 났다면 실행했겠죠!

야마모토
(일본어) 황태자 암살 미수라... 사법대신!

히라누마
(일본어) 고문에 의한 허위자백이 아니라면... 증거와
증인이 확실하다면... 대역예비죄 정도 가능합니다.

미즈노
(일본어) 조선인중에 예비 안하는 놈이 어딨습니까?
겉으로는 굽신하면서 속으로는 다 대역을 꿈꾸죠!
이놈은 실제로 폭탄을 던지려 했습니다! 대역죕니다!

야마모토
(일본어) 증거와 증인은 있겠지?

미즈노
(일본어) 본인이 자백했답니다.

40. 도쿄지방재판소 제5호 조사실 / 낮

다테마스가 후미코와 앉아있다.

다테마스
(일본어) 박열이 황태자에게 폭탄을 투척하려는 걸
알았나 몰랐나?

후미코
(일본어) 그가 뭐라고 했나?

다테마스
(일본어) 질문에 대답하라.

후미코
(일본어) 뭐라고 했냐고 물었다.

다테마스
(일본어) 다른 불령사 회원들은 모르는 일이라 했다.

후미코
(일본어) 나에 대해선 뭐라 했나?

다테마스

(일본어) '후미코에 관한 이야기를 내가 진술하면 그녀의 감정이 상할 수도 있으니, 그녀의 주체적인 판단에 맡기겠다.' 라고 말했다.

씨익~ 웃는 후미코.
의아한 표정으로 바라보는 다테마스

다테마스

(일본어) 후미코... 같은 일본인이니 도울게 있으면 돕겠네.

후미코

...

다테마스

(일본어) 박열이 당신을 협박하고 있나?
아니면 약점을 잡고 있는 건가?

후미코

(일본어) 내가 박열을 협박했다.

다테마스

(일본어) 뭐?!

후미코

(일본어) 천황이라 하는 것은 필요 없는 것, 있어서는 안 되는 것이라 늘 박열에게 주입시켰다. 말하자면, 나는 그의 과외선생이었다.

다테마스

(일본어) 이러면 너도 대역죄인이 된다.

후미코

(일본어) 대역죄인... 말만 들어도 홍분되네.

41. 이치가야 형무소 앞 / 낮

형무소 철문에서 떠밀려나오는 불령사 회원들.
(홍진유, 최영환, 가즈오, 최규종, 정태성)

최영환

왜 우리만 나와?!

간수

(발길질하며, 일본어) 너희들은 아니라잖아.

최규종

박열은 왜 안 나와? (일본어) 나 들어갈래!

간수

(일본어) 됐으니까, 나가!

쾅! 닫히는 형무소 철문.

가즈오
(일본어) 후미코는?
정태성
박열이 덮어쓰게 놔둘 거야?
홍진유
후세 다츠시 변호사 알지?
김성철 사건 때 무료로 우리 변호해준...
또 한 번 부탁해야지. 뭐...

42. 이치가야 형무소 후미코 감방 / 낮

자서전을 쓰고 있는 후미코. 원고지가 떨어진다.

후미코
(일본어) 후지시타!

후미코의 외침에 감방 앞으로 오는 후지시타

후미코
(일본어) 원고지 떨어졌어.
후지시타
(일본어) 뭘 그렇게 많이 써?
후미코
(일본어) 뭘 궁금해 해? 나한테 관심 있냐?

어이없는 표정의 후지시타.

43. 후세 사무실 / 낮

후세 사무실 앞 마당에 서 있는 최규종, 최영환, 가즈오.
후세와 마주한 홍진유, 정태성.

홍진유
(일본어) 2·8독립선언 때 맡으신 최팔용, 백관수
변호 때보다 더 힘들 것 같습니다. 도와주세요.
후세
(일본어) 고토쿠 슈스이 대역사건처럼 재판을 몰고
갈 가능성이 큰데...

정태성
(일본어) 그럼 사형이잖아요.
후세
(일본어) 우리가 막아야죠.

44. 이치가야 형무소 면회실 / 낮

박열이 안으로 들어서는데 후세가 앉아있다.

박열
(일본어) 노동자들 변호하기도 바쁘실 텐데.
후세
(일본어) 이 사건은 누가 봐도 조작됐어.
내가 기소 중지 시키겠네.
박열
(일본어) 필요 없습니다. 혐의를 인정했습니다.
후세
(일본어) 대역죄는 사형뿐일세. 그냥 사상범이 아냐.
박열
(일본어) 사형이 무서워서 할 말 못합니까?
후세
(일본어) 세상의 진실에 깊숙이 들어가는 자는
일찍 죽는다네.
박열
(일본어) ...변호 신청 철회하세요.
후세
(일본어) 조선인 최초로 대역죄의 주인공이 되겠군.
박열
(일본어) 대역? 일본인에게는 대역이죠.
조선인으로써 마땅히 해야 할 일이 대역이라면
저는 대역죄인이 되겠습니다.

45. 미즈노 집무실 / 낮

미즈노가 전화를 끊는다.

미즈노
(일본어) 박열이 변호사 선임을 포기했어.
아카이케
(일본어) 잘 된 거 아닙니까?
후세는 보통 골치 아픈 변호사가 아닌데.

미즈노
(일본어) 후세 같은 인간이 변호해야 재판이 그럴싸해
보이는데... 뭔가 이상해...
아카이케
(일본어) 이상하다뇨?
미즈노
(일본어) 미개한 조선인에게도 변론을 하게 해서
재판을 끌어주어야 되는데... 이건 너무 쉽게 인정하잖아!

미즈노가 미간을 찌푸리며 고민에 빠진다.

46. 도쿄지방재판소 제5호 조사실 / 낮

다테마스 앞에 앉아있는 박열.

다테마스
(일본어) 신문사 주필 김성철을 홍진유 등과
집단폭행한 적이 있나.
박열
그렇네. 상하이로 가는 독립자금을 중간에서 가로채서
몇 대 쥐어박았다.
다테마스
(일본어) 친일인사에게 협박장을 보낸 적이 있나.
박열
고급스런 문체로 보냈네.
다테마스
(일본어) 철권단, 박살단, 혈권단, 그리고 흑도회, 흑우회,
불령사... 지금까지 피고가 가입하고 만든 단체들, 맞는가?
박열
내가 만든 게 그렇게나 많았나?
다테마스
(일본어) 협박편지는 뭐고... 철권, 박살, 혈권.
이 유치한 것들은 뭐고... 내가 보기엔 어떻게든 이름을
날리고 싶어 안달이 난 것처럼 보이는데... 아닌가?

박열이 희미하게 미소 짓는다.

박열
난 철저하게 나를 위해 사네.
다테마스
(일본어) 무슨 뜻인가?

박열
배고프면 먹고, 하고 싶으면 하고.
다테마스
(일본어) 하다니?

Cut to
다시 후미코...

후미코
(일본어) 정사 모르나? 메이크 러브.
다테마스
(일본어) 피고는 진지하게 심문에...
후미코
(말 끊는, 일본어) 진지하게?
내가 왜 황태자를 죽이려 하는지 아나?
원래 국가나 민족, 혹은 군주라 불리는 것들은
개념에 지나지 않는다. 개념뿐인 군주에게 권력과
신성함을 부여해서 만들어진 대표적인 것이 바로
일본의 천황이며 황태자다.
인간은 인간이라는 자격 하나로 모두에게 평등한 권리가
주어진다. 이런 평등한 인간 세상을 짓밟는
악마적 권력이 천황이며 황태자이다.
다테마스
(일본어) 악마?
후미코
(일본어) 그래서 그들은 없어져야 할 존재다.

충격 받아 혼란스러운 다테마스의 표정.

Cut to
다시 박열...

박열
이름을 날릴 생각 없네.
난 화가 나서 폭탄을 던지고 싶었을 뿐이야.
(흥분하며) 천황 같은 기생충을 살려두는 것은
인류 사회 민족의 참된 평화를 해치는 것 아니야?
다테마스
(일본어) 기생충?
박열
일본 뿐 아니라 우주만물까지도 멸망시키는 게 내 꿈이다.

다테마스

(일본어) 우주... 만물?

이걸 기록에 남겨야 돼, 말아야 돼... 어안이 벙벙한 다테마스.
그 위로 들려오는 미즈노 목소리.

(일본어) '멸하라! 모든 것을 멸하라!'

47. 이치가야 형무소 박열 감방 / 낮

박열이 종이 위에 '나의 선언' 을 적는다.

(일본어) 불을 붙여라! 폭탄을 날려라!
독을 퍼뜨려라!
...모든 것을 멸할 것이다.

48. 미즈노 집무실 / 낮

박열의 편지를 읽고 있는 미즈노.

미즈노

(일본어) "붉은 피로써 가장 추악하고 어리석은 인류에 의해 더럽혀진 세계를 깨끗이 씻을 것이다, 그리고 나 자신도 죽어갈 것이다" 미친 새끼 아냐?

다테마스

(일본어) 후미코는 어릴 때 조선에서 친할머니한테
고막까지 터질 정도로 학대 받았다고 합니다.
둘 다 정신이 좀 이상합니다. 아니, 많이 이상합니다.
재판에 앞서 정신감정을 받게 하는 것이...

미즈노

(일본어) 정신감정?

다테마스

(일본어) 즉각적인 처벌 대신 일단 정신감정을 받게 하는 것이 서구사회의 추세입니다.

미즈노

(일본어) 그러다 미친놈이라는 결과가 나오면?

다테마스

...

미즈노

(일본어) 정상이야. 지극히 정상!
비정상이라도 정상으로 만들어!!!

다급한 발소리가 문밖에서 들려온다. 문을 벌컥 열고 들어서는 아카이케.

아카이케
(일본어) 황태자가 저격당했습니다.

49. 내각청사 회의실 / 낮 / 1923.12.27

야마모토
(일본어) 경시총감! 경호를 어떻게 했길래
황태자에게 총탄이 날아든단 말이야!!!

청사 안으로 뛰어 들어오는 미즈노.

미즈노
(일본어) 누가 쐈어? 누가? 조선인이야?
유아사 구라헤이 (경시총감/49)
(일본어) 난바 다이스케라고 중의원 난바 사쿠노신의
아들입니다.
미즈노
(일본어) 국회의원 아들새끼도 빨갱이야?
온통 빨갱이 천지구만.
유아사 구라헤이
(일본어) 책임지고 사퇴하겠습니다!

50. 도쿄 움막 거리 / 낮

여기저기 들려오는 싸이렌 소리들.
호외들이 거리에 뿌려진다.
호외를 주워드는 이석.

'도라노몬 사건. 황태자 암살 시도'

51. 도쿄지방재판소 제5호 조사실 / 낮

지그시 눈을 감고 있던 박열이 눈을 뜬다.
때마침 다테마스가 안으로 들어선다. 표정이 좋지 않다.

박열
뭔 일 났지?

다테마스

(일본어) 황태자가 저격당했어.

멈칫하는 박열.

다테마스

(일본어) 난바 다이스케라는 아나키스트를 알고 있나.

박열

근로자의 날 시위 때 시바공원에서 만나본 적 있다...
그가 저격한 것인가...

다테마스

(일본어) 혁명! 혁명! 을 외치며
황태자의 차에 산탄총을 쐈지.

박열

성공했나?

다테마스

(일본어) 실패했네.

박열

폭탄을 던졌어야지. 고작 새총으로...

가소로운 표정으로 박열을 바라보는 다테마스

다테마스

(일본어) 난바는 실행이라도 했지.
넌 애초에 실행할 생각이 있긴 했어?
폭탄도 못 구했잖아.

박열

(노려보며) ...

다테마스

(일본어) 정신감정 먼저 받어.

박열

정신감정을 왜 받어?

다테마스

(일본어) 변호사도 다시 신청하고...

박열

대역죄로 기소해!

다테마스

(일본어) 넌 그럴 자격이 없어!!!

박열을 죽일 듯이 노려보던 다테마스가 방을 나간다.
우두커니 남겨지는 박열.

52. 내각청사 회의실 / 낮 / 1924.01.07

신임 내각을 발표하는 내각비서 고바시.

고바시

(일본어) 황태자 피격 사건에 대한 책임을 지고 사퇴한
야마모토 내각에 이어 차기 내각을 발표하겠습니다.
신임 내각 총리는 기요우라 게이코.
외무대신 마쓰이 케이시로
내무대신 미즈노 렌타로

소개를 받고 미소 짓는 미즈노. 계속해서 내각의원들이 호명된다.

재무대신 쇼타 가즈에
사법대신 스즈키 기사부로
육군대신 우가키 가즈시케
해군대신 무라카미 카쿠이치

53. 이와사끼 오뎅집 / 낮

일면에 실린 신임 내각 발표 신문을 보고 있는 홍진유.

홍진유

조선인 학살 주범인 미즈노 렌타로가
내무대신을 또 맡았네.

오뎅집으로 들어오는 이석.

이석

여기가 그 유명한 사회주의 오뎅집입니까?

홍진유

누구요?

이석

이번 사건을 취재하러 조선에서 온 기자요.

박열의 기사가 실린 동아일보 신문을 내려놓는 이석.

최규종

(신문 보며) 대단하구만. 조선의 신문에도 실리고.

이석

뭐가 대단해? 박열이 무얼 했소?
성격만 불같았지 한 게 없잖소.

홍진유
(험악해지는) 계속 해봐.
이석
잘은 몰라도 여자관계도 복잡한 것 같던데...
혁명이니 아나키스트니 여자들 꼬시기엔 좋은 구실이잖소.

말이 채 끝나기도 전에 최규종이 이석에게 주먹을 날린다.

최규종
이 일본 앞잡이 새끼!

말리는 정태성과 가즈오.

홍진유
입에서 내뱉는 건 조선말인데 내 귀엔 일본말로 들리네!
이석
지금 조선인들이 박열에 대해 얼마나 큰 열망을 품고
있는데! 일본내각에 이용만 당하고 있잖소!
게다가 박열이 그걸 즐기는 것 같기도 하고...

할 말이 없는 홍진유와 불령사 회원들.

이석
이런 식으로 조선인대학살 사건이 묻힌다는 걸
모른단 말이오.

안타까운 이석의 표정.

Cut to
오뎅집 간판에 불이 켜진다.
불령사 회원들이 이석과 술을 마시고 있다

이석
저항하고 자해라도 해서 무죄를 증명해야 할 판에
자진해서 진술하고 있잖아.
정태성
열이가 그러는데 이유가 있지 않을까?
이석
있지도 않은 폭탄가지고 허위 자백한 거 아니오?
최영환
아냐! 열이 형이 중한이 형 말고도 폭탄 구입을

진행시켰어.

홍진유

...?

뱉어 놓고 아차 싶은 최영환.

최영환

대지진 며칠 전 상하이 다물단으로 부터 폭탄을 구해서 배편으로 도쿄로 밀반입하는데 성공했어.

충격 받는 홍진유.

이석

폭탄이 실제로 있었단 말이야?

최영환

예.

이석

그걸 자네가 어떻게 확신하나.

최영환

운반한 게 나니까.
지진이 일어나지 않았으면 난바 다이스케 보다
먼저 황태자에게 던졌을 거야.

홍진유

...왜 나한테 얘기 안했어?!

최영환과 홍진유를 번갈아 보는 이석. 혼란스런 얼굴로 고개를 돌린다.

54. 이치가야 형무소 박열 감방 / 낮

편지를 읽다 박열의 감방 문 앞으로 가는 후지시타.

박열

(일본어) 답장이 왜 안와?

눈앞에서 편지를 찢는 후지시타.

후지시타

(일본어) 국기문란에 해당하는 서신은 검열, 폐기한다.

박열

(일본어) 그런 표현이 나와 후미코의 언어다.
우린 사상이 변하지 않았다는 걸 서로가 확인하면서

사랑을 지켜왔다.

후지시타

(일본어) 천황을 욕하며 사랑을 지킨다?

박열

(일본어) 다음 서신도 검열, 폐기하면 단식투쟁을 벌이겠다.

후지시타

(일본어) 이곳에서 전향서를 쓴 빨갱이들이 얼만 줄 아나. 넌 교화될 것이다. 반도인들을 황국신민으로 받아 준 천황의 은혜에 감사하게 될 것이다.

Cut to
감방 앞으로 다가와 후미코를 보는 후지시타.
집중하며 원고지의 글을 쓰고 있는 후미코.

후지시타

(일본어) 반성문 잘 쓰고 있나?

대꾸 없이 글 쓰는 것에 몰두하는 후미코.

후지시타

(일본어) 절세미인이 들어왔다고 형무소에 소문이 쫙 났다.

후미코

(일본어) 알아주니 고맙군.

후지시타

(열쇠 들며, 일본어) 굶주린 사내들이 열쇠를 달라고 난리란 말야.

굳어지는 후미코의 표정.

후지시타

(일본어) 능욕을 당해봐야 천황에게 용서를 빌려나?

후미코

(일본어) 니가 먼저 들어와.

펜을 내려놓고 돌아서서 감방 문 앞으로 가는 후미코.
어둠 속에서 옷을 벗는 후미코. 멈칫하는 후지시타.

후미코

(일본어) 내가 열렬한 천황제 신봉자에게 당한다면 바깥사람들이 뭐라 할 것 같애?

후지시타

(일본어) 옷 입어.

후미코

(일본어) 어서 덤벼. 온 세계가 일본의 야만성을 떠올릴 때, 니 이름을 기억하게 해줄게.

후지시타

(일본어) 미 미친년...!

도망치듯 자리를 벗어나는 후지시타.
코웃음 치며 다시 옷을 추스르는 후미코.

55. 미즈노 집무실 / 낮

미즈노가 다테마스와 앉아있다.

미즈노

(일본어) 단식? 요구사항이 뭔데?

다테마스

(일본어) 가네코 후미코와의 서신교환입니다.

미즈노

(피식, 일본어) 원하는 대로 해주고, 대역죄로 기소해.

다테마스

(일본어) 대역죄는 무립니다!

미즈노

(일본어) 조선인 대역죄인이 필요해.

다테마스

(일본어) 박열은 허황된 이상주의잡니다!

미즈노

(일본어) 자네, 그자의 변호산가?

멈칫하는 다테마스.

미즈노

(일본어) 변호하지 말고 심문하게.

다테마스

(일본어) 후회하실 지도 모릅니다.

미즈노

(일본어) 뭐?

다테마스

(일본어) 예감이 좋지 않습니다. 그가 재판을 통해서 이루고자 하는 바가 있는 것 같아 두렵습니다.

미즈노

(일본어) 허황된 이상주의자라 하지 않았나. 그런 자가 두렵다? 내가 책임진다. 당장 대역죄로 기소해!

한심하다는 듯 다테마스를 바라보는 미즈노.

56. 이치가야 형무소 면회실 / 낮

박열의 앞에 이석이 마주앉아있다.

이석

단식 하고 있다 들었소.

박열

이기자가 신경 쓸 일 아니오.

이석

대역죄로 기소될 예정이라고 들었는데...

박열

기자양반, 이 재판이 조선에서 화제가 되게 해줄 수 있겠소?

이석

자네는 허황된 이상주의자라는 소문이 가득해.

박열

이상이란 모두 허황된 것으로 보일 것이오.
조선인이 그렇게 교육받고 세뇌 당했으니 당연한 거죠.
그래서 이번 재판으로 조선인들에게 꼭 보여주고 싶은 것이 있소.

이석

...노력해 보겠네.

박열

몇 자 적어 줄 수 있소?

이석

...?

Cut to

메모지를 읽는 이석을 의아하게 바라보는 후미코.

이석

나는 당신에게 동거를 제안한다.

후미코

...!!

이석

첫째, 우린 동지로서 동거한다.
둘째, 운동 활동에서는 가네코 후미코가 여성이라는 생각을 갖지 않는다.
셋째, 한쪽의 사상이 타락해서 권력자와 손잡는 일이 생길 경우 공동생활을 그만둔다.
(후미코 보며) 뭔지 아시죠?

후미코

박열과 내가 처음 만났을 때 한 서약이에요.

이석

(고개 끄덕이며) 몸은 떨어져있지만 난 당신과 함께 동거함을 느낀다. 난 철저히 서약을 준수하고 있다. 당신도 그러하고 있음을 믿어 의심치 않는다.

후미코

...

이석

박열이 전하는 메시집니다.

눈물을 참는 후미코.

이석

박열에게 전하고 싶은 말 없습니까?

후미코

...많이 컸다, 우리 열이...

57. 이치가야 형무소 박열 감방 복도 / 낮

후지시타에게 서신을 건네는 박열.
복도를 걸으며 서신을 펴는 후지시타.
그 위로 들려오는 박열의 목소리.

천황과 황태자는 인간이다.
성에 갇힌 채 신으로 강요받는 인간...
권력자에게 이용당하는 그들도 어찌 보면 불쌍한 존재들이다.

Cut to
후미코에게 서신을 건네받는 후지시타.
복도 책상에서 서신을 읽고 있는 후지시타.
그 위로 들려오는 후미코의 목소리.

천황과 황태자는... 고깃덩어리일 뿐이다.

봇짱 잇삐끼 (황태자 한 마리)

박열과 후미코의 편지를 찢는 후지시타.

Cut to
성큼 박열의 감옥 앞으로 다가가는 후지시타.
문을 열고 안으로 들어선다.
그 위로 들려오는 박열의 목소리.

어차피 천황은 병든 자이니 곧 죽을 것이다.
우리의 목표는 황태자다.
황태자가 조선인의 손에 죽으면 일본인들도 미몽에서 깨어날 것이다.

입에 음식을 강제로 처넣으려 애쓰는 형무관들.
박열이 격렬하게 저항하자 구타하는 후지시타와 형무관들.

58. 도쿄지방재판소 제5호 조사실 / 낮

도쿄 아사히 신문 기사가 다테마스 눈에 들어온다.

'박열, 형무소에서 단식투쟁'

어디론가 전화를 거는 다테마스.

다테마스
(일본어) 편지를 아직도 막고 있나. 허락하라 했잖아.
후지시타
(일본어) 서신 검열 권한은 제게 있습니다.
불온한 사상으로 가득 차 있는 글을 보면 저까지
미칠 지경입니다.

59. 이치가야 형무소 박열 감방 / 낮

박열이 밥을 우걱우걱 먹고 있다.
문 앞에서 그 모습을 지켜보는 다테마스와 정신과 의사 스기다 나오키.

박열
자네 덕에 밥도 먹고 편지도 보내고...
아, 미즈노 덕인가. 미즈노 남작에게 고맙다고 전해주게.
다테마스
(일본어) 정신과 의사 스기다 나오키다.
정신감정에 응하라.

박열

내 정신이 왜? 황태자 죽이려는 게 식민지
조선인으로서 정상 아닌가.

스기다

(다테마스에게, 일본어) 뭐라고 하는 건지...

다테마스

(무시하며, 일본어) 예심판사는 나다.
피고의 상태는 내가 판단해.

박열

조선인에 대해 온정 있는 척, 법관으로서
양심 있는 척... 그거 자기기만이네.

다테마스

(일본어) 자기기만?

박열

그럴 거면 침략을 말고 유언비어 퍼뜨려
조선인을 죽이지 말았어야지.

다테마스

(일본어) 그런 건 나한테 하소연하지 말게.

박열

그래? 그럼 내가 재판을 거부하면 자네 어떻게 할 건가.

얼굴이 붉어지는 다테마스.

박열

아, 후미코는 반드시 정신감정하게.
내가 봐도 정상은 아냐.

Cut to
다테마스가 후미코의 감방 앞에 서있다.
후미코 역시 식사를 하고 있다.

후미코

(일본어) 뭔 감정?

다테마스

(일본어) 정신감정...정당한 절차이니 협조 바라네.

후미코

(일본어) 어떻게 하는 건데?

다테마스

(일본어) 피검사, 소변검사...
그리고 몇 가지 질문에 답하면 되네.

후미코

(일본어) 하면 뭐주는데?

다테마스

(일본어) 확인서를 발급해주네.

후미코

(일본어) 양과자나 떡 그런 건 없고?

황당한 표정으로 스기다 의사를 쳐다보는 다테마스.
고개를 젓는 스기다.

후미코

(일본어) 미쳤다고 공짜로 피와 소변을 내어줘? 차라리 고문을 해라, 이것들아!

난감한 다테마스.

60. 미즈노 집무실 / 낮

집무실로 들어오는 다테마스.

미즈노

(일본어) 뭔 예심심문이 이렇게 길어? 자네가 끌려 다니는 거 아냐?

다테마스

(일본어) 박열이 재판을 거부하겠답니다.

미즈노

(일본어) 뭐?

다테마스

(일본어) 터무니없는 것들을 요구하고 있습니다.

미즈노

(일본어) 다 들어줘! 빨리 그 연놈들을 재판장에 세워야 일을 끝낼 거 아냐!!!

방으로 들어오는 아카이케.

아카이케

(일본어) 박열이 다시 단식에 들어갔답니다.

미즈노

(일본어) 또 왜?

61. 이치가야 형무소 박열 감방 / 낮

다테마스가 미치겠다는 표정으로 감옥에 다가온다.

다테마스
(일본어) 이번엔 왜 단식이야?
박열
밥이 너무 적네.
다테마스
(일본어) 뭐?
박열
조선인들은 일본인들보다 밥을 많이 먹네. 날 일본인으로 여겨 적게 주는 건가... 모욕이네.
다테마스
(일본어) 알겠다. 원하는 대로 주겠다.
박열
그래야지, 그럼 이왕 들어준 김에 다른 거 하나 더 들어주겠나.
다테마스
(일본어) 또 뭔데?
박열
고향에 계신 어머니가 아직 며느리를 못 봤네.
죽기 전에 며느리 얼굴은 보여드려야지.

의아한 다테마스의 표정.

Cut to
후미코의 감방 문이 열린다.
툭~하고 던져지는 새 옷가지.

후지시타
(일본어) 갈아입어.
후미코
(일본어) 이게 뭐야?
후지시타
(일본어) 다테마스 판사가 정신이 나간 모양이다.
미치지 않고서야...

의아한 후미코의 얼굴.

62. 도쿄지방재판소 제5호 조사실 / 낮 / 1925.05.02

후지시타가 새 옷으로 갈아입은 후미코를 데리고 조사실 앞으로 다가온다.
후미코를 조사실 안으로 들여보내고 복도에 서 있는 후지시타.
조사실 안에는 사진사가 카메라를 세팅하고 있다.
다테마스 옆에서 깨끗한 새 옷 차림으로 서있는 박열을 보고 놀라는 후미코.

박열
여전하네.

후미코
당신은 아무리 새 옷을 입었어도 처음 만났을 때 거지같던 모습 그대로야.

박열
거기에 반하지 않았어?

후미코
그랬지. 근데 이건 뭐야?

박열
조선에 계신 어머니한테 당신을 보여드리고 싶어.

후미코
...어머니?

사진사가 카메라에 바짝 고개를 들이밀고 있다.
카메라 프레임에 거꾸로 보이는 박열과 후미코.

사진사
(일본어) 자, 긴장하지 마시고 편하게...

프레임 밖으로 사라지더니 책을 들고 들어와 박열의 무릎에 앉는 후미코
놀라 다테마스의 눈치를 살피는 사진사. 마지못해 고개를 끄덕이는 다테마스.
펑~!! 소리와 함께 섬광이 이는 방 안.

박열
자리 좀 비켜 주지?

63. 도쿄지방재판소 제5호 조사실 복도 / 낮

사진사와 방에서 나오는 다테마스.

후지시타
(일본어) 후회하실 겁니다.

다테마스
(일본어) 때론 바람보다 햇볕이 옷을 벗게 만들지.

후지시타

(일본어) 그래서 동침까지 허락하신 겁니까?

다테마스

(일본어) 누가 동침을 허락해?
같은 방에 잠시 놔둔 것뿐이야.

후지시타

(일본어) 불령한 남녀가 같은 방에서 뭘 하겠습니까?

다테마스

(일본어) 왜 꼭 그런 쪽으로만 생각하나.
박열이 마지막 소원으로 부부사진을 찍어 조선에 계신
어머니에게 보내 결별의 뜻을 전하고 싶다고 했네.

후지시타

(일본어) 동정하시는 겁니까?

다테마스

(일본어) 생각해 보니까 말야...
후미코가 살아온 과정을 들어보니 세상을 저주하고
싶어지는 것도 당연하겠다, 라는 생각이 들더군.

안에서 물건들 쓸리는 소리 들려온다.
흠칫하는 다테마스.

후지시타

(일본어) 여긴 대일본 재판소 조사실입니다.
도대체...이건...

64. 도쿄지방재판소 제5호 조사실 / 낮 / 1925.05.04

화면 열리면...박열이 다테마스와 마주앉아있다.

다테마스

(일본어) 오늘부로 지금까지의 진술을 종합하여
형법 제73조 대역죄에 해당하는 것임으로 이 사건은
대심원 관할로 넘어간다.

박열

고생했네.

사진 한 장을 건네는 다테마스. 똑같은 사진을 한 장 들고.

다테마스

(일본어) 이런 사진을 어머니한테... 괜찮겠나?

박열

어머니가 개방적이네.

다테마스

(일본어) 한 장은 내가 간직하겠네.

박열

기념품인가. 전리품인가.

다테마스

(일본어) 이 사건은 대역 죄인의 진상을 내가 명확히 하고
국가에 충성을 다 할 수 있는 기회라 생각했다.
이러한 뜻을 달성한 나의 기념품이다.

박열

너에겐 기념품이 되겠지만 나에겐 전리품이 될 수도 있지.
이제 시작이잖아.

65. 이치가야 형무소 면회실 / 낮

박열과 마주앉은 후세. 그리고 또 다른 공동 변호사 2명과 홍진유가 서 있다.
뒤에서 이석이 메모하고 있다.

홍진유

변호는 이분들이 맡기로 했네.

박열

조건이 있소.
첫째, 나 박열은 피고로서 법정에 서는 것이 아니다.
재판관은 일본의 천황을 대표해서 법정에 서는 것임으로
나는 조선 민족을 대표하여 법정에 서는 것이다.

66. 이와사끼 오뎅집 / 낮

종이를 읽어 내려가는 홍진유 곁에 몰려 있는 이석, 최영환, 가즈오, 불령사 회원들.

홍진유

따라서 일본의 재판관이 법복을 입고 법정에 나오는 이상
나도 조선의 예복을 입게 할 것.

두 눈 휘둥그레지는 불령사 회원들.

홍진유

둘째, 나는 조선민족을 대표하여 일본이 조선을 강탈한
강도행위를 규탄하기 위해

67. 도쿄 시내 / 낮

박열의 조건서와 공판을 알리는 유인물을 나눠주는 불령사 회원들.
그 주위로 몰려든 조선인 인력거꾼, 신문배달부, 구두닦이 등등이 십시일반 돈을 건네주고 있다.

박열 목소리
법정에 서는 것이므로 나의 이러한 취지를
알릴 선언문을 낭독케 할 것.
셋째, 나는 조선말을 쓰겠으니 통역관을 세울 것.

68. 공판정 계단 / 낮

공판정 계단을 내려오며 마키노가 유인물을 보고 있다.

박열 목소리
넷째, 일본의 재판관은 천황을 대표하고
나는 조선민족을 대표하는 것이므로
내가 앉을 자리를 재판관의 자리와 높이를 같게 할 것.
마키노
(일본어) 이게 말이 돼?!

후세를 노려보는 마키노.

후세
(일본어) 조건 안 들어주면 재판거부 한답니다.
대역죄인에게 재판거부 당 할 겁니까?
마키노
(일본어) 피고가 나와 같은 높이에 앉는다고?
내 체면이 아니라 일본 대법관 체면이란 말이야!
후세
(일본어) ... 하나는 빼 보겠습니다.
마키노
(일본어) 하나 더 빼!

그때 들리는 전화 벨소리.

후세
...

안내 사무실 안에서 수화기를 건네주는 법원 직원.

법원 직원
(일본어) 대법관님. 미즈노 남작 전화입니다.

전화를 받는 마키노.

미즈노
(일본어) 진술서에 조선인 학살얘기가 왜 이렇게 많아?!
이건 대역사건 공판이잖아! 공판 연기해.
마키노
(일본어) 특별한 이유가 없는 한, 법적으로 불가합니다.
미즈노
(버럭, 일본어) 특별한 이유가 있잖아! 이건 진술이 아니라
선언이야. 이걸 떠들게 놔두라고?!
마키노
(일본어) 외국 기자들까지 다 참석하기로 했소.
무슨 명분으로 연기 합니까?

전화를 끊는 미즈노.

69. 이치가야 형무소 복도 / 낮

책상에 앉아 후미코의 자서전을 읽고 있는 후지시타.

후미코 목소리
'글을 써보고 싶었다. 부모는 한 글자도 안 가르쳐줬다.
아버지는 성의가 없었고 어머니는 글자를 몰랐다.'

'조선에서는 집 밖으로 내쫓기기 일쑤였다.
주린 배를 움켜쥐고 가다, 쓰레기더미에서 새카맣게 탄 밥을 주워 입에 넣었다.'

'할머니는 말했다. "너는 무적자야. 무적이란 건 말이야,
태어났지만 태어나지 않은 거야. 그러니까 학교에도 갈 수 없는 거야." '

후지시타 목소리
'죽어서는 안 된다는 생각이 들었다. 고통 주는 사람들에게 복수해야 한다.
그렇다, 죽어서는 안 된다.'

'우리와 같은 불쌍한 계급을 위해 목숨을 희생해서라도 투쟁하고 싶다.'

목소리가 나오는 중에 후미코와 감옥 인서트가 흐른다.
(박열의 모습, 후미코의 모습, 감옥 곳곳 등등)
- 연필 끝을 이로 물어뜯는 후미코.

70. 이치가야 형무소 면회실 / 낮

박열과 후미코가 나란히 앉아있고 맞은편엔 후세, 홍진유, 최영환, 이석이 있다.

박열
(일본어) 일단, 조선말로 하는 조건은 철회하겠네.
생각해보니 의사소통이 어려울 수 있으니...

후세
(일본어) 하나는 됐고... 재판장과 동등한 좌석...
이것도 좀 안되겠나.

박열
(일본어) 왜?

후세
(일본어) 사법부 체면은 좀 살려달라잖아.
수많은 사람들이 지켜볼 텐데...

박열
(일본어) 좋아! 그 대신 예복은 조선의 관복으로 구해주오.

홍진유
예복은 우리가 구해 볼께.

후미코
(일본어) 나도 조선의 치마저고리를 입겠소.

희미하게 미소 짓는 박열.

박열
(일본어) 그리고 하나 더! 혼인 신고서를 제출할 테니
받아 달라 하게.

후미코
혼인신고?

박열
우린 사형 당할 거야.

후미코
그래서?

박열
(일본어) 시신은 가족만 수습할 수 있어.

후미코
...

박열
(일본어) 넌 가족과 연을 끊었잖아.
법적으로 내 아내가 되면 우리 가족이
당신 시신까지 수습할거야.

후미코

그래서?

박열

같이 묻힐 거야. 내 고향 조선 땅에.

후미코

...

박열과 후미코 뒤에서 반 만 알아듣지만 주시하고 있는 후지시타.

71. 이치가야 형무소 후미코 감방 / 낮

문이 열리며 후미코를 감방 안에 집어넣는 후지시타.

후지시타

(일본어) 내일 공판이지?
온 세상이 너와 박열의 얘기로 떠들썩하네.

후미코

(일본어) 그래서?

후지시타

(일본어) 니 자서전을 읽다보면 잠을 잘 수가 없지.
갑자기 멍해지고... 요즘 내가 제정신이 아냐.

후미코

(일본어) 하고 싶은 이야기가 뭐야?

후지시타

(일본어) 니들 재판을 모두 보게 될 텐데...두렵다.

복잡한 얼굴로 후미코를 빤히 바라보는 후지시타.

72. 공판정 실내 로비 / 낮

뿌려지는 유인물들. 소란스러운 분위기.
삼엄하게 경비하는 경찰들 뒤로 보이는 헌병의 모습.
경찰들에게 몸수색을 당하는 홍진유와 이석.

홍진유

이제야 대역사건이라는 걸 실감하겠네.

이석

경찰 200명에 헌병 30명이 동원됐소.

입장을 위해 몰려있는 사람들. 경찰들이 철저한 검문을 하고 있다.

홍진유

정문에서부터 세 번이나 검문이니...
들어가는 데만 한나절 걸리겠네.

이석

방청권이 오전7시에 매진 됐소. 못 들어간 사람만 밖에 수백 명이 넘어.

긴장한 듯 숨을 내쉬는 홍진유.
그때 밖에서 와~하는 함성소리 들려온다.

이석

도착한 것 같소.

73. 공판정 - 1차 공판 / 낮

공판장 객석을 가득 메운 사람들.
초조한 표정으로 앉아있는 홍진유, 최영환, 가즈오 그리고 불령사 회원들.
외국인 기자들에게 뭔가를 설명하고 있는 사람들.
한쪽 구석에 자리 잡은 사복차림의 후지시타.
그때 입구 쪽에서 웅성거림이 들려오기 시작한다.
일제히 고개를 돌리는 사람들.
문이 열리며 하얀 비단저고리와 검은 두루마기 입은 후미코가 들어선다.
곱게 뒤로 늘어뜨린 머리카락에 장식용 빗까지 꽂고 테 없는 안경을 쓴 후미코.
손에는 책이 한권 들려져 있다. 힐끗 보이는 제목 '안톤체홉 단편집'
모두들 넋을 잃고 후미코를 바라본다.
도도한 표정으로 피고인석으로 걸어가는 후미코.

이석

뭔가 분위기가 좀 이상하지 않소?

홍진유

그러게...

고개 갸웃하는 두 사람.
잠시 후, 다시 문이 열리는 소리.
일제히 돌아보는 사람들. 입이 떡~ 벌어진다.
조선예복과 사모관대의 박열이 어깨를 떡~펴고 들어선다.
구슬이 주렁주렁 달린 비단부채를 설렁설렁 흔들며 천천히 걸어오는 박열.
와하하~ 여기저기 터지는 조선인들의 웃음.
아는 사람과 눈이 마주치면 눈인사도 하고...
꼭 시찰을 하듯 이리저리 둘러보며 입장하는 박열.
모두들 놀라 입이 다물어지지 않는다.

이석

좀~이 아니라 아주~ 이상하지 않소, 분위기가?

홍진유

그러게...

이석

결혼식에 온 거 같은 이 기분은 뭐요?

홍진유

그러게...아이구, 신랑신부 일가친척 오시네.

후세와 변호인들이 들어서고 있다.
큭- 웃음 참는 불령사 회원들.

이석

저기 주례 선생님도 오셨구려!

'전원 기립' 배석 재판관들과 함께 들어서는 마키노 재판장. 일어서는 방청객들
와자지껄 웃음 터뜨리는 불령사 회원들.
짜증스런 얼굴로 고개 돌리던 마키노.
근엄하게 자리에 앉는 박열과 후미코을 보고 난감한 표정이 역력하다.
'착석' 자리에 앉는 방청객들.
방청석의 일본인 한명이 그대로 서있다.

일본인

(일본어) 어찌 대역죄인이 저런 모습인가!

거드는 일본인들과 그에 대드는 조선인들로 난장판이 되는 법정 안.
박열과 후미코가 손을 잡는다.

박열

기죽지 마.

후미코

기죽긴... 일본에서 가장 버릇없는 피고인이 될 거야.

마키노가 법원경찰에게 눈짓하자 시끄러운 법정을 정숙 시키는 법원경찰.

법원경찰

(곤봉 휘저으며, 일본어) 조용! 조용!!!
정숙하지 않으면 다 퇴장이오!

정숙해지자 재판을 시작하는 마키노.

마키노

(일본어) 이름?

박열

나는 박열이오.

마키노

(화들짝, 일본어) 그건 조선말 아닌가?

박열

그렇다.

놀라 후세를 바라보는 마키노.
시선 피하며 손수건으로 땀을 닦는 후세.

마키노

(일본어) 이름?

후미코

나는 박문자다.

마키노가 죽일 듯이 후세를 바라본다.
성난 일본인들이 다시 일어나 삿대질하며 소리친다. 대드는 조선인들.
마키노가 판사봉을 두드리지만 진정이 되지 않는다.
법정 안으로 난입하는 경찰들과 헌병들.

마키노

(일본어) 본 건의 개심은 안녕질서를 어지럽힐 우려가 있기 때문에 일반인 방청을 금지한다.

방청석의 탁자를 두드리며 항의하는 조선인들.
경찰들과 헌병들이 조선인들을 질질 끌며 밖으로 내보낸다.

74. 공판정 앞 / 낮

쫓겨나오는 조선인들.
이석에게 유인물을 든 외국인 기자가 한 명 다가온다.

외국인기자

(영어) 이것이 무엇이오?
Sir, what does this say?

유인물을 들여다보는 이석.
'1923년 12월 5일자' 독립신문의 한 면이 인쇄되어 있다.

도쿄부 1,798

가나가와현　3,999
지바현　329
사이타마현　445
.....
합계　6,618

이석
(영어) 관동대지진때 살해당한 조선인들의 숫자입니다.
This is the number of Koreans massacred during the big earthquake in Kanto (the great kanto earthquake.)

외국인기자
(놀라는, 영어) 이것이 진짜입니까?
Is this true?

이석
(영어) 진짜입니다. 확인되지 않은 조선인은 더 많습니다.
Yes. The actual death toll may be even higher if you include unconfirmed deaths.

놀라는 외국인기자.
이석이 바닥에 떨어진 유인물을 주어들더니 다른 기자들에게 나눠주기 시작한다.

75. 공판정 - 1차 공판 / 낮

몇몇 일본인들로 채워진 텅 빈 공판정.
공판정 안으로 들어와 자리에 앉는 가즈오.

박열
(일본어) 천황의 신성함을 강요하여 국가 체제가 유지되고 있는 일본에서 그 허구성이 일본민중에 의해 밝혀지면 천황제가 무너질 것이라 생각했다.

야유와 조소를 퍼붓는 방청객들.

박열
(일본어) 하지만 일본민중은 그런 깨달음도 의지도 없다. 일본이라는 국가가 유지될 수 있는 것은 천황의 신성함을 일본민중에게 강요할 수 있는 동안만이다.

법정 문 밖에서 조용히 귀를 기울이며 받아 적고 있는 이석, 불령사 회원들과 조선인들.

박열

(일본어) 그 신성함이 위기에 처할 때마다 다른 쪽으로
시선을 돌려 겨우 빠져나왔지만... 곧 멸망의 시간이 왔다.

'미친놈!' '정신병자!' 조소 섞인 비난들이 방청석에서 날아든다.

...
후미코가 서있다.

후미코

(일본어) 평등한 인간 세상을 짓밟는
악마적 권력이 천황이며 황태자이다.

말이 끝나기도 전에 분노에 찬 함성과 신발까지 날라든다.
이 상황을 물끄러미 지켜보는 후지시타.

후미코

(버럭, 일본어) 조용히들 못해!

서슬 퍼런 기운에 압도당해 정적이 흐르는 공판정.

후미코

(일본어) 국가를 위해 희생을 강요하고 일본의 국시로까지
찬미되는 충군애국 사상은 권력이 이익을 탐하기 위해서
아름다운 형용사로 포장한 것이다.
이는 자신들의 이익을 위해 민중의 생명을 희생시키려는
욕망에 지나지 않는다.
따라서 이를 무비판적으로 받아들이는 것은
소수특권계급의 노예가 되는 것임을 경고한다.

76. 미즈노 집무실 / 낮

미즈노가 마키노에게 고함을 지르고 있다.

미즈노

(일본어) 재판장이 피고들 연설장이야?

마키노

(일본어) 피고의 발언은 막을 수 없습니다.

미즈노

(일본어) 외신 기자들 통제해.

77. 이치가야 형무소 면회실 / 낮

박열이 면회실 안으로 들어선다.

후세
(일본어) 미즈노가 압력을 넣었나봐.
2차 공판부턴 비공개야.

박열
(일본어) 비공개?

후세
(일본어) 처음부터 그렇게 세게 나가면 어떡해?
이젠 조선 관복도 못 입네.

박열
(일본어) 상관없소. 그러면 그럴수록 더 관심을 가질 테니.

후세
(일본어) 안 그래도 우리 집에 돌멩이가 날아왔어.

박열
(일본어) 2차 공판 이후엔 총알이 날아오겠네요.

후세
(일본어) 삶은 민중과 함께, 죽음은 민중을 위해~

대수롭지 않다는 듯 손 사레를 치며 돌아서는 후세.

Cut to
후미코의 감방.
두리번, 후미코가 무언가를 찾아 감방 안을 뒤지고 있다.

후지시타
(일본어) 이걸 찾나?

후지시타의 손에 들린 두툼한 종이철이 보인다.

후미코
(일본어) 왜 함부로 남의 글을 읽어, 미친놈아!!

후지시타가 종이철을 내민다.
낚아채듯 받아드는 후미코.

후지시타
(일본어) 조선에서의 7년이 널 이렇게 만들었구나.

후미코
(일본어) 그렇기 때문에 이렇게 깨어있는 거다.

너처럼 멍청한 게 아니라...

후지시타

(돌아서며, 일본어) 오자 몇 개 수정했다.

후미코가 멈칫한다.

78. 공판정 - 2차 공판 / 낮

박열이 1차 공판과는 다른 검은색 하오리와 하카마를 입고 있고
후미코는 분홍색 유카타를 입고 있다.
후세가 일어서서 변호문을 낭독한다.

후세

(일본어) 본건은 1923년 9월 1일,
인류 역사상 큰 불행이었던 대지진 이상으로 불행을
초래한 조선인 대학살 사건을 모면하기 위해 비롯된
것이라는 의심을 떨칠 수 없습니다.

박열과 후미코가 묵묵히 후세의 말을 경청한다.

후세

(일본어) 일본을 대표하는 최고 권위의 재판소는
세계를 향하여 입장을 명확하게 하지 않으면 안 됩니다.
두 사람을 위해서가 아니라 세계로부터 빗발치는 일본의
오명을 씻기 위해서 이 의문에 대답할 것을 요구합니다.

침을 꿀꺽 삼키는 마키노.

마키노

(일본어) 누구에게 요구하는 건가?

후세

(일본어) 일본을 대표해 재판장이 답하시오.

마키노

(일본어) 내가 왜...?

후세

(일본어) 천황을 증인으로 신청할 순 없잖소?
신청하면 받아줄 거요?

탕탕탕~ 재판봉을 내리치는 마키노.

마키노
(일본어) 휴정!!!

79. 후세 집 / 밤

고즈넉하게 자리 잡은 후세의 목조주택. 깨진 유리에 종이가 대충 붙여져 있다.
서재에서 불 켜고 변호 준비 작성하고 있는 후세.
탕~ 울리는 총소리. 와장창~ 유리 깨지는 소리.
놀라 책상 밑에 숨는 후세.

80. 공판정 - 3차 공판 / 낮

박열이 종이를 들여다보며 진술하고 있다.

박열
(일본어) 칠년 전 3.1 만세날을 기억한다.
그 날 일본 정부는 조선인의 혀를 자르고 전기로 지지고
여인네의 음부에 쇠꼬챙이를 꽂았다. 그리고 입 밖에도
3.1만세에 대해 꺼내지 못하게 하였다.

방청석에서 박열의 진술을 듣는 후지시타.

박열
(일본어) 또한 얼마 전 관동대지진의 조선인학살을
기억한다. 죽창과 일본도로 찌른 것은 기본이요,
양손을 묶어 강 속에 던지고 불 속에 산채로 집어던지고
오토바이에 몸을 묶어 죽을 때까지 달렸다.
그리곤 3.1만세운동처럼 조선인대학살도 묻으려 한다.
하지만 뜻을 이루지 못할 것이다.
묻으려고 발악할수록 드러나지는 것이 자연의 순리요,
역사의 흐름이다.

방청석에서 '새빨간 거짓말이다!!' 소리친다.

박열
(돌아보며, 일본어) 너희들 스스로 문명국이라 하지
않는가. 국제사회의 조사에 성실히 임하고 증인들의
증언을 취합해 유골이 묻힌 곳을 발굴하라! 살해에 가담한
군인과 자경단들을 수사해 자백을 받아내라!
그런데도 드러나지 않는다면 내가 광인임이 틀림없다!

그런데도 드러나지 않는다면 내가 전향해서 열렬한
천황제의 신봉자가 될 것이다!

격렬해지는 재판정의 분위기.

박열

(일본어) 너희 천황을 지키기 위해, 육천 명 넘는
조선인이 이유 없이 죽었다. 내말에 이의 있는가!

박열을 향해 뛰어드는 일본인 방청객들.
막아서는 경찰과 헌병들.
당황한 마키노, 정회를 선포하려는 듯 의사봉을 두드리려는데...

후미코

(일본어) 재판장!!

후미코가 두툼한 종이철을 들고 일어서 있다. 당황하는 마키노.

후미코

(일본어) 조선인들이 지니고 있는 사상 중
일본인에 대한 반역적 정서는 제거하기 힘들 것이다.

주위의 소란에도 차분히 수북한 종이를 읽어 내려가는 후미코.
곧 소란이 잦아들며 정적이 흐른다.

후미코

(일본어) 무엇이 나를 이렇게 만들었는가.
1919년 조선의 독립 운동 광경을 목격한 다음,
나 자신에게도 권력에 대한 반역적 기운이 일기
시작했으며 조선에서 전개되고 있는 독립 운동을
생각할 때, 남의 일이라고는 생각할 수 없을 정도의
감격이 가슴에 용솟음 쳤습니다.
(재판기록 20쪽/가네코 후미코 자서전)

81. 내각청사 회의실 / 낮

와카쓰키 레이지로(총리/60)가 전화를 받으며 쩔쩔매고 있다.

와카쓰키 총리

(일본어) 천황폐하와 황태자께 심려를 끼쳐드려
죄송합니다. 아닙니다. 그의 주장은 사실이 아닙니다.

와카쓰키 총리가 도움을 요청하듯 미즈노를 바라본다.
딴청을 피우는 미즈노.

와카쓰키 총리
(일본어) 예...예...총리인 제가 직접 사실인지 아닌지
조사한다고 폐하께 전해주십시오.
하지만 대역죄인의 주장에 무작정...

그때 미즈노가 수화기를 뺏다시피 받아든다.

미즈노
(일본어) 미즈노 남작입니다. 천황폐하께 전해주십시오.
내각 명의로 조선인학살 진상 조사 위원회를
설치하겠다고.

놀라는 각료들.

미즈노
(일본어) 예...예...아무 심려 말라고 전해주십시오.

전화 끊는 미즈노.

와카쓰키 총리
(일본어) 무슨 소리야? 진상조사위원회라니?
미즈노
(일본어) 당연하죠, 법과 체계가 있는 문명국 아닙니까?
단, 위원회에 기한을 두는 겁니다. 시간적 한계!
시간이 지나면 자동해산!
에기 사법대신
(일본어) 충분한 시간을 주지 않으면 비난이 거셀 겁니다.
미즈노
(일본어) 내기할까? 한 달만 지나면 그만하자 소리
나올걸. 다들 대지진의 악몽을 잊고 싶어 몸부림치는데,
모두들 가해자이면서 방관잔데 누가 누굴 비난해?

말문이 막히는 에기 사법대신.

와카쓰키 총리
(일본어) 그러다 만에 하나 기한 안에 증거가 나오면?
미즈노
(일본어) 조선인학살에 군대도 가담했습니다.

천황의 군대에 책임을 묻는 것은 천황에게
책임을 묻는 것입니다!!

움찔하는 와카쓰키 총리와 각료들.

미즈노
(광분한, 일본어) 그러니까 일이 더 커지기전에 빨리
재판을 끝내야 됩니다! 박열, 이 새끼가 더 지랄발광을
하기 전에 빨리 죽여야 한다구요!!!

미즈노 바로 앞에 서있던 에기 사법대신이 와카쓰키 총리를 바라본다.
에기 사법대신의 시선을 외면하는 와카쓰키 총리

미즈노
(일본어) 이게 천황폐하의 지금 심정 아닐까요?

82. 이치가야 형무소 면회실 / 낮

박열을 만나는 후세.

후세
(일본어) 자네를 만나고 싶어 하는 사람들이 있네.

들어서는 나카니시 이노스케, 사토무라 긴조.

후세
(일본어) 소설가 나카니시 이노스케 선생과
사토무라 긴조 선생이네.
조선에서 기자 생활을 하다가 총독을 비판하고
광산 노동자학대를 폭로했다가 투옥되기도 했네.

나카니시
(일본어) 나 하나 사죄한다고 무슨 보탬이 되겠습니까만
일본이 민족차별의 죄 값을 치를 수 있게 노력하겠습니다.

사토무라 긴조
(일본어) 이렇게나마 사죄하겠습니다.

Cut to
젊은 청년들이 서있다.

조선 청년
흑색운동사 소속 학생들입니다. 감사드립니다.

선배님 정신을 이어나가겠습니다.

모자 벗고 일제히 고개 숙여 인사하는 청년들.

Cut to
후미코와 만나는 후세.
가즈오가 들어온다. 가즈오에게 원고를 건네는 후미코.

후미코
(일본어) 선배한테 맡길게.
문체에 중점을 두고 문법은 크게 신경 안 써도 되요.
시적인 문구나 현란한 형용사를 쓰지 말아줘.
가즈오
(일본어) 출판은 내가 책임질게.

'전원 기립!'

83. 공판정 - 최종공판 / 낮

마키노가 들어서고... 모두들 자리에서 일어선다.
오직 박열과 후미코만이 그대로 앉아있다.
노려보는 경찰과 헌병에게 조소 섞인 표정으로 응대하는 박열과 후미코.
'착석' 소리와 함께 자리에 앉는 방청객들.

마키노
(일본어) 검사, 최후 논고하시오.

84. 공판정 앞 / 낮

이석과 한인기자들이 군경 앞에 막혀있다.

이석
(일본어) 어차피 기사도 못 낼 거, 구경이나 합시다!

꿈쩍 않는 군경들.

홍진유
(일본어) 입맛에 맞는 기자들만 들여보내구, 이게 무슨 문명국의 재판이오! 이럴 거면 재판을 왜 해?!

격앙되고 울분에 휩싸인 기자들.

85. 공판정 - 최종공판 / 낮

검사의 논고가 시작된다.

검사

(일본어) 피고 박열은 어린 시절 희망 없는 자신의 역경 및
조선 민족의 현상에 대해 불만을 품고 편협한 정치관과
사회관에 치우쳐 결국 지상만물을 전멸시킨 후
자신도 죽을 것이라는 허무주위에 이르러 이 사상을
실현하고자 했다.
피고 후미코는 부모의 사랑을 받지 못하고 참혹한 환경
으로 인하여 혈육의 사랑을 믿지 못해 효도를 부정하며...

지루한 듯 몸을 베베 꼬는 박열.
박열을 바라보는 후미코.
박열이 씨익 웃더니 꾸벅 조는 시늉을 한다.
그때 밖에서 들려오는 외침소리.

'기억하겠다!'

멈칫하는 박열과 후미코.
논고를 하던 검사도, 마키노도 멈칫한다.

'드러내겠다!'
'잊지않겠다!'

희미하게 웃는 박열.
마키노가 검사에게 빨리 끝내라고 손짓한다.
논고를 끝낸 검사가 자리에 앉으면 마키노가 박열을 응시한다.

마키노

(일본어) 피고, 마지막으로 할 말은 없는가.

마키노를 바라보는 박열.

박열

(일본어) 없네... 수고했네.

마키노

(일본어) 가네코 후미코, 마지막으로 할 말이 있는가.

후미코

(일본어) 나는 박열의 본질을 알고 있다.
그런 박열을 사랑하고 있다.
그가 갖고 있는 모든 과실과 결점을 넘어

나는 그를 사랑한다.
나는 지금, 그가 나에게 저지른 모든 과오를
무조건 받아들인다.
재판관들에게 말해 두고자 한다.
부디 우리 둘을 함께 단두대에 세워 달라고,
박열과 함께 죽는다면 나는 만족스러울 것이다.

'입 닥쳐!' '재판 빨리 끝내!!' 삿대질과 고함을 치는 일본인 방청객 사이에서
일본 신문 기자들이 메모지에 재판기록을 빠르게 써 내려간다.
밖에서 들려오는 조선인들의 외침소리.
모두 웅성거림으로 변하며 후미코의 목소리만 들려온다.

후미코

(일본어) 그리고!!! 박열에게 말해두고자 한다.
설령 재판관의 선고가 우리 두 사람을 나눠놓는다 해도
나는 결코 당신을 혼자 죽게 하지는 않을 것이라고.

박열이 후미코를 향해 미소 짓는다.
엄청난 소음 속에 고함치듯 선고하는 마키노.

마키노

(일본어) 형법 제73조에 의거하여 폭발물 취납 벌칙
제3조 위반을 적용하여 박열과 가네코 후미코에게 사형을
선고한다.

급하게 판결봉을 두드리는 마키노.
방청석에서 안도와 기쁨의 격한 반응이 흘러나온다.
마키노와 재판장들이 서둘러 자리를 뜨려고 일어선다.

박열

어이! 재판장!

외면하고 걸어가는 재판장.

박열

야! 재판장!

박열을 저지하는 법원경찰.
박열을 지지하는 방청객들의 야유와 반대하는 방청객들의 소란이 뒤엉킨다.

박열

(일본어) 내 육체야 자네들 마음대로 죽일 수 있겠지만,

내 정신이야 어찌할 수 있겠는가.

후미코

(일본어) 드디어 허위와 가식의 재판이 끝났군. 만세!

법원경찰들이 박열과 후미코를 끌고 법정을 나선다.
끌려가면서 만세! 를 외치는 후미코.
여기저기 붙잡히며 뜯어져나가는 박열과 후미코의 옷자락. 만세!!
외침과 삿대질을 퍼붓는 방청객들.

86. 아사히 신문사 앞 / 낮

일본신문 1면마다 실린 박열과 후미코의 재판소식.
신문이 바뀔 때마다 신문 성향에 따라 제각각 다른 내용의 기사들이 떠오른다.

'...박열은 재판장에게 욕설을 퍼부었다'
'...가네코 후미코는 애처롭게 눈길을 떨구고...'
'...박열은 일어서서 뭐라고 시비를 걸었지만'
'...후미코는 두 손을 저으며 괴로워했다'

암전.

87. 내각청사 회의실 / 낮

내각회의 중. 와카쓰키 총리와 시데하라 외무대신이 대화를 나누고 있다.

시데하라 외무대신

(일본어) 중의원 의회에서 사형 판결에 대해서
반대한다고 합니다.

와카쓰키 총리

(일본어) 그래서 뭐 어쩌라고?

에기 사법대신

(일본어) 총리께서 섭정궁 전하께 재가를
구해야 한답니다.

와카쓰키 총리

(일본어) 대지진 때 조선인 학살을 덮으려고 그 소란을
피우며 사형까지 선고했는데 이제 와서 황실에 감형시켜
달라고 하면 이 재판이 조선 놈한테 놀아난 것 밖에 더 돼?

시데하라 외무대신

(일본어) 중의원 의회에서 사법대신 청문회까지
열어 내린 결론이라고...

와카쓰키 총리

(일본어) 사이토 조선총독은 어떻게 생각하십니까?

사이토 조선총독(69세)

(일본어) 3.1만세폭동 겨우 제압했는데...
박열의 사형이 집행되면 조선에서 어떤 일이
벌어질지 걱정이오.

에기 사법대신

(일본어) 조선민중이 모두 이 재판을 주목하고 있습니다.

와카쓰키 총리

...

미즈노

(일본어) 정치적 선택을 해야지요.

와카쓰키 총리

(일본어) 이런 일로 전하 앞에 가야한다니...
총리 된지 두 달 밖에 안됐는데...

88. 내각청사 회의실 / 낮

화면 열리면 내외신 기자들이 회의실에 모여 있다.
단상 위에서 에기 사법대신이 성명서를 읽어 내려간다.

에기 사법대신

(일본어) 본 사건에 대하여 대심원 사형선고는 지극히
당연한 것이지만 황실의 각별한 은사에 따라 사형에서
무기징역으로 감형되었음에 성은이 황공할 따름이다.

적어 내려가는 기자들.

에기 사법대신

(일본어) 박열처럼 무분별한 자가 나온 것은
심히 유감스러운 일이지만 성은을 접한 이상
참된 인간이 되리라 믿는다.
이로써 천황의 드넓은 인의를 입증하는 것이다.

구석에서 조용히 지켜보던 미즈노가 소리 없이 박수를 친다.

89. 이치가야 형무소 박열 감방 / 낮

박열을 찾아온 후지시타.

후지시타
(일본어) 사형은 면했네.
박열
...
후지시타
(일본어) 천황폐하께서 무기징역으로
감형한다는 은사장이네.

은사장을 내미는 후지시타.

박열
(일본어) 후미코는?

90. 이치가야 형무소 후미코 감방 / 낮

은사장을 찢어버리는 후미코.

후미코
(일본어) 누구 맘대로 감형이야?
후지시타
(일본어) 천황의 은사다.
후미코
(일본어) 천황에게 감형할 자격을 누가 줬어?
후지시타
...

91. 사법대신 집무실 / 낮

에기 사법대신과 미즈노가 앉아있다.

에기 사법대신
(일본어) 박열과 후미코가 은사장을 거부했다는데.
미즈노
(일본어) 받든 안 받든 상관없습니다.
우리가 줬으면 된 거지.
감사히 받았다고 언론에 발표하세요.

92. 이치가야 형무소 박열 감방 / 낮

고스란히 남겨진 식판을 치우고 박열에게 신문을 건네는 후지시타.

1926. 4. 6. 도쿄 아사히 신문
'박열과 가네코 후미코, 심심한 경의를 표하며 감사히 받다'

후지시타
(일본어) 내일 새벽에 지바형무소로 이송될 거다.
박열
(일본어) 후미코는?
후지시타
(일본어) 우쓰노미야 형무소로 옮겨진다.
지바에서 가장 먼 곳이지.

절망적인 박열의 표정.

93. 이치가야 형무소 후미코 감방 복도 / 낮

덜컹 감방 문이 열린다. 후미코를 끌고 나오는 간수들.
기다리던 후지시타가 후미코에게 혼인증명서를 건넨다.

후미코
(일본어) 호주가 박열이네.

간수들에게 이끌려 복도 끝으로 향하는 후미코.

94. 지바 형무소 / 낮

간수들에게 이끌려 머리덮개를 쓴 채 복도를 걷는 박열.
머리덮개가 벗겨지고 감방 안으로 들어가는 박열.

95. 우쓰노미야 형무소 / 낮

우쓰노미야 형무소 외관. 텅 빈 복도.
감방 문 앞에 있는 먹지 않은 식판.
원고용지가 가득 쌓인 감방.
창밖의 하늘을 바라보며 글을 쓰는 후미코.
그 위로 들려오는 후미코의 목소리.

산다는 것은 움직이는 것만을 뜻하지 않는다.
자신의 의지에 따라 움직인다면 육체의 파멸을 초래한다 하더라도

멀리서 덜컹~쇠문 열리는 소리가 들려온다.
덜컹~ 감방 문이 열리며 형무관과 함께 안으로 들어서는 의사와 간호사.
후미코를 일으키려는 간호사.

후미코

(일본어) 놔!

쓰던 글을 마치고 밖으로 나가는 후미코.
책상 밑에 숨겨진 듯 놓여있는 후미코의 쓰다만 글이 보인다.

그것은 생명의 부정이 아니다. 긍정이다.

96. 지바형무소 면회실 / 낮

박열이 접견실로 들어선다.
오랜 단식에 병색이 완연한 얼굴이지만 애써 미소 짓는 박열.

후세

(일본어) 아직도 단식중인가.

박열

(일본어) 이제 조금씩...지옥으로 가는...길이 보이네.

후세

(일본어) 살게...살면 안 되겠나.

박열

(일본어) 후미코는 어떤가.

후세

(일본어) 살게...

뒤쪽 간수의 눈치를 살피는 후세.
뭔가 심상치 않음을 느끼는 박열.

박열

(일본어) 같이...함께 가기로 했네...
날 혼자... 보내지 않는다 했네... 후미코는 어떤가.

다시 간수의 눈치를 살피는 후세.

후세

...

박열

(일본어) 묻잖나... 후미코는...

검은 커튼의 손잡이를 잡는 간수.

후세

(일본어) 죽었네!

검은 커튼이 내려온다.

박열
(일본어) 자살인가?
후세
(눈물 흘리며, 일본어) 사인규명도, 사체인도도, 부검 의사 면담도 모두 거부됐네.

주르륵 흐르는 박열의 눈물.

후세
(일본어) 살게. 자네는 살게.

끌고 가려는 간수를 뿌리치는 박열

박열
(일본어) 후미코를... 조선에 묻어주시오.

97. 갓센바 형무소 공동묘지 / 새벽 / 1926.07.31

새벽3시. 허름한 묘비 말뚝이 곳곳에 꽂혀있는 공동묘지를 후레쉬 비추며 묘비를 찾는 사람들.
땅을 파고 관짝을 들어 올리는 홍진유, 최영환, 가즈오, 후세. 그리고 불령사 회원들.
낡은 천에 쌓인 후미코의 사체.
습기와 악취에 코를 막는 사람들.

최영환
자기들이 죽여 놓고 자살로 덮은 거 아냐?
가즈오
(일본어) 후미코에겐 천황과 국가권력에 대한 마지막 저항이 자살일 수 있어.
정태성
자신의 사상을 관철시킬 방법이 이것 밖에 없다...
홍진유
자서전을 천장씩이나 쓴 후미코가 유서 한 장 없이 왜 자살을 해?

98. 아사히 신문사 / 낮

아사히 신문사 앞
공판장에 있던 일본인 기자가 괴사진문서를 누군가로부터 전달 받는다.
문서를 건네받고 놀라는 일본인 기자.

아사히 신문 편집국장실
후미코의 자살기사와 괴사진문서를 편집국장에게 보여주는 일본인 기자.

편집국장
(일본어) 예심판사가 조사실도 대실 해주고
재판 중에 이런 사진도 찍게 했다...

일본인 기자
(일본어) 괴문서 내용을 보면, 이 사진을 근거로
후미코가 타살됐다고 주장하고 있습니다.

편집국장
(일본어) 타살?

일본인 기자
(일본어) 혹시 후미코가 임신이라도 했으면
살려둘 수 있겠어요?
감방 안에서 애라도 나왔으면... 이거는... 어후...

편집국장
(일본어) 목 메달아 죽은 흔적이 있다는데 자살이
아니라는 거야? 증거 있어?

일본인 기자
(일본어) 그거야 죽이고 나서도 조작 가능하죠.

편집국장
...

일본인 기자
(일본어) 이 사진을 전 신문사에 돌렸다는데
우리가 먼저 실어야 되는 거 아닙니까?

난감한 표정의 편집국장.

도쿄시내
미야코 신문에 실린 신문기사를 보는 사람들.
'박열, 후미코의 괴문서사건'

99. 야당 사무실 / 낮

괴사진문서가 실린 신문을 들고 있는 야당 당수.

야당 국회의원
(일본어) 반역 죄인에게 이따위 사진을 재판 중에
찍게 하는 게 말이나 되오?
우리 야당에서 내각 총 사퇴를 주장할 충분한 명분 아니오!
와카쓰키 총리를 비롯해 내각이 총 사퇴해야 합니다!

야당 당수
(일본어) 좋아. 내각 불신임안을 의회에 제출합시다.

100. 지바형무소 감방 / 낮

복도에서 창틀 너머로 박열을 바라보는 미즈노.
미즈노, 손에 들린 미야코 신문에 실린 괴사진문서를 보며 쓴웃음 짓다가 박열에게 내던진다.

미즈노
(일본어) 이거까지 자네가 계획한 건가?
박열
(일본어) 에이, 사람 뭘로 보고...
폭탄도 못 던지고 이름도 못 남겼는데.
더 큰 일을 해야지.
미즈노
(일본어) 니가 조롱한다고 일본이 망할 것 같애?
박열
(일본어) 니가 덮는다고 덮어질 거 같애?
미즈노
(일본어) 너 같은 놈이 자꾸 나오니까
우리가 더 치밀해 지는 거야.
박열
(일본어) 그럼. 아~주 치밀한 오류를 자~알 쌓고 있지.
나중에 감당할 수 있겠어?
미즈노
(일본어) ... 너를 왜 감형 시킨 줄 알아?
박열
...
미즈노
(일본어) 산 채로 잊혀지게 만드는 거지.

껄껄 웃으며 복도를 걸어가는 미즈노.

미즈노
(일본어) 감옥에서 젤 오래 산 사람이 되게.
오래오래 잘 살아서 그렇게나마 세상에 이름을 알리게나.

쾅! 감방 창살을 치는 박열. 잠깐 멈칫하는 미즈노.

박열
(일본어) 그래! 오래오래 살아서

너희가 한 짓을 치밀하게 추궁해 주겠네!

...
신문 사진 속 후미코의 얼굴을 물끄러미 바라보는 박열.
카메라 사진 속 인물로 줌 인.

에필로그. 도쿄지방재판소 제5호 조사실 / 낮

사진과 같은 포즈로 앉아 있는 박열과 후미코.
후미코의 어깨에 손을 올리는 박열.

박열
둘이 찍는 마지막 사진인지도 모르잖아.
평범하게 찍고 싶진 않은데.
후미코
마지막이라? 평범하면 안 되지.
박열
당연히 안 되지.
우리가 어떤 사람들인지 이 사진이 말해 줄 텐데.

'자 찍습니다!' 사진사가 셔터를 누를 준비를 한다.
순간, 박열이 왼손을 후미코의 가슴속으로 집어넣는다.
손이 들어오자 미소 짓는 후미코.
태연하게 거만한 표정 짓는 박열.
펑~! 그 위로 터지는 후레쉬.

...
박열과 후미코에 관한 연표와 자료, 사진들이 올라온다.

| 나의 개봉 작품 집필기 & 시놉시스 |

개봉 : 2017. 5. 31.
주연 : 이정재, 여진구, 김무열
감독 : 정윤철

누가 왕을 일깨우고, 나라를 세우는가
1592년 임진왜란, 광해 그리고
대립군
5월 31일 대개봉

본 이미지는 영화 본 포스터입니다.

| 신도영 |

주요 작품

2017년 영화 -대립군 작가-
2015년 영화사 '청년필름' 작가
2013년 드라마 제작사 사과나무 픽쳐스 작가
2010년 영화사 튜브 픽쳐스 감독
2008년 영화사 씨네2000 기획 피디

시놉시스

임진왜란… 당시 조선은 이미 멸망한 나라였다 해도 무방했다.

왕이 곧 나라이고, 나라가 곧 왕이었던 시대.

왜군의 침입으로 나라가 풍전등화의 위기였지만 조선의 왕 선조는 명(明)국에 스스로 망명을 원하며 조선을 버렸으니 말이다.

몇몇 신하들의 충언(忠言)에 당시 18세의 어린 세자 광해군에게 왕위를 물려준 것은, 선조가 조선을 완전히 버렸다는 선언과 다르지 않았다.

아버지이자 조선을 버린 왕에 의해 … 조선의 새로운 왕이 된 광해군

왜군이 점령한 곳으로 내려가 조선의 왕이 있다는 것을 널리 알리고 관군을 규합하여 나라를 구하라는 선조의 말은 허울뿐이고 비정한 아비이자 나라를 버린 왕의 괴변일 뿐이었다.

수군(水軍) 이순신을 제외한 조선 관군은 이미 왜군에게 괴멸되었다.

왜군 침략 한 달 만에 한양이 점령되었다. 그리고 파죽지세(破竹之勢)

막는 이는 아무도 없었다.

조선 팔도는 왜군의 손에 들어갔다고 해도 틀린 말이 아니었다.

평양에서 남하하는 광해군을 호위할 조선 관군은 없었다.

천민층 계급으로 구성된 대립군(代立軍)이 광해를 호위하게 되지만 그것이 죽음의 길인 것을 광해도 대립군의 수장 토우도 모르지 않는다.

스스로 왕이 되길 원하지 않은 어린 왕 광해

그리고 조선의 최하층 대립군들에게 조선의 운명이 달려 있었다.

집필기

■ 영화적 아이템 선정의 중요성

개인적 경험상, 시나리오 작업 전 -아이템- 선정은 무엇보다 중요하다고 생각한다.

너무나 당연한 이야기지만 특히 신인이나 회사의 아이템이 아닌 작가의 아이템만으로 영화화 작업을 진행하기에는 힘든 일이다.

어느 제작사나 투자사도 작가의 소재만 가지고 집필을 의뢰하는 경우는 드물다.

대부분 완성도를 갖춘 시나리오가 기준이다.

결국 작가 자신의 아이템을 영화화한다는 것은 완성도 있는 시나리오를 작가 스스로 완성해야 했고 대립군의 경우도 마찬가지였다.

모든 사람이 알고 있는 것처럼 좋은 아이템을 완성도 있는 시나리오로 만들기 위해서는 분명 많은 시간과 노력이 필요하다.

작가의 아이템 중 영화화가 불가능한 소재 & 지극히 개인적인 소재를 가지고 오랜 시간 시나리오 작업에 몰두하는 경우가 종종 있었고, 대부분 좋은 결과로 이어지지 못하는 것을 보았다.

스스로 작품을 완성할 수 있는 작가적 소재

상업적 가치가 있는 영화적 소재

이 경계를 정확히 판단하는 것 그것도 분명 작가의 몫이다.

이런 경험상 작가의 아이템 선정은 정말 중요한 부분이라고 생각한다. 본인의 경우에도 일 년을 작업한 시나리오가 절대로 영화화가 될 가능성이 없다는 것을 어느 순간 분명 알 수 있었다.

도대체 이런 멍청한 생각을 일 년 동안 유지했던 내 스스로가 너무나 신기했다.

어느 순간의 확신과 고집이 다른 모든 것을 보이지 않게 했던 것이다.

물론 이런 경험도 작가에게 필요한 과정이라고 할 수 있다.
절대 두세 번 반복이 필요한 경험은 절대 아니다.
하지만 본인 시나리오에 대한 확신과 고집은 작가에게는 분명 필요하다.

결국 확신과 고집 더불어 노력과 시간을 들여 좋은 아이템을 선정하는 것 또한 너무나 중요한 부분이라는 점이다.
영화화가 불가능한 아이템을 가지고 일 년의 시간을 허비한 후 아이템을 선정 시 몇 가지 질문을 스스로에게 하는 버릇이 생겼다.
-대립군-이라는 아이템을 선정하는 과정도 마찬가지였다.

시작은 어디선가 우연히 본 몇 줄의 글이었다.

"당시 18~19세였던 광해군은 조선의 왕이 되어 임진왜란의 전란을 극복하는 데 큰 역할을 하였다."

대충 이런 내용의 글이었다.
18~19세면 현재 기준으로 청소년인데 '무슨 왕 노릇을 하며 임진왜란의 전란을 극복하는 역할을 한 것이지'라는 궁금증에 몇 가지 자료를 더 찾아보았다.
임진왜란 당시 … 선조의 중국 망명 시도, 조정을 둘로 나누는 분조(分朝)라는 실화.
광해군이 의병을 모으고 관군을 규합하여 왜군과 맞서 싸운 기록은 존재했다.

나라를 버린 왕 선조 그리고 나라의 운명을 새롭게 책임진 어린 왕 광해군.

그리고 풍전등화 실제로 거의 망한 것이 분명한 조선이라는 역사적 배경.

'왜 다른 사람이 생각하지 못했지'라는 생각이 들 정도로 좋은 아이템이었다.

하지만 '그것만으로 좋은 아이템일까?'라는 질문에 답은 전부 채워지지는 않았다.

더욱이 분조 후 평양성에서 남하할 때 몇 개월간의 광해군 행적에 대한 기록은 존재하지 않았고 작가의 상상력이 필요한 부분이었다.

그때 한 가지 전혀 다른 생각이 겹쳐 들었다.

예전 액션 영화 〈300〉을 보고 들었던 생각

조선판 〈300〉 같은 영화적 소재가 있었으면 했던 개인적인 생각

더불어 고등학교 때 국사 수업 시간에 들었던 대립(代立)이라는 제도가 떠올랐다.

임진왜란 & 광해군 & 대립(代立) 제도

세 가지 요소로 이야기의 얼개는 만들어진 듯했지만 매듭은 지어지지 못했다.

그건 흥미로운 시나리오 구조를 구축하지 못한다는 의미이고 설정상 대작 사극 영화 일 수밖에 없는 상황이고 더욱이 사극의 시나리오 작업 기간은 더욱 길다.

시나리오 작업에 들어가기를 주저할 수밖에 없었다.

가장 불분명하고 스스로 그리고 대중이 어렵게 느낄 부분은 당연히 대립(代立)이었다.

대립은 조선시대 어려운 백성이 돈을 받고 전쟁이나 군대에 복무하는 제도였다.

하지만 분명 무엇인가 틀이 갖추어지는 느낌이었다.

오랜 시간을 투자할 가치가 있는 아이템이라는 확신.

이제는 스스로 작가적 고집을 가져야 할 때였다.

■ 시나리오 집필 시작 / 길 없는 사막에 서다

오래전 현재는 제작자로 활동하고 있는 영화계 선배에게 이런 말을 들었다.

-시나리오는 손이나 머리로 쓰는 것이 아니다.

엉덩이가 쓰는 것이고 오랜 시간 앉아 있으면 모니터에 A4 용지가 길을 알려준다.-

엉덩이 부분은 오래 앉아 있어야 한다는 걸로 이해되었지만, 'A4 용지가 길을 알려준다'라는 말은 쉽게 이해되지 못했다.

그리고 몇 년 후 여전히 팔리지 않는 시나리오를 쓰면서 세월을 보내는 중이었다.

일주일 동안 전혀 풀리지 않는 문제 때문에 시나리오는 한 줄도 진행되지 못했다.

알 수 없는 답답함 그리고 스스로 무능력을 자책하며 최악의 상황에서 모니터의 하얀 여백을 하염없이 보고 있다가 문득 사막에 서 있다는 생각이 들었다.

그리고 며칠 후 나는 문제를 해결하고 작업을 진행하면서 선배의 말이 이해가 되었다. 사막에서 길을 찾을 듯한 느낌이었고 그건 내가 찾은 것이 아니고 사막같이 보이던 A4 용지에서 무엇인가를 쓰면서 찾을 수밖에 없었던 것이다.

사막에서 길을 찾으려면 수많은 준비를 해야 했다.

〈대립군〉 시나리오 작업을 하기로 결정 후 서초 국립중앙도서관으로 출근하기 시작했다. 인터넷 자료는 단문이라 맥락 전체를 이해하고 파악하기 위해서는 무식하게 할 수밖에 없었다. 도서관에서 3~4개월 동안 '임진왜란 & 대립 & 광해군 & 선조'라는 키워드에 관련된 모든 도서, 관련 논문 그리고 인터넷에서 국문으로 번역되는 '조선왕조실록' 사이트까지 수없이 검색했다.

그러면서도 과연 '될까?' 그리고 '된다!'라는 생각을 오가면서 관련 자료들을 연대별로 배치하고 역사적 사실과 거기에 더할 수 있는 가능한 설정들을 목록으로 정리했다.

서서히 막막한 상황에서 길이 보이기 시작했고 또한 점점 구체화되었다.

길을 찾는 가장 좋은 방법은 가보는 것이다.

다른 작가들도 마찬가지라고 알고 있지만 경험상 최대한 빨리 초고를 완성했다. 시나리오 초고라는 문서는 완성이 아닌 무엇이 잘못되었는지를 그리고 무엇이 옳은지를 알 수 있는 이정표 같은 것이었다.

그렇게 자료조사 3~4개월 후 6개월 정도의 시간이 더 지난 후 〈대립군〉 초고가 완성 되었다.

■ 작가적 소재 & 상업적 소재의 경계 그리고 영화화

영화상 중요 인물 중 하나인 선조 캐릭터는 다른 부분과는 다르게 그나마 쉽게 확정 할 수 있었다. 하지만 시나리오에서 새롭게 창조한 캐릭터인 대립군 토우 그리고 이미 여러 번 영화와 드라마에 등장해 더욱 조심스럽게 결정해야 할 광해군에 대한 캐릭터 부분은 결정하지 못했다.

핵심은 인물 설정 및 두 사람의 관계 설정의 문제였다.

시나리오상 대립군(토우)과 광해 중 주인공이 누구냐는 것이었다.

주인공을 누구로 배치하느냐에 따라 완전히 다른 이야기가 되니 말이다.

초고에서는 주인공을 확정하지 않은 상태로 완성되었고, 주인공 캐릭터가 집중되지 않았으니 당연히 드라마 구조 또한 탄탄하지 못했다.

분명 완성도 없는 영화화가 되기에는 부족한 시나리오였다.

그건 인쇄할 A4 용지조차 아까운 시나리오라는 의미이기도 했다.

모니터링 결과는 상업적인 코드를 고려해 '팩션' 드라마 구조로 가기 위해서는 광해군 을 주인공으로 결정하라는 조언이 다수였다.

물론 나 스스로 대립군이 주인공인 '대립군'이라는 제목과 더불어 광해군이 주인공인 '왕의 자격'이라는 두 가지 제목을 가지고 고민하는 시점이기도 했다.

고민은 했지만 내 생각의 결론은 다른 사람들과 조금 달랐다.

개인적으로 기존 역사 영화나 드라마에서 주인공 캐릭터는 대부분 왕, 장군, 양반이나 최소한 몰락한 양반의 자제였던 부분, 즉 지배층이 백성을 계몽하여 이끌어간다는 설정에 중 2병 같은 이유 없는 반발심을 가지고 있었다.

결론은 작가적 소재와 상업적 소재의 경계에 와 있던 것이었다.

나의 선택은 '대립군'이었다.

나 자신도 모른다. 그것이 옳은 선택이었는지 말이다.

그 뒤부터 일 년 조금 지난 후에 시나리오는 '대립군'이라는 제목을 가지고 완성되었다. 물론 일 년이 조금 넘는 시간 동안 '왕의 자격'이었던 때도 있었다.

그리고 다시 1~2년은 시간이 지나고 신인 작가로서 내가 할 수 있는 그리고 아무것도 할 수 없는 상황을 그리고 외면하고 수많은 복잡한 감정 이후에 '대립군' 포스터를 강남역 사거리를 달리는 버스 광고판에서 볼 수 있었다.

■ 덧붙이는

영화계에서 여러 가지 직업(?)을 경험했다.

작가, 감독, 마케팅 회사 팀장, 영화제 팀장, 제작부, 연출부, 피디 등등 그 경험에 비추어 그리고 감히 개봉 작품 작가라는 명칭으로 이 지면에 글을 쓰면서 작가로서 내 자신이 잊지 말아야 하는 부분을 적어보려 한다.

시나리오가 영화화된다는 것의 또 다른 의미는 한국영화 평균 제작비 30억~40억 원 기준으로 가정한다면 A4 한 페이지는 수천만 원의 가치를 지니고 있다고 할 수 있다. P&A 비용을 고려하고 만약 제작비가 더 많이 투입되는 대작 영화라면 시나리오 한 페이지는 그 이상의 금액의 가치를 지니고 있어야 한다.

내가 오늘 집필하는 종이 몇 장의 분량이 몇 억의 가치를 지녀야 할 수도 있다.

너무 한쪽만 부각하는 것인지 모르지만 상업 영화 작가라는 직업을 선택한 이에게는 엄연히 부정할 수 없는 사실이기도 하다.

또한 작가 외에 100명이 넘는 스태프들이 함께 작업하는 것이 시나리오다.

그건 단순히 자신만이 재미있어서 글을 쓰거나 '대충 이 정도면 되겠지'라는 생각은

절대 하지 말아야 한다는 의미이기도 하다.

초고 완성 후 모니터링 과정이 남아 있다.

제작사, 투자사 그리고 모니터링을 해주는 영화계 지인들,

제작, 마케팅, 기획 ,작가 등등 관련된 직종뿐 아니라 나이, 성별 그리고 수많은 변수 심지어 그날의 기분에 따라서도 시나리오에 대한 모니터링 결과는 달라진다.

이들은 진심일 수도 아닐 수도 있는 그리고 개인적인 의견일 수밖에 없는 모니터링을 해준다. 그건 정답이기도 또한 오답이기도 하다.

하지만 시나리오에 다양한 직종, 인물, 연령대들의 모니터링은 작가에게 분명 필요한 부분이고 그 또한 영화적 특성이다. 수많은 불특정 다수들이 보는 것이 바로 영화이니 말이다.

물론 나 또한 작가라는 허영심에 취해 있었던 적도 있다.

하지만 어느 작가의 말처럼 시나리오 작가는 전관예우가 없는 직업이다.

매번 자신이 작업하는 시나리오에 대해 끊임없이 고뇌하고 괴로움을 겪고 절망하면서도 확신을 가지고 본인을 끝까지 믿어야 하는 힘든 직업이다.

결국 중심을 잡아야 하는 것은 오로지 작가 본인뿐이다.

하지만 위안이 있다면 적게는 몇십만 명에서 많게는 1000만 명에게 자신의 이야기를 해줄 수 있는 사람이 시나리오 작가이고 그건 분명 놀라운 경험이라는 사실이다.

모든 작가님의 건필을 기원합니다.

| 나의 개봉 작품 집필기 & 시놉시스 |

개봉 : 2017. 6. 8.
주연 : 김옥빈, 신하균, 성준
감독 : 정병길

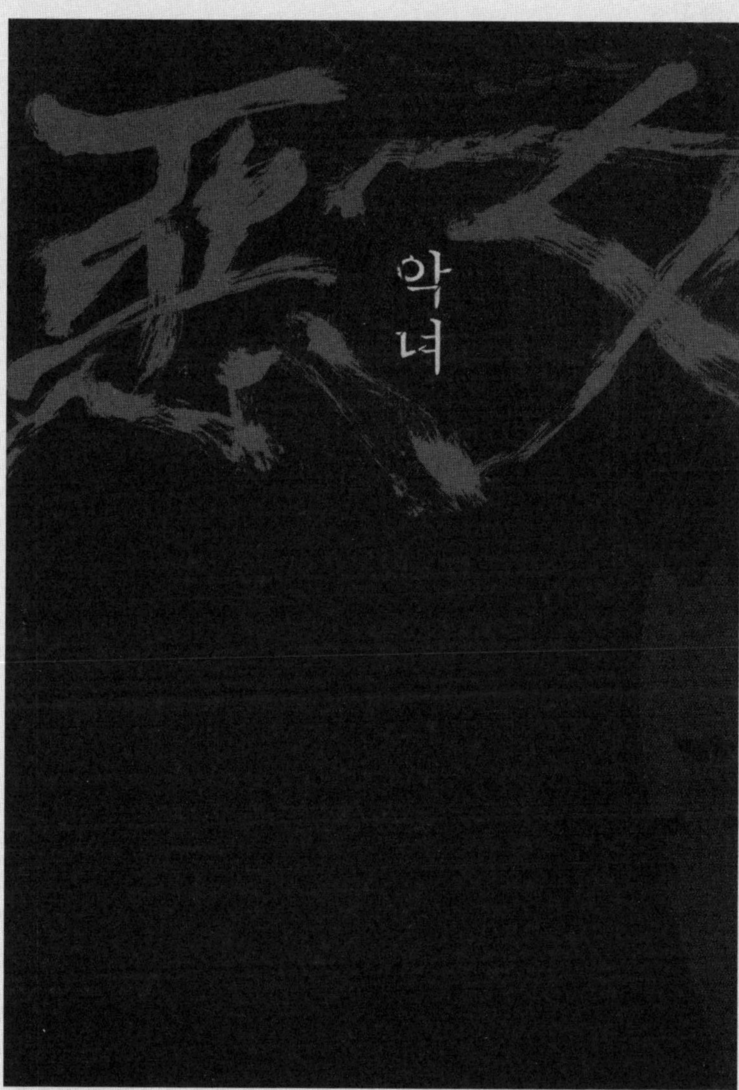

본 이미지는 시나리오 책자의 표지 이미지입니다.

| 정병식 |

주요 작품

2008년 우린 액션 배우다 각본 편집
2012년 내가 살인범이다 각색 콘티
2014년 몽키즈 각본 연출
2017년 악녀 각본 콘티 제작

시놉시스

중국 연변. 홀아버지 밑에서 자란 숙희가 열 살 정도 됐을 무렵.

장물을 취급하던 숙희 아버지는 귀한 보석을 손에 쥐게 된다. 이 비밀을 알게 된 아버지의 친구 장천. 그는 숙희 아버지를 죽여 보석을 빼앗는데, 그 장면을 숙희가 목격하게 된다. 숙희를 잡아 포주에게 넘겨버리는 장천.

포주에게 팔려온 숙희가 중년의 남자와 하룻밤을 보내게 된 어느 날 밤.

누군가의 의뢰를 받고, 그 집으로 침범한 킬러 중상의 손에 중년 남자는 죽게 되고, 숙희는 그날부터 중상과 함께 살아가며 킬러로 길러진다.

그렇게 10여 년이 흐른 어느 날, 장천의 거처를 알게 된 숙희는 복수를 위해 혼자 잠입한다. 하지만 장천의 함정에 빠져 붙잡힌 숙희. 장천은 살기 어린 눈빛으로 자신을 바라보는 숙희에게 아버지를 죽인 건 자신이 아니라 얘기한다. 생각지 못한 장천의 말에 충격을 받은 숙희는 되묻지만, 장천은 대답 없이 숙희를 죽이려 한다. 이때 기습한 중상에 의해 죽게 되는 장천.

또다시 중상이 목숨을 구해준 숙희는 아버지의 복수를 접고, 평범한 삶을 꿈꾸며 중상에게 청혼한다. 중상은 고민 끝에 숙희의 청혼을 받아들이고 소박한 결혼식을 올린다.

서울로 신혼여행을 온 중상과 숙희.

행복한 한때를 보내던 이들에게 서울로 출장을 온 중상의 부하 춘모에게 전화가 걸려온다. 중상은 춘모가 위험에 빠졌다며 숙희를 숙소에 남겨두고 어딘가로 떠난다.

그리고 긴 기다림 끝에 시신이 되어 숙희 곁으로 돌아온 중상.

춘모에게 전말을 들은 숙희는 중상의 복수를 위해 어떤 조직을 습격하는 데 성공하지만, 부상을 당한 채 국정원에 체포된다. 숙희의 재능을 알아본 국정원 부장 권숙은 숙희에게 함께 일할 것을 제안하고, 숙희는 국정원 비밀 요원으로 성장해나가며 죽은 남편, 중상의 비밀에 다가간다.

집필기

총과 칼이 난무하는 강렬한 여성 액션 영화를 만들어보자!
이것이 정병길 감독과 합의된 기획의 시작이었다.
그리고 떠오른 하나의 이미지. 온몸에 피를 뒤집어쓴 한 여자.
이 하나의 이미지에서부터 악녀는 시작되었다.

그 후로 이어지는 두서없는 대화들.

"이 여성은 어떤 삶을 살아온 것일까?"
"이후엔 어떤 삶이 다가올까?
"그녀의 주변에는 어떤 사람들이 있었을까?"
"그녀에게 또 무슨 일이 일어날까?"

이렇게 시작된 대화는 서로가 만족스러운 답에 이르기까지 계속되었다. 때로는 격양된 토론으로, 때로는 잡스러운 수다로, 때로는 긴 침묵으로 이야기는 조금씩 윤곽이 드러났다. 이렇게 만들어진 퍼즐과 같은 신과 시퀀스는 또다시 조합과 해체를 반복하며 초고가 완성되었다.

하지만 늘 그렇듯 초고는 여러 문제점들을 안고 있었다. 그중 가장 풀기 어려웠던 난제는 액션 영화로 풀기에 너무 방대한 스토리 라인이었다. 다시 찬찬히 문제점을 곱씹으며 읽어보니 그 한계는 더욱 명백하게 다가왔다. 액션 영화라기보다는 한 여자의 일생을 다룬 전기 형태의 드라마에 가까운 느낌마저 들었다. 보통의 액션 영화가 하나의 사건을 통해 이를 해결해나가는 주인공과 그 주변 인물들이 주된 이야기의 초점이라면, 악녀는 한 여자의 일생이라는 긴 드라마가 겹겹이 쌓여, 오히려 액션이 그 밑에 깔려 있는 듯 보였다. 액션을 드라마 위로 끌어 올리는 작업이 필요했다.

논의 끝에 액션의 리듬감에 드라마를 가미하는 형태로 변화를 시도했다.
우선 3개의 메인 액션 시퀀스를 기준으로 드라마를 재배치하는 작업을 시작했다. 그로 인해 틀어진 신과 신의 배열, 시퀀스와 시퀀스의 배열이 자연스러운 흐름을 갖기 위해, 새로운 인물이 만들어지고, 기존의 캐릭터가 사라지기도 했다. 아끼던 장면이 흐름상 삭제되기도 하고, 원래 기능적으로 사용된 신이 더욱 중요한 사건으로 변하기도 했다. 이런 수정을 통해 대략적인 드라마와 액션 시퀀스가 자리를 잡은 후, 액션이라는 장르적인 재미가 끊어지지 않게 곳곳에 작은 액션 신들을 더하며 악녀의 시나리오가 완성되었다.

■ 액션 시퀀스와 콘티

액션 시퀀스를 구성하는 것은 그 어떤 시퀀스보다 이미지에 대한 세밀한 상상력이 요구된다. 악녀에 나온 액션 시퀀스의 큰 틀은 시나리오에 어느 정도 반영되어 있었지만, 이걸 구현할 수 있는가의 문제는 또 다른 영역이다. 콘티는 이처럼 상상한 이미지를 관련 스태프들에게 조금 더 구체적으로 설명하는 도구다. 각본과 함께 콘티 작업을 병행했기에 지금부터는 액션 시퀀스와 콘티가 만들어지는 과정을 통해 영화 속에서 어떻게 구현되었는지 설명하고자 한다.

메인 액션 시퀀스 중에 가장 큰 고민은 오프닝이었다.

대부분의 영화에서 오프닝은 영화의 전체적인 색깔을 규정짓는 시퀀스지만, 악녀에서는 주인공의 삶과 감정까지 함께 호흡할 수 있는 새로운 액션 연출이 필요하다고 생각했다.

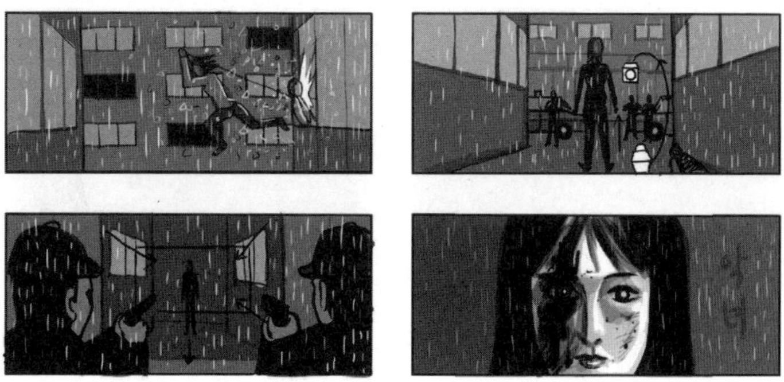

‘허름한 건물로 들어가는 숙희’라는 짧은 지문을 어떤 형태의 액션으로 풀 것인가에 대해 감독과 많은 이야기를 나눴다. 그런 대화와 고민 끝에 다다른 것이 1인칭 롱테이크 액션이었다. 주인공의 시선과 호흡을 관객이 함께할 수 있는 장점에 선택한 연출이었지만, 과도한 활용이 관객에게 피로감을 줄 수 있다는 고민과 함께, 어느 시점에 다시 3인칭으로 전환하느냐가 문제였다.

이렇게 시작된 1인칭 시퀀스는 거울을 이용해 자연스럽게 3인칭으로 전환되고, 주인공인 숙희는 창을 깨며 건물 밖으로 떨어지고 끝이 난다. 그리고 천천히 숙희의 얼굴로 다가가는 카메라. 온몸에 피를 뒤집어쓴 채 자신에게 겨눠진 총구를 알 수 없는 눈빛으로 바라보는 숙희.

이렇게 영화의 키 이미지가 오프닝의 마지막을 장식하며 영화가 시작되게 구성했다.

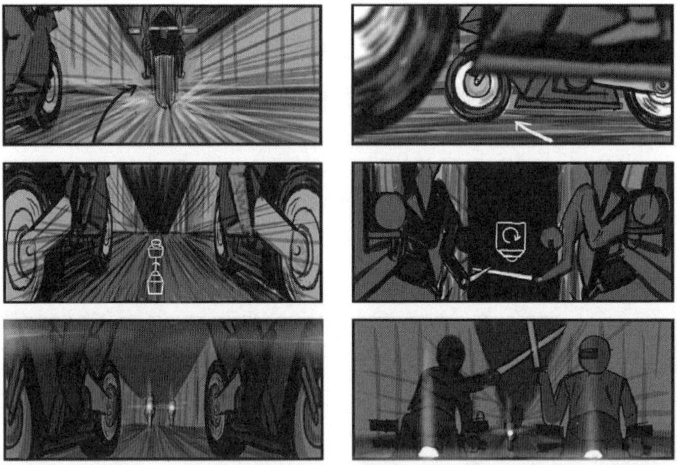

중간에 위치한 오토바이 추격신의 첫 구상은 영화와는 많이 다른 느낌이었다.

1인칭이라는 오프닝의 느낌을 이곳에서도 연장시키고 싶은 마음에 숙희의 시선으로 이뤄지는 추격신을 구상했지만, 여러 스태프들과 논의 끝에 1인칭 앵글을 또다시 연장시킨다는 명분과 그 효과에 대한 회의적인 결론에 이르렀고, 대신 앞 신과 같이 추격신에서 롱테이크를 활용한 액션을 구현해보자는 쪽으로 결론에 이르렀다.

마지막을 장식하는 엔딩 액션 시퀀스는 오프닝의 연장선에 두고 싶었다.

자신에게 벌어진 모든 사건의 전모를 알게 된 숙희가 광기 어린 복수를 액션으로 표현하는 시퀀스는 오프닝에서 건물 창을 뚫고 나오는 장면과 연결되어 있는 형태로 구성했다. 첫 액션 시퀀스가 마무리되는 장면과 엔딩의 창을 뚫고 나오는 시퀀스를 붙여도 그 흐름이 이어지는 느낌을 주고 싶었다.

그 연속성을 담기 위해 오프닝 시퀀스에 사용했던 롱테이크 기법을 변형한 액션 합과 카메라 워킹을 구성했고, 오토바이 시퀀스의 추격신이 주는 긴박감을 가미했다.

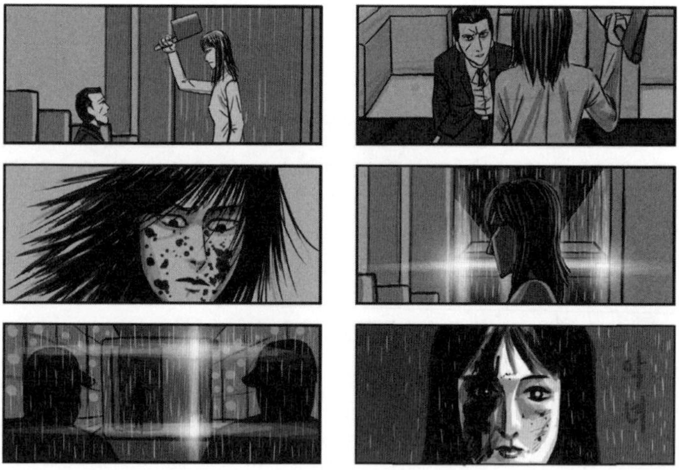

이 변형된 반복을 통해 평범한 삶을 꿈꿨던 숙희라는 인물이 벗어나려고 발버둥 쳐도 벗어날 수 없는 인생의 굴레 속에서 필연적으로 악녀가 될 수밖에 없는 모습을 담고자 했다.

| 나의 개봉 작품 집필기 & 시놉시스 |

개봉 : 2018
주연 : 김명민, 이경영, 박희순
감독 : 허종호

본 이미지는 시나리오 책자의 표지 이미지입니다.

| 허담 |

영화진흥위원회의 한국영화 시나리오마켓에서 '물괴'가 2013년 마켓 우수작으로 당선되면서, 작가로 입문.

주요 작품

2007 영화 〈바람 피기 좋은 날〉 제작부
2018 영화 〈물괴〉 각본

시놉시스

조선 중종 재위 22년, 듣도 보도 못했던 흉악한 짐승 물괴(物怪)가 나타났다. 민가를 습격해 백성을 요동하고, 당시 기득권 세력인 훈구파의 기둥이었던 영의정 심운은 성덕이 부족해 생기는 천재지변이라며 중종을 옥죈다. 누구도 믿을 수 없는 상황 속에 고립된 중종은 옛 내금위장이었던 윤겸에게 도움을 요청한다.

속세를 떠나 딸 '명'과 함께 평화롭게 살던 윤겸은 왕의 부름에 고심한다. 한때 열렬히 섬겼지만, 그런 자신을 버린 왕이었다. 자신을 따라 내금위직을 버리고, 동고동락하는 성한의 반대에도 결국 윤겸은 왕명을 받든다.

윤겸이 물괴의 실체를 파헤치기 시작하며 벌어지는 이야기.

집필기

모든 시작은 꿈이었다. 꿈속에서 '괴물'을 보았고, 그렇게 기획이 시작됐다. 평소 역사에 관심이 많았다. 젠체하기 위해 무엇을 외우고, 알기 위한 것이 아니었다. 우리가 잊고 지냈던 무언가, 그것이 사람이든 사건이든, 그것을 다시 세상 밖으로 들춰내어 대중에게 알리는 스토리텔링 자체에 큰 매력을 느꼈다.

물괴를 기획하기 바로 직전인 2012년에는 조선 고궁에 빠져 있었다. 유구한 시간을 겪으며 꽤 많이 손실되었지만, 내게는 누군가에게 자랑하고 싶은 보물 같은 존재였다. 그렇게 궁을 소개할 수 있는 아이템을 찾던 중 꿈을 꿨다. 경복궁의 넓은 근정전 뜰이 보였고, 청명한 하늘 위에 거대한 괴물이 부유하고 있었다. 공중으로 도약한 괴물 밑에는 무기를 든 금군이 보였다. 이것이 꿈 전부였다. 짧지만, 너무도 색채가 강렬했기에 잠에서 깬 순간 '이거다'라고 직감했다.

하지만 곧바로 현실적인 문제가 떠올랐다. 장르 영화는 팬 층이 얇다는 것이다. 물론 영화 〈괴물〉이 성공했지만, 이것을 괴수 영화 '장르'의 성공이라고 보긴 어렵다. 시대를 비튼 블랙 유머와 특히 가족애라는 키워드로 관객을 사로잡은 것이다. 그렇기에 기획할 조선시대 괴수 영화는 장르적 쾌감을 충족하면서도, 그 이상의 것을 전달할 '무언가'를 찾아야 하는 과제를 안고 있었다. 하지만 이보다 더 큰 문제는 바로 영화 〈괴물〉이었다. 어떤 이야기를 만들든지 비교가 될 수밖에 없는 위치였다. '괴물'을 뛰어넘지는 못할망정 그보다 한참 뒤떨어진다면 차라리 하지 않는 게 낫다. 이게 결론이었다.

차분히 생각을 정리하며 문제를 해결할 방법을 모색했다. 정말로 현실 같은 시대극이어야 했고, 그래야만 했다. 조선시대와 괴물의 조합이 자칫 만화처럼 여겨질 가능성이 컸다. 이를 극복할 방법은 단 하나였다.

'이 이야기가 실화여야 한다.'

조선왕조실록 DB를 뒤지기 시작했다. 그 시대에 무슨 괴물이 있겠어, 존재하지 않음을 알면서도 스스로 설득하는 과정으로 혹시나 하며 살펴봤다. 몇 분이 채 되지 않아 나도 모르게 자리를 박차고 일어나 손뼉을 쳤다.

중종 재위 22년 괴물이 경복궁에 나타난 사건이 있었다. 궁은 발칵 뒤집혔고, 사관은 정체를 알 수 없는 이 기이한 짐승을 '물괴(物怪)'라는 말로, 기사에 적었다. 얼마나 큰 소동이었는지 왕은 물괴를 피해 경복궁에서 창덕궁으로 이어했다. 신하들은 물괴를 피해 달아난 유약한 왕을 꾸짖었다. 민심은 더 크게 동요했고, 물괴의 소문은 끝없이 퍼져나갔다. 조정은 이를 막기 위해 언론을 통제하기 이르렀다.

몹시 흥분되는 순간이었다. 실제로 이런 일이 있었다는 것이 놀라웠고, 꼭 영화가 아니더라도 다른 매체 장르를 통해 이 이야기가 소개되지 않은 것이 더 놀라웠다. 내가 찾은 게 아닌 이 이야기가 나를 찾아온 것인 양 느껴졌다.

시대극은 많은 공부가 필요한 장르지만, 나름의 장점도 있었다. 바로 취재다. 가령 현대 의학 영화를 쓴다고 가정하자. 작가 지망생으로서 할 수 있는 취재는 한계가 있다. 일단 의사 자체를 만나기 어렵다. 지망생에게 시간을 할애할 한가한 의사는 없다. 그렇다고 다른 영화나 드라마를 참고하며 쓸 순 없지 않은가. 하지만 사극은 다르다. 원하는 장소, 원하는 사람을 마음껏 취재할 수 있다. 이미 존재하지 않은 과거의 사람을 취재한다는 말이 다소 엉뚱하게 들리겠지만, 나는 자료 수집 과정을 취재라 부른다. 사극은 작가 지망생 딱지가 이마에 붙어 있어도 취재하는 데 아무런 지장이 없다. 물론 그 답을 중종시대 누군가에게 물을 순 없어도 내가 발로 뛴 만큼 가장 근접한 답을 찾을 수 있었다.

일단 궁금한 점을 토대로 질문 목록을 만들었다. 그리고 질문을 구체화했다. 가령 '조선시대의 물가는 어땠는가?'에서 '중종 재위 기간 물가는 어땠는가?'로 마지막으로 이 이야기의 배경이 되는 '중종 22년 그때의 물가는 어땠는가?' 식으로 말이다. 주요 배경인 경복궁도 왕과 그 시대에 따라 규모도 달랐고, 각 부처의 위치와 그 이름도 달랐다. 따라서 전체 숲만 봐서는 안 되고, 미시적인 접근이 필요했다. 참고로 물과 시나리오에 등장하는 '선전관' 직책의 경우 중종 시기에 몇 명이 근무했는지 가늠할 정도였다. 긴 시간이 걸리는 작업이지만, 지루하지 않았다. 그 안에서 새로운 이야깃거리가 꼬리를 물었고, 꼭 이 시나리오가 아니더라도 차후에 쓰일 거란 판단 아래 모두 자료로 정리했다. 자료가 쌓일수록 든든한 뒷배를 얻은 양 배가 불렀다.

이렇게 각 질문지의 답을 채워나가며 시대적 배경을 쌓은 후에 이야기의 핵심인 '말하려는 바'를 구성했다.

'중종 22년 기이한 짐승이 나오다.' 임금이 괴물을 피해 궁을 이어한 희대의 사건, 조선왕조실록에 기록된 괴물과 사투.

이것이 실제로 물괴 초고에 첨부했던 기획 의도다. 이는 표면적인 것일 뿐, 전체를 관통하는 내부의 의도가 필요했다. 단순히 괴수를 때려잡는 영화여서는 안 됐다. 장르적인 쾌감을 충족하면서, 그것을 뛰어넘는 '무언가'를 찾아야 하는 과제가 여전히 남아 있었기 때문이다. 완벽한 답이라고 할 순 없지만, 나름의 답을 찾았다. 아직 개봉 전이기에 구체적인 내용은 말할 수 없지만, 빗대어 말하면 현시대를 사는 구성원에게 던지는 질문이 작은 돌멩이가 되어 거대한 물결이, 파문이 일길 바랐다.

이 이야기에 등장하는 물괴는 임금의 덕이 부족하면 천재지변이 일어난다는 유교 사상에 바탕을 두고 있다. 무능한 임금 한 사람을 탓하자는 소리가 아니다. 현시대에도 여전히 비극적 사건 사고가 잦았고, 대부분 우리가 맡은 직분을 소홀히 할 때 찾아온 인재였다. 이 점이 중요했다. 물괴는 하늘에서 '툭' 떨어진 존재가 아닌 인재의 결과라고 생각했다. 이를 바탕에 두고 물괴 탄생에 대한 수많은 가설을 만들었다. 그중 실제로 있을 법한 가설만 남겨둔 채 하나씩 지워나갔다. 그리고 이를 뒷받침해주는 자료를 찾았다.

물괴가 구체화되자, 이제는 등장인물이 필요했다. 주요 인물인 '윤겸'과 그 대척점인 영의정 '심운'은 실존 인물을 바탕으로 변주했다. 거기에 꼬리를 물어 인물들이 생겨나고, 틀이 잡혀갔다. 하지만 한 가지가 부족했다. 항시 사고가 터지면 이를 해결하는 것은 위정자들이 아닌 백성이었다. 그런데 이 이야기를 풀어가는 윤겸도 따지고 보면 귀족이다. 이야기의 추가 윗분들, 그들만의 세계로 보일까 걱정됐다. 추를 평민 쪽으로 옮길 인물이 절실히 필요했다. 물괴의 탄생과 그 마지막에도 연관되며, 시대의 피해자이면서 관객의 시선을 대신할 목격자이자, 해결사가 필요했다. 그렇게 윤겸의 딸 '명'이 태어났다. 명은 작업하면서도 가장 애착이 가는 인물이었다. 큰 틀로 보면, 윤겸의 영웅서사다. 하지만 자세히 들여다보면 명의 성장기이기도 하다.

트리트먼트와 시나리오 작업 기간은 길지 않았다. 평소 시나리오 초고를 뽑는 데 긴 시간이 걸리지 않는 편이기도 하다. 작업 전에 이미 머릿속에서 영상화 작업을 여러 번 반복한 후 쓰기 때문에 장면을 어떻게 효과적으로 묘사할지에 대해서만 고민할 뿐, 구조적인 막힘은 없었다. 그렇게 초고가 완성됐다.

지망생이 데뷔할 방법은 많지 않다. 내가 택한 것은 공모전이었다. 2013년 말 시나리오마켓에 응모했고, 결과는 2014년 초에 있었다. 결과를 기다리는 동안 선택지 없이 나이는 한 살 더 추가되고, 오지 말래도 설이 어김없이 왔다. 평소였다면, 가족들의 눈치가 보였겠지만, 이번만은 달랐다. 자신감이 있었다. 처음 작가 되겠다고 설칠 때 부리던 자만과 다른 무척 평온한 확신이 있었다. 결과는? 감사하게도 우수작으로 당선이었다. 살면서 가장 행복했던 날이었다.

당선된 후 이렇게 많은 영화사에서 연락이 올 줄은 상상도 못 했다. 정말로 몰랐다. 사극 자체만으로도 제작비가 많은데 여기에 괴수가 나온다. 제작비가 감당될까? 그런데도 연락이 왔다. 그중에 현 제작사인 태원엔터테인먼트도 있었다.

'태원'과 계약 후 약 8개월간 감독님과 수정 작업을 했던 것 같다.

길고 힘든 여정이었는데, 사전에 자료 준비를 철저히 한 것이 큰 도움이 됐다. 수정을 거치면서 시나리오는 내가 기획했던 것과는 많이 달라졌다. 투자 상황도 좋지 않았다. 시나리오 방향성의 옳고 그름의 문제가 아니었다. 단지 선택의 기로에 있었을 뿐이다.

건강상의 이유로 '물괴'에서 손을 뗐다. 8개월간 쉬지 않고 달리면서 작가로서 할 수 있는 이야기는 다 했다고 생각했다. 그래서 후회는 없었다. 몸을 추스르는 게 먼저였다. 일은 머리에서 꺼두고 운동에만 몇 개월 투자했다. 덕분에 몸 상태가 나아졌고, 다음 작품을 썼다. 운이 좋게도 곧바로 투자사와 계약했다.

그렇게 해가 2016년이 되었다. 태원 관계자에게서 연락이 왔다. 꼭 만나자고 했다. 물괴 감독이 바뀌었단다. 바뀐 감독님께서 나를 보고 싶어 한다고 알려왔다. 그때 당시에는 다른 제작사와 구두로 약속한 작품이 있었다. 그곳에서 진행하던 영화가 마무리되는 대로 작업하기로 했었다. 이런 상황이라 거절할 수밖에 없었다.

그런데 또 연락이 왔고, 일단은 만나만 보라고 했다. 그렇게 만나게 된 사람이 바로 '허종호' 감독님이었다. 감독님이 바라는 건 원래 자리였던, 초고로 돌아와 부족한 부분을 채우는 것이었다. 같은 방향, 거절할 이유가 없었다. 원래 작업하기로 했던 피디님께 양해를 구하고, 새로운 '물괴'를 작업했다.

허 감독님과의 작업은 꽤 즐거웠다. 물괴에 대한 애정과 열정이 넘쳤고, 질문이 많으셨다. 그중에는 내가 무심코 지나친 것에 대한 깨달음을 주기도 해 시나리오가 수정되기도 했다. 물괴에 대한 기원도 이때 더 명확해졌다. 정말로 큰 수확이었다. 작업 외에도 인생의 선배로서 많은 조언을 해주셨다. 감독님 작업실이 일산에 있었는데, 작업이 막힐 때마다 호수공원을 산책하며 대화를 나눴다. 참 좋았던 기억이다. 그 후로 물괴는 감독님 손에 맡겨져 다듬어지고, 다듬어졌다. 그렇게 지금의 물괴가 완성이 됐다.

2017년 7월 촬영은 무사히 끝났고, 현재는 내년 여름을 목표로 후반 작업 중이다. 이제 남은 건 관객의 평가다. 일련의 과정을 거치면서 변한 물괴가 어떤 평가를 받게 될지 궁금하다. 오롯이 홀로 변주한 것이 아닌 여러 사람의 손을 거치며 변해버린 플롯과 대사를 마주하게 됐을 때 작가인 나는 어떤 표정을 짓게 될까? 두렵고, 또 설렌다. 첫 영화, 처음으로 겪는 일이기에 말로 표현할 수 없는 오묘한 생각이 자꾸 기웃댄다. 잡념을 떨치고, 부디 좋은 영화가 됐으면 하는 바람이다.

■ 지망생에서 작가로

프로필이라고는 개봉 예정작인 〈물괴〉뿐인 내가 이 글을 쓸 자격이 있는지 모르겠다. 그럼에도 첨언한 것은 나와 같은 길을 걷고 있을 지망생을 위해서였다. 불과 몇 년 전까지만 해도 말이 좋아 작가 지망생이지, 백수였다. 그런 내가 벌써 네 번째 각본 작업을 한다. 꿈에서 시작해 현실이 됐다. 그 실현까지 많은 시간이 걸렸다. 사방의 벽에 부딪히고, 방황하기도 했다. 조언할 위치는 아니지만, 나와 같은 실수를 반복하지 않길 바라는 마음에서 적어본다.

집필 중이라면, 혼자가 아닌 다양한 사람을 만날 방법을 택했으면 한다. 혼자 쓰는 글은 짧게 말하면 자폐적이다. 자기 틀 안에 갇혀 있는데도 그 사실을 본인은 모른다. 그 기간이 길어질수록 틀은 견고해져 깨기 어렵다. 좋은 결과를 얻지 못하고, 계속 낙방하게 되면 그 분노가 밖으로 향한다. 체계와 세상을 탓하게 되고, 심사위원을 탓하게 되고, 모두 부조리하게 느껴진다. '쓰레기'도 영화화되는데 그보다 잘난 본인의 시나리오는 아무도 몰라준다.

안타깝지만, '쓰레기'보다 더 못한 시나리오기 때문이다.

"당신이 뭘 안다고, 읽어보기나 했어?"라고 소리치는 모습이 그려진다. 그럼 반문하고 싶다. 공모전에 떨어진 건 운이 없다고 치자, 그 후에는 무엇을 했는가? 시나리오를 싸 들고, 영화사를 찾아가 읽어보라고 설득은 해봤는지.

"보내봤자, 읽지도 않고 쓰레기통으로 직행할 게 뻔해"라고 한다면, 가정일 뿐이지 행하지 않았다는 소리다. 그저 변명처럼 들린다. 시나리오를 알아봐줄 사람이 나올 때까지 돌리고 돌려본다. 그런데도 답이 없다면, 스스로 인정해야 한다. 이 시나리오는 쓰레기라고.

그 과정들을 통해 본인이 어떤 틀에 갇혀 있는지 깨닫고, 앞으로 나아가야 한다. 정말로 중요하다. 제작사와 작업을 할 때도 똑같이 적용된다. 내 살점과 같은 이야기를 잘라내고, 버려야 하는 순간이 무수히 온다. 그 고통을 견디며, 더 나은 방법을 찾기란 쉽지 않다. 하지만 작가라면, 꼭 해야 하는 일이다. 틀에 갇혀 유연하지 않다면, 본인도 만족스럽지 못하고, 제작사도 똑같이 느낄 것이다. 어렵게 얻은 기회를 그로 인해 버리지 말기를. 당신의 시나리오는 쓰레기가 아니다. 아직 미완일 뿐이다.

개봉 : 2017. 12.
주연 : 김윤석, 하정우, 유해진
감독 : 장준환

본 이미지는 시나리오 책자의 표지 이미지입니다.

| 김경찬 |

前 방송 프로듀서

주요 작품

2014 영화 〈카트〉 각본

시놉시스

1987년 6·10 민주항쟁의 기폭제가 된 '박종철 고문치사 사건'을 둘러싸고 진실을 은폐하려는 세력과 목숨을 걸고 진실을 알리려는 사람들의 이야기.

집필기

■ 방송 PD, 시나리오 작가가 되다

2008년 겨울, 나의 PD 생활이 막바지로 치달았다. 출근길이 지옥길인 몇 주를 보내고, 마침내 결단을 내렸다. 더 하고 싶은 것도, 이룰 것도, 할 수 있는 것도 없는 방송사를 박차고 나와 아무 생각 없이 놀았다. 휴지기 같은 1년을 보내고 소일거리 삼아 이런저런 방송 관련 일을 하던 어느 날, 나는 글을 써야 했다. 정확히 말하면, 이야기를 쏟아내야만 했다.

2010년 MBC 파업이 계기였다. 내 청춘의 노고가 알알이 새겨진 MBC가 무너져 내리고 있었다. 15년간 희로애락을 함께했던 동료들이 부도덕한 정권과 싸우다 도미노처럼 쓰러지는 모습을 마냥 보고만 있을 수 없었다. 그 동력으로, 권력에 휘둘려 오보를 자초한 방송사 기자가 권력에 맞서는 이야기를 만들었다. 나의 첫 시나리오 '정정보도'였다.

영화로 만들겠다는 생각은 없었다. 그저 '침몰하는 배에서 도망친 쥐새끼'의 자조와 한숨, 그리고 주체할 수 없는 분노의 배설일 뿐이었다. 그런데 첫 독자가 영화 관련 일을 하는 친구였던 덕분에, 이름만 대면 알 만큼 유명한 영화제작자 여러 명과 영화화를 논의하는 단계까지 이르렀다. 그들 가운데 한 명이 명필름 심재명 대표였다. 우여곡절 끝에 '정정보도'는 모 투자배급사의 품에 안겼고, 나는 명필름이 기획한 프로젝트의 시나리오를 쓰게 됐다.

그때까지만 해도 일종의 외도였다. 나는 다큐멘터리를 제작하는 와중에 부업처럼, 취미처럼 글을 썼다. 나의 워커홀릭 기질과 한 발씩 천천히 전진하는 명필름의 기획개발 시스템 덕분. PD 시절 유일한 취미가 영화 감상과 DVD 수집이었으니, 운명이라면 운명인 셈. 2014년 가을, 운 좋게도 내가 쓴 글이 '카트'라는 제목의 영화로 스크린에 투사되는 일이 벌어졌고, 내게는 '작가'라는 호칭이 붙었다. 황송하게도 백상예술대상까지 수상하는 신기한 일이 벌어졌다. 하지만 나는 작가로 불리는 것이 마뜩잖았다. 내게 영화는 그저 내가 전하고 싶은 메시지를 전달하는 미디어 가운데 하나일 뿐, 여전히 나의 정체성은 언론인이었으니까.

■ 작가의 운명

영화 〈카트〉 개봉 직후, 내게 관심을 두는 영화제작자가 많아졌다. 그에 따라 결단의 시간 역시 잰걸음으로 달려왔다. 마침내 2015년 봄, 전업 작가의 길을 걷기로 했고, 뺑소니 전담반 형사들의 이야기인 '뺑반'이라는 시나리오를 완성했다. '뺑반'의 제작사와 감독, 투자배급사가 결정되는 사이, 나는 20여 년 언론인 생활을 정리하기 시작했다.

나는 제작 중이던 다큐멘터리를 마무리 짓고, 예정된 프로젝트들을 취소하고 수습하느라 분주했다. 그 와중에 우정필름 이우정 대표와 조선시대 사극을 기획하고 있었으니, 하루가 어찌 가는지 모를 정도로 정신없는 나날이었다. 그때 걸려온 전화 한 통. YTN 기자인 송태엽 선배의 구원 요청이었다. 송 선배가 진행하던 다큐멘터리 제작에 문제가 생겨 내 도움이 필요하다는 전화였다. 거절하러 나간 자리. 어떻게 하면 매끄럽게 고사할 수 있을지 고민하던 내게 던진 송 선배의 한마디가 영화 '1987'의 첫 단추였다. "근데, 6월 항쟁은 왜 영화로 안 만드는 거야?" 토르의 망치가 내 뒤통수에 작렬한 것 같았다.

그날 밤 잠을 이룰 수 없었다. 1987년의 슬픔과 분노, 격정과 환희가 머릿속을 헤집었다. 이틀 후, 이우정 대표와의 마지막 기획 회의가 예정돼 있었다. 마음은 1987년에 사로잡혔는데, 조선시대 이야기를 써야 하다니. 결국 뒤풀이 자리에서 술기운을 빌려 한 달만 기다려 달라고 부탁했다. 그런데 이우정 대표의 반응은 예상과 달랐다. "저랑 합시다!"

숙취에 시달리던 다음 날 아침, 계약금이 입금됐다는 메시지가 도착했다. 계약서 한 줄 쓰지도 않았는데, 계좌에 입금된 계약금을 보며 든 솔직한 생각은 '별 미친놈 다 있네'였다. 당시는 '혼이 비정상'이던 시절. 6월 항쟁을 다룬 영화가 만들어질 가능성은 제로에 수렴하던 시절이었으니, 이우정 대표의 투자는 상식 밖이었다. 나는 그저 내 안에서 끓어오르는 이야기를 얼른 쏟아내야만 살 것 같아서 던진 말인데, 그는 진지했다.

■ 선택의 기로

보름간의 자료조사를 끝낸 후, 왜 아무도 6월 항쟁을 영화로 만들지 못했는지 절감했다. 6월 항쟁을 촉발한 박종철 고문치사 사건의 진실은 간명했으나, 그 진실을 파헤치고 알린 사람들은 수십, 수백 명이었다. 각자의 용기 있는 행동이 점이 되고, 그 점들이 모여 선을 이루고, 각계각층의 다양한 선이 매듭을 이뤄 민주주의를 견인했다고 해도 과언이 아닌 탓이다. 전통적인 스토리텔링 기법으로는 도저히 설명할 수 없는 거대한 물결이었다.

역사를 고스란히 담자면, 주인공이 누구인지 불분명한 시나리오가 될 수밖에 없었다. 영화인들은 프로타고니스트를 소수로 압축해 끝까지 달려가야 관객의 감정이입이 쉬워진다고 조언했다. 하지만 나는 목숨을 걸고 독재정권에 항거한 사람들을 내 마음대로 합치고 줄일 수 없었다. 영화적 구성을 위해 역사를 왜곡할 수 없었다. 영화적 구성, 장르적 재미 따위가 뭐라고 누군가가 목숨을 걸고 아로새긴 역사적 진실을 왜곡하겠는가? 그리하여 주인공이 계속 바뀌는 특이한(?) 스토리텔링 기법을 구사할 수밖에 없었다.

또 하나 문제가 되는 것은 6월 항쟁의 시작과 끝인 박종철 열사와 이한열 열사를 연결할 인물이 존재하지 않는다는 것. 잘못하면 두 이야기를 하나로 이어 붙인 괴이한 작품이 될 우려가 컸다. 그래서 실화에 존재하지 않는 캐릭터, 이왕이면 실제 인물들과 다른 입장을 가진 인물, 실제 인물들이 죄다 남성이니 여성 캐릭터가 필요했다. 김태리 배우가 연기한 '연희'의 탄생은 필연이었다. '연희' 캐릭터는 두 사건의 접점이며 관객을 피 끓는 함성으로 가득 찬 광장으로 인도하는 인물이 됐다.

■ 이방인의 좌충우돌

무식하면 용감하다고 했던가. 나는 영화 관련 강의는커녕 그 흔한 작법서 한 줄 읽어본 적도 없다. 시놉시스는 써본 적 없고, 트리트먼트가 뭔지도 모른다. 아직도 '사이비'이며 '이방인'이다. 어쩌면 그로 인해 용감한(혹은 무모한) 스토리텔링이 가능했는지도 모른다. 한 달 만에 완성한 초고의 반응은 '무모한 시도'였다. 그때가 2015년 9월. 국정원 요원들이 영화계를 공공연하게 수소문하고 감찰하던 시절이었으니, 실화를 일부 차용한 장르적 구성을 권유하는 목소리가 컸다. 역사를 다소 왜곡하더라도 영화로 만들기 쉬운 방향으로 수정하는 게 낫다는 조언이었다.

이제 와 고백하자면, 잠시 흔들렸다. 선택의 여지가 없는 것처럼 보였다. 갈등의 순간, 나를 버티게 해준 것은 故 송건호 선생의 얼굴이었다. 철부지 대학생이던 내 손을 잡고, 눈물을 글썽이며 역사를 배우고 가르치라 존댓말로 부탁하시던 고인의 모습이 생생한데, 현실과 타협할 순 없었다. 비록 '도망친 쥐새끼'일지라도, 역사의 길을 뚜벅뚜벅 걸어가신 분들에게 부끄러운 짓을 하고 싶진 않았다. 그런 나를 끝까지 믿고 지지해준 사람이 이우정 대표였다.

그렇게 3고까지 완성한 후, 우연히 시나리오를 본 장준환 감독이 합류 의사를 밝혔다. 당시 나의 속내는 '미친놈이 또 있네'였다. 하기야 데뷔작부터 지구를 박살 낸 분이니 어련할까. 이후 장준환 감독과의 각색 작업은 순조로웠다. 장준환 감독 역시 역사 앞에서 겸손한 자세를 잃지 않았고, 역사 속 인물들의 숭고한 뜻을 온전히 전하고자 노력했다.

아뿔사, 각색을 거듭하며 구조가 깨지기 시작했다. '연희' 캐릭터에 힘을 너무 많이 준 탓이었다. 아저씨 셋이 머리를 싸매봐야 해결책이 없었다. 그때 구원투수로 문소리 배우가 등판했다. 장준환 감독의 아내인 문소리 배우는 손수 만들어온 신리스트를 칠판에 주르륵 붙인

후, 타당한 설명을 곁들이며 불필요한 장면을 하나씩 걷어냈다. 시커먼 먹구름으로 가득 찬 하늘에 서광이 비친 순간이었다. 하지만 천하의 문소리 배우도 해결책을 제시할 수 없는 심각한 문제가 있었다.

■ 영화의 운명이 바뀌다

2016년 여름, 박근혜 정부는 광기에 휩싸여 있었다. 다음 해 12월로 예정된 대통령 선거의 결과는 안갯속. '1987' 프로젝트는 어쩔 수 없이 정치에 휘둘릴 수밖에 없었고, 상황은 암울했다. 예상대로 모든 국내 투자배급사가 투자를 거절했고, 외국계 투자사 한 곳만이 유일하게 여지를 남겨놓은 절박한 상황. 벼랑 끝에 선 순간, 그가 나타났다. 다름 아닌 배우 강동원.

장준환 감독과 평소 친분이 두터웠던 강동원 배우가 '1987' 프로젝트를 인지한 시점은 2016년 봄이었다. 처음에는 그냥 친한 감독의 차기작이라서 역사적 배경 정도만 확인했으나, 현대사 공부를 거듭할수록 꼭 만들어야 할 영화라는 생각이 간절해졌다고 한다. 마침내 9월, 꺼져가던 '1987'의 불씨를 강동원 배우가 되살렸다. 그는 '누를 끼치지 않는다면 힘을 보태고 싶다'는 말로 합류 의사를 밝혔다. 서슬 퍼런 정권의 폭압과 불이익을 온전히 감수한 의로운 결정이었다. 말 그대로 천군만마.

10월이 되자, 거짓말처럼 정치 상황이 급변했다. 이른바 JTBC의 '태블릿PC 보도'로 인해 대한민국이 격랑에 휩싸였고, 1987년 6월과 비슷한 상황이 펼쳐지면서 영화화 가능성이 조금씩 커졌다. 때마침 김윤석, 하정우 배우가 거의 동시에 합류 의사를 밝히면서 영화 〈1987〉은 마치 운명처럼 돛을 올렸다. 주연 배우 캐스팅이 완성되고 광화문

광장이 촛불로 뒤덮이자, 투자배급사 선정 역시 '순풍의 돛'이었다. 드라마 같은 반전. 결국 영화 〈1987〉은 운명처럼 다가와 숙명이 됐다.

■ 영웅들과의 만남

내가 영화 〈1987〉에 등장하는 실제 인물들과 유가족을 만난 것은 영화화가 사실상 결정된 시점이었다. 기획개발 단계에서 허락을 구하는 것이 마땅하나, 영화화에 실패할 경우 실망감을 안겨드릴 우려가 있었기 때문이다. 실제로 꽤 많은 시도가 있었으나, 모두 실패했다고 한다. 다행스럽게도 1987년의 실제 인물들 모두 영화화 결정을 기뻐했으며 실명 사용까지 허락해 주셨다. 이 자리를 빌려 다시 한번 감사의 인사를 전한다.

내가 실제 인물들을 만나지 않고 시나리오를 완성한 이유는 또 있었다. 오랜 다큐멘터리 연출 경험상, 실제 인물들과의 만남 자체가 시나리오 속 캐릭터 설정에 부정적인 영향을 미칠 수도 있었다. 30년은 강산이 세 번 변하는 긴 세월. '어제의 나'와 '오늘의 나'가 다를 수 있는 게 인생이거늘, '30년 전의 그'와 '오늘의 그'가 어찌 같기를 바라겠는가. 자칫 '현재의 그'로 인해 '과거의 그'가 왜곡될 소지가 있었다. 따라서 역사적 사실만으로 캐릭터를 구축하는 것이 더욱 진실에 근접한 인물 해석이라고 판단했다. 행여 특정 인물의 매력에 빠져들 경우, 캐릭터 간 균형이 깨질 우려도 컸다. '사이비'이자 '이방인'의 괴상한 시나리오 작법이니, 괘념치 마시라.

■ 기적 같은 촬영

본격적인 촬영을 몇 달 앞둔 2017년 2월 22일에 겨울 장면 촬영이 예정돼 있었다. '살얼음 낀 임진강'을 촬영해야 하는데, 따뜻해진 날씨

탓에 얼음은커녕 겨울 분위기를 제대로 만들어낼 수 있을지 걱정인 상황. 그런데 촬영 당일 거짓말처럼 추워졌고, 살얼음이 끼었으며, 눈발까지 휘날렸다. 더할 나위 없는 기상 조건은 시작에 불과했다.

4개월이 넘는 촬영 기간 내내 신기한 일이 벌어졌다. 비가 필요한 날에는 비가 내렸고 맑은 하늘을 기원하면 기적처럼 구름이 걷혔다. 심지어 게릴라성 폭우가 기승을 부리던 계절에는 꾸물거리던 먹구름이 버티고 버티다, 촬영 종료 후에야 폭우를 쏟아냈다. 마침내 초고로부터 딱 2년 만인 2017년 8월 26일 촬영이 끝났다. 항상 운이 좋을 수는 없는 법. 예기치 못한 사태로 촬영이 지연된 일도 물론 있었다. 하지만 그 당시의 돌발 변수가 나중에 '신의 한 수'로 작용했음을 깨닫고 가슴을 쓸어내렸다(고 프로듀서가 술회했다).

■ 이끄는 대로

나는 신을 믿지 않는다. 정해진 운명 따위는 없다고 믿었다. 하지만 〈1987〉 프로젝트를 진행하며 불가사의한 힘이 존재할 수도 있음을 절감했다. 간절한 염원이 모이고 모여 권력을 거꾸러뜨리는 나라. 4.19와 6.10, 그리고 촛불. 세계사에 유례없는 세 번의 혁명을 성사시킨 국민의 나라. 오로지 살아 있는 사람들만의 힘일까?

어쩌면 내가 시나브로 시나리오 작가의 길로 접어든 이유가 따로 있을지 모른다. 혹시 정해진 운명대로, 이끄는 대로 걷다 보니 여기까지 온 건 아닐까? 어릴 적 이한열 열사와 같은 동네에 살았던 것이 우연일까? 군 복무 시절, 탄약고에 처박혀 故 송건호 선생이 출간한 《해방전후사의 인식》을 읽고 또 읽은 것이 온전한 나의 의지였을까? 아직 미궁이다.

나는 남들보다 순간 집중력은 좋으나 지구력이 심하게 떨어진다(는 평가를 받는다). 쉬 지치고 금방 질린다. 그래서 언제까지 작가의 길을 걸을지 장담할 수 없다. 기껏해야 몇 년에 불과할지도 모른다. 내 안에서 끓어오르는 이야기가 사라지면, 미련 없이 떠날 참이다. 어차피 '이방인'이니 아쉬울 것도 없다. 다만 기대하는 것은 언젠가 저승에서 故 송건호 선생을 다시 만났을 때, 벼룩의 발톱만큼이나마 그분의 뜻에 화답했음을 자랑하고 싶다. 반말로 칭찬해주신다면 금상첨화. 물론 일찍 뵙고 싶은 마음은 없다. 아주 먼 미래가 되길 기대한다.

개봉 : 2017. 12.
주연 : 김유석, 손수현
감독 : 허철

돌아온다

각본.감독 허 철
원작 선욱현
각색 정성희
제작 꿈길제작소

※ 본 이미지는 시나리오 책자의 표지 이미지입니다.

| 정성희 |

주요 작품
2002년 '동물원에 가다' 시나리오 뱅크 입상
1998년 '그래도 시간은 흐른다' 단편영화 제작
2015년 '위대한 이야기' 각본 (tvN 광복 70년 특별기획 10부작 드라마)
2016년 '뷰티마스터' 각본 (KBS 웹드라마)
2017년 '돌아온다' 각본 (제41회 몬트리올국제영화제 '첫 영화 경쟁' 부문 대상 수상)

시놉시스

"여기서 막걸리를 마시면 그리운 사람이 돌아옵니다"라는 액자가 걸려 있는 막걸리 집 '돌아온다'.

이 말을 주술처럼 믿고 찾아오는 단골들은 저마다 가슴속 깊이 그리운 사람들을 묻고 살아가는 사람들이다.

어머니를 찾아다니는 떠돌이 스님, 아들이 제대할 날만 손꼽아 기다리는 재일 교포 여교사, 도망간 외국인 아내가 돌아올 거라 믿는 알코올중독자, 누군가를 마음으로 기다리는 욕쟁이 할매, 그리고 자신을 증오하는 아들을 끝내 품지 못한 채 밀어내버린 막걸리 집 변 사장까지….

오늘이 어제 같고 어제가 오늘 같던 막걸리 집의 어느 날, 작은 체구에 큼직한 배낭을 멘 주영이 그곳을 찾아오게 된다.

일상의 변화가 전혀 없던 그곳에 불쑥 솟아난 돌부리 같던 낯선 주영에게 손님들은 이곳의 화두인 '돌아온다' 액자에 대해 자랑스레 떠들어대며 막걸리로 관심을 건네지만, 주영은 보일 듯 말 듯한 조소를 감춘 채 다짜고짜 이곳에 잠시 묵게 해달라고 한다. 그렇게 자질구레한 식당 일을 도와주며 지내게 된 주영.

그날 이후부터 변 사장을 비롯한 손님들의 일상에 하나둘씩 작은 변화들이 생기기 시작한다.

집필기

잘해야 본전이다.

원작을 갖고 있는 각색은 특히나 그 원작이 유명하거나 사랑받는 작품일 경우 솔직히 본전 찾기도 힘든 것이 사실이다.

누구나 만족시킬 수도, 그렇다고 팬만 만족시킬 수도 없는 사면초가의 상황이 왕왕 벌어진다.

예전엔 텍스트가 있는 작업이 더 편할 거란 생각을 잠시 한 적이 있었다. 구체적인 인물과 그림, 그리고 방향과 주제가 명확하니 시나리오 작가가 안고 가는 부담의 절반은 거두고 시작하는 거저먹는 작업이라 생각했던 것 같다.

그 생각은 처음 소설 각색을 맡게 된 해, 여지없이 깨졌다.

선배 작가의 소개로 당시 베스트셀러였던 소설을 처음으로 각색하게 되었는데, 왜 이 소설을 영화화하고 싶어 하는지 이해할 수 없었던 나로선 그 소설을 읽은 내 소견에 충실해야 한다고 생각했다.

그래서 매력을 찾아내기보다 단점을 보완하고, 장르적 색깔을 선명하게 입히는 작업에 치중했다. 그로 인한 감독님과의 의견 충돌은 대부분 설득으로 넘어갈 수 있었다.

그렇게 초고가 나왔고, 대본을 넘긴 며칠 후, 대표님께 전화가 왔다. 시간이 없어 차에서 이동하며 책을 읽었는데 대성통곡하셨다는 얘기였다.

난 초고가 통과됐다는 사실보다 누군가를 울렸다는 사실에 한껏 고무된 채 첫 대본회의에 참석했다.

감독님의 표정이 좋지 않았다. 너무나 마음에 들지 않는다는 거였다. 여태 설득된 줄 알았던 부분들이 실은 하나도 수용되지 않았던 거였다. 믿었던 대표님은 어쩐 일인지 감독님 편을 들어주었고, 난 재고의 여지도 없이 초고만 쓴 채 잘렸다.

원작 각색을 만만하게 여겼던 내 첫 각색은 그렇게 다소 어이없이 막을 내렸다.

그 사건(?)은 내게 꽤 오랜 트라우마를 안겼다.

그 이후, 몇 번의 원작 각색 의뢰를 더 받았지만, 나는 첫 경험의 트라우마를 극복하지 못한 채 각색에 연거푸 실패했다.

처음엔 단점을 지웠고, 다음엔 소스만 남기고 전부 바꿨으며, 그다음엔 영상화에만 주력했고, 그다음엔 감독에 맞췄고, 다음엔 피디에 맞췄고, 그다음엔... 하고 싶지 않게 됐다.

누구라도 내가 어떻게 하면 되는지 정답을 알려줬으면 했지만, 상황은 늘 변했고, 정답이란 없었다.

시간이 흘러 원작이 있는 작품이 더 선호되는 시대가 되었고, 원작은 웹툰에서 웹소설로 확장되었지만 어렵긴 매한가지였다.

그러던 중, 근래에 친분이 생기기 시작한 감독님에게서 전화가 왔다. 연극 〈돌아온다〉를 영화화하고 싶은데 도와달라는 말씀이었다.

이 연극을 너무나 좋아하신 감독님이 연극의 배우들을 그대로 영화로 옮기고 싶다며 제안을 했고, 삼고초려 끝에 수락을 받아내셨다 했다.

친한 배우가 그 연극에 주연이었기 때문에 이미 두 번 연극을 본 뒤였지만, 난 선뜻 그러마 대답이 나오지 않았다.

다른 작업을 하고 있기도 해서 일단 모니터를 해드리고 적당히 둘러대 거절할 요량이었다.

그리고 감독님의 각본을 읽기 시작했다. 전혀 각이 서지 않았다.

이미 여러 차례 상도 받고, 적지 않은 팬이 형성된 연극이었던 터라 부담감이 밀려온 이유가 컸다. 어떻게 해도 욕먹겠구나 싶었다.

잠이 오질 않았다.

솔직히 난 사람들이 왜 그렇게 이 연극을 좋아하는지 정확이 납득이 가지 않았다. 같이 연극을 본 동료 작가들도 나와 비슷한 의견들이라 취향의 차이라 생각했지만, 그 이유가 문득 궁금했다.

기존의 연극엔 막걸리 집 사장님이 주인공으로 등장하지만, 극의 중심을 이끌고 갈 목적이나 이야기가 전면에 드러나 있는 건 아니었다.

손님들의 단편적인 이야기 속에 변 사장과 아들, 그리고 아버지의 사연이 서서히 드러나는 구조였다. 애초에 영화적으로 풀기엔 무리가 있는 설정이었다.

특히 삼부자의 스토리가 가장 중요하면서도 가장 큰 문제점이었다.

영화적으로 잘 녹아들지 않았기 때문이었다. 분명 내게도 매력은 다가왔을 거란 생각에 곰곰이 기억을 되짚어보니, 의외로 몇 개가 떠올랐다. 연극의 포스터, 제목, 그리고 그 액자였다.

"여기서 막걸리를 마시면 그리운 사람이 돌아옵니다."

저 내용은 어떻게 만들어지게 된 걸까.

각색의 방향은 여기서부터 시작되었다.

액자의 내용에 관련된 전사를 만들다 보니 자연스럽게 삼부자에 대한 이야기가 완성됐고, 그 이야기를 꿰어줄 인물로 주영이 떠올랐다.

낯선 그곳으로 들어가, 그들과는 다른 관점으로 바라보는 나와 같은 관찰자, 그리고 가장 선명한 목적을 갖고 있는 인물.

그래서 주인공이 주영으로 바뀌었다.

원작에선 가게 일을 도와주는 떠돌이 여작가로, 각자의 사연 속 가교 역할 끝에 성장하는 비중이 많은 역은 아니었다.

액자의 전사를 만들고, 그녀가 어떤 사연을 갖고 이곳에 오게 됐는지를 만드니, 가장 골칫거리였던 사장과 아들과의 이야기가 단번에 정리되었다.

무엇보다 감독님이 몹시 마음에 들어 하셨다.

문제는 그다음이었다.

제작 환경이 이런저런 사정으로 시간이 너무 많이 지체된 바람에 물리적 시간이 턱없이 부족한 상황이었다.

작품은 당장 다음 달 크랭크인을 해야 했고, 작품을 고칠 시간은 2주뿐이라 했다.

처음엔 농담인 줄 알았다. 두 달도 아니고, 분명 2주라 했다.

그때 어이없게도 든 생각은, '짧게 일하고 끝낼 수 있겠구나'였다.

나는 거절하러 나간 자리에서 덜컥 일하기로 해버렸다.

3일만 윤색해달라고 한 일을 3년 한 적도 있던 내가 내린 나답지 않은 결론이었다.

물론 중요한 문제점들을 해결하고 시작하는 거였지만 문제는 내겐 그림이 없었다는 거였다. 이 영화를 상징하는 한 장의 그림이 떠오르지 않았다. 톤 앤 매너가 명확하지 않았다.

감독님은 저예산 상업 영화라 하셨지만, 이런 이야기가 상업 영화로 되기엔 무리가 있는 건 누가 봐도 명백한 사실이었다.

고민에 빠졌다.

연극적 요소를 지우고 상업 영화로 갈 것인가, 아니면 일본 영화 같은 감성 영화로 갈 것인가.

그때, 감독님과 일 때문에 만나기 전 '바닷마을 다이어리'를 보고 펑펑 운 내 얘기와 고레에다 같은 그런 영화를 만들고 싶다던 우리의 술자리 대화가 떠올랐다.

내가 '바닷마을 다이어리' 같은 영화를 만들고 싶다고 해서 만들 수 있는 것도 아니지만, 최소한 소소하고 덤덤하게 인물들에게 위로받는 영화가 되면 좋겠다는 생각이 들면서, 그림이 떠올랐다. 그리고 연극적 요소를 버리지 않기로 했다.

그러자 마음이 편해졌다. 작업은 생각보다 쉬웠다.

아니 솔직히 말하면 원작 희곡과 감독님의 각본과 내 각색본이 뒤죽박죽 섞이면서(세 작품은 비슷한 듯 정말 많이 달랐다.) 갑자기 구토가 일었다. 그러더니 어느새 머리가 손을 따라가지 못했다.

머리가 멈추자 손이 작품을 써 내려갔고, 1주일 만에 초고를 끝냈다.

초고를 보낸 후, 주연을 맡은 배우 김유석이 내 책을 읽고 오열했다는 얘기를 감독님을 통해 전해 들었다. 갑자기 앞에서 얘기한 처음 각색 때의 일이 떠올라 불안함이 스며들었다.

그리고 첫 회의, 대표부터 연출부, 제작부까지 모두 모여 내 작품을 평하는 내가 가장 끔찍해하는 회의가 열렸다.

예전에 다른 영화를 진행할 때 몇 번 그런 회의를 한 뒤로 대표 멱살을 잡은 적이 있었다. 한 번만 더 이런 식의 회의를 하면 죽여버리겠다고. (사실 착하게 말했지만.) 어쨌건, 맷집을 단단하게 다지고 간 터였는지 생각보다 회의 결과는 견딜 만했다.

작품의 성향상 이 이후의 문제는 감독님의 색을 입히는 것이 가장 중요한 작업이라 생각했다. 그래선지 한두 번의 추가 수정도 맘 편하게 했던 거 같다.

최종본이 나오고, 책이 나왔다.

표지에 작가 이름이 크게 박힌 이례적인 책이었다.

그리고 모든 스태프와 배우가 모여 리딩을 했다.

사실상 모두 처음 해본 경험이었다.

그간의 작업에서 작가를 이 정도로 존중해주는 작업은 솔직히 없었다. 나는 늘 탈고하는 순간 그 이후의 작업에서 제외되었다.

감독님은 캐스팅부터 의상까지 작은 의견 하나하나를 귀 기울여주셨고, 배우들과 스태프들과도 처음으로 대화를 했다.

작은 영화라 가능할 수도 있는 이 모든 것이 사실 당연한 것에서 온 생경한 감동이었다.

그리고 영화는 거짓말처럼 진짜 크랭크인을 했다.

첫 입봉 영화 이후 14년이 걸렸다.

처음, 남들보다 다소 일찍 영상작가교육원 연구반 때 현장에 들어가면서 내 영화 인생은 시작되었다. 그러나 초반의 기세는 무수한 실패로 켜켜이 쌓여 어딘가에 묻혀버리고 말았다. 영화 한 편에 몇 년씩 올인을 하다 보면 시간은 곡절 없이 흘렀고, 결국 남는 건 아무것도 없었다. 사연 없는 작가가 어디 있고, 영화가 어디 있겠냐마는, 그간의 그 시간들을 회고하자면 대하소설 몇 권이 나올 지경이었다.

그래서인가 유독 이 영화가 내게 조금은 특별한 영화로 다가왔던 이유는 나의 과거를 인정하고 위로해주었기 때문이 아닐까 싶다.

포기하지 않고 지금까지 한길만 달려왔다며 (사)한국 시나리오작가협회에선 '아름다운 작가상'을 안겨주었고, 예상치도 못했던 몬트리올 영화제에선 금상을 받았다.

그렇다고 갑자기 내 삶이 달라지거나 변화되진 않을 거다.

실패가 갑자기 두렵지 않다거나 헛되지 않다고도 생각하지 않는다.

아직도 열심히 헤매고 있고, 부딪히고 있지만, 그래도 이젠 명분이 생긴 듯하다.

앞으로 대략의 14년을 다시 걸어갈 수 있는 명분.

그것만으로도 나는 충분하다.

우리끼리 이 영화는 제목을 정말 잘 지었다며 모든 스탭프가 '돌아온다' 앞에 바라는 말을 붙이며 외쳤었다. 돌아온다는 좋은 말을 붙이면 좋은 일로 돌아오는 신비한 말이었다. 연극은 영화로 돌아왔고, 잊을 만하면 좋은 일들이 계속 돌아왔다.

지금 당신은 어떤 말을 붙이고 싶은가.

"(　　　)은 돌아온다."

충무로 비사(祕史) 〈4〉

한유림

1941년 함경남도 함흥에서 태어났다. 대학 졸업 후, 영화 월간지였던 〈영화 세계〉에 근무하다 김기영 감독의 〈하녀〉 시나리오를 접하고, 그 매력에 이끌렸다고 한다. 이후 시인이자 시나리오 작가였던 김지헌의 집에서 3년 동안 머물며 사사했다. 1965년 〈성난 얼굴로 돌아오라〉의 시나리오로 영화계에 데뷔한 후, 1966년 이광수의 《유정》을 각색한다. 이후 1970년대 중반까지 다양한 장르의 시나리오 작업을 하는데, 그 가운데는 〈수절〉(1973)과 같은 공포물, 〈아빠하고 나하고〉(1974) 같은 가족 멜로드라마, 〈금문의 결투〉(1971) 같은 무협물 등이 폭넓게 펼쳐져 있다. 1970년대 중반 이후로는 방송극으로 주요 활동 무대를 옮기는데, 1980년대에는 특히 기업 관련 다큐멘터리 드라마에 집중하여 현대건설, 대우그룹, 국제그룹 등의 기업사를 다룬 라디오 방송극은 단행본으로 출간되기도 한다. 1989년에는 백시종, 김녕희, 전범성 등의 작가들과 함께 기업문학협의회를 결성하여 기업사를 문학 장르로 넓히려고 시도한다(매일경제).

| **각본** | 안개도시(1988), 동백꽃 신사(1979), 천하무적(1975), 출세작전(1974), 연화(1974), 대형(1974), 아빠하고 나하고(1974), 위험한 사이(1974), 요화 배정자(속)(1973), 여대생 또순이(1973), 협기(1973), 수절(1973), 금문의 결투(1971), 월남에서 돌아온 김상사(1971), 첫정 (1971), 현대인(1971), 지금은 남이지만(1971), 미워도 안녕(1971), 당나귀 무법자(1970), 버림받은 여자(1970), 어느 소녀의 고백(1970), 불개미 (1966)

| **각색** | 며느리(1972) – 윤색, 괴담(1968), 유정(1966)

| **원작** | 여대생 또순이(1973)

정인숙을 사랑한 작가

| 한유림 |

장사공(張史公)이란 작가가 있었다.

만주 자무스시에서 어린 시절을 보내 주로 대륙물 시나리오만 썼다. 〈몽고의 동쪽〉 〈대지의 지배자〉 〈태양은 늙지 않는다〉 등 일제 때 일본군과 독립군, 그리고 비적들을 잘 그렸다.

내가 그와 만난 것은 1960년대 말, 유한영화사 강대진(姜大榛) 사장이 경영하는 '영화세계사' 편집부 일을 할 때였다.

시나리오 작가가 되기 위해 상경했는데도 아직 좋은 작가를 만나지 못했다. 당시에는 시나리오 강좌를 하는 기관도 없었고, 대학교 문예창작과에서도 시나리오를 가르치는 교수가 없었으므로 기성 작가를 찾아가 도제(徒弟) 형식으로 시나리오를 배웠다.

그때 유명한 작가로는 곽일로(郭一路)사단, 김강윤(金剛潤)사단, 임희재(任熙宰)사단, 김지헌(金志軒)사단 등이 있어서 작가를 따라다니거나 집에 기숙하면서 배우거나 초고(草稿)를 썼다.

영화 잡지 일은 매일 취재기자가 취재한 원고를 고쳐 쓰는 일, 영화 줄거리를 늘이거나 줄여서 게재하는 일, 원고가 모이고 편집이 끝나면 인쇄소에 가서 교정 보는 일 등 1인 3역을 했다.

하루는 넓적한 얼굴에 만면에 웃음을 띤 호남아가 편집부에 들어와 편집장(우상호)를 찾았다.

"왜 그러십니까? 잠깐 나갔는데요."

"나 장사공이외다!"

사내는 대뜸 손을 내밀었다. 두꺼비 같은 손으로 마구 흔들더니 게재할 시나리오 원고를 가져왔다고 했다.

"아, 작가 선생님이시군요?"

나는 그가 내민 원고 '아카시아 꽃잎 필 때'를 펼치면서 그의 얼굴을 보았다.

"예, 우상호 편집장하고 약속이 있었습니다. 이번 4월호에 꼭 실어준다고요."

"두고 가십시오. 돌아오면 전해드리겠습니다."

"한번 놀러 오십시오 한 기자, 이대 뒤편 봉원동에 집이 있으니까…."

시종 뭐가 그리 좋은지 싱글벙글 웃으며 장사공은 명함을 주고 갔다.

첫인상이 매우 좋았다. 하루는 주말에 전화를 하고 그의 집을 방문했는데 KBS 라디오 드라마 '태양은 늙지 않는다'를 집필하고 있었다.

"나하고 같이 일합시다. 강대진 사장한테 들었소."

"그래요? 강 사장은 아무 내색도 하지 않던데요."

"부산 제일극장 박정관 회장께서 추천한 분이라고 이야기합디다. 저쪽 방이 비어 있으니 언제든 짐 싸들고 오시오. 우리 가족 다 환영합니다."

부인과 3남 1녀의 자녀들과도 인사를 시키고 융숭한 대접을 받았다.

나는 영화세계사에 사표를 내고 가방을 싸들고 장사공 집으로 거처를 옮겼다. 지금은 악필이 됐지만 그때 내 만년필로 쓴 원고는 여러 작가들이 찬탄했는데 장 작가도 내 글씨가 좋다며 자기 원고를 꼭 필사해 달라고 했다.

이렇게 해서 나의 작가 수업이 시작됐는데, 장 작가는 매일 부인과 싸웠다. 처음엔 방관했다. 남의 부부싸움에 끼어들기 싫었기 때문이다. 나중에 부부싸움을 말리면서 듣자니, 부인이 다섯 살 연상으로 아직 식도 올리지 않고 동거 생활을 시작해 아이를 넷이나 두었는데, 내가 그 집에 갈 즈음에는 사랑이 식을 대로 식어 각방을 쓰고 있었다.

나는 두 사람을 화해시키려고 무던히도 애를 썼으나 내가 간 지 6개월 만에 이혼을 했다.

부인이 보따리를 싸들고 장남 철이 군만 남겨놓고 나가버렸다. 텅 빈 집에 세 사내만 멀뚱거리고 있자니 한심하기 짝이 없었다. 할머니 한 분을 구해 식사와 세탁을 맡기고 홀아비 생활을 시작했는데 이혼한 지 3개월이 지나니까 장 작가는 "외로워!" "고독해!" 하고 매일 술을 마셨다.

"재혼을 하시죠."

"여자가 없어. 어제는 명동 국립극장 앞에서 서서 내 신붓감이 없나 1시간을 서 있었지만 없었어. 맘에 드는 여자…."

너무 낭만적이라고 할까, 허풍이 세다고 할까, 일부 영화인들은 장 작가가 허풍쟁이며 작가답지 않은 인물이라고 혹평하지만 사내다운 멋도 있는 사람이었다.

"어디 다시 한번 명동 나가보죠."

나는 그를 위로하려고 함께 술을 마셨다. 그때 이른바 문화인들은 명동이 아지트였다. 시인, 소설가, 화가, 영화인, 연극인, 탤런트, 배우, 성우 등 그래도 인텔리라고 자처하는 사람들은 명동이 고향이었다.

더러는 최불암의 모친이 하는 은성에서, 더러는 조남철 기원이 있는 금문다방에서, 더러는 학사주점에서 더러는 박정희를 꼭 닮은 사내가 하는 주점 '청와대'에서 모여 울분을 토하고 문화를 안주 삼아 떠들곤 했다.

나와 장 작가는 학사주점에서 거나하게 걸치고 국립극장 앞에 섰다.

내가 보니 얼굴이 하얀 여성이 지나가고 있었다.

"저 여자 어때요?"

지나가는 말로 던졌는데 장 작가는 그 여자를 보자 필이 탁 꽂혀버렸다.

"좋아, 저런 여자라면…."

"가서 프러포즈하세요."

"아냐, 자신 없어. 자네가 좀…."

나는 술취한 김에 약간 장난기도 발동해 그 하얀 여자를 불러 세웠다.

"저기 작가 한 분이 있는데 대화 좀 나누고 싶답니다."

"시간 없어요."

여자는 냉랭했다. 눈을 내리깔고 있었지만 내 경험으로는 100퍼센트 거절이 아님을 알았으므로

"시간은 내면 있는 것 아닙니까?"

하고 그녀를 이끌고 앞장섰다. 장 작가가 싱글거리며 뒤따랐으므로 우리가 잘 가는 조선호텔 프린세스 룸으로 여성을 안내했다. 수인사를 하며 장 작가를 소개했다. 여자는 정금지. 당시 19세. 이대 영문과 3학년이라고 했다.

이 여자가 나중에 우리 정계를 뒤흔든 정인숙(鄭仁淑) 그 여자가 될 줄은 꿈에도 생각하지 못했다.

장 작가는 한 며칠 사춘기 소년처럼 들떠 지냈다. 그 여성과 너무 잘 되어가는 듯싶었다. 속으로 좋은 일 한번 했다고 생각했다.

석 달쯤 지났을 때 정금지가 찾아왔다. 나는 당당하게 중매인으로 대접을 받았다. 꽃과 케이크를 받았던 것 같다.

그런데 두 사람이 결혼하기에는 나이가 문제가 된 것 같았다. 대구부시장을 지낸 이의 막내딸이고 너무나 곱게 자란 금지는 차마 부모에게 아이가 넷 딸린 이혼남과 결혼하겠다고 말하지 못했다.

그때 장 작가의 나이가 39세였으니 꼭 스무 살 차이가 났다. 이런 문제로 두 사람 사이에 갈등이 생겨 자주 다투었고 잔뜩 의심이 생긴 장 작가는 나더러 이대에 좀 다녀오라고 했다.

"아니, 이대엔 왜요?"

"아무래도 가짜 여대생 같아서…."

"그럴 리가 있습니까?"

"몇 번 테스트해봤는데, 아무래도 이상해."

그래서 우리는 이대에 가서 학적부를 뒤져보았다. 유감스럽게도 정금지란 이름은 없었다. 장 작가는 약간 실망한 듯했다.

"학벌이 무슨 소용 있습니까? 장 선생이 얼마나 사랑하느냐가 문제죠."

"대구에 아는 사람이 있어서 알아봤더니 금지가 정실 자식이 아니라더군."

"네?"

"두 번째 부인이 낳은 고명딸이래. 그래서 정실 자식들에게 무척이나 핍박을 받으며 자란 것 같아."

"그런 건 크게 문제가 되지 않습니다. 사랑하긴 하는 겁니까?"

"음, 사랑하네."

장 작가는 며칠 끙끙 앓았다. 금지를 만나지 않았다. 우리를 속였다는 것이 서운했던 모양이다.

"빵빵!" 하고 대문간에서 클랙슨 소리가 나서 나갔더니 정금지가 택시에서 내리지도 않고 빤히 나를 쳐다보고 있었다.

"장 선생 집에 있죠?"

"그런데 왜 두 분 이러십니까? 싸운 겁니까?"

정금지는 너무나 화가 치민다는 듯이 눈을 내리깔고 크게 숨만 몰아쉬었다.

"안 내릴 거요 아가씨?"

택시 기사가 금지를 재촉했다.

"돈 더 드리면 되잖아요?"

"그럼 어서 내리든지 떠나든지 합시다."

그제야 금지는 차에서 내렸다. 손에는 보퉁이가 들려 있었다.

금지의 표정이 싹 변했다. 평소처럼 생글거리며 교태를 부렸다.

"일하는 할머니 있죠?"

"네."

"나 오늘 멋진 요리 해드리려고 왔어요. 어서 들어가요."

금지는 내 팔짱을 끼고 안으로 들어갔다. 장 작가는 내다보지도 않았다. 금지는 부엌으로 들어가더니 보퉁이를 풀었는데 쇠고기니 양파니, 감자, 홍당무, 버터 등을 내놓았다.

"할머니 들어가 계세요 오늘은…."

정금지는 일하는 할머니를 구석방에 쫓아내고 가져온 앞치마를 두르고 이내 요리를 시작했다.

"아니, 요리에도 소질이 있나 봐요?"

나는 너무나 화사한 얼굴의 금지, 오늘도 이대 배지를 옷깃에 달고 가짜 여대생 노릇을 하는 그녀에게서 묘한 이율배반을 느꼈다.

"엄마한테 배운 거예요. 언젠가 장 선생이 그러대요. 러시아 수프 좋아한다고…."

"그럼 러시아 수프 만들 거요?"

"네."

금지는 나를 위해 두툼한 고기로 비프스테이크도 만들고 신선한 채소로 샐러드도 만들고 한 시간 만에 성찬을 차렸다.

"빨리 장 선생 나오라고 해요."

금지의 낭랑한 목소리가 퍼지자 견디지 못하고 장 작가도 나왔다.

냄새가 코끝을 자극했는지도 몰랐다.

"아니, 오늘 무슨 날인가?"

장 작가는 금세 모든 걸 망각한 듯이 식탁에 앉았다. 금지는 생글거리며 장 작가 곁에 찰싹 달라붙어 수발을 들었다.

"에헤헤헤…."

언제 그랬냐는 듯이 장 작가는 평상시로 돌아가 있었다. 금지의 요리 솜씨는 수준급이어서 그날 식사를 즐겁게 했다. 나중에 장 작가는 내 귀에 대고 "이대에 갔다는 말 하지 말라고…" 하고 오히려 금지의 비위를 맞추고 있었다.

"저것이 사랑인가?"

그들이 잉꼬부부처럼 끌어안고 식사하는 모습을 보며 나는 이 집을 곧 떠나야겠다고 생각했다.

김시현 감독이 정창화(鄭昌和) 감독 밑에서 나와 입봉한다면서 시나리오를 찾고 있었다. 나는 틈틈이 써놓은 '성난 얼굴로 돌아보라' 초고를 주었더니 소재가 마음에 든다면서 책을 만들고 촬영을 시작했다.

제작자는 당시 명동을 주름잡고 있던 이화룡(李和龍) 씨였다. 진고개 사무실에서 계약했는데 역도를 하는 덩치들이 나에게 인사를 했다.

자유당 시절 정치 깡패 임화수가 영화계를 장악하면서 영화인들 중에는 이른바 주먹들이 많았다.

그들은 주로 배우들의 스케줄을 봐주면서 보디가드 노릇도 해줬는데 제작부장들은 주로 그들이 맡았다.

충무로 영화 전성기에는 톱스타들이 30작품, 40작품을 겹치기 출연했다. 감독도 3,4작품 겹치기 연출했고 시나리오 작가들도 3,4작품을 한 여관에서 돌려가며 쓰던 시절이었다.

세트장에서 배우들이 출연하며 밤을 새웠다. A영화사에서는 극장

날짜를 잡아놓고 촬영하기 때문에 배우를 장악해서 빨리 촬영을 끝내야 했으므로 힘센 제작부장을 시켜 모 영화사에서 촬영 중인 배우를 거의 납치하다시피 데려왔다.

이런 와중에 제작부장들끼리 주먹다짐을 하고 더 센 주먹잡이를 모셔오기도 했다.

그때 종로 하면 이정재, 명동 하면 이화룡, 신상사 하던 시절이었기에 이화룡 씨의 파워는 막강했는데 막상 내가 만난 이화룡 씨는 주먹잡이가 아닌 온화한 아저씨 모습이었다. 그런 사람의 어디에서 그런 막강한 힘이 나오는지 이해가 가지 않았다.

그 밑에는 전국역도대회에서 금상을 받은 이철성, 이성근 같은 범보다 무서운 덩치들이 20~30명 진을 치고 있었으므로 웬만한 제작부장도 이들 앞에서는 꼼짝 못 했다.

나는 김시현 감독이 촬영하는 동안에 동신여관에서 '하와이 연정'을 쓰고 있었는데 한 소년이 나를 찾아왔다.

"넌 누구냐?"

"정금지란 여자가 선생님을 찾습니다."

"어디 있는데?"

소년을 따라 나왔더니 스타다방에서 정금지가 시름에 잔뜩 잠겨서 나를 맞았다.

"아니, 웬일로…?"

"장선생 어디 있는지 알죠?"

"모르는데요. 최근엔 만나지 못했습니다. 아직 혜화동에서 살고 있죠?"

몇 달 전 두 사람이 혜화동 어느 저택 2층을 전세 내어 신방을 차렸다기에 일차 방문을 했던 것인데 그사이에 또 두 사람이 싸웠나 하고 의아하게 생각했다.

"집 나간 지 사흘 지났어요."

"그럴 리가요…."

"그 사람 날 사랑하지 않나 봐요."

"오해입니다. 장 작가, 금지 씨 없으면 못 산다고 그랬습니다."

나는 순간 괜한 중매를 해서 두 사람에게 불행을 준 게 아닌가 생각하고 마음이 무거웠다.

"집에 쌀도 없어요."

"네?"

아닌 게 아니라 금지는 몹시 배가 고파 보였다. 그녀를 데리고 제일옥에서 설렁탕 한 그릇씩 먹고 인현시장에서 쌀 한 가마니를 사서 택시에 싣고 혜화동으로 갔다.

처음에 신방 차릴 때 소파니, 전자제품이니, 옷장이니 호화롭게 차리고 살았는데 집 안이 썰렁하니 엉망이었다.

나는 사방에 장 작가가 갈 만한 곳에 전화를 했다. 장 작가 동생, 장남철한테도 연락했지만 그쪽에 오지 않았다고 했다.

다시 중국요리를 시켜 저녁을 먹고 금지가 심심해하기에 같이 고스톱 치면서 시간을 보냈지만 장 작가는 돌아오지 않았다.

나는 밤 11시에 그 집을 나와 다시 충무로로 갔다. 내가 묵고 있는 동신여관은 방이 사철 따뜻하고 뭐니 뭐니 해도 식사가 일품이었다. 밥도 일등미로 하기 때문에 맛있었고 된장찌개, 김치 등이 그렇게 입이 까다로운 영화인들의 구미를 맞추어주었다.

감독들도 콘티뉴티하면서 이 여관을 이용했고, 촬영팀, 조명팀도 이용해서 여관 전체가 영화인 합숙소 같았다.

작가들도 윤석주, 김시연, 김문엽, 김용진, 유일수, 장천호, 나한봉, 문상훈, 박찬성, 박철민, 이중헌, 이희우, 최석규, 한우정 등이 진을 치고 앉아 이야기 공장을 꾸미고 있었다.

"방에 손님이 찾아왔수."

지배인이 귀띔을 해줘서 내 방에 갔더니 장 작가가 누워서 드렁드렁 코를 골며 자고 있었다. 나는 밤을 새워야 했기에 새벽 3시까지 원고지와 씨름하고 있는데 장 작가가 눈을 떴다.

"엇, 내가 잠이 들었었군."

"왜 집에 들어가지 않고…"

"그럴 일이 있어."

한숨을 쉬며 담배를 피워 물었다. 수염이 자라고 초췌해 보였다.

"저녁은 드셨어요?"

"아니."

나는 새벽 3시에 동신여관 주방에 가서 밥과 반찬을 훔쳐 비빔밥을 만들어 줬더니 아주 맛있게 그걸 뚝딱 비웠다.

"재수가 없어."

"예?"

나는 무슨 소린가 했다. 정금지가 재수가 없는 여자라는 거였다. 그 여자와 살면서 자꾸 일거리가 떨어지더니 급기야 쌀도 연탄도 떨어지고 매일 싸우다가 견디지 못하고 집을 나왔다고 했다.

"그건 미신입니다. 일하다 보면 잘될 때도 있고 안 될 때도 있죠. 이거 얼마 안 되지만 연탄도 좀 들이세요."

나는 얼마 안 되는 돈을 집어 줬다. 쌀과 연탄만 장만하면 괜찮던 시절이었다. 그 후 장 작가를 만나지 못했지만 몹시 고생했던 모양이다.

그로부터 6개월쯤 지나서 장 작가가 충무로에 나타났다. 허술한 시골 농부 차림새였다.

"요즘 어떻게 지내세요?"

"시골서 토끼 기르고 있네. 한 500마리쯤 번식시켜 놨지."

"그래요?"

나는 장 작가의 변신에 깜짝 놀랐다.
"그럼 금지 씨하고 함께…?"
그는 쓸쓸하게 웃었다.
"파리 유학 떠났어."
"예?!"
장 작가는 품속에서 잘 접어놓은 편지를 꺼내 보여주었다.

> 사랑하는 장사공 선생님.
> 선생님 곁을 떠나야 하는 이 금지의 심정을 헤아려주세요….
> 나는 어느 지인의 도움으로 파리로 유학을 떠납니다. 패션 디자이너로 꼭 성공해서 돌아오겠어요. 3년만 기다려주세요.
> 당신이 영화제작을 할 자금 꼭 마련해서 돌아가겠어요. 기다려주세요.
>
> 198x년 x월 x일
> 당신을 사랑하는 정금지가

장 작가는 영화제작이 꿈이었다. 글 쓰는 데 만족하지 않고 좋은 작품을 제작해서 신상옥, 주동진, 곽정환처럼 제작을 하는 게 꿈이었다. 정금지 역시 영화에 출연하고 싶어 했다. 고운 얼굴에 하얀 피부, 투명한 손가락.

나는 아직 금지의 손처럼 하얗고 투명한 여성의 손을 본 적이 없다. 금지옥엽처럼 귀하게 자란 여성만이 가지는 티 하나 없는 손에 물 한 방울 묻히지 않은 그런 손이었다.

손이 예쁜 여자는 팔자가 세다던가.

그렇게 외모가 예뻤기에 그녀 역시 스타의 꿈은 버리지 않았고, 장 작가가 영화인이라는 데 더 매력을 느꼈는지 모른다.

금지의 끈덕진 소원을 이루어주려고 장 작가는 모 감독에게 금지를 보이고 카메라 테스트까지 받았다고 했다.

그런데 화면발을 받지 못했다. 보기엔 예쁘고 매력 있어 보여도 카메라를 받지 못하는 얼굴이 있었다.

금지는 늘 그런 말을 해왔다고 했다.

“장사공 당신이 제작하는 영화에 주연으로 출연하고 싶어.”

그래서 혜화동 2층집에서 가난에 시달리다 못해 정금지는 어느 지인의 도움으로 파리로 날아갔다는 얘기였다.

“지인이 누굽니까?”

나는 그게 궁금했다.

“글세… 나도 모르겠어. 대구 오빠의 도움을 받았겠지.”

장 작가는 억지로 그렇게 믿고 싶어 하는 눈치였지만 나는 약간 의혹을 가졌다. 평소 정금지는 이복오빠들과 연락을 끊고 지냈고, 전 대구 부시장을 지낸 부친도 딸을 유학시킬 정도로 여유가 없었다고 했다.

어쨌든 장 작가를 둥글집에 데리고 가서 술도 마셨다.

“토끼는 왜 기릅니까?”

“다 생각이 있네. 비행사들이 왜 토끼고기를 먹는지 아나?”

“글쎄요. 영양이 높다는 얘깁니까?”

“토끼고기에 특수한 성분이 있다더군. 비행사는 고공에서 초음속으로 달려도 어지러우면 안 되거든. 그걸 먹으면 어지럼증이 없어진다는 거야.”

이 이론은 나중에 전문가에게 알아봤더니 다 엉터리였다. 장사공은 그래도 그 엉터리 이론을 믿고 토끼를 길렀다. 그의 고향, 서산에서 처음에 8마리로 시작했는데 토끼는 굴을 파고 생식을 거듭해 그 수가 기하급수적으로 늘어나더라는 얘기였다.

“그럼 토끼구이집을 내려고요?”

"응, 자네 싼 영업집 있나 좀 알아봐주게."

그리고 장 작가는 서산으로 내려갔다. 석 달 후에 다시 나타났는데 토끼가 1000여 마리로 불어났고, 토끼 판 돈 500만 원을 들고 왔다.

영화인들이 잘 가는 평양집이란 대포집이 있었다. 지금 을지로3가 우체국 근처에 위치해 있었는데 주모 황 마담은 영화계에서 모르는 사람이 없었고 그 집에 외상 술값이 없으면 영화인 축에 끼지 못한다는 말이 있을 정도였다. 나이도 지긋해 우리는 누님, 이모님 이렇게 불렀는데 당시 윤삼육(尹三六)이란 두꺼비 손을 가진 작가가 나타나 거의 이 집을 전세 내어 술값이 없는 영화인들을 불러 공짜 술을 마시게 했다.

내가 윤삼육을 처음 본 것은 주동진 사장이 미국으로 떠나기 1년쯤 전 최춘지 전무가 기획실에 이상한 녀석이 하나 들어왔다고 턱으로 한 청년을 가리켰는데 꼭 호랑이같이 생긴 묵직한 체구에, 사람이 와도 쳐다보지도 않고 인사도 하지 않는 무뚝뚝한 사내였다.

"되게 건방지군."

최춘지는 영화감독 윤봉춘(尹逢春) 선배의 아들이며 을지로6가 계림극장에서 주먹으로 날리던 청년이라고 했다. 주먹을 봤더니 보통 큰 게 아니었다. 보통 사람의 두 배 정도 되는 두꺼비 같은 주먹을 쥐고 글을 쓰고 있었는데 영 어울리지 않았다.

그 똥개 윤삼육이 주동진 사장이 미국으로 이민 가자 충무로로 나와 시나리오를 쓰기 시작하더니 〈뽕〉 〈업〉 등 향토색 짙은 걸쭉한 작품을 마구 쏟아냈다. 윤 작가의 특징은 완벽한 줄거리를 써놔야만 초고에 손을 대는 작가였다. 그만큼 줄거리를 소중히 여겼고 줄거리가 마음에 안 들면 아무리 감독, 제작자가 독촉해도 작품을 써내지 않았다.

그는 작품료를 받으면 집에 가져가지 않고 영화인들을 평양집(2층)에 데려가 술을 퍼 마셨다. 그의 술 인심은 영화계에 정평이 나 있어서

석래명 감독, 강정수 감독, 고응호 감독, 남기남 감독, 김기영 감독, 김무현 감독, 김문옥 감독, 김성수 감독, 김양득 감독, 김영효 감독, 김유진 감독 등 숱한 감독들과 촬영기사, 조명기사, 시나리오 작가 등 수십 명이 둘러앉아 사흘 밤낮으로 술을 마시고 안주가 부실하면 상을 엎어버리고 "누님, 여기 다시 차리세요!" 하고 연거푸 술잔을 비웠다. 술 마시기 지겨우면 "나 간다" 하고 손을 흔들고 나가면, 다른 영화인이 와서 그 자리를 채우곤 했다.

윤삼육은 무려 100편이 넘는 시나리오를 썼는데 그 대부분의 각본료는 이 술집에 들어갔다.

나도 윤삼육의 초대로 몇 번 평양집에 가서 이른바 주먹 사내들의 걸쭉한 입담과 농담을 듣곤 했다.

장사공은 평양집 아래층을 빌렸다. 옥호를 '지리산'이라고 달고 토끼고기 구이와 전골집을 차렸다. 지리산이라고 붙인 이유는 그에게 지리산 포수가 멧돼지를 대줬기 때문이다. 토끼고기 외에 멧돼지구이와 멧돼지 쓸개를 팔았는데 그야말로 대박이었다.

저녁에 지리산에 들르면 장 작가는 그날 매상을 세기에 바빴다. 종이 상자 두 개에 가득 찬 지폐를 세느라고 그의 눈은 빛을 발했는데 그는 가끔 "정금지와 헤어지니까 대박 났네" 하다가도 "금지가 제일 좋아하던 돈일세. 그녀가 파리에서 돌아오면 같이 영화제작 하자고" 하기도 했다.

그런데 하루는 충무로 대원커피숍에 장 작가가 찾아왔다. '밀감'이란 시나리오를 들고 왔는데 장사공 제작에 강대진(姜大振) 감독이었다. 〈마부〉로 베를린에서 은곰상까지 받은 강 감독은 마음에 들었다.

"아니 어쩌시려고? 제작하려면 한두 푼이 아닌데…."

내가 걱정을 했더니 그는 특유의 너털웃음을 터뜨리며 이렇게 말했다.

"그동안 지리산에서 번 돈도 있고, 이번에 농림부에서 제작비의 3분의 1을 지원해준다고 결재가 났어."

"그래도 신중해야죠. 제작 잘못해서 재산 날린 사람도 많지 않습니까? 그리고 금지 씨 오기까진 그 돈 쓰면 안 되잖아요."

"이봐, 사내가 왜 그리 겁이 많은가? 한 건 해서 성공하면 금지가 더 기뻐하지 않겠어?"

나더러 시나리오를 잘 다듬어 윤색(潤色)을 해달라기에 '밀감'에 매달렸는데 세기상사(대한극장) 기획부장 이종택 씨가 날 찾아왔다.

"아니, 웬일로…?"

이 기획부장과는 부산서부터 잘 알고 있었다.

정훈희의 '꽃밭에서' '무인도'의 작사를 한 이 기획부장은 나의 은인 부산제일극장 박정관 회장이 경영하던 '민주신보'의 편집국장 출신이었다.

결국 민주신보가 문을 닫자 이종택은 세기상사 국쾌남 회장의 스카우트로 기획자로 초청을 받아 내 작품 〈어느 소녀의 고백〉을 찍기도 했다. 이 작품은 신상옥 감독과 염문을 뿌리던 오수미란 여배우의 데뷔 작품이기도 했다.

"이봐 한 작가, 장사공 씨 어디 있어?"

"아니 왜요? 작품 의뢰하시게?"

"그게 아니고 정금지 만났어. 서울에서…."

"네?"

"정금지 그 여자, 파리 유학 간 게 아니야."

"그럼 지금 어디 있다는 겁니까?"

"선운각에 있네."

"예?!"

나는 충격을 받았다. 정금지는 당시 박정희 대통령과 장관, 그리고 대기업 총수들만 간다는 서울에서 제일 비싼 요정, 선운각(仙雲閣) 기생이 됐다는 얘기였다.

"아직 알리지 마십시오. 장 작가가 다운될지도 모릅니다."

"안됐어 그 사람. 자기 애인 파리 유학 갔다고 그렇게 기다리더니…. 그럼 자네가 알아서 해주게."

이종택 기획부장이 국쾌남 회장과 외국 손님을 모시고 선운각에 갔다가 정금지와 덜컥 마주쳤다는 얘기였다.

나는 며칠 고민하다가 결국 장 작가를 찾아갔다.

"어, 벌써 원고 끝났어?"

"그게 아니고 금지 씨를 봤다는 사람이 있기에…."

나는 조심스럽게 이야기를 꺼냈다.

"뭐? 누가 파리에 다녀왔어?"

"놀라지 마십쇼. 금지는 파리에 간 게 아니고 선운각 기생이 됐다고… 세기상가 이종택 씨가 와서 알려줬습니다."

"뭐라고?!"

나는 장 작가의 그렇게 실망한 표정을 본 일이 없었다. 우리는 술을 마셨다. 장 작가는 어울리지 않게 꺼이꺼이 울고 있었다.

"어떡하지? 한 번은 만나야겠지?"

"뭐 하러 만납니까? 사내를 속이고 울리는 여잔 만나지 않는 게 좋습니다. 재수 없는 여자라고 하지 않았어요. 차라리 잘된 겁니다. 아예 싹 잊어버리자고요."

"안 되네. 난 꼭 만나야 해."

"그런 돈 어디 있어요? 거긴 술값이 두당 500이랍니다."

"우리 둘이 가려면 1000은 있어야 되겠군,"

"난 안갑니다. 가려거든 선배님이나 다녀오세요."

장사공은 한 며칠 연락이 없었다. 술이나 마시며 자신의 무능함을 탓하고 있을 것이다. 작가의 가난으로 금지는 화류계 여성이 되어버렸다고….

한 달쯤 뒤에 장 작가는 1000만 원을 마련해왔다. 500은 내 윤색료라면서 같이 가자고 했다. 혼자서는 도저히 갈 수 없다고 토로했다.

택시를 타고 선운각이란 곳에 도착했다. 머리털 나고 이런 곳은 처음이라 가슴이 괜히 뛰기 시작했다. 그건 선운각의 기와와 잘 정리된 정원과 윤이 자르르 흐르는 대청마루 때문만은 아니었다.

정금지, 아니 정인숙은 어떻게 변했을까. 두 사람의 해후의 반응은 어떨까. 장 작가도 표정이 굳어져 있었다.

"정인숙이 뭐야? 촌스럽게!" 요리가 들어오자 장 작가가 투덜거렸다. 세기상사 이종택의 말에 따르면 정금지는 예명을 정인숙으로 바꿨다고 했다.

"아시는 아이라도 있으십니까?"

약간 촌스럽고 낯선 우리를 보면서 웨이터가 공손히 말했다.

"인숙이 불러주게. 정인숙…."

장 작가가 바리톤 음성으로 말했다.

"예."

웨이터가 물러갔다. 1000만 원짜리 상차림이라 상다리가 부러질 정도로 진수성찬이 채워져 있었다. 나는 중학교 동창 이생강의 생각이 났다. 대금의 명인으로 얼마 전 인간문화재가 된 이생강(李生剛)은 부산 아미동에서 같이 자란 죽마고우였다. 그가 어느 고관에게 불려가서 대금 서너 죽 불어주고 금일봉을 받았는데 집에 가서 세어보니 500짜리 보수가 들어 있더라는 거였다.

그가 지금까지 받은 팁 중에 제일 많았다면서 호탕하게 웃었다.

그 두 배의 비싼 돈으로 산 이 죽실의 입장권은 어떤 의미를 가지는 것일까. 파리에 유학 가서 돈 벌어오겠다고 한 사내를 속인 청문회인가, 아니면 이상하게 만난 두 사람의 빗나간 운명을 서로 풀어보자는 것인가.

우리 둘은 말없이 몇 잔의 청주를 비웠다. 제주도 다금바리회는 그날 처음 먹어보는 첫수로는 그다지 별미는 아니었다.

"왜 이리 늦어?"

장 작가는 초조하게 손목시계를 들여다보았다.

"오겠지요. 예쁘게 꾸며야 하지 않겠어요?"

"혹시 우리가 왔다고 눈치라도 채면…."

"그럴 리가 있겠습니까? 한두 푼으로 오는 데도 아닌데…."

나는 너비아니 한 쪽을 씹으면서 아닌 게 아니라 이 선운각 주방장의 솜씨를 가늠할 수 있었다. 노랗게 윤이 나는 신선로가 자글자글 끓고 있었다. 방안에 달콤한 신선로 향기가 흘렀다.

"한 잔 더 하지."

"네."

우리는 금빛 주전자에 담긴 따끈한 청주를 어느새 다 비워가고 있었다.

"사각… 사각… 사각…."

대청에 치맛자락 끄는 소리가 났다.

"오나 봅니다."

내가 속삭이자 장 작가는 넥타이를 바로 하며 옷매무새를 고쳤다.

장지문이 가벼운 노크에 이어 살며시 열리며 각시 인형 같은 여인의 이마가 들어왔다. 뒤따라온 웨이터가 문을 닫아주자 여인은 한복 자락을 조용히 여미며 살포시 앉았다. 뚫어지게 쳐다보는 장 작가의 눈이 이글거리고 있었다.

정금지였다. 머리에 쪽을 지고 한복을 곱게 입은 그녀의 모습은 약간 생소했지만 입술 끝에 찍힌 작은 점과 눈, 그리고 새하얀 목덜미 틀림없는 금지 그 여자였다.

정금지는 살포시 고개를 들며 “정인숙이라고 합니다” 하다가 소스라쳤다. 우리 둘을 보더니, 바로 스톱 모션이었다.

“금지, 여기가 파린가?”

장 작가는 감정을 두지 않고 조용히 말했다. 놀란 토끼 눈을 했던 금지가 흑빛이 되더니 얼른 일어섰고, 그 팔을 움켜쥔 장사공은 억지로 그녀를 앉혔다.

“이젠 아무 데도 못 가!”

“흐흑….”

정금지가 주저앉으며 울음을 터뜨렸다. 나는 더 이상 볼 수 없어 그 자리에서 일어났다.

그 뒤 어떻게 됐는지 모른다. 여자는 난처하면 눈물을 흘린다던가. 나는 그때 명동에서 정말 부질없는 것을 했다고 후회했다. 왜 하필 그날 그녀가 내 눈에 띄었던 것일까. 띄었다 해도 내가 왜 나서서 그녀를 불러 세웠을까. 묘한 인연의 끈 때문에 두 남녀는 비극적으로 헤어지고 또 만난 것이다.

장사공이 나중에 나에게 말해줬는데 그날 정금지와 부둥켜안고 실컷 울었다고 했다. 좀처럼 남에게 눈물을 보이지 않던 장 작가도 사랑 앞에서는 약해질 수밖에 없었던 모양이다.

정금지, 아니 정인숙은 이미 세상을 알아버렸다. 정부의 고관대작이나 재계의 거물들을 상대하면서 충무로 바닥에서 쥐꼬리만 한 원고료로 살아가는 시나리오 작가들은 연민의 대상으로 보였는지 모른다.

그것이 두 사람의 영원한 끝이었다. 장 작가도 그녀를 잊고 다른 여자와 결혼했다. 후암동에서 병원을 경영하는 의사 딸과 결혼해 종로1가에 근사한 레스토랑을 운영하며 살았다.

참 장사공이 기획한 ‘밀감’에 대한 얘기를 더 해야 할 것 같다. ‘밀감’

의 책이 나왔는데 내 윤색은 빠졌고 감독도 강대진이 아닌 이경윤 감독이었다. 이 감독은 강대진 감독의 조감독이었고, 장사공이 〈밀감〉으로 입봉시켜준 셈이었다. 그때 강대진 감독은 내가 각색한 '버림받은 여자'를 제작 감독하느라고 바빠서 〈밀감〉을 조감독에게 양보한 것이다.

농림부의 지원을 받고 지리산에서 번 돈으로 제작한 〈밀감〉은 5대 극장에서 개봉했는데 흥행엔 참패였다. 장사공은 지리산을 팔고 결혼한 여인과 종로1가로 이사 가서 레스토랑을 차렸다.

1970년대 후반에 TV가 들어오고 컬러화되면서 영화가 서리를 맞았다. 두세 작품 겹치기 연출하던 감독들도 일거리가 없어서 스타다방, 청맥다방, 초설 다방, 벤허다방 등 충무로 일대의 다방에 죽치고 앉아 시간을 축내고 있었다.

나는 KBS 라디오에 '청자빛은 왜 푸른가'를 투고하여 당선됐다. 그때부터 라디오 드라마를 쓰게 되었고, 명동성당 앞 금성여관에서 동양라디오 '형사'를 집필하고 있었다.

어느 날 낮, 노크 소리가 나서 문우 김문엽 작가인 줄 알고 문을 열어주었는데 낯선 사내 둘이 서 있었다.

"어떻게 오셨습니까?"

"시경에서 나왔습니다. 정인숙 아시죠?"

"정인숙이라뇨?"

나는 몇 년간 정금지를 까맣게 잊고 있었기 때문에 그 이름을 듣고도 기억해내지 못했다.

"이 여자 말입니다."

형사가 내민 주간지 표지를 보고서야 나는 "아!" 하고 놀랐다.

'한강변에서 발견된 여자의 변사체. 오빠가 여동생을 쏘다. 정인숙 사건의 전모'

이런 활자가 내 눈을 파고들었고 표지에 실린 정인숙 아니 그건 정금지 바로 그녀였다.

"아니, 이 여자 죽었습니까?"

너무 놀라서 형사를 바라봤더니 오히려 반문하듯이 내 눈을 들여다봤다.

"신문, 방송도 안 봅니까? 장사공이란 작가 지금 어디 있어요?"

"글쎄요. 종로1가에서…."

"레스토랑요? 거긴 부인만 있고 장사공은 행불이에요."

"나도 잘 모릅니다. 요즘 방송 원고에 쫓겨서 통 만나지 못했어요. 자 보세요. 동양방송 '형사' 쓰고 있습니다."

"그래요?"

그제야 두 형사의 얼굴에 미소가 떠올랐다.

"정말 장 작가 어디 있는지 모르죠?"

"네."

"혹시 연락되면 이리로 전화 좀 해주세요."

시경 강력계 형사는 내게 명함을 주고 갔다. 나는 황급히 여관을 나와 신문과 주간지를 모조리 샀다.

"아! 한 여자의 생명이 이토록 짧을 수 있는가."

나는 신문을 읽으면서 도저히 내용을 믿을 수 없었다. 오빠가 어떻게 여동생을 쏠 수 있는가? 아무리 여동생이 문란한 성 생활을 한다고 해도.

정계의 거물과 연계돼 있는 복잡한 사건을 보며 나는 언뜻 짚이는 데가 있었다.

"멋있죠? 난 박정희 대통령이 최고로 멋있더라…."

언젠가 장사공의 집에서 신문을 보다가 정금지가 지나가는 말처럼 하던 말이 떠올랐다.

오빠라면 이복오빠일 테지만 아무리 여동생을 쏠 수 있었을까. 복수 여권을 가지고 100달러 지폐를 물 쓰듯 쓰고 다녔다는 정인숙.

신문기사로 보면 정인숙과 관계 있는 남성은 여럿이었다. 정x권, 권총박, 이x락, 이무임 소장관 등….

그러나 정인숙의 아들은 귀가 쪽박귀였다. 높은 어른을 비호할 목적으로 이런 여러 인사들이 총대를 메고 있다는 인상이 매우 강했다.

더구나 정인숙의 에피소드를 캐는 기자들의 기사는 정인숙이 태평로에서 교통경찰에게 걸렸는데, 막내 오빠가 운전하는 세단 뒤에서 고개를 내밀고 큰소리쳤다고 했다.

"이봐요 교통양반! 내가 누군지 알고 이래요? 청와대 실질적인 안주인은 바로 나예요."

이랬다고 한다. 미모에다 옷차림도 심상찮아서 교통은 그냥 보냈는데 정인숙의 차는 시내 곳곳에서 속도위반으로 교통경찰의 제지를 받았다.

"이봐요. 내가 누군지 알고 이래요? 청와대 안주인도 몰라봐요?"

이런 사건이 여러 번 겹치자 소문이 육 여사의 귀에도 들어갔다고 한다.

'묘령의 여자가 경모님 행세를 하고 있다'

당시 어느 장관이 대통령 부인의 칭호가 마땅하지 않으니 근세 조선 때 쓰던 정경부인의 '경' 자를 따서 경모님이라고 부르는 게 좋다고 해서 한동안 그렇게 부른 일이 있었다.

그동안 월간 조선, 신동아 등에 실린 기사들을 종합해보면 육 여사는 경호실장을 불러 따졌고, 선운각 정인숙 여인을 각하에게 소개해준 게 정x권이라고 해서 육 여사가 정x권의 따귀를 때렸다는 기사도 가히 충격적이었다.

당시 나는 '형사'를 쓰는 틈틈이 '다물사리(多勿沙里)'라는 시나리오를 쓰고 있었다.

성종실록을 보면 여진족 중에 조선에 귀화하여 기생이 된 여자 다물사리란 미녀가 있었다. 이 여자가 한국 여인이 가지지 못한 야성녀 기질이 있어 서울 장안의 한량들을 미혹했는데 급기야 조정 대신들을 농락하여 여러 대신들과 육체관계를 가졌고, 급기야 사헌부에 상소가 올라와 이 여자의 국문을 성종이 직접 맡았다.

임금이 보아도 매력 있는 여자여서 살려주려고 했으나 심지어 부마(공주의 남편)까지 육체의 노예로 삼은 이 요녀를 살려두면 나라에 큰 재앙이 온다고 하여 결국 화형(火刑)에 처하고 말았다.

이 드라마를 극화하면서 나는 다물사리와 정인숙이 너무나 흡사한 점을 발견했다. 결국 정인숙 여인 사건 비화나 궁정동 대통령 시해 사건 비화를 통해 결론지은 것은 정인숙이란 여자가 이복형제들 밑에서 인정받고 자라지 못하다가 이대에 응시해 여러 번 낙방하자 가짜 여대생이 되었고, 내가 소개해준 장사공이란 작가를 통해 여배우로 비상해 보고자 노력했지만 실패했고, 급기야 선운각 기생이 되면서 마치 여진 여인 다물사리같이 정부 요인들 사이를 서커스 타다가 위기를 느낀 모 기관에 의해 피살되고 만 거였다.

나중에 정인숙의 오빠가 출소해 정인숙의 아이가 정x권의 자식이라고 했지만 사실이 아니라고 본다.

장사공은 이 사건으로 시경에 불려가 몇 번 조사를 받았다. 그러나 정금지와 정인숙 사이에는 커다란 갭이 있었고 장사공은 선운각 방문 이후에는 인연을 완전히 끊었기에 무혐의로 풀려났다.

장사공은 그 후 모 스포츠 일간지에 정인숙과의 비하인드 스토리를 여러 번 냈다. 그리고 김호선 감독은 이 이야기를 바탕으로 〈서울의 밤〉이란 영화를 만들었지만 100퍼센트 정인숙의 이야기는 아니었다.

| 2017년 상반기 본심 심사총평 |

1. 심사작 전체 평가

시나리오마켓 반기 당선작 후보 23편은 모두가 이미 일정 수준 이상의 성취를 보여주고 있는 작품들이었다. 만만치 않은 필력으로 뛰어난 구성을 보여주거나 캐릭터 중심의 표현과 묘사가 훌륭해 어떤 작품이 선에 들더라도 이상하지 않을 정도였다. 그중에서 우리 5인의 심사위원은 영화화 투자 가능성, 독창성과 참신성, 완성도, 주제의 시의성 등의 평가 기준으로 4편의 작품을 선정했고 토의를 거쳐 큰 이견 없이 최우수상과 우수상, 장려상을 선정할 수 있었다. 선정된 작가들께 축하드리며 이번에 선에 들진 못했지만 공들여 작품을 써 내신 다른 작가들께도 감사의 말씀을 드리고 싶다. 여러분의 좋은 작품이 우리 시나리오마켓의 수준을 높여주고 있다고 믿게 되었기 때문이다.

2. 당선작 심사평

■ 최우수상 1편

〈니가 필요해〉

중년 엄마와 여고생 딸의 동반 임신! 발칙한 현실을 유쾌한 따스함으로 그려낸 작품으로 사회성이 있는 감동적인 코미디를 기대케 한다. 세대 간의 소통과 사랑에 목마른 현실 속에 단비 같은 작품으로 스크린에서 만나기를 응원합니다.

■ 우수상 1편

〈어글리맨〉

소박한 서민들이 순수한 사랑을 만들어가는 과정은 누구나 쉽게 공감할 것이다. 각박한 현대인들에게 신선함을 전달함은 물론 주변을 되돌아보게 하는 작품이 될 것으로 기대된다.

■ 장려상 2편

〈그날이 오면〉

일제강점기 조선어 말살정책이 정점으로 치달은 1938년을 배경으로… 시골 소학교의 총각 선생 오동석, 일본인 교장의 딸 유키코, 글재주가 있는 아홉 살 여학생 한순애, 그들의 꿈과 사랑, 그리고 좌절에 대한 이야기로 읽는 내내 한 편의 잘 쓴 문학작품을 접하는 느낌이었다.

〈다시 사랑한다면〉

아련한 첫사랑! 어긋났던 사랑이 결국엔 맺어지는 것으로 끝나는 이야기가 좋았다. 흔한 첫사랑과 재회를 아주 성실하고 꼼꼼하게 묘사하고 구성하여 아름다운 감동을 자아낸다.

2017년 한국영화 시나리오마켓 상반기 본심 심사위원 일동

니가 필요해

| 정병식 |

작품 의도

〈니가 필요해〉는 엄마와 딸의 이야기다. 둘도 없는 절친이면서 원수 아닌 원수, 모녀지간은 늘 오묘하다. 애증의 롤러코스터가 따로 없다. 이야기를 구상하고 나서 내가 한 일은 고작 대화 부족의 모녀를 억지로 테이블에 앉힌 것뿐이었다. 엄마와 딸은 미처 몰랐던 상처와 경험을 이야기했고, 끝까지 들어줬고, 서로를 쓰다듬는다. 미안해, 고마워. 별로 대수로울 것 없는 나지막한 고백 같은 이야기를 하고 싶었다.

또 하나, 엄마의 이름을 찾아주고 싶었다. 〈니가 필요해〉에서 '너'는 다른 누구도 아닌 엄마 자기 자신이다. 강영자, 허청자, 김말자, 숙자, 춘자… 한글이 얼마나 아름다운 언어인데, 힙합 가사의 라임도 아니고 촌스럽게 아들 '子'가 뭔가. 그 촌스러운 이름마저 지키지 못하고, 누구누구의 엄마이자 아무개의 부인이고, 시장에서 단돈 10원이라도 깎아야 직성이 풀리는 억척스럽고 몰상식한 아줌마가 되어버린 강영자, 허청자, 김말자, 숙자, 춘자…. 그녀들을 희생의 아이콘이 아니라 자기 삶의 주체가 되고, 독립적이고 진취적인 여성으로 그리고 싶었다. 그녀의 이름을 부르며, 당신은 여전히 아름답다고 말해주고 싶었다. 엄마는 항상 여자였고 여자이기 바랐다. 엄마이기 전에 누군가의 딸이었다. 하지만 우리는 그 사실을 자주 잊어버린다. 봉숭아물 들인 엄마의 손이 곱디곱다.

로그라인

■ 3줄

폐경 우울증을 앓고 있는 영자, 무리한 다이어트로 길에서 쓰러지고 뜻밖에 임신 사실을 깨닫는다. 그것도 모자라 여고생 딸의 청천벽력 같은 임신 고백, 청순 엄마와 속수무책 딸의 사생결단 출산 다이어리가 시작된다.

■ 2줄

폐경 우울증을 앓고 있는 영자, 뜻밖에 임신 사실을 알게 된다. 그런데 여고생 딸의 날벼락 같은 임신 고백! 청순 엄마와 속수무책 딸의 사활을 건 출산 다이어리.

등장인물

강영자 (50세) : 목석 같은 남편과 영자를 못 잡아먹어서 안달인 두 딸을 가진 평범한 전업주부다.

가족이라는 먹이사슬에서 맨 아래 초식동물에 속하고 이리저리 치이기 일쑤다. 억척스러운 아줌마는커녕 살짝 소심하고, 엄청 눈물 많은 '소녀 감수성'의 소유자다. 어쩌다 딸의 교복을 훔쳐 입고는 좋아서 한참 동안 거울 앞에서 떠나지 않은 적도 있다. 제주도가 고향으로 학창 시절 운동으로 이름을 날렸다. 제주도 친정집에는 아직도 영자의 트로피가 장식장을 가득 채우고 있다. 지금은 드럼통

몸매에 일주일째 고구마 다이어트 중이다. 영자의 유일한 취미 생활은 수영이다. 근래 폐경과 함께 우울증을 겪고 있다. 온실 속에 살아온 지난 시간을 후회하며, 여성으로서 '실격 판정'을 받은 것 같아서 좌절하고, 힘들어 한다. 그리고 여전히 남편이 자신을 사랑하고 있는지 확인하고 싶어 한다.

이서우 (18세) : 영자의 둘째 딸로 고등학교 2학년이다. 공부랑 담 쌓은 지 오래지만 날라리는 아니다. 4차원 성격의 낙천적이고 단순한 사고방식을 가지고 있다. 외모가 지상 최대의 관심사인 사춘기 여고생으로 절친들의 헤어스타일을 만져주기도 한다. 학교에서 인정하는 '잠보'로 요즘은 쉬는 시간, 수업 시간, 때와 장소를 가리지 않고 특기를 보여주고 있다.
서우가 본래 싸가지가 없기는 하지만 이상하게 영자에게는 더 막 대하는 경향이 있다. 단순한 사춘기 반항으로 보기에는 영자에게 말 못 한 마음의 상처가 있는 것으로 보인다.

시놉시스

두 달 전부터 생리가 멈췄다. 폐경. 드디어 올 것이 오고야 말았다.
"정신병자도 아니고 왜 그래? 엄마가 스토커야!"
영자의 50번째 생일날, 가족들은 모진 말로 축하를 대신한다. 사실 기대도 안 했다. 편의점 앞에서 고구마로 허기를 달래던 영자에게 때마침 스팸 문자가 온다. [생일 축하합니다, 고객님] 그냥 그 말 한 마디면 됐는데, 영자는 서러움이 북받친다. 청상과부처럼 울며 집으로 가던 것까지는 기억이 나는데, 영자가 눈을 뜬 곳은 병원. 그리고 뜻밖의 임신 사실을 확인하게 된다. 오-마이-갓! 영자의 임신 고백에 신용카드 한 장 달랑 내미는 남편, 엄마 미쳤냐며 꾸짖는 딸까지. 영자는 가족들에게 등 떠밀려 병원까지 가게 된다. 영자는 차마 아이를 지우지 못하고, 둘째 딸 서우(18)가 날벼락 같은 고백을 한다. 엄마, 나 임신했어.

"선생님, 지금 수술되죠?"
완강히 버티는 서우와 옥신각신 몸싸움을 벌이다 영자는 생전에 딸년에게 머리채 잡히는 경험을 맛본다. 그 길로 가출해버린 서우와 이 모든 걸 영자 탓으로 돌리는 남편 병호. 영자는 가족들이 지긋지긋하고 미워죽겠다. 영자는 홀연히 친정으로 가출을 감행한다. 일이 이쯤 되니 병호도 어찌할 도리가 없다. 하루도 바람 잘 날 없는 영자의 제주도 친정 생활, 원수도 이런 원수가 없다. 영자는 서우와 사사건건 부딪힌다. 그리고 서우의 입에서 흘러나온 고백은 영자의 살갗을 통째로 벗겨내는 것처럼 고통스럽게 한다. "나 임신 처음 아냐. 난 엄마가 알 줄 알았어." 영자가 서우의 가녀린 몸을 감싸 안는다.

그렇게 영자와 서우의 제주도 출산 동거가 시작된다. 영자와 서우는 다시 만난 연인처럼 알콩달콩 함께 출산을 준비하고, 배 속의 태아도 모녀의 우정만큼 쑥쑥 자란다. 우도로 태교 여행을 감행한 모녀는 비키니를 입고 해변가에서 D라인을 멋지게 뽐내는데…. 하필 거기서 서우의 전 남친을 만나고 영자는 이유도 모른 채 쫓기듯 돌아오는 배에 몸을 싣는다. 뭐가 그토록 딸을 힘들게 했던 걸까. 서우가 바다로 홀연히 몸을 던지고 만다. 서서히 바다로 가라앉는 서우, 그 순간 "엄마 손, 절대 놓치면 안 돼!"
영자가 목숨을 걸고 바다로 뛰어들어 서우를 구한다. 하지만 영자는 그토록 바라던 아이를 유산한다.

영자는 유산의 아픔에도 울지 않는다. 소중한 딸을 지켜냈기 때문이다. 당분간 가족들은 서우에게 영자의 유산 사실을 숨기기로 한다. 온갖 핑계를 대며 돌아오지 않는 영자를 의심하고 서우는 급기야 폭탄 선언을 한다. 나 검정고시 시험 안 봐!!! 마지못해 영자는 서우 앞에 모습을 드러내고 "엄마…왜 이렇게 살이 빠졌어?" 결국 몰라보게 달라진 영자를 확인하고, 서우는 장대비 같은 눈물을 쏟아낸다. 자책하는 서우를 오히려 위로하며, 영자가 서우의 손을 꽉 붙잡는다.

"늘 씩씩하고, 멋있는 우리 딸. 힘들 땐 참지 말고, 울어도 괜찮아. 엄마가 옆에 있어줄게."

그리고 영자에게 다시 폐경이 찾아온다.

| 정병식 |

한양대학교 연극영화과

현 〈움직이는 사진관, 틈〉 대표

주요 작품

2006 〈마파도2〉 연출부

2009 〈홍길동의 후예〉 연출부

2012 〈가문의 영광5〉 연출부

못난 남자(어글리 맨)

| 이광재 |

작품 의도

'우산'이라는 동요가 있다.

"이슬비 내리는 이른 아침에 우산 셋이 나란히 걸어갑니다.
빨간 우산 파란 우산 찢어진 우산
좁다란 학교 길에 우산 세 개가 이마를 마주 대고 걸어갑니다."

종종 '찢어진 우산' 같은 사람을 만날 때가 있다.
비록 비가 새더라도, 항상 최선을 다해 비를 막는 그런 사람들이 있다.
그런 한 사내의 이야기를 그려보고 싶었다.
그리고 그것이 사랑 이야기였으면 더욱 좋겠다고 생각했다.

여기에 못난 남자가 있다.
그 못난 남자에게 갑자기 소나기처럼 사랑이 왔다.
그 남자는 당황했지만,
인생에 한 번뿐일지 모르는 그 사랑을 위해 용기를 내기로 했다.
쏟아지는 소낙비를 피하지 않고 자신의 찢어진 우산을 펼치겠다고 마음을 먹었다.

사랑은 어차피 녹록지 않다.
하지만 '못난 남자'의 '최선'도 만만치 않았다.
그 과정을 그리고 싶었다.
그리고 그 과정이 때로는 로맨틱하고, 때로는 코믹하길 바랐다.
그래서 장르는 로맨틱 코미디가 되었다.
유쾌한 농담과 따뜻한 진담이 잘 섞였으면 좋겠다고 생각하며 썼다.

로그라인

못난 남자가 못나지 않은 여자를 만났다.
그리고... 하필 사랑에 빠졌다.

등장인물

유해식(39) : 동네에서 정육점을 운영하는 못생긴 노총각이다. 순수하고 우직한 성품을 지녔으며, 어릴 적 마장동에서 발골 기술을 배운 고생 끝에 지금의 정육점을 차렸다. 인심 좋고 성격 좋은 덕분에 제법 단골들이 많으며, 그 덕에 홀어머니를 모시고 여동생까지 시집보내며 가장 노릇을 믿음직스럽게 해왔다.

정은솔(34) : 한때 세계적인 발레 유망주로 화려한 삶을 살았으나 수년 전 오랜 연인이던 발레리노 차주엽과 이별을 하고 부상까지 겹치며 발레계를 은퇴했다. 실연의 상처에 발레리나마저 그만두고 오랜 세월을 칩거하며 살았다. 최근 아버지가 뇌졸중으로 쓰러지며 생계를 위해 해식의 동네에 작은 발레학원을 차린다.

차주엽(36) : 은솔의 연인이었으나 현재 세계적인 러시아 비스디미르 발레단의 부단장으로 있다. 우연히 한국 아이돌 그룹의 안무 작업을 위해 잠시 귀국한 틈을 타, 은솔에게 깜짝 놀랄 제안을 한다.

김민서(15) : 중학교 2학년으로 해식의 조카다. 사춘기 소녀답게 남자 아이돌 그룹인 T.N.T의 열혈 팬이지만 현실에선 냉소적이고 이성적이다. 가끔은 삼촌인 해식보다 어른스러운 면모를 보이기도 한다. 해식이 은솔과의 사랑에 힘들어할 때, 결정적으로 해식을 돕는다.

시놉시스

유해식은 '고기드림'이라는 소규모 동네 정육점을 운영하고 있다. 가끔은 너무 덤을 많이 줘 조카 민서에게 핀잔을 듣기도 하지만, 그럭저럭 주민들에게 인심도 얻어 가게는 굴러간다. 어느 날 스쿠터를 끌고 가게로 돌아오는 길, 평소 이용하던 중국집 양자강이 사라진 것을 발견한다. 그동안 모아온 탕수육 스티커가 몇 장인데…. 해식은 억울한 마음에 양자강이 있던 자리로 찾아가는데, 그곳에 발레학원이 생겼음을 알게 된다. 그리고 무심코 엿본 발레학원 안에서 우아하게 '지젤'을 추고 있는 은솔을 발견한다. 아름답고 환상적인 은솔의 몸짓에 해식은 한눈에 반하고 만다.

가게로 돌아온 뒤에도 해식은 은솔이 머리에서 떠나지 않는다. 해식은 가톨릭 사제이자 친구인 지웅의 만류에도 결국 은솔을 보기 위해 발레학원에 등록한다. 유일한 남자 발레 수강생으로 눈치가 보이지만, 수업 시간마다 은솔을 볼 수 있는 것은 해식에게 지금까지 누려보지 못한 행복이고 기쁨이다.
수강생들끼리 회식을 마치고 술에 취한 미영을 업고 돌아가던 어느 날 밤, 학원에 남아 있는 은솔을 보고, 해식은 내친김에 사랑을 고백한다. 하지만 은솔의 반응은 차갑고 냉랭하기 그지없다. 해식은 뒤늦게 후회하지만 은솔은 부담스럽다는 이유로 해식에게 발레학원을 그만둘 것을 요구한다.

발레학원에 나가지 못하게 된 해식은 하루하루 의욕이 없지만, 어쩌면 이것이 은솔을 위한 일일 수도 있다며 스스로를 다독인다. 그러던 어느 날, 조카 은솔을 따라 얼떨결에 가게 된 아이돌 그룹 T.N.T의 앨범 발표회에서 우연히 은솔의 전 남자 친구인 주엽을 보게 된다. 주엽과 은솔의 이야기를 들은 적이 있는 해식은 주엽을 보는 순간 분이 치민다. 결국 해식은 주엽을 따끔하게 혼내주기로 마음을 먹는데, 상황이 꼬이는 바람에 소동이 벌어지고 해식은 급기야 주엽의 팬으로 오해받기까지 이른다.

하지만 이 소동을 통해 은솔은 해식의 마음이 진심임을 깨닫게 된다. 해식에게 고맙다는 인사를 하러 간 은솔에게 해식은 단 하루만 데이트를 해달라고 간청한다. 그리고 해식은 마침내 꿈에 그리던 은솔과 처음이자 마지막이 될지 모르는 하루의 데이트를 하게 된다. 데이트는 물론 해식의 계획대로 매끄럽게 되진 않았지만, 해식의 말과 행동을 통해 은솔은 해식을 다시 보게 되고, 해식을 남자 친구로 받아들기로 한다.

해식은 은솔이 여자 친구라는 이 기적 같은 상황이 믿기지 않고 매 순간순간이 꿈결처럼 흘러간다. 해식은 은솔에게 좋은 남자 친구가 되기 위해 모든 순간 최선을 다한다. 그러나 그런 행복도 잠시, 평화롭고 따뜻한 나날을 이어가던 은솔에게 주엽이 나타난다. 주엽은 은솔에게 러시아 모스크바 발레단의 지도자가 되어달라고 부탁하고, 은솔은 흔들린다. 그리고 마침내 해식이 이 사실을 알게 되는데….

| 이광재 |

주요 작품

2010년	〈아빠가 여자를 좋아해〉 각색/감독
2013 - 2014년	TVN 시트콤 〈감자별〉 극본

그날이 오면

| 정영달 |

작품 의도

일본 제국주의의 가장 큰 죄악은 우리나라의 고유 문화를 비틀고, 자르고, 말살하려 한 것이다. 그중에도 조선어 말살 정책은 인류 역사상 유례가 없는 타 민족의 글과 말을 지우려 한 야만적인 행위다. 이제 막 글자를 깨치는 지금의 초등학교 아이들에게 한글 수업 시간을 아예 없애고, 서로가 조선말을 하는지 감시하여, 조선말을 하면 벌을 주는 정책이 일제의 국어 상용 정책이다. 해방 70년이 넘은 지금, 일본은 이런 야만적인 행위에 대한 반성은커녕 다시 군국주의로 회귀하고 있다. 이는 주변국뿐만 아니라 일본 자국에도 불행을 초래할 일이다. 서로 다름을 존중하지 않고 자국의 입장만 고집한다면 어찌 평화와 안정을 바랄 수 있을까?

본 작품은 조선어 말살 정책이 정점으로 치닫는 1938년을 배경으로 시골 소학교에 부임한 새내기 총각 오 선생, 일본인 교장을 따라온 딸 유끼꼬, 글재주가 뛰어난 아홉 살 문학소녀 순애의 꿈과 좌절에 대한 이야기다.

로그라인

国語常用!カードクレ!
국어 상용!카드 내 놔!

등장인물

오 선생 20대 초반, 독립운동가 아들, 새내기 소학교 선생, 큰 키, 미남
순애의 뛰어난 글재주를 발견하고 시인, 소설가의 꿈을 키워준다.

유끼꼬 10대 후반, 소학교 일본인 교장의 딸, 핏기 없는 얼굴, 작은 키
오 선생과 정자 순례를 하다 한글의 매력에 빠져 오 선생과 번역문학 동지가 되려 한다.

순애 9세, 여자아이, 지방 유지 한 주사의 손녀, 똘똘한 얼굴
남아 선호를 거부하고 여자 이광수, 여자 심훈이 되고자 한다.

아베 50대 남자, 시골 소학교 초대 일본인 교장, 작고 다부진 몸매
대일본제국을 위해 화가가 꿈인 아들을 강제로 군에 보내고 국어 상용을 밀어붙여 일본어 사용을 획기적으로 늘리려 한다.

교감 50대 남자, 소학교 교감, 중간 키에 교활한 얼굴
자기 자리를 차지한 일본인 교장에게 아부하면서도 몰아낼 기회를 엿본다.

시놉시스

일제 말 시골 소학교에 부임한 새내기 오 선생은 지방 유지의 손녀 순애의

어학 재능을 발견하고 열심히 시도 쓰고 동화도 지으라고 부추긴다. 어머니 박씨를 감시하는 순사를 때린 오 선생을 교장이 구해주고 교장이 방학으로 내려온 딸 유끼꼬에게 영어를 가르치라고 한다. 정자 순례를 하던 유끼꼬와 오 선생이 한글 읽고 쓰기 내기를 하다 서로가 춘향전과 겐지 이야기에 관심을 가지고 각자 일어와 조선어로 번역을 하기로 한다.

새 학기가 시작되고 교장이 수의 과목으로 바뀐 조선어 시간을 없애고 국어 상용 시책을 밀어붙인다. 하 면장 딸 순덕이 국어 상용 카드를 빼앗으려는 만석의 팔을 비틀어 빠뜨린다. 만석의 어머니가 순덕을 때리고, 하 면장이 만석이네 여관을 대파한다. 국어 상용 딱지 뺏기로 아이들 싸움이 어른 싸움이 되자 오 선생이 하이쿠 백일장을 제안하여 교장이 좋아하고 교감이 시기한다. 교장이 소칸을 표절한 만석에게 금상을 주고 유끼꼬가 교장을 면박 준다. 오 선생이 순애의 글을 책으로 내려다 선배에게 월급을 다 뜯기고 원고도 잃어버린다. 오 선생과 유끼꼬가 교장의 눈을 피해 편지로 번역 동지가 되기로 한다.

하숙집 부인이 다 큰 처녀 순덕이 오 선생의 목욕물을 데우고 들락거리고, 방학이면 유끼꼬와 붙어 다닌다고 소문을 낸다. 교감이 교장에게 오 선생과 순덕이, 유끼꼬의 연애 소문을 이야기한다. 교장이 오 선생을 진주로 보내고 교감이 오 선생의 하숙방을 뒤져 유끼꼬의 춘향전 번역 편지와 불온 시 심훈의 '그날이 오면'을 찾아 교장에게 준다.

교감이 오 선생에게 순덕이와의 추문을 들어 사표를 쓰라고 한다. 오 선생이 교장을 찾아가 학교에서 조선어 과목이 없어져 순덕에게 조선어를 가르쳐준 것밖에 없다고 한다. 교장이 '이리로 오나라 업고 놀자'를 들이대자 그것은 유끼꼬가 번역한 것이라 한다. 교장이 감히 유끼꼬를 넘본다고 장검으로 목을 치려 하나 부인이 막아선다. 교장이 내일 아침까지 사표를 내지 않으면 순덕이, 하 면장을 불러 징계위원회를 열겠다고 한다.
다음 날 아침 교장실에 목을 맨 오 선생을 보고 교장이 '그날이 오면' 같은 불온 사상을 가진 놈이니 지서장을 불러 처리하라 하고 유끼꼬의 편지와 겐지 이야기 번역 원고를 태우라고 한다. 어릴 적부터 박씨를 흠모하여 오 선생 집 감시 순사가 된 순식이 자살한 오 선생을 나무라며 같이 경성으로 가자 하자, 박씨가 우포늪에서 순식을 안고 빠져 죽는다. 새 학기 조회 단상에서 유끼꼬가 아버지의 병은 여러 사람을 죽인다고 외치며 가슴을 찔러 죽고 순애가 작가의 꿈을 접는다.

| 정영달 |

약력

1947년 경남 함양 출생
1968년 월남전 참전 맹호부대
1976년 Georgia State University 경영학과 졸업
1980 - 1998 ㈜ 한국 애보트 대표이사, 사장
1999 - 2015 대한 상공회의소 중소기업 자문위원, 운영위원장
2003- 2011 ㈜ 비 브라운 코리아 고문
1999 - 현재 인재관리 체계 검정, 구축 및 교육

주요 작품

시나리오 마켓 등록 장편 극 영화 〈그날이 오면〉 〈MOONBASE XIII〉 〈스위스로 가는 길〉 〈첨병〉 〈작두타기〉 〈수몰지구〉 〈캘리포니아〉 〈선자령〉 〈빌딩〉

다시 사랑한다면

| 박옥선 |

작품 의도

사랑만이 구원할 수 있다. 굽은 것을 펴고, 회복하고, 일으켜 세울 수 있다는 것을 첫사랑을 이루는 행복한 결말로 보여주고자 한다.

영화를 보는 사람들에게 마음이 훈훈해지고 기분 좋은 2시간의 힐링을 제공하고 싶다.

-대학생들의 풋풋한 짝사랑과 첫사랑 이야기를 보며 과거를 돌아보는 시간

-제주도 여행(우도, 새별오름)과 지리산 종주(천왕봉 일출, 노고단 운해, 반야봉 일몰) 를 해보며 한국의 비경을 느낄 수 있는 시간

-동화책《인어공주》《아낌없이 주는 나무》《꾸》를 통한 동심의 시간

-상상하던 꿈(소원)이 현실에서 이루어질 때의 기쁨을 느낄 수 있는 이야기다.

로그라인

모태 솔로 여자는 용감무쌍한 골드 미스로, 예측불허 순정남은 철벽남으로 바뀌고,
16년 만에 재회한 남녀의 아직 끝나지 않은 이야기.

■ 등장인물

정고은 39세, 미혼, 동화작가 겸 삽화가. 아담한 외모, 선한 인상. 내성적, 감성적.

신성민 41세, 이혼남. 소설가. 키가 큰 꽃미남. 외향적, 이성적, 성실한 노력파.

■ 주변 인물

이주영 : 고은의 가장 친한 친구. 문창과 동기.

김정우 : 고은의 짝사랑 선배. 문학박사 공부 중.

유기태 : 문창과 동기. 주영을 좋아함.

여보라 : 문창과 동기. 성민을 좋아함.

고은의 엄마 : 유복자인 고은이를 예쁘게 키우고 60대에 죽음.

모진남 : 고은의 첫 연애 상대. 여덟 살 연상. 중소기업 영업과장.

유예빈 : 주영의 딸. 6세.

신다연 : 성민의 딸. 5세.

박대성 : 산악회 대장. 40대 초반.

이광수 : 산악회 회원. 30대 중반.

시놉시스

39세 고은이는 결혼은 하지 못한 채, 틀에 박힌 일상을 살다가 지리산 종주를 결심한다. 지리산으로 가는 기차 안에서 16년 만에 성민을 만나게 된다.
2001년 봄, 고은이는 정우를 짝사랑해 그가 가는 곳을 따라다닌다. 그의 몸짓 하나하나가 자신을 좋아해서라고 여기며 즐거운 일상을 보낸다. 정우가 노래방에서 고은에게 스킨십을 시도하고, 자신을 좋아하냐고 묻는데… 동문회 일일호프에서 고은이를 돕겠다며 나선 성민이 때문에 고은이는 망신을 당한다.
제주도로 졸업여행을 간 고은이는 우도, 해변, 동굴에서 일어난 일로 성민과 가까워진다. 가을, 성민은 궁예 흉내를 내며 고은이가 자신을 좋아하게 될 것이라 장담하고, 책을 선물하고, 선배로서 조언을 아끼지 않으며 고은의 삶에 파고든다. 그런 성민에게 선인장을 선물하는 고은.
일이 뜻대로 풀리지 않아 답답한 성민. 고은이는 주영의 부탁으로 소개팅을 나가게 되는데… 기쁜 소식을 전해주려고 성민의 집에 찾아간 고은이는 충격적인 장면을 목격한다. 성민이는 고은이를 찾아와 마지막 인사를 하는데…

현재, 지리산 종주를 시작한 고은과 성민, 대성과 광수는 노고단 운해, 반야봉 일몰을 감상한다. 지리산 난코스에서 넘어져 통증을 호소하는 고은이 때문에 일행은 선발대와 후발대로 나누어 가고, 고은이와 성민이는 둘만의 오붓한 등산을 하게 된다. 천왕봉 정상에서 일출을 보고, 종주를 마치고 서울로 돌아온 두 사람.
서점에 간 고은이는 우연히 만난 보라 때문에 과거에 성민이가 거짓말했음을 알게 된다. 고은이는 성민과 다시 사랑할 수 있기를 바라며 애쓴다.

김치를 담가 성민 집에 배달하다가 그의 전처와 마주치고 뜻밖의 말을 듣게 된다.
고은의 집에 방문한 성민은 맛있는 식사를 대접받고, 자신이 아끼는 후배를 고은에게 소개해준다. 고은이는 성민을 좋아한다고 고백하지만, 거절하는 성민. 마음 바뀔 때까지 기다리겠다고 말하는 고은.
여름이 지나 가을이 되도록 연락하지 않는 성민. 고은이는 동화책《다시 사랑한다면》을 만들어 읽는다. 괴로워하다 잠든 고은이는 꿈속에서 좋아하는 친구들을 만나 위로를 받고, 잠에서 깨어나 제주도로 여행을 떠난다.
고은의 집으로 화분에 물 주러 간 주영이는 고은의 친구들 작전에 휘말린다.
제주도 해변에서 성민과의 추억을 떠올리는 고은, 친구를 맞이하다 깜짝 선물을 받게 되는데…

| 박옥선 |

1979년 강원도 홍천 출생.
2000년 숭의여대 문예창작과 졸업.
2017년 시나리오마켓 상반기 공모전 장려상 수상.

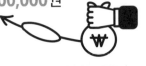

제15회 경상북도 영상콘텐츠시나리오 공모전

수상작 선정결과

구분	접수번호	작품명
대 상	2017-C-0134	한 가닥도 줄 수 없다
최우수상	2017-C-0031	경(慶) 싱가라
우 수 상	2017-C-0076	동쪽 끝 변호사 선생
우 수 상	2017-C-0071	비형

"수상하신 모든 분들 축하 드립니다."

아울러, 경상북도의 혼이 깃든 작품을 응모해 주신 모든 작가 분들께도 감사드립니다.

한 가닥도 줄 수 없다.

| 김준현 |

작품 의도

탈모는 인류가 출현한 이래 끊임없이 붙어 다니며 고민거리를 안겨주었다.
그 유명한 극작가 셰익스피어 또한 탈모의 고통을
"세월은 머리카락을 가져가는 대신 지혜를 주었다."며 스스로를 위안했는데, 이것만 보아도 옛날 사람들 역시 탈모에 대한 근심이 적지 않았음을 알 수가 있다.

이처럼 '머리카락'에 대한 원초적 욕망은 현대와 과거가 크게 다르지 않았을 것이다.
없어도 생명에 전혀 지장 없을뿐더러 매번 관리하기 불편하기만 한 머리카락.
그리고 거슬러 올라가 120여 년 전에 상투를 자를 바에 목을 잘라가라며 저항했던 우리의 조상들은 대체 이깟 머리카락 따위가 무어라고 그렇게 매달렸을까.
외세에 대한 저항의 의미, 예부터 전해져온 것을 보존하자는 의미, 또는 신체발부 수지부모라 하여 효(孝)의 의미까지.

그러나 이런 거창한 것들 이면에는 남성들의 머리카락에 대한 원초적인 본능이 먼저 자리 잡고 있지는 않았을까.

이야기의 주인공 기춘은 어지러운 세상사에는 아무 관심 없이 그저 자신의 빠져가는 머리카락을 붙들기 위해 한양에 올라오고, 겨우 붙들어놓은 머리카락을 잃지 않으려 안동으로 내려가 싸우고, 그 머리카락을 지키겠다는 일념으로 결국 역도의 무리가 되고 만다.
역사에 기록되는 거대한 족적들도 알고 보면 이렇게 평범한 이의 평범한 고민에서부터 시작되는 것이 아닐까.

로그라인

안동 최고 난봉꾼 기춘이 단발령에 항거하여
의병장이 된 계기가 실은 탈모에서 비롯되었다?

등장인물

기춘(남, 21) 안동 권씨 가문 3대 독자로 잘생긴 외모에 능수능란한 말솜씨, 비상한 머리와 갖가지 잡기들까지 갖춘 안동 최고의 카사노바! 그렇게 방탕한 일상을 보내던 중 우연히 집안의 슬픈 비밀(?)을 알게 되고, 그 저주에서 벗어나고자 한양으로 올라가게 된다.

여울(여, 20) 한양에서 손꼽히던 의녀로 제중원에서 익힌 의술을 힘없는 이들에게 대가 없이 베푸는 따뜻한 마음씨의 소유자. 그러나 예외는 있으니 도박꾼들에게만큼은 가차 없다.

우봉(남,21) 기춘의 절친한 동네 친구로 철없기로는 기춘 못지않다.
소심한 성격에 매사에 자신감 넘치는 기춘을 부러워하고 존경한다.

창주(남,21) 기춘의 동네 친구지만 우봉과 달리 기춘을 시기하고 질투한다.
기춘처럼 주목받고 싶어 하던 중에 체두관이라는 기회를 맞이한다.

세연(남,59) 기춘의 아버지로 사람들에겐 권 참봉으로 불린다.
강직한 성품을 지녔으나 아들 문제만큼은 냉정해지지 못한다.

두생(남,34) 안동 저잣거리에서 목로집을 한다. 험상궂은 인상만큼 불같은 성미를 지녔지만 아내 양순에겐 순한 양이나 다름이 없다.

이발사(남,40) 왜에서 온 의문의 인물로 단순한 이발사라기엔 의심스러운 데가 많다.

시놉시스

외세의 침략으로 혼란스럽던 구한말 격동의 시기.
권씨 가문 3대독자이자 안동 일대 최고의 난봉꾼 기춘에게 고민이 생겼으니, 그것은 바로 조상대부터 한 명도 빠짐없이 이어져 내려온 탈모.
다가오는 탈모의 공포 속 시름시름 앓던 기춘은 한양에는 탈모를 치료할 수 있는 명의가 있을 거란 희망을 안고, 난생처음 안동을 떠나 한양으로 향하게 된다.

한양에서 우여곡절을 겪던 중 제중원 출신의 의녀 여울을 만나는 기춘.
무쇠 같던 여울에게 찰싹 달라붙어 결국 여울의 맘을 돌리는 데 성공하고, 전설로만 내려오던 '대탈모용 체질 개선'에 돌입한다.
평생 고생 같은 거 모르고 자라온 기춘에게 너무도 혹독한 치료 과정.

기춘은 오로지 대머리에서 벗어나자는 집념 하나로 꿋꿋이 치료를 받아낸다.
그 과정 속에서 점점 서로에게 알게 모르게 빠져드는 기춘과 여울.
하지만 곧 위기가 찾아왔으니 한양에 상투를 자르라는 단발령이 내려진 것이다.
머리를 지키기 위해 한양을 벗어나 다시 안동으로 되돌아가기로 하는 기춘.

그러나 안동 또한 단발령으로 인해 예전에 알던 평화로운 안동이 아니었다.
게다가 단발령을 시행하는 체두관에 임명된 이는 기춘을 끔찍이 싫어하는 창주.
갑작스러운 단발령에 어찌할지 모르고 산으로 숨어 들어간 사람들에게 기춘은 체두관을 설득해낼 비책을 내놓고 이를 실행하는 데 성공한다.
기춘의 기지 덕택에 오랜만에 돌아온 평화를 만끽하는 사람들.
그러나 그 평화는 오래가지 않았으니, 애초에 기춘은 모든 일의 책임자가 창주라고 생각하고 그에 맞춘 꾀를 내었으나 사실 창주 등 조선인들은 꼭두각시에 불과했고 모든 건 그 옆에 붙어 다니던 일본인 이발사와 순검들이 통제하고 있었던 것이다.

순검과 포졸들이 들이닥쳐 기춘을 포함한 남자들을 몽땅 포박해 관아로 끌고 간다.
모든 게 끝났구나 싶던 그 순간, 여울과 의료소 식구들, 도움받았던 환자들이 나타나 기춘을 구해내고 일본인들과 마지막 싸움을 벌인다.
한바탕 난투 끝에 결국 기춘의 무리가 승리를 거두지만 사람들은 막막해 한다.

졸지에 어명에 거역한 역도가 되었고 앞으로 어떡해야 할지 혼란스럽던 그때,

기춘이 사람들 앞에 나서 머리를 자르고 스스로 역도를 자청한다.

우리가 우리 것을 지키려는 것이 역도라면 망설임 없이 역도가 되겠다는 연설에 주저하던 이들도 결국 그에 따르면서 단발령에 반대하는 '안동의 진'이 결성된다.

| 김준현 |

2017 경상북도 영상콘텐츠 시나리오 공모전 대상으로 데뷔

경 삼가라

| 정소연 |

작품 의도

지난 봄, 소수서원에 다녀왔다. 1543년에 설립된 우리나라 최초의 사액서원. 서원 입구 소나무조차 기품이 넘치고 문성공묘와 강학당 등 건물이 인상적이었다. 특히 서원 앞 바위에 붉은색으로 새겨진 삼갈 '경' 자가 오래도록 마음에 남았다. 사전에서 뜻을 찾아보니 '겸손하고 조심하는 마음으로 정중하게'라 했다. 나를 비롯한 많은 사람들이 지나친 욕심을 삼가고 자신의 위치에서 자신이 맡은 일을 하며 흐르는 물처럼 편안히 살아가길 바라는 마음에서 제목으로 삼았다.

그리고 소수서원 박물관에 진열된 조선시대 유생들의 생활을 복원한 모형을 보면서 살아 숨 쉬는 원생들의 모습을 그리고 싶다는 생각이 들었고, 박물관에 있던 스물다섯 개의 청동 불상을 참조해 황금 불상의 존재를 상상해보았다. 황금 불상으로 인해 일어나는 원생들의 살인 사건을 이야기로 만들어 그 속에서 일어나는 인간의 연약한 모습과 그럼에도 흔들리지 않는 곧은 모습을 함께 표현하려 했다.

또한 상주 황금누에를 살인사건의 도구로 사용하여 비단으로 유명한 상주

지역의 특성을 살리려 하였다.

로그라인

황금불상으로 인해 소수서원에서 열흘 동안 일어난 금잠고독 살인 사건.

등장인물

순흥 관아

최윤아(23세) : 최상현의 딸. 혼인하기로 한 남자가 혼례 전 사망해 과부와 다름없는 신세가 된다. 괴팍하지만 영리하다.

이강준(26세) : 냉철하고 이지적인 관아 율생.

중인 신분에 대한 열등감을 지녔다.

최상현(50세) : 순흥 현감이자 윤아의 아버지.

무사안일한 관리지만 인간적이다.

옥섬(20세) : 윤아의 심술을 받아주는 윤아의 몸종.

관노인 작은산이를 좋아한다.

작은산이(23세) : 관노. 시신 검안을 돕는 오작사령.

돌다리할매(60세) : 내아 찬모. 음식 솜씨가 좋고 말이 많다.

의생(50대) : 시신 검안사. 알코올중독자.

소수 서원

안홍기(70세) : 소수서원 원장. 원리원칙주의자이자 꼬장꼬장한 늙은 선비.

유한근(40세) : 서원 유사. 서원 살림과 학생들 교육을 맡고 있다.

한승재(25세) : 한 진사의 오대 독자.

'경' 자 바위 앞 죽계에서 시체로 발견된다.

박명훈(23세) : 이목구비가 수려하다. 초시에 합격한 수재.

이기효(16세) : 서원 막내. 심신이 유약하다. 금잠고독으로 독살당한다.

서석범(20세) : 천체와 역법 공부를 좋아하는 서생.

신경철(20세) : 바른 태도와 마음가짐을 지닌 모범생.

정지복(30세) : 검은 얼굴에 신경질적인 만년 과거 준비생.

천서방(50세) : 서원노비. 한승재가 죽던 날 그와 심한 말다툼을 한다.

은실(20세) : 천 서방의 딸. 양반인 한승재의 아들을 몰래 낳는다.

시놉시스

1643년(인조21년) 10월 21일부터 30일까지. 소수서원 금잠고독 살인 사건.

소수서원 원생인 박명훈, 이기효, 한승재가 만든 모임 '시가연'. 소백산 단풍이 붉게 물든 새벽, 한승재가 '경' 자 바위 앞 죽계에서 시체로 발견된다. 그리고 사흘 뒤, 두 번째 회원 이기효가 독살당한다.

마을 사람들은 두 사람의 죽음이 200년 전 금성대군 역모 사건 때 몰살된 안씨들의 저주라고 떠들고, 소수서원 원장 안홍기는 살인으로 인해 100년 된 서원이 문을 닫게 될까 전전긍긍한다.

순흥 현감 최상현, 그의 딸 윤아는 율생 이강준과 함께 수사를 시작한다. 사건을 되짚으며 윤아와 강준은 한승재와 은실과의 관계를 알게 되고, 한승재가 죽기 전 은실에게 남긴 황금과 비단 주머니를 단서로 숙수사 스님들이 숨겨둔 황금 불상과 비밀리에 전수되던 황금누에 기술을 밝혀낸다.

강준과 윤아는 사건을 해결하는 과정에서 자아를 지켜나가는 사람들을 보며 그들의 태도와는 비교되는 자신들의 마음가짐을 되돌아본다.

중인신분을 탓하며 학업을 포기했던 강준은 사건이 해결된 뒤 새로운 삶을 찾아 강릉으로 떠난다. 그리고 윤아 또한 무거운 관습의 굴레를 스스로 벗기로 결심한다.

새벽. 죽령고개에서 누군가를 기다리는 한 남자. 다시 문을 연 소수서원 문성공묘에선 단아하고 맑은 조선 유생들의 제례가 한창이다. 나타난 강준이 기다리던 남자가 남장을 한 윤아임을 알아보고 옅게 미소 짓는다. 곧이어 강준은 앞장서는 윤아의 뒤를 따른다.

1953년, 순흥공민학교 건설 현장에서 스물다섯 개의 청동 불상이 발굴되었고, 현재 황금누에 기술은 완벽히 복원되었다.

하지만 일곱 개의 황금 불상은 아직까지 발견되지 않았다.

| 정소연 |

1991년 서울 출생
2015년 제12회 전국스토리텔링공모전 대상 수상

동쪽 끝 변호사 선생

| 구한솔 |

작품 의도

〈동쪽 끝 변호사 선생〉은 울릉도에 거주하며 법률 사각지대 해소에 힘써 온 실존 인물 백승빈 씨를 모티프로 한 휴먼 드라마다.

속물 성향이 다분한 괴짜 변호사 백승빈이, 티끌 한 점 없이 순수하고 선량한 육아원 원장 장미지를 만나면서 변해가는 성장담을 통해, 영웅이란 전설에서 묘사되는 것처럼 날 적부터 비범한 사람이 아니라, 일상을 살아가는 중에도 작금의 현실이 더 나아지기 위해 고군분투하는 생활인 가운데서 나온다는 것을 말하고 싶었다.

또 공간적 배경으로 등장하는 울릉도의 대중적 인식도 개선되기를 바라본다. 그간 대중에게 독도를 지키기 위한 전초기지 정도로만 여겨졌던 곳이나, 이 서사를 통해서 구석구석에 흩어진 울릉도의 미관이 많이 알려졌으면 좋겠다. 특히 작중 등장하는 '나리 분지'는 세상의 풍파에 한발 비껴선 순수의 낙원으로 묘사되어 많은 사람에게 재조명을 받을 수 있으리라 생각된다.

로그라인

알짜배기 수입을 노리고 무변촌 울릉도를 찾은 속물 변호사 백승빈은, 고아들을 성심껏 보살피고자 하는 장미지 원장과의 만남을 계기로 점차 개심, 각성하여 지역사회를 위협하는 권력에 맞서는 수호자로 거듭난다.

등장인물

백승빈(31) : 울릉도 유일의 변호사로, 적당한 기회를 살피면서 이익을 추구하고자 하는 소시민적 속물의 전형이다. 괴짜 같은 성격과 함부로 툭툭 던지듯 내뱉는 투박한 말투의 소유자다. 그러나 근본적으로는 잔정이 깊은 인물이라, 고아들을 성심껏 보살피고자 하는 장미지의 열정에 시간이 갈수록 마음이 움직여, 종래에는 그녀의 2심 변호를 맡기를 자처하기까지 한다.

장미지(27) : 자신의 고향 울릉도에 갈 곳 없는 고아들을 위한 육아원을 짓겠다는 부푼 꿈을 갖고 귀향한 젊은 아동복지사업가로, 고생하지 않고 자란 탓에 아이들에 대한 사랑이 깊은 만큼 물정이 어둡다. 처음에는 백승빈과 지역 주민들의 불신을 한 몸에 받으나, 그 자신의 진정성으로 서서히 그들에게 인정을 받는다.

윤덕기(63) : 수뢰 혐의로 직을 상실했던 전직 국회의원으로, 불명예스럽게 은퇴했음에도 든든한 재력과 인맥을 바탕으로 여전히 지역사회 내에서 실권을 행사한다. '독도 문제'로 애국심을 자극해 정작 자신의 이익을 챙기려는 파렴치한으로, 현대 지역사회에 종종 볼 수 있는 악덕 유지의 표본이라 할 수 있다.

공해동(49) : 울릉도 현지 출신 사무장이다. 넉넉하고 인간적인 성품의 소유자로, 승빈을 헌신적으로 보좌한다.

황 교수(59) : 윤덕기의 비밀을 알고 있는 의문의 증언자다. 승빈과 마찬가지로 실리냐 양심이냐를 고민하는 캐릭터다. 사건을 푸는 일종의 키맨 역할이다.

이일준(60) : 부장판사 출신의 변호사로, 덕기의 전담 변호사다. 기계적 성격의 소유자다.

병태(15) & 성호(8) : 각각 장미지가 보살피는 육아원생 가운데 맏이와 막내다. 병태는 불의의 사고로 인해 날카로운 피해 의식을, 성호는 불에 관한 트라우마와 정신 장애를 얻게 되었다.

시놉시스

도둑, 공해, 뱀이 없다 하여 3무도(三無島)라는 이명으로도 불리는 울릉도. 그러나 이 섬엔 사실 없는 게 하나 더 있었으니, 그건 바로 변호사의 존재다. 울릉도는 전국에 산재한 이른바 무변촌 가운데 하나였던 것이다. 하지만 여기 혈혈단신으로 섬에 상륙해 울릉도 유일의 변호사가 되기를 자처한 남자가 있었으니, 그는 연수원 생활을 마친 지 불과 2년 남짓한 신참내기 백승빈이다. 머나먼 동쪽 섬 울릉도에 치졸한 법정 다툼이 끼어들 틈이 어디 있겠냐고 다들 의아해했지만, 연수원 시절부터 동기들에게 남다른 괴짜로 통하던 그에게 이 극동의 외딴섬은 한마디로 블루오션이다. 일찍이 울릉도에 토지 기록이 소홀해 주민들 간의 분쟁이 잦다는 것을 우연한 기회로 알아서였다. 그러나 부푼 기대를 안고 도착한 섬의 실상은 그의 예상 밖이었다. 나름 쏠쏠한 벌이를 기대하고 현지인 출신 사무장 공해동을 채용한 뒤 번듯한 간판까지 내걸었건만, 분쟁이 잦은 것과 돈이 되는 것은 한마디로 완전히 별개였다. 기초생활수급자 신세를 면치 못하는 노인들과 이따금씩 선박을 사이에 둔 주민들끼리의 소소한 분쟁을 대신 처리해주고 돌아오는 것은 기껏해야 푼돈, 어쩔 때는 그마저도 받지 못해 적당히 해산물 몇 박스로 눙치고 가는 일 또한 허다했다. 간신히 생활비 정도만 벌며 근근이 살아가는 객지의 삶에 슬슬 염증을 느껴가던 무렵, 어느 날 섬에 좀 특별한 누군가가 상륙한다. 스무 명이 넘는 고아들과 더불어 섬을 찾은 그녀의 이름은 장미지. 그녀는 조상 대대로 공터로 남겨둔 자신의 사유지에 육아원을 차리고자 하지만 소송이 걸리는 바람에 발이 묶인 상태다. 법률적 쟁점이 되는 부분은, 오랫동안 사용하지 않았던 사유지를 정부가 마구잡이로 수용해 그 일부를 지역 유지 윤덕기에게 무단으로 제공했다는 것이다. 윤덕기는 전직 국회의원 출신으로, 포항과 울릉 일대에 영향력을 행세하는 막강한 실력자다. 장미지는 그런 윤덕기를 상대로 땅을 찾아 육아원을 짓고자 하는 것이다. 현실주의자인 백승빈은 그런 그녀를 도와주기보다 처음엔 오히려 윤덕기의 편을 들려고 한다. 전직 국회의원 출신이었던 윤덕기가 정부 지원을 받아 짓고자 하는 '독도 사랑 문화센터'가 오히려 명분 면에서는 더 그럴듯해 보였던 탓에, 윤덕기의 자문 의뢰를 맡으려 한 것이다. 그러나'독도 사랑'과'애국'이라는 그럴듯한 명분에 가려진 윤덕기의 추악한 본심을 알고 나서부터는 서서히 마음을 고쳐먹고, 이와 더불어 아이들을 진심으로 위하는 장미지의 본심을 깨달아 가면서, 다가오는 재심에 그녀의 변호사가 되기를 자처한다.

| 구한솔 |

1996년 4월 16일 출생

2017 경상북도 영상콘텐츠 시나리오 공모전 우수상 수상으로 데뷔

비형

| 임수연 |

작품 의도

천년의 왕국, 경주!
도시가 곧 문화재요, 박물관인 경주를 배경으로 한 신비로운 이야기 삼국유사.

삼국유사에 푹 빠져 있던 시절이 있었다.
특히 영혼이 된 진지왕과 인간 도화녀 사이에서 태어난 반인반귀 도깨비 비형!
내 눈에 비친 그는,
인간이 절대 가질 수 없는 능력, 세계를 다스릴 수 있는 큰 힘을 가졌음에도 불구하고 누구보다도 외롭고, 처연해 보였다.

사람이 아닌 도깨비들과 어울리며 그는 행복했을까?
사람이 아니라는 이유로 차별받고 부당한 대우를 받지는 않았을까?
사람이 되고 싶지는 않았을까?
꼬리에 꼬리를 물고 이어지는 질문들 속에서 그를 생각하고 또 생각했다.

살아 있는 모든 것은 누구나 혼자라고 느낄 때 외로움을 느낀다.
비형 또한 살아 있는 존재다.
하지만 그는 도깨비도, 귀신도, 사람들 속에서도 자신의 자리를 찾을 수 없었다.
그가 겪은 외로움의 깊이를 감히 가늠할 수 있을까?
깊이를 알 수 없는 사무치는 그의 외로움을 치유할 방법은 없었을까?
그때 스치듯 떠오른 단어 '사랑'
지금 우리가 살아가고 있는 현대에도 적용되곤 하는 마음 치유법.

내가 만든 이야기 속에서만이라도 비형이 사랑하는 여인을 만나 사랑을 통해 살아있는 기쁨을 느낄 수 있다면 좋겠다는 생각이 들었다.

'사랑은 충만한 생명력을 소비하며 살아 있다는 기쁨을 느끼고 그것을 타인에게 주는 것이다.' 에리히 프롬의 말처럼 비형의 삶 또한 더 빛날 수 있기를.

더 나아가,
받는 것에만 익숙하고 일회용처럼 소비되는 사랑이 흔한 요즘, 진정한 사랑의 의미를 다시 한번 생각할 수 있는 시간이 되기를 바란다.

로그라인

온전한 사람도 온전한 귀신도 될 수 없는 반인반귀 비형, 첫눈에 사랑에 빠지고 마는데! 하필이면 자신의 목숨을 노리는 숙적의 여식이다.

등장인물

비형(25세/남) : "인간이 되고 싶다! 온전한 인간이 되고 싶다!"
신라 25대 진지왕의 영혼과 신라 절세 미녀 도화녀 사이에서 태어난 반인반귀. 귀신과 도깨비를 부리는 재주가 있다. 덕분에 그의 기이한 능력이 진평왕의 눈에 들어 집사로 나랏일을 하고 있다. 사람도, 귀신도 아닌 자신의 처지 때문에 딱히 원하는 것 없이 무미건조한 삶을 살아왔는데 이현을 만나고 첫눈에 반하게 된 뒤, 사람이 되어 이현과의 사랑을 이루고 싶은 소망이 생겼다.

이현(21세/여) : 신라 상대등의 여식, 예쁘장한 외모에 똑 부러지는 성격을 가졌다. 어느 날, 화려한 무공을 선보인 여자 비희를 만나면서 그녀에게 알지 못할 감정이 솟아난다. 아비의 잘못을 용서 빌 줄 알고 자신의 삶을 스스로 결정하는 여자다.

길달(20대/남) : 도깨비. 비형의 충복이자 친구다. 비형이 유일하게 자신에게만 속내를 드러내지만 자유로운 영혼을 가진 도깨비로 비형을 벗어나 자유롭게 세상을 유랑하며 살고 싶다.

상대등(53세/남) : 신라의 수상, 이현의 아비. 사람도 아니고 귀신도 아닌 비형이 왕의 총애를 받는 것이 못마땅한데 자신의 여식까지 탐내다니 이번에야말로 비형을 없애고 싶다.

시놉시스

반인반귀로 귀신과 도깨비를 부릴 줄 아는 재주를 가진 비형은 하룻밤 사이에 다리를 축조하고, 반나절 만에 사찰을 짓는 등 나랏일을 하며 살아가고 있다. 비형의 뛰어난 능력에 갈수록 더 반하게 된 진평왕은 비형을 아끼고 신뢰하게 된다.

반면, 왕을 모시는 신하들은 비형을 질투하고 시기하는데 그 선봉에 선 자가 바로 상대등이다. 비형은 온갖 부귀영화를 누리고 있으나 반인반귀라는 자신의 처지 때문에 늘 마음이 쓸쓸하고 외롭다.

길달의 추천으로 길쌈대회장에 가게 된 비형, 숙적 상대등의 여식인 이현에게 첫눈에 반하게 되는데 이현은 사람이 아니란 이유로 비형을 거절한다. 그날 이후, 비형은 어엿한 사람이 되어 이현과의 사랑을 이루고 싶다는 소망이 생긴다.

간절한 소망을 이루기 위해 환웅을 찾아간 비형. 환웅은 비형에게 동굴 속에 들어가 마늘과 쑥만 먹으며 100일간 햇빛을 보지 않으면 사람이 될 수 있다고 말한다. 쉽지 않은 일임에도 불구하고 비형은 이를 악물고 100일간의 고행을 버텨낸다.

그런데 이게 웬일! 사람은 사람인데, 남자가 아닌 여인의 몸이 되고 만다! 기가 막힌 상황에 환웅을 불러 따져 묻지만 딱히 방법도 없다는데! 애꿎게 여인이 되어버린 비형을 불쌍히 여긴 환웅은 어떻게든 방법을 찾아보겠다 약조하고 하늘로 떠난다.

망연자실한 비형. 고민 끝에 차라리 여인 '비희'가 되어 이현의 벗으로서 그녀의 곁에 있기로 결심한다. 길달과 도깨비들의 도움을 받아 이현을 구해주고 이현의 집에 머무르며 이현과 가까워지는 비형. 길쌈을 배우기도 하고, 수를 놓기도 하며 즐거운 나날을 보낸다. 비형은 갈수록 점점 더 이현에게 빠져들고, 이현 역시 비희를 보며 알 수 없는 감정이 생긴다. 비형은 환웅의 기별을 받고 길달과 함께 남산으로 가는데 환웅이 준 술을 마시고 다시 원래의 모습으로 돌아온다. 이 사실을 알게 된 상대등은 안 그래도 눈에 가시였던 비형이 비열한 방법으로 자신의 여식을 탐했다며 극도로 분개한다.

한편 이현은 비희의 소식이 궁금해 비형의 집을 찾아왔다가 비형의 손가락에 감긴 모시 수건을 보고 비형이 비희라는 사실을 알게 된다. 이 사실 때문에 마음의 병이 생긴 이현은 쓰러지고 그 모습을 본 상대등은 이현을 이용해 비형을 없앨 계획을 세우는데…. 과연 비형은 상대등의 계략에서 벗어날 수 있을까? 비형과 이현의 사랑은 이루어질 수 있을까?

| 임수연 |

2010년 ~ 2013년 울산 태화강 고래축제 선사마을 이야기 극본
2013 부산 금정산성 막걸리 마을 이야기 극본
2015년 어린이 창작 뮤지컬 '장생포 고래전' 각색
2017년 한국방송작가협회 교육원 제55기 전문반 수료

드라마 시나리오 작법〈6〉

신봉승 작가/석좌교수

1933년, 강원도 강릉 출생. 경희대학교 대학원 국문학 석사. 1960년 현대문학 시와문학평론 추천 등단. 2009년 추계예술대학교 문화예술경영대학원 영상시나리오학과 석좌교수. 한국방송대상, 대종상 아시아 영화제 각본상, 한국펜문학상, 서울시문화상, 대한민국예술원상, 위암 장지연 상 등 수상. 《영상적 사고》《신봉승 텔레비전 시나리오 선집》(5권) 《양식과 오만》《시인 연산군》《국보가 된 조선 막사발》 등 다수. 대하소설 《조선왕조 500년》(48권) 《소설 한명회》(7권) 《조선의 정쟁》(5권) 등 다수.

제6장 성격묘사

| 신봉승 |

Ⅰ. 인물과 애펠레이션

나는 앞에서 극(劇:드라마)은 인간의 의지와 갈등을 묘사하는 예술이라고 누누이 설명하면서 그것은 아리스토텔레스에 이어 프라이타크의 이론에도 반영되어 있다고 말한 바가 있다.

희곡이나 시나리오와 같은 서사적인 산문 예술의 본질은 애펠레이션, 즉 등장인물의 이름을 지으면서 출발하는 것인지도 모른다. 왜 그러느냐 하면 연극이나 영화는 배우라는 이름의 예술가가 등장인물의 성격을 재현(再現)하는 것으로 성립되기 때문이다. 그러므로 서정시인이 감정의 언어를 창조하고 발굴하고 있을 때, 소설가나 시나리오 작가는 등장하는 인물의 이름을 짓고 있는 것이다.

나는 시나리오를 쓰려고 다짐하지 않았을 때부터 사람의 이름에 대하여 늘 관심을 가지고 있었다. 그랬던 탓일까, 멋지거나 아름다운 이름(아호라도)이 있으면 몹시 부러워하곤 했었다. 가령 박목월(朴木月), 김동리(金東里) 같은 문인들의 이름이나 윤봉춘(尹逢春), 안석영(安夕影) 등의 영화인의 이름, 심지어 정일권(丁一權) 같은 군인의 이름에까지도 매력을 느끼고 있었다. 물론 다음과 같은 에피소드가 전제되었기 때문일 것이다.

내가 향리(강원도 강릉)에서 초등학교 교편을 잡고 있을 때, 작명가 한 분이 우리 집에 세를 든 일이 있었다. 그는 젊은 작명가였고 나는 작가를 지망하는 문학청년이었기에 우리는 허심탄회하게 서로의 의견을 교환하고, 때로는 문학에 관한 토론에 임하기도 했었다. 그때까지 나는 이름이 당사자의 운명을 좌우한다는 것은 새빨간 미신쯤으로 여기고 있었다. 그러므로 젊은 작명가를 궁지에 몰아넣을 생각을 했다.

"이름이 어찌하여 그 사람의 운명을 좌우하는가. 사실이 그렇다면 이름만 바꾸면 모든 사람의 운명이 달라질 것이 아닌가?"

"당연하지요. 당연히 그렇습니다. 여길 보세요."

그는 입고 있던 와이셔츠를 벗어 들면서 내게 물었다.

"이게 뭡니까."

"와이셔츠지요."

나는 자신 있게 대답했다. 그는 입가에 웃음을 머금으면서 들고 있던 와이셔츠를 두 갈래로 주욱 찢었다. 그리고 어느 한 쪽을 부엌으로 던지면서 소리치는 것이었다.

"이건 걸레!"

"……?"

나는 어리둥절해질 수밖에 없었다. 젊은 작명가는 나머지 한 쪽을 도마 위에 던지면서

"이건 행주!"

라고 명명하면서 내 얼굴을 주시하는 것이었다. 나는 그때 비로소 그의 진의를 알아차리고 얼굴을 붉혔던 기억이 지금도 생생하다.

"어떻습니까. 와이셔츠라는 이름일 때는 신사의 속옷으로 있는 것이지만…, 잠시 전의 와이셔츠가 걸레라는 이름을 받았을 때는 불결한 곳을 치우게 되지만, 행주라는 이름을 받으면 깨끗한 곳에 놓이게 됩니다. 사람의 이름이라고 다를 게 무에 있겠습니까."

아, 내게는 큰 교훈이 아닐 수가 없었다. 그 후 나는 등장인물의 이름을 지을 때마다 정성을 다하여 작명하는 버릇이 생겼고, 아주 중요한 작품일 경우에는 작명소에 가서 생년월일까지 받고, 그 생년에 따른 사주팔자로 등장인물의 운명을 정할 때도 있었다.

이와 흡사한 얘기를 일본의 소설가 엔도오 슈사쿠(遠藤周作)도 다음과 같이 적고 있다.

작품의 첫 줄에 자크 몽주라는 외국인의 이름을 적었습니다. 그랬더니 그 이름의 배후엔 신과 악마, 신과 인간, 악과 선, 육체와 영혼 등등의 피비린내 나는 싸움을 그릴 수가 있을 것 같았습니다. 그러나 나는 백인도 아닌 황색의 일본인이었습니다. 그렇기 때문에 나는 다시 일본인의 이름을 거기에다 적었습니다. 그랬더니 돌연히 그 노란 얼굴에는 드라마가 없어져버리는 것이었습니다.

참으로 솔직한 고백이 아닐 수 없다. 작가는 누구나 다 자신의 작품에 나오는 인물의 이름에 대하여 신경을 쓰게 마련인 모양이다. 이름에서는 튼튼하고 우악스러운 이미지가 풍기는데 늘 꾀죄죄하고 앓는 모습으로 나타나면 무엇인가 잘못된 것으로 느껴질 수도 있을 것이다.

서양의 경우도 우리와 별로 다르지 않다. 캐럴 루이스(Carroll Lewis)의 작품인 《거울을 통하여 · Through the Looking Glass》에도 다음과 같은 구절이 있다.

"이름에는 뜻이 있어야만 하나요?"

알리스는 이상스럽다는 듯이 묻는다.

"그렇고말고… 내 이름의 의미는 내 모습 그것이거든…, 내 이름처럼 내 생김새는 괴상하지…. 알리스라는 너의 이름은 왠지 모르게 너와 꼭 같은 모습을 하고 있단 말야….”

이 문장은 캐럴 루이스가 생각하는 이름의 뉘앙스를 적은 것이다.

우리도 시나리오를 읽을 때, 깡패 같은 사람에게는 용팔, 짱구, 외팔이 등과 같은 거친 이름을 붙여주지만, 시골의 순박한 사람들에게는 돌이, 순이 등과 같은 순한 이름을 지어준다. 이 같은 애펠레이션의 테크닉은 이름에서 오는 사람마다의 이미지를 살리고자 하는 노력일 것이다.

우리나라 작가 중에서 등장인물의 이름에 대하여 가장 많이 신경을 쓰는 분이 내가 알기로는 한운사(韓雲史)가 아닌가 싶다. 이분의 작품을 보면 특이한 이름을 가진 인물이 많이 등장한다. 가령 〈남과 북〉에서의 '고운아'는 역시 고운 아이의 준말인 듯하고, 〈가슴을 펴라〉에서는 '반출세' '허약' '문학병' '부자애' '이용자' 등으로 작명을 하고, 그 이름에 걸맞은 캐릭터를 주어 이름이 곧 그 사람에 주어진 드라마를 말하게 하는 것이다.

한 작품에 이토록 많은 특수한 이름을 등장시킬 것까지는 없지만, 작가가 등장인물의 이름에 관심을 갖고 신경을 쓴다는 것은 그 인물의 탐구를 게을리하지 않는다는 점에서 대단히 바람직한 일이라고 할 것이다.

이와 같은 애펠레이션에 관련하여 이숭녕(李崇寧) 교수는《어감의 처리》에서 다음과 같이 주장하고 있다.

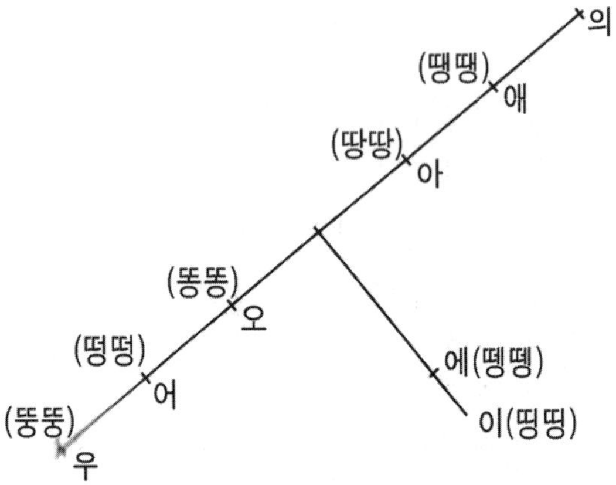

모음은 '아'를 중심으로 위로 올라갈수록 가벼워지고 아래로 내려올수록 무거워지기 때문에 사람의 이름을 지을 경우는 남자는 아래로 내려오는 무거운 계통의 소리를 끝 자로 쓰고, 'ㄱ'과 같은 투박한 받침을 쓰는 것이 좋겠고, 여자의 이름인 경우는 가벼운 계통의 소리를 쓸 것이며 가능하면 받침은 쓰지 않는 것이 좋다고 주장하고 있는 것이다.

어쨌든 사람의 이름은 드라마와 깊은 상관이 있다는 생각으로 애펠레이션에 각별한 신경을 쓸 필요가 있을 것이다. 또 그것이 각 인물의 성격 창조에 도움을 준다면 실로 일거양득이 아니고 무엇인가.

II. 인물의 구성

드라마의 핵심은 인물과 사건일 것이다. 인물과 인물 간의 갈등이 곧 사건으로 발전하기 때문이다. 이 같은 까닭으로 이형표 감독은 주요 인물과 그들의 직업이 결정되면 그 작품은 이미 다 쓴 것이나 다름없다고 강조한다. 역시 인물과 인물 간의 갈등을 절묘하게 만들어가기 위해서는 인물의 성격에 걸맞은 직업을 잘 선택해야 한다. 학교 선생님이 활동하는 환경과 병원 의사들이 활약하는 환경이 다르듯이, 검사나 군인의 환경은 판이하게 다르게 마련이다. 그러므로 등장하는 남자들의 직업이 빚어내는 장소에 그를 에워싼 여성들의 의식을 지배하는 환경을 접목하는 데 따라서 사건은 달라지게 마련이다.

시나리오를 씀에 있어 인물의 구성보다 더 중요한 기초는 없다. 인물의 구성이란 인물과 인물 간의 긴밀한 관계를 말한다. 무리하게 과장된 사건을 만들지 않기 위해서는 인물과 인물의 갈등과 협력이 절묘하게 이루어져야 한다. 인물의 직업(환경)이 중요한 것은 이 때문이다.

자, 이쯤에서《시나리오의 구성》이라는 저서를 내면서까지 인물구성론에 매달리는 일본의 시나리오 작가이자 걸출한 예술파 감독인 신도오 가네토의 '인물구성법'을 소개하고자 한다. 드라마에 등장하는 인물의 구성이나 조직에 관하여 논리적인 관심을 가지고 연구하는 경우는 아마도 그를 따를 사람이 없을 것이기 때문이다.

신도오 가네토는 인물의 구성이나 조직을 분석하고 연구함에 있어서 항상 그림을 그려서 설명한다. 반대로 설명하면 시나리오 작가는 작품을 쓰기 전에 인물의 관계를 일목요연하게 보여주는 그림을 그려서 정리할 필요가 있다는 것이며, 그 그림을 '인물관계도'라고 한다.

다음은 세계 영화사에 길이 남을 작품인 오손 웰스의 〈시민 케인〉의 인물관계를 신도오 가네토가 그린 것이다. 이른바 '인물관계도'의 전형인 셈이다.

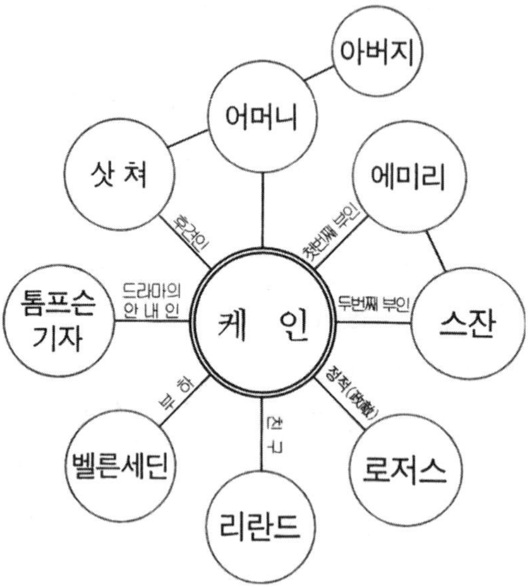

보는 바와 같이 인물에 쳐 있는 동그라미의 크기에까지 신경을 쓰고 있다. 그 동그라미가 크면 클수록 주요 인물이 되는 것이다. 또한 인물과 인물의 관계선 위에는 '어떤 관계'인가까지 명시되어 있다. 대단히 좋은 방법이라고 생각된다.

나는 시나리오를 처음 공부할 때부터 신도오 가네토의 책을 많이 읽었던 탓에 그의 영향을 많이 받았다. 그러므로 데뷔 작품에서 오늘에 이르는 수많은 작품은 모두 철저하게 '인물관계도'를 그렸다. 아무리 자신이 쓴 작품에 등장하는 인물이라도 그 수가 하나둘이 아니고, 또 직업과 성격이 다르기 때문에 자신이 창조한 인물이면서도 전체를 판단하기가 쉽지 않은 것이다. 그러므로 위와 같은 '인물관계도'를 그렸다가, 좀 더 발전한 것을 다시 그리는 일을 반복하다 보면 모든 인물의 성격과 그들의 관계를 완전히 머릿속에 넣게 되는 강점이 있다.

우리가 구상하는 시나리오가 머릿속을 맴돌면서 착상이 될 때, 사건이 먼저 떠오르는 경우와 어떤 특수한 인간형이 먼저 떠오르는 두 가지가 있다. 그 어느 쪽이든 간에 시나리오의 구성 단계로 들어가기에 앞서 주요 등장인물 몇몇의 스타일이나 성격은 어렴풋이 잡히게 마련이다. 바로 이 단계에서부터 본격적인 인물 탐구가 시작된다고 보면 틀림없다.

편의상 나의 체험을 기초로 설명하기로 한다.

1. **이름을 짓는다.**
   이 단계에서는 대개 그 인물의 외적인 조건을 참고하여 애펠레이션을 하게 된다.
2. **연령과 직업을 정한다.**
   연령을 정하는 것은 그 인물의 스타일을 잡는 데 결정적인 도움을 준다. 직업은 앞에서 설명한 바와 같이 사건을 만드는 요건이 된다는 것을 염두에 둔다.
3. **대강의 성격과 학력을 정한다.**
   물론 성격묘사의 조건을 만드는 일이다. 또 학력을 명확하게 정하는 것은 대사를 쓸때 용어의 선택을 용이하게 한다.

대개 이와 같은 순서로 진행하면(메모와 병행하여) 해당 인물의 스타일과 이미지 그리고 성격이 잡혀가기 시작한다.

자, 나의 원작을 내가 시나리오로 쓴 〈회전의자〉에 등장하는 주요 인물에 관한 메모를 소개해둔다.

강정수(26) 광성전업 세일즈맨. 상과대학의 경영학과를 졸업한 고아. 출세를 위해서는 물불을 가리지 않음.

박양자(25) 잡지사 사진기자. 정수와 동창. 자존심을 꺾으면서까지 사랑에 도취할 수 없다는 처녀. 술도 잘 마시는 남성적인 성격.

김춘호(58) 광성전업 사장.

구제중학 졸업. 적수공권으로 대광성전업을 설립. 모든 것을 절약으로 귀납하며, 한번 믿으면 살도 베어주는 의리형이며, 다혈질 흥분파.

김광표(32) 광성의 전무이며 춘호의 아들. 아버지와는 달리 침착하고 온순한 신사. 홀아비이기 때문에 처녀와 결혼할 자격이 없다고 생각하는 소심증.

등장인물에 대한 이 정도의 인물 메모가 완성되면, 앞에 예시한 인물관계도를 그리게 된다. 그림을 보면 알 수 있겠지만, 나는 신도오 가네토의 인물관계도처럼 동그라미만을 사용하지는 않는다. 남자의 경우는 사각형, 주연급일 때에는 두 겹으로 사각형을 그린다. 여자일 경우는 동그라미로 하되 여기서도 주요 인물에는 두 겹으로 동그라미를 그린다. 그리고 관계를 연결하는 선은 직선, 점선, 굵은 선 등으로 애정선, 질투선, 복수선 등을 구분하여 표시한다.

〈시나리오 〈최악의 전선〉의 인물관계도〉

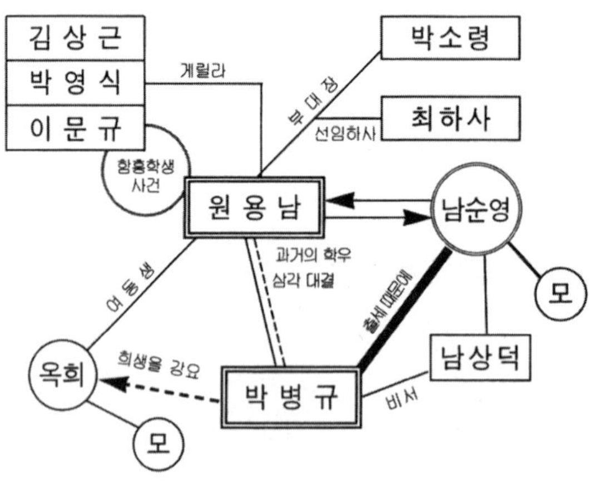

이 같은 인물관계도는 특정한 형식이 있는 것이 아니라 작가 자신의 취향에 따라 좀 더 편리한 방식으로 만들면 된다. 정밀한 계획도 없이 무턱대고 작품을 쓰기 시작하는 것보다 인물관계도를 그리면서 인물의 성격을 익히며, 여러 인물과의 관계를 명확하게 하면서 그것을 머릿속에 그려 넣을 수가 있다면 얼마나 좋은 방법인가.

내가 신인일 때는 이 같은 인물관계도를 대학 노트에만 기록하는 것이 아니라 전지(全紙) 크기로 커다랗게 그려서 벽에다 붙여놓고, 수시로 바라볼 수 있도록 했다. 간혹 찾아온 친구들이 그 인물관계도의 내용을 설명해주기를 원하면, 영화의 관객이 각양각층이듯이 영화에 문외한인 친구들에게 인물의 관계를 스토리를 곁들여서 설명하면, 뜻밖으로 그들의 훌륭한 조언이 있을 때가 많아서 플롯이 수정되는 경우를 여러 번 경험했다.

모두가 인물관계도를 정밀하게 작성한 데서 얻어지는 실익이었음을 강조하면서 이 항목의 설명을 마친다.

Ⅲ. 성격묘사의 기법

아무리 훌륭한 테마를 그렸다고 하더라도 인간의 성격이 뚜렷하게 부각되어 있지 않으면 좋은 시나리오라고 할 수 없듯이, 아무리 재미있는 스토리가 엮어져 있다 하더라도 인간이 제대로 그려져 있지 않으면 성공한 시나리오라고 할 수 없다. 그러므로 시나리오(또는 TV드라마)란 인간을 묘사하는 예술임을 누누이 강조해온 것이다.

시나리오의 현상공모에서 심사를 할 때나, 어느 개인의 시나리오를 읽고 나서 "이 작품에는 인간이 그려져 있지 않다"고 충고할 때처럼 괴로운 일은 없다. '인간이 그려져 있지 않다'는 것은 등장인물의 성격이 그려지지 않았다는 것이며, 성격이 모호한 인물들이 몰려다니면 좋은 드라마가 될 수 없기 때문이다.

시나리오나 TV 드라마에서 인간을 묘사하는 방법은 다음 두 가지로 요약된다.

첫째, 단 한 사람의 인간성을 추구하여 내면에 흐르는 본질을 찾아내는 것과 둘째, 여러 사람의 군중을 그리면서 각자의 성격을 그리면서도 종합적인 인간형을 만들어내는 방법이다. 첫 번째는 인간을 개별적으로 탐구하는 것이 되겠고, 두 번째는 사회 비판적인 시각으로 집단적인 의미의 성격을 함께 그려내는 것이 되겠다. 그러나 두 가지 모두 인간을 탐구하고 인간성을 추구한다는 의미에서 다를 것이 없다.

인간을 정확하게 묘사하는 비법이 있다면 물론 성격을 창조(묘사)하는 일일 것이다. 오늘의 시나리오나 고전이 된 희곡 작품에 이르기까지, 명성을 떨치는 작품은 모두가 등장인물의 성격묘사에 성공한 작품임은 말할 나위 없다.

명작《인형의 집》을 쓴 입센도 성격묘사에 관하여 다음과 같이 고백했다.

나는 한 편의 희곡을 완성하기까지 보통 원고를 세 번 쓴다. 회를 거듭할수록 작품은 달라지게 마련이지만, 그것은 인물의 성격이 달라지는 것이지 스토리가 달라지는 것은 아니다. 초고(草稿)에서는 각 등장인물이 기차에서 말을 주고받는 정도의 친근미밖에 없다. 이고(二稿)가 되면 수주일 동안 온천에서 같이 뒹굴다가 온 친구와 같이 그 성격이 확실해지면서 그 사람의 세밀한 특성도 알게 되고 성격 속에 담긴 특질까지도 알게 되지만 성격의 핵심이 분명치 않을 수도 있다. 그러나 삼고(三稿)가 되면 확신을 가질 수 있게 된다. 나에게는 모든 등장인물이 오랜 동안의 친밀한 결합으로 나타난다. 그들은 나와 가장 가까운 친구가 된다.

시나리오나 TV 드라마에 도전해 큰 성과를 거두어 훌륭한 작가로 성공하기 위해서는 위에 인용한 입센의 고백을 언제나 기억하고 있어야 할 것이다. 앞에서도 뼈아프게 지적한 바 있지만, 우리의 작가 지망생들은 작품을 쓸 줄만 알지, 그 작품의 준비 과정을 소홀히 하는 경우가 너무도 흔하다. 서운하게 듣지 말아주기를 바란다. 나는 신문의 신춘문예를 비롯하여 수많은 현상 콩쿠르에서 작가 지망생들의 시나리오를 읽었고, 또 대학의 강단에서, 각 단체의 교육기관에 출강하는 것을 계기로 정말로 많은 신인의 작품을 접한 바 있다.

그때마다 나는 해당 작가들에게 작품을 쓰기 전에 준비한 노트나 메모를 보여달라고 했지만, 그런 것을 보여주는 사람들은 거의 없었다. 그런 허황한 작가 지망생들에게 언제나 나는 내가 준비한 노트를 보여주곤 했는데, 내 노트를 구경하는 그들의 얼굴은 참담하게 일그러졌다는 사실을 여기에 다시 적는 내 속내를 헤아려주기를 바란다.

생각해보면 알 것이다. 지구상의 모든 인간이 사라지고 없어진다면 그와 동시에 드라마도 없어지고 말 것이다. 드라마 때문에 인간이 존재하는 것이 아니라 인간이 있기 때문에 드라마가 생성되는 것이다. 때문에 드라마는 인간의 탐구에서 시작된다는 사실을 재차 강조하는 것이다. 나는 인물의 구성을 설명할 때 비록 사건에서부터 발상이 되었다고 하더라도 거기에는 주요 인물이 동시에 등장한다고 설명했으며, 등장인물의 주변(인물 · 학력 · 성격)부터 정리하고 발전시켜 가는 순서를 강조한 것도 인물의 성격을 만들기 위한 것임을 이제는 이해했을 것으로 생각된다.

성격이라는 것은 인간성을 말하는 것이므로 개성과 보편성으로 나누어 생각해볼 수가 있다. 아무리 특수한 성격을 가진 사람이 있다 하더라도 그 특수한 성격 속에는 모든 사람이 다 같이 지니고 있을 보편성도 있게 마련이다. 예컨대 아무리 성격이 온화한 사람이라 하더라도 어느 경우 한번은 무섭도록 난폭해질 수가 있을 것이며, 또 잔인해질 수도 있다는 점이다. 그러므로 모든 사람이 다 같이 지니고 있는 인간 공통의 보편성이 성격묘사의 기초가 되어야 한다는 것이다.

그러나 이 보편성만으로는 개인의 성격을 명확하게 그려낼 수가 없다. 그렇다고 하여 보편성을 상실한 개성을 성격이라고 인정할 수도 없을 것이다. 이 문제에 대하여 소설가 정비석은 그의 《소설작법》에서 다음과 같이 적었다.

근대소설에서 성격 구성의 제1 조건은 보편적 인간성을 구현하지 않으면 안 된다. 보편적 인간성이란 시간과 공간을 초월한 만인 공통의 인정인 것이다. 그러나 성격 구성에 있어 만인 공통의 보편성만을 그려가지고는 추상적 개념에 떨어질 뿐으로 구체적인 것이 없어지고 말게 된다. 이에 주인공 자신만이 가지는 인간의 개성이라는 것도 동시에 요구되지 않을 수 없는 것이다. 생명은 본래 개성적인 것이다. 우리들은 개성 내지 개성적인 것에만 공감한다. 창조에 개성화의 낙인을 찍는 것은 예술에 있어서의 절대적인 요건이다. 그러한 구체적인 개성이 있음으로써 소설은 제각기 흥미 있는 것이다. 만인 공통의 보편적인 인간성과 각기 개인만의 독자적인 성격을 함께 가진 인간이라야만 독립된 생명체로서 존재가 성립되는 것이다.

시나리오도 소설과 같이 인간을 탐구하고 성격을 창조하는 예술인 까닭으로 위의 글을 골똘하게 되씹어보기를 권한다.

결국 개성을 특수하게 묘사하기 위해 인간이 지닌 보편성을 버릴 수 없는 것이며, 보편성만으로도 인간을 완전하게 묘사할 수는 없으니까 보편성의 기초 위에 개성을 부여해야만 보편성을 가진 성격이 그려진다는 것이다. 간혹 특수한 사람의 행적을 취재한 작가들이 사실만을 주장하면서 보편성을 지배하려고 하는 경우를 보지만, 아무리 사실이라도 보편성을 상실하면 리얼리티를 잃게 된다는 사실도 명심해야 할 것이다.

바로 여기가 성격묘사의 가장 기본이 되는 대목이므로 항상 유념하고 상기할 필요가 있을 것이다.

여기서 또 한 가지 강조해야 할 점은 테마와 스토리와 등장인물의 삼각관계다.

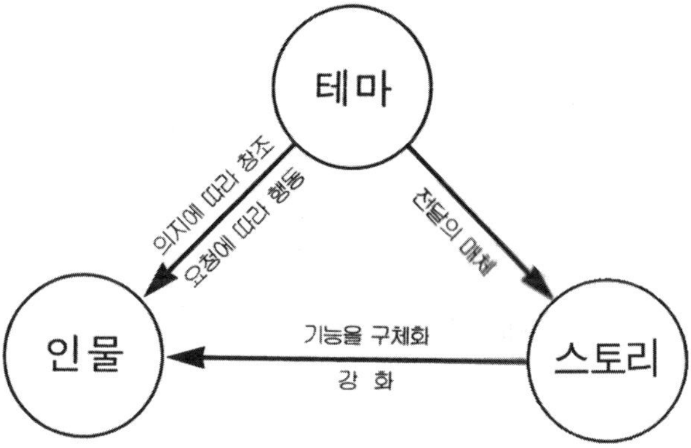

그림에서 보는 바와 같이 스토리는 테마를 관객에게 전달하기 위한 직접적인 매체로 존재하는 것이며, 그와 같은 전달 매체로서 스토리의 기능을 구체화하고 강화하는 일을 등장인물들이 맡고 있는 것이다. 그렇다고 하여 각 인물들이 스토리 때문에 존재하는 것은 아니다. 왜냐하면 등장인물은 테마의 의지로 창조되었으며, 테마의 요청에 따라 행동하기 때문이다. 만일 등장인물이 테마의 의지나 요청에 상관없이, 스토리의 구체화 때문에 존재하는 시나리오가 있다면 그것은 형식만 시나리오일 뿐 내용은 아무것도 들어 있지 않은 작품이 되고 말 것이다. 그러므로 테마는 스토리나 등장인물보다도 우위에 있게 되는 것이며, 인간의 성격이 명확히 묘사되어야만 테마의 요청과 스토리의 구체화에 대한 임무를 완수할 수 있다는 점을 명심해두기 바란다.

■ 성격묘사의 방법

훌륭한 드라마의 요건은 등장인물의 성격을 정확하게 묘사하는 데 있다 것은 앞서 설명한 바와 같다. 등장인물의 성격을 정확하게 묘사하는 핵심은 역시 성격을 구성하는 요소를 이해하는 길일 것이다. 그렇다면 성격의 구성 요소는 무엇인가. 용모, 환경, 직업, 지위, 교양, 취미, 기질, 사상, 의상, 용어, 행위, 표정 등 사람의 성격과 관계되는 모든 것이라고 하겠다.

여기에 대하여 몰톤 교수는 다음과 같이 세분화했다.

1. 성격의 내적 구성
   ① 심리, 기분, 의식
   ② 정신, 사상
2. 성격의 외적 구성
   ① 풍채, 표정, 언어, 동작, 행위
   ② 신분, 환경, 교육

이러한 요소들이 드라마의 진행과 함께하면서 각 인물의 성격을 형성하게 되는 것이다. 또한 이와 같은 성격의 요소를 자유롭게 구사하기 위해서는 작가는 항상 자기가 창조하고 있는 인물에 대하여 탐구하고 그 결과를 숙지하고 있어야 한다.

탁월한 이론가이며 연출가이자 연기자인 스타니슬랍스키가 '연기자는 그가 맡은 극 중 인물의 이력서'를 외고 있어야 한다고 했지만, 작가야말로 자기가 창조한 인물의 이력서를 작성할 수 있어야 한다. 가령 주인공의 나이 23세에서 35세까지가 드라마의 내용이라고 하더라도, 작가는 그의 소년 시절은 물론 노년기까지의 이력서를 만들어두어야 하는 것이다.

입센은 어떤 자세로 서고 어떤 걸음걸이를 하며, 어떤 제스처를 취하고 어떤 목소리의 소유자인가에까지 신경을 써야 한다고 주장하고 있는데, 이 또한 창조하는 인물의 외적인 이미지는 물론 나아가서는 내면 의식까지를 파악하기 위한 과정일 것이다. 그래야만 올바른 성격묘사를 할 수 있기 때문이다.

성격묘사의 방법은 다음 두 가지로 나누어서 생각할 수 있다.

1. 그 인물 자신의 언어와 동작(음성)에 따라 묘사하는 방법
2. 다른 인물의 언어(음성)로 설명하는 방법

이런 경우 1을 직접묘사라 하고, 2를 간접묘사라 한다. 그러나 대개의 경우는 이 두 가지가 혼용되면서 성격을 묘사해가는 것이 보통이다.

S# 4. 築港

이름뿐인 축항(築港).

마을에서 포구 쪽으로 10미터 남짓이 밀려나 시멘트로 되어 있다.

그 양옆으로 원양 출어를 나갈 돛배가 20여 척. 많은 사람이 출항에 바쁜 듯 분주하게 움직이고, 전송 나온 가족들도 붐빈다.

순임의 아기 밴 배가 크고 인상적이다.

순임의 남편인 어부가 순임의 배를 쓰다듬으며

어부A "꼭 시키는 대로 할 끼다…."
순임 "지난밤…꿈이 좋지 않았어예…."
어부A "그까짓 꿈 타령 치워버려라…(조용히)… 보레이 꼭 그대로 할 끼재?"

순임은 고개를 끄덕인다.

어부A "(배를 만지며) 네가 나오거던 고추를 달고 나오거라 어이…."

어부A는 배에 오른다.
탄탄하게 생긴 상수가 이 배 저 배를 건너다보며,

상수 "거 바람나거던 돛들 내리고 서둘지 말아야 하네…. 길들인 여편네들 생과부 만들지 말고…."
노어부 "와? 상수는 안 갈 끼가…."
상수 "꿈자리가 사나와서 그만둘랍니더…."
어부A "맨날 꾸는 개꿈 가지고 뭘 그래…."
상수 "(우악스럽게) 뱃놈이 꿈자리 사나우면 배 타지 말아야지 별수 있나…. 빌어먹을. 새로 만든 구두도 잃어버리고 사람 없는 똥간에 빠졌으니 목숨인들 붙어나겠어. 이런 꿈이면 누구도 안 탈 걸세. 칵 퉤!"

소리소리 지르던 상수가 가래를 돋워 뱉는다.
깔깔거리는 가족들.
우렁한 뱃노래가 한쪽에서 시작되면서 몇 척의 배는 움직인다.

어부A "여봐 상수…."
상수 "왜 그래?"
어부A "성구네 형제가 안 나왔구먼…, 어서 좀 불러다 주게…."

상수 "(사방을 돌아보며) 원 녀석, 새로 장갈 들더니 아주 고기잡이는 잊어버렸남. 내 다녀오지. 칵 퉤!"

두리번거리며 마을 쪽으로 걷는 상수의 눈,
걸음걸이, 모두가 우악스럽기만 하다.

S# 5. 돌각담
돌로 세운 담들이 옹기종기 이어간 양편에 초가지붕이 올망졸망 들어섰다. 급히 올라오는 상수. 내려오던 성칠.

성칠 "형님 나오십니꺼?"
상수 "아 형님이구 나발이구! 일찍 일찍 나와서 뱃머릴 잡으면 누가 때려잡어? 칵 퉤!"
성칠 "원 형님두…."
상수 "여봐 새 신랑은 오늘 배 안 탄대나?"
성칠 "어데예…, 곧 나올 겝니더…."
상수 "거, 뭘 하느라고 여태 있대…. 칵 퉤!"

가래침을 뱉더니 더욱 요란하게 돌각담을 끼고 돈다.

S# 6. 성구의 집
마당으로 들어서는 상수.
생각할 여유도 없이 성구 방의 문고리를 잡아 젖힌다.

S# 7. 성구의 방(안)
성구는 해순일 끼고 앉아 미친 듯이 볼을 비비고 있다.

S# 8. 성구의 방(밖)

기막힌 얼굴이 된 상수는 거세게 문을 닫아버리고 마당 한가운데 나와 쪼그리고 앉으며

상수 "(어처구니없이) 여보게 성구…, 거 대강 마치고 어서 나와! 해가 중천에 떴어…."

아무런 대꾸가 없자 곰방대에 담배를 담으며

상수 "아 그런 일이야 서둘러 해치우지 않고, 돛 올리는데 그럴 게 뭐야…. 아 이 사람아 아주 배 한 척 잡아놓고 그럴 텐가…?"

못마땅하다는 듯 소리 지른다.
방문이 열리고 허리춤을 움켜쥔 성구가 히죽이 웃으며 나온다.

상수 "(싱거워지며) 웃긴 제기랄…."
성구 "(그물을 메며) 형님은 나가지 않을랍니꺼?"
상수 "어찌나 요상한 꿈자린지…, 목숨을 부지하려면 쉬어야지 별수 있나…."
성구 "잘했습니다. 가십시더…."
상수 "(따라가며) 거 아무리 꿈이라도 칠피고도방 구두는 아깝더군…. 칵 퉤!"

가래를 치켜 뱉어놓고 해순이 방을 힐끗 돌아본다.
해순이가 나온다.

오영수의 단편소설 《갯마을》을 내가 각색한 시나리오에서 발단부의 몇 신을 골랐다.

여기서 상수는 우선 우악스럽고 거친 말투를 쓰고 있으며, 가래침을 자주 뱉는 습관을 가진 사나이임을 알 수 있다. 행동과 말투가 우악스럽다는 것은 외부적인 성격이며, 그것을 한층 구체화하기 위하여 아무데나 침을 뱉는 습관을 붙여 무지함을 드러내고 있음을 알 수 있다.

각 인물의 성격은 대체로 발단부에서 밝혀두어야만 드라마의 해석이나 진행에 무리가 없다. 성격이 불완전하거나 파탄이 생긴다면 드라마의 해석이나 진행이 달라지는 경우가 얼마든지 있다는 사실도 알아두기 바란다.

다음은 다른 인물의 음성(언어)으로 성격이 묘사되는 두 번째의 것을 살펴보기로 하자.

S# 9. 어물시장

– 전략.

이때 이들 앞으로 걸어오는 분이.

점례네 "(분이에게) 이 아지 한번 보고 가세요."

구공탄 댁 "싱싱한 병어도 있구… 이봐요, 학생…."

그러나 분이는 말없이 걸어가 복녀 앞에 앉는다.

복녀 "(분이에게) 또 나왔수?"

분이 "아줌말 찾느라구 온 시장을 헤맸어요…."

복녀 "저런! 순이 엄마 어디 있느냐구 찾지 않고선…."

분이 "생선 세 마리만 주세요."

원팔 "(거나해서) 아버진 집에 계시냐?"

분이 "일 나가셨어요!"

원팔 "암 그래야지. 돈두 한때거든…."

복녀 "세 마리 육십 원만 내요."
분이 "어어… 그럼 손해 아니에요? 자…."

복녀는 돈을 세어본다. 80원이다.

복녀 "(돈을 주며) 이건 가져가!"
분이 "아니에요…, 둬두세요."
복녀 "아니야…."

주거니 받거니 옥신각신한다.
이 모습을 보는 아낙들, 입을 삐죽거린다.

점례네 "잰, 거 추럭 운전하는 홀애비 남서방 딸 아니야!"
수동모 "왜 아니야! 아 그 홀애비가 저 복녀를 침 생키고 있다지 않어…."
구공탄 댁 "그 홀애비가 눈두 멀었지. 저 배안의 병신이 어디가 잘났다고 글쎄…."
점례네 "앗따…제눈에 맞으면 안경이지 별게 안경인가…."
수동모 "그럼 저 원팔인 보고만 있는 거야?"
점례네 "아 세상 모든 수컷이 절 좋아해도 저 병신이 낌새를 채려야지… 호호호…."

분이, 시장을 빠져나간다.

점례네 "이봐, 복녀 그 홀애비 심정 알아줘봐…."
복녀 "……."
수동모 "침을 흘리구 댕기는 걸 왜 싫대누? 아 그 부랑자 같은 신랑보다야 열 번 낫지…."

구공탄 댁 "이봐 차씨! 남 서방 딸이 다녀가니까 속이 뒤집히지?"

원팔 "늙은 과부들이 못 하는 소리가 없구나…, 이웃사촌끼리 붙는 것두 봤나? 제기랄 · · · ."

– 이하 략

이두형(李斗衡)이 시나리오를 쓰고 이만희(李晩熙)가 감독한 영화 〈시장(市場)〉의 발단부다. 복녀는 이기적인 타산이 전혀 없는 순진한 여인이다. 그렇기 때문에 그녀는 남에게 바보 소리를 들을 만큼 순박하다. 그와 같이 온순하고 순박한 것을 동작이나 언어만으로 완전히 묘사하기는 어렵기 때문에 점례네와 같은 다른 아낙들의 설명으로 복녀의 성격이 묘사되는 것이다.

다이얼로그가 좀 많다 싶지만, 번잡한 어시장의 분위기를 감안한다면 이해할 수도 있을 것이다. 실제 영화에서도 이 대목은 활기 있게 그려졌다.

■ 성격의 변화

프라이타크는 "성격의 생성과 변화에 최고의 희곡적 생명이 있다"고 했다.

정해진 인간의 성격이 어떻게 변하고 발전해가는가, 바로 이 점이 드라마의 생명이 되는 요점이라는 것이다. 그러나 여기에 티끌만 한 오해라도 있으면 안 된다. 성격묘사라는 것이 보편성과 특수성을 동시에 수용한다 하여 그것이 영원히, 혹은 절대로 변할 수 없다고 생각하면 안 된다는 점이다.

이 점을 오해하거나 잘못 생각하면 성격묘사에 큰 혼란을 야기할 수도 있다. 실제로 그렇게 하여 성격이 파탄되었을 때를 우리는 '행동과 성격의 불일치'라고 한다. 가령 고집불통의 인물이 있다고 하자. 그 인물의 고집불통은 모든 극적 요소를 발전시켜 나가는 요건이지만, 주의할 것은 고집불통의 인물이라 하여 극이 끝날 때까지 시종일관 고집불통이어야만 하는 것은 아니다. 그 고집불통이 불가피한 극적 계기와 만나 변화를 일으키고, 따라서 감동적인 성격으로 변화하는 따위를 말한다. 그러므로 성격의 합리적인 변화는 드라마의 발전에 크게 기여한다. 그러므로 성격이 변화하면서 플롯의 흐름을 방해하지만 않는다면 오히려 감동을 자극할 수도 있다는 것이다.

인물의 성격은 아무 조건 없이, 그야말로 우연히, 함부로 변하게 해서는 안 된다. 성격의 변화가 우연으로 처리된다면 성격의 파탄이 된다. 드라마에서 우연에 기대는 것처럼 안일하고 위험한 방법은 없을 것이다. 인물 간의 접촉이나 사건의 발단, 또는 해결 방법에서도 우연에 기대서는 안 된다.

같은 맥락으로 극작법에서는 동기(動機)라는 말이 자주 쓰인다. 가령 돈밖에 모르는 구두쇠 노인이 있다고 가정하자. 그 노인의 희망은 2톤짜리 작은 트럭을 한 대 사는 것이다. 그 소원 때문에 쌀이 떨어지고 딸이 앓는데도, 트럭을 사기 위해 저축한 돈을 쓰지 못한다. 심지어 딸애의 혼인을 외면하면서까지 잔돈푼을 긁어모으는 철두철미한 노인이다. 이 같은 노인의 성격이 영화가 끝날 때까지 무조건 지속된다면 스토리는 답답해지고 에피소드는 중복될 수밖에 없을 것이다. 그러므로 필연적인 동기에 따라 노인의 성격에 변화를 줄 때 큰 감동이 생겨난다는 사실도 기억해두어야 할 것이다.

진행되던 드라마가 침체된다는 것은 플롯의 흐름이 정지되는 것이나 다름없다. 그러므로 노인의 성격에 변화를 주는 것으로 침체된 드라마에 활력을 불어넣을 수 있다면, 등장인물의 성격을 합리적으로 변화하게 하는 능력이야말로 시나리오 작가의 자랑스러운 재산이 될 것이다. 성격의 변화를 잘 활용하기 위해서는 변화해야 하는 필연적인 계기나 동기가 있어야 한다는 점을 다시 한번 상기해주기 바란다.

성격묘사는 감독이나 연기자에게만 주어지는 책무가 아니다. 어떤 경우에도 시나리오를 쓰는 과정에서 발단되어야 하는 영역이다. 그러므로 시나리오 작가에게는 인간의 탐구가 생명임은 아무리 강조해도 부족함이 없을 것이다.

시나리오가 발로 쓰는 문학임은 앞에서도 누누이 강조한 바 있지만, 작은 녹음기를 꿰차고 팔도강산을 휘젓고 다니는 한이 있어도 직업별로 나뉘는 많은 사람, 성격별로 나뉠 수 있는 많은 사람과 만나서 그들과 대화를 나누어본다면, 갖가지 양상의 인간들을 그려낼 수 있는 능력이 생길 것이다.

Ⅳ. 심리묘사의 방법

심리묘사와 성격묘사는 원칙적으로 분리해서 생각할 수 없다. 때문에 작가는 자기가 쓰려고 하는 시나리오의 성격에 따라 심리와 성격 둘 중에서 어느 것을 주로 할 것인지 미리 생각해두는 것이 현명하다.

지금까지 보아온 영화나 연극에서 잘되었다고 생각되는 작품은 심리묘사의 축적이 잘된 것임은 설명하지 않아도 알 수 있는 것이며, 그 심리묘사의 누적에 따라 인물의 성격이 생생하게 살아난 경우를 누구나 한 번쯤은 경험했을 것이다.

그렇다면 심리묘사와 성격묘사는 어떻게 다를까. 성격묘사는 등장인물들이 각자 지니고 있는 스타일(내적이면서 외적인 것)을 표현하는 것이라 하겠고, 심리묘사는 아직까지 보여주지 않았던 내적인 갈등을 표현하는 것이라 하겠다. 말하자면 성격의 발굴을 의미하는 것이다. 이를 다른 말로 요약하면 성격묘사란 인간성 부분을 그리는 것이고,

심리묘사는 성격이 발전되려 하는 과정을 그리는 것이라 할 수 있다. 그러니까 심리나 성격 묘사는 다 같이 인간 탐구의 방법임은 두말할 여지가 없다.

'배가 고프다'라는 상태를 묘사하기 위해 조상들의 배고파하던 얘기에서 자손들이 또 배가 고프면 어쩌나 하는 염려까지는 몇백 장의 원고지에 담았다고 하더라도 소설이 되지 말라는 법은 없다. 그러나 시나리오나 희곡의 경우는 같은 자리에 앉아 심리묘사를 하기에는 매체의 성격상 대단히 불편하다. 상영(연)이라는 한정된 시간이 있고 시간은 어김없이 흐르기 때문이다. 흐르는 시간의 순간순간을 포착하면서 그 때그때 장소와 상황에 알맞도록 심리상태를 묘사하자면 어려움이 따르게 마련이다.

영화에서 심리묘사가 이루어지기 시작한 것은 1910년 이후의 일이다. 그때까지는 이야기의 줄거리가 심리묘사보다 우위에 있었다. 이것은 연극도 마찬가지였다. 초기의 연극은 유치하기 이를 데 없는 스토리나 사건만으로도 충분했지만, 우리가 사는 양상이 복잡해지고, 수많은 직업으로 분류되면서 관객들은 일상이 아닌 예술로서의 연극을 요구할 수밖에 없었다. 심리적 묘사에 눈뜨기 시작한 것은 이러한 시대의 요청이 있었기 때문이다.

입센 · 체호프 · 모리엘 등 걸출한 작가들에 의해 비로소 인간의 심리묘사가 무대 위에 나타나게 되었고, 영화는 1910년 이후 몽타주 이론의 발전으로 환상이라든가, 회상 형식 등의 표현 기법이 다양해짐에 따라 심리묘사가 스크린 위에 표현되기에 이른 것이다.

심리묘사의 제1 요소는 등장인물 각자의 '행동' '표정' '언어'에서 드러나는 것이라고 해도 과언이 아니다. 후대의 작가들에게 민족주의 작가로 평가받는 최금동(崔琴桐)의 시나리오〈하늘을 보고 땅을 보고〉의 한 장면을 살펴보기로 하자.

법과대학에 다니는 재훈은 그를 아껴주는 교수의 집에 갔다가 뜻하지 않은 살인을 하게 된다. 등록금을 마련할 방도를 연구하는 찰나에 교수 집에 놓여 있는 녹음기가 눈에 들어온 것이다. 그 녹음기를 갖고 나오다가 살인을 한 것이다.

S# 56. 달리는 버스(안)

여러 사람을 헤치고 안으로 들어오는 재훈(녹음기를 들었다).

승객 남 "여보 발 밟지 말아요!"

꽥 소리 지른다.

재훈 "(놀라서) 네! 실례했습니다."

앞에 앉아 있는 젊은 여자 승객이 녹음기와 재훈을 번갈아 올려다보다가

승객 여 "그거 무거우신데 저 주시죠…."
재훈 "아, 아니 괜찮습니다."
승객 여 "절 주시래두요."

녹음기를 빼앗다시피 잡아당긴다. 할 수 없이 손을 놓는다.

재훈 "미, 미안합니다."
승객 여 "어머 녹음긴가 보죠?"
재훈 "(깜짝 놀라서 여자의 얼굴을 뚫어질 듯 내려보다가) 네? 네…."

살인 후, 문제의 녹음기를 들고 버스에 탔을 때의 묘사다. 초조하고 불안한 재훈의 심리가 정확히 묘사되었다. 이 한 신에는 재훈의 행동, 표정, 언어가 함께 심리묘사를 돕고 있음을 알 수 있다.

나라타즈(회상) 형식도 심리묘사에 긴요히 쓰이는 방법인데, 이는 앞서 설명되었기에 여기서는 생략하겠지만, 심리묘사 방법에는 대조법이 효과적임을 상기할 필요도 있을 것이다. 선을 표현하는 데는 악이 있어야 하고, 부를 표현하는 데는 가난이, 그리고 죽음에는 삶이 대조되어야 설명이 명확해진다. 이러한 대립, 대조적인 방법이 심리묘사의 주된 방법이고, 부차적으로는 정경이나 소도구 그리고 음향효과(음악까지 포함하여) 등에 의해서도 탁월한 심리묘사를 시도해볼 수 있다.

■ 꿈이나 환상에 의한 심리묘사

〈저 하늘에도 슬픔이〉의 시나리오를 보면 윤복이가 그의 급우인 경애의 집에 가서 극진한 대접을 받는 장면이 있다. 경애의 어머니가 자기의 어머니처럼 생각해주는 통에 윤복은 잠시 실제의 어머니와 만나는 환상에 빠져들고 만다.

S# 98. 경애의 집 부엌(밤) 환상

굉장한 문화주택의 부엌이다.

박자옥이 계란 프라이를 만들고 있다.

윤복 "(나오며) 엄마 · · · !"

자옥 "응…, 이거 먹고 공부해라… ."

하며, 계란 프라이를 접시에 담아준다.

자옥 "우유 해줄까?"

끄덕이며 먹는 윤복.
여기에 윤식이가 뛰어나오며

윤식 "씨야만 해주고… 나두 줘…."
자옥 "(웃으며) 씨아는 공부해야 안 되나?"
윤식 "나도 공부할래…."
윤복 "엄마, 식이도 해줘…."
자옥 "그럴까, 그럼 들어가 있어라…. 우유하고 계란하고 가지고 갈게…."

윤복이와 윤식이가 안으로 들어간다.

S# 99. 경애의 집 응접실(밤) 환상
온 식구가 모두 모여 있다.
모두들 우유잔을 들고 노래 부르고 태순이가 노래에 맞춰 춤을 추는 것이다.

S# 100. 길(밤)
가난한 윤복의 환상이 깨어진다.
눈물을 닦으며 걷는 윤복.
한 손엔 깡통이 들려 있을 뿐….
어디선가 목이 쉰 기적 소리가 가느다랗게 들려온다.
〈F · O〉

이 환상 장면은 경애 어머니의 따뜻한 손길로 인하여 '나도 어머니가 있었으면…' 하는 희망과 함께, 어머니를 그리는 윤복의 심리묘사를 나타내고 있는 것이다.

■ 정경에 의한 심리묘사

이 같은 방법은 캐럴 리드의 〈제3의 사나이〉의 라스트 신이나, 〈사랑할 때와 죽을 때〉의 라스트 신처럼 화면 가득히 메워진 어떤 정경(이것은 주인공의 심리와 대조된다) 속에 호젓하게 남아 있는 인물의 허허한 심리를 포착하는 경우이고, 비토리오 데시카(Vittorio Decica)의 〈자전거 도둑〉에서 잃어버린 자전거를 찾아 헤매던 아버지와 아들이 비에 젖어 다리 위를 거니는 장면이 그들 부자의 처량하고 황량한 심리를 절묘하게 드러내 보여 지금도 명장면으로 평가되고 있다.

■ 소도구에 의한 심리묘사

소도구에 의한 심리묘사를 즐겨 다루는 감독 가운데서 그 대표적인 존재는 역시 미켈란젤로 안토니오니(Michelangelo Antonioni)라고 해야 할 것이다. 그가 감독한 화제의 영화 〈정사〉 〈밤〉 〈태양은 외로워〉 등 일련의 작품은 모두 어떤 '의식'의 흐름을 다루고 있기 때문에 대체로 심리묘사에 치우치는 경향이 짙다.

넓은 정경 속에 점과 같은 인물을 묘사하여 뿌리 깊은 고독을 씹어보게 하기도 하고, 옥상에서 내려다보는 풍물을 가시 범위보다 넓게 잡아 순간적으로 많은 정경을 인서트시키고 있는 것은 모두 심리묘사의 한 방법으로 쓰이고 있는 것이며, 특히〈정사〉에서 서두에 묘사되는 지루한 선풍기 장면은 현대인의 불안과 초조와 권태를 강렬하게 표현하고 있다. 이때 쓰인 선풍기는 소도구를 이용한 심리묘사의 대표적인 예다. 또 마스코트의 이용도 있다. 사랑하는 사람에게서 받은 물건을 만지면서 애인을 생각하는 것도 그 좋은 예다.

■ 음향효과나 음악에 의한 심리묘사

우리 영화 중에서도 김기영 감독이 자주 구사하는 음향효과는 대단히 자극적인 심리효과를 끌어내곤 한다. 그의 대표작이라고 해도 손색없는 〈하녀〉를 보면 '드르륵'하고 울리는 육중한 문소리가 수없이 반복된다.

이 문소리(음향효과)가 반복될 때마다 화면은 음산해지고 등장인물의 공포 심리가 쇼킹하게 표출된다. 이만희 감독의 〈흑맥(黑麥)〉을 보면 지나가는 열차 소리가 〈하녀〉의 문소리를 방불케 하는 긴장감과 짜증을 동시에 불러들이는데, 그 소리는 독립된 것이 아니라 등장인물의 심리 상태나 플롯의 흐름에 긴장감을 더하게 하는 효과를 지니고 있다.

이러한 것이 음향에 의한 심리묘사의 한 방법이라고 할 수 있다.

S# 88. 환시적(幻視的) 환청

석준의 눈에 일그러져 보이는 천장.	O.L	**석준** "(마음의 소리) 여기서 자아를 잃으면 마지막이다. 정신 차려라, 정신을 잃으면 죽는다!"
석준의 눈에 일그러져 보이는 얼굴들.	O.L	
석준의 눈에 일그러져 보이는 물건들의 환시		**박 대령** "(소리) 석준이 날 따라서 불러라. 하나…둘…셋…넷…다섯…."
그리고 숱한 환청들.	W	
석준의 눈에 떠오르는 박 대령의 얼굴.	O.L	
석준의 눈에 떠오르는 장 대위의 얼굴.	O.L	
석준의 눈에 떠오르는 남 총좌의 질타하는 얼굴.	O.L	**장 대위** "(소리) 이 일을 할 수 있다면 석준이 너뿐이다."
석준의 눈에 마스크를 낀 괴뢰 군의관 얼굴.	O.L	**남 총좌** "(소리가 비현실음으로 메아리치며) 빨리, 깨기 전에 마취 주사를 놓아라."
석준의 눈에 보이는 거대한 주사기의 비현실적인	C.U	**석준** "(소리) 마취 고문이다. 자아를 잃으면 안 된다. 기억력을 잃으면 안 된다. 오냐, 뭐든지 물을 테면 물어라!"

영화평론가이면서 시나리오도 함께 썼던 이영일(李英一)의 오리지널 시나리오 〈다이아몬드를 파괴하라〉에서 국군 공작원인 석준이 북한 인민군의 세뇌공작실에서 마취 고문을 당하는 장면이다. 자아를 잃어서는 안 되겠다고 마음속으로 다짐하고 있는 석준의 심리묘사를 대담하게 표현하고 있다. 환시(幻視 : 소도구에 의한)와 환청(幻聽 : 음악과 음향효과에 의한)을 통한 본격적인 묘사의 예라 하겠다.

음악에 의한 심리묘사는 작가에게 주어진 문제는 아니다. 작가가 가능한 한도까지 묘사하여 놓은 심리묘사를 음악이 한층 더 뒷받침하게 하는 것은 음악을 담당한 사람과 감독이 창출한 영상에 의해서 상호 보완되는 경우일 것이다.

■ 구도(構圖)에 의한 심리묘사

영상의 구도는 연출가(감독)의 영역이다. 카메라의 앵글로 심리묘사를 즐겨 하는 우리나라 감독으로는 유현목을 들 수 있을 것이다. 그의 〈오발탄〉 〈아낌없이 주련다〉 〈잉여인간〉 등의 작품에는 어김없이 앙각(仰角)이거나 불안한 앵글의 구도가 등장한다. 앙각과 같은 앵글은 인물의 불안감을 강조할 때 자주 쓰이는 수법이다. 요즘은 영화의 기재가 디지털화되면서 앙각이 아니면서도 기계적인 효과를 기대할 수 있기 때문에, 할리우드 영화인 〈트루 라이즈〉 〈타이타닉〉 〈쥬라기 공원〉 등의 경이적인 영상과 접하면서도 놀라기보다 영화의 표현 기법이 무한정으로 발전하는 데 대하여 그저 혀를 찰 뿐이다.

심리묘사의 수법이 점점 다채롭고 자유로워지는 것은 영화 예술의 질적인 향상이라는 점에서 대단히 바람직한 현상이다. 영화로서는 표현이 불가능하다고 생각했던 내면 의식의 묘사가 점점 활발하게 표현되는 것은 소설이 지닌 독자적인 묘사 영역을 능가하는 시기가 가까워지고 있다는 것을 의미하는 것이기도 하다.

초창기의 TV 드라마는 스튜디오라는 한정된 장소만을 사용했던 까닭으로 원경이나 전경보다는 클로즈업 쇼트나 바스트 쇼트 등과 같은 근접 촬영이 많았고, VTR 테이프 편집이 되지 않아 겪었던 불편함은 이루 헤아릴 길이 없었으나, 지금은 디지털 기기의 발달로 고감도의 영상도 자유롭게 만들 수 있게 되었고, CG의 발달로 전혀 불가능하리라고 생각했던 3차원의 영상까지 만들어내는 경지에 이르고 있다.

그렇다고 하여 TV 드라마의 극본에 변화가 온 것은 결코 아니다. 시나리오가 인간의 모든 갈등과 심리의 충돌을 그리는 것처럼, TV 드라마도 인간을 그려가는 일은 변하지 않을 것이다. 그러므로 성격묘사나 심리묘사를 정확하게 구축하는 작가의 능력을 배양하는 데 더욱 힘을 기울여야 할 것이다.

구분	번호	제작 연도	영화명	장르	감독	프로듀서	각본	캐스팅	크랭크인	크랭크업	제공	배급	제작사	개봉(예정)	비고
후반 작업	4	2017	돈	범죄	박누리	박민정	박누리	류준열, 유지태, 조우진	2017-05-12	2017-08-29	쇼박스	쇼박스	사나이픽처스/영화사 월광	2018	
	5	2017	니 부모 얼굴이 보고 싶다	드라마	김지훈	진일규	김경미	설경구, 오달수, 천우희	2017-05-29	2017-08-27	폭스 인터내셔널 프로덕션(코리아)	이십세기폭스코리아	더타워픽처스/폭스 인터내셔널 프로덕션(코리아)/수현재엔터테인먼트/리버픽처스	2018	하타사와 세이고 동명 희곡 원작
	6	2017	1987(가제)	드라마	장준환	정원찬	김경찬	김윤석, 하정우, 유해진	2017-04-20	2017-08-27	CJ E&M 영화사업부문	CJ E&M 영화사업부문	우정필름	2017	
	7	2017	그것만이 내 세상(가제)	드라마	최성현	주승환	최성현	이병헌, 박정민, 윤여정	2017-06-06	2017-08-27	CJ E&M 영화사업부문	CJ E&M 영화사업부문	JK필름/CJ E&M 영화사업부문/오드아이픽처스	2018	
	8	2017	흥부	사극	조근현	최진	백미경	정우, 김주혁	2017-05-11	2017-08-18	대명문화공장/롯데엔터테인먼트	롯데엔터테인먼트	영화사궁/발렌타인필름	2018	
	9	2017	염력	드라마/액션	연상호	김연호	연상호	류승룡, 심은경	2017-04-17	2017-08-06	NEW	NEW	영화사 레드피터	2018	
	10	2017	당신의 부탁	드라마	이동은	김지영	이동은	임수정, 윤찬영, 이상희	2017-06-20	2017-07-27			명필름	2018	2017 BIFF 한국영화의 오늘-비전 부문 초청작
	11	2017	공작	첩보/액션/드라마	윤종빈	국수란	권성휘, 윤종빈	황정민, 이성민, 조진웅	2017-01-24	2017-07-25	CJ E&M 영화사업부문	CJ E&M 영화사업부문	영화사 월광/사나이픽처스	2017	
	12	2017	물괴	사극	허종호	양창훈	허담, 허종호	김명민, 이경영, 박희순	2017-04-10	2017-07-21	씨네그루㈜키다리이엔티	씨네그루㈜키다리이엔티	태원엔터테인먼트	2018	
	13	2017	바람 바람 바람	코미디	이병헌	김철용, 이민수	장규성, 배세영	이성민, 신하균, 송지효	2017-03-13	2017-07-01	NEW	NEW	하이브미디어코프	2017	
	14	2017	치즈인더트랩	로맨틱 스릴러	김제영	이성두	김준아, 김제영	박해진, 오연서, 박기웅	2017-04-20	2017-06-22			마운틴무브먼트스토리	2018	순끼 동명 웹툰 원작
	15	2017	영주	드라마	차성덕	권보람	차성덕	김향기, 김호정, 탕준상	2017-05-20	2017-06-22	CGV아트하우스	CGV아트하우스	㈜케이아츠 영주 프로덕션	2017	2016 영진위 독립영화제작지원작
	16	2017	강철비	첩보/액션/드라마	양우석	박준호	양우석	정우성, 곽도원	2017-02-02	2017-06-01	모팩앤알프레드/와이웍스엔터테인먼트	NEW	모팩앤알프레드	2017-12	양우석, 제피가루 웹툰 「스틸 레인」 원작
	17	2017	골든슬럼버(가제)	액션/드라마	노동석	송대찬	이해준, 노동석, 조의석	강동원, 한효주, 김의성	2017-01-23	2017-05-07	CJ E&M 영화사업부문	CJ E&M 영화사업부문	영화사 집	2017	이사카 코타로 동명 소설 원작
	18	2017	박화영	드라마	이환	한승상	이환	김가희, 강민아, 이재균	2017-02-12	2017-04-07		리틀빅픽처스	명필름랩	2017	2017 BIFF 한국영화의 오늘-비전 부문 초청작
	19	2017	신과함께	판타지/드라마	김용화	최지선	김용화	하정우, 차태현, 주지훈	2016-05-26	2017-03-22	롯데엔터테인먼트/덱스터스튜디오	롯데엔터테인먼트	리얼라이즈픽처스/덱스터스튜디오	2017-12-20	주호민 동명 웹툰 원작/2016 영진위 영화현장응급의료지원작
	20	2017	7호실	블랙코미디	이용승	문용찬	이용승	신하균, 도경수	2017-01-02	2017-02-23	롯데엔터테인먼트	롯데엔터테인먼트	명필름	2017	2017 BiFan 개막작
	21	2017	아메리카타운	드라마	전수일	서윤교	전수일	김단율, 김채영	2017-01-15	2017-02-15	마노엔터테인먼트		마노엔터테인먼트/동녘필름	2017-하반기	2017 BIFF 한국영화의 오늘-파노라마 부문 초청작
	22	2017	트루 픽션	미스터리/스릴러	김진묵	최효준	김진묵	지현우, 오인석, 이은우	2016-12-07	2017-01-18	페퍼민트앤컴퍼니	리틀빅픽처스/페퍼민트앤컴퍼니	리드미컬그린	2017-하반기	
	23	2016	일급기밀	드라마	故 홍기선	최강혁, 신병훈	최창열, 안영수, 황영철	김상경, 김옥빈	2016-09-24	2016-12-09	리틀빅픽처스	리틀빅픽처스	미인픽처스/미디어모굴	2017-하반기	2017 BiFan 특별전 부문 초청작
	24	2016	컨트롤	스릴러	한장혁	유홍준	한장혁	박해일, 정웅인, 오달수	2016-09-18	2016-11-27	미시간벤처캐피탈		위드인픽처스	2017	
	25	2016	괴물들	드라마	김백준	한재훈	김백준	이원근, 이이경, 박규영	2016-10-13	2016-11-14	리틀빅픽처스	리틀빅픽처스	케이프로덕션	2017-하반기	부산-롯데 창조영화펀드 투자작
	26	2016	홈	드라마	김종우	김순모	김종우	이효제, 허준석, 임태풍	2016-09-23	2016-11-02	리틀빅픽처스	리틀빅픽처스	아토	2018-상반기	2016 부산영상위원회 부산지역영화제작지원작/2017 BIFF 한국영화의 오늘-비전 부문 초청작
	27	2016	원더풀 고스트	휴먼 코미디	조원희	김성진	김성진	마동석, 김영광, 이유영	2016-08-10	2016-10-10	조이앤시네마		데이드림 엔터테인먼트	2017	A.K.A. 원더풀 라이프/2016 영진위 영화현장응급의료지원작
	28	2016	머니백	스릴러	허준형	이종석	허준형	김무열, 박희순, 이경영	2016-05-29	2016-07-25	리틀빅픽처스	리틀빅픽처스	젠프로덕션	2017-하반기	A.K.A. 메이드 인 코리아
	29	2016	소녀의 세계(가제)	로맨스	안정민	윤기진	안정민	노정의, 조수향, 권나라	2016-06-09	2016-07-17	아이아스플러스		빅오픽처스/영화사 날개	2017	2016 서울독립영화제 특별초청작
	30	2016	환절기	드라마	이동은	김지영	이동은	배종옥, 이원근, 지윤호	2016-05-29	2016-07-14			명필름랩	2017-하반기	이동은, 정이용 동명 그래픽 노블 원작/2016 BIFF KNN 관객상 수상
	31	2016	7년의 밤	드라마/스릴러	추창민	안은미, 윤경환	추창민	류승룡, 장동건	2015-11-19	2016-05-25	CJ E&M 영화사업부문	CJ E&M 영화사업부문	CJ E&M 영화사업부문/폴룩스㈜바른손	2017	정유정 동명 소설 원작/2016 영진위 영화현장응급의료지원작
	32	2016	그대 이름은 장미(가제)	휴먼/코미디	조석현	조문익	홍은미	유호정, 박성웅, 하연수	2016-01-29	2016-04-30	미시간벤처캐피탈		엠씨엠씨	2017	2015 영진위 가족영화제작지원작
	33	2015	궁합	드라마	홍창표	이강진	이소미	심은경, 이승기, 김상경	2015-09-09	2015-12-23	CJ E&M 영화사업부문	CJ E&M 영화사업부문	주피터필름	2017	역학 3부작 중 두 번째 작품
	34	2014	플라이 하이	드라마	한경탁	김용	선연희, 한경탁	송일국, 전수진, 이훈	2014-06-14	2014-07-30			분홍돌고래/다세포클럽	2017	2013 영진위 상반기 한국영화기획개발지원작
촬영 진행	1	2017	목격자	스릴러	조규장	오정현	이영종	이성민, 김상호, 진경	2017-09-23		NEW	NEW	AD406	2018	
	2	2017	너의 결혼식	멜로	이석근	차상민	이석근	박보영, 김영광	2017-09-18		오퍼스픽처스		필름케이/외유내강/영화사 울림	2018	
	3	2017	버닝 [N]	미스터리	이창동	옥광희	오정미, 이창동	유아인, 전종서, 스티븐 연	2017-09-11		(유)버닝프로젝트	CGV아트하우스	파인하우스필름	2018	
	4	2017	변산 [N]	드라마	이준익	김성철	김세겸	박정민, 김고은	2017-09-11		메가박스㈜플러스엠	메가박스㈜플러스엠	변산문화산업전문㈜	2018	
	5	2017	데자뷰 [N]	미스터리/스릴러	고경민	김태은	고경민	남규리, 이천희, 이규한	2017-09-10			씨네그루㈜키다리이엔티	스톰픽처스코리아/원픽처스/컬처 캡 코리아	2018-상반기	
	6	2017	허스토리(가제)	드라마	민규동	박자명		김희애, 김해숙	2017-09-10		NEW	NEW	수필름	2018	
	7	2017	창궐	사극/액션	김성훈	김남수	황조윤	현빈, 장동건, 조우진	2017-09-01		NEW	NEW	리양필름/영화사 이창	2018	
	8	2017	안시성	사극	김광식	구태진, 김용선	김광식	조인성, 남주혁, 박성웅	2017-08-23		NEW	NEW	스튜디오앤뉴/영화사 수작	2018	
	9	2017	명당	사극	박희곤	이강진	정자영	조승우, 지성, 김성균	2017-08-22		메가박스㈜플러스엠	메가박스㈜플러스엠	주피터필름	2018	역학 3부작 중 세 번째 작품
	10	2017	인랑(가제)	SF/액션	김지운	김우상		강동원, 한효주, 정우성	2017-08-16		유니온투자파트너스	워너브러더스코리아	루이스 픽처스	2018	오시이 마모루 원작, 오키우라 히로유키 연출의 동명 일본 애니메이션 원작
	11	2017	암수살인	범죄/스릴러	김태균	신영일	곽경택, 김태균	김윤석, 주지훈	2017-08-14		쇼박스	쇼박스	필름295/블러썸픽처스	2018	
	12	2017	지금 만나러 갑니다(가제)	드라마	이장훈	양수정	이장훈, 강수진	소지섭, 손예진	2017-08-12		롯데엔터테인먼트	롯데엔터테인먼트	무비락/도서관옆스튜디오/푸른나무 픽처스	2018	이치카와 다쿠지 동명 소설 원작
	13	2017	조선명탐정3	사극/어드벤처	김석윤	이선미, 안용식	한종애, 조은이	김명민, 오달수, 김지원	2017-08-07		쇼박스	쇼박스	청년필름	2018	〈조선명탐정〉 시리즈 세 번째 작품
	14	2017	PMC	액션/스릴러	김병우	최원기	김병우	하정우, 이선균	2017-08-04		CJ E&M 영화사업부문	CJ E&M 영화사업부문	아티스트컴퍼니/퍼펙트스톰필름	2018	
	15	2017	곰탱이(가제)	드라마	임진순	서종해	임진순	마동석, 김새론, 이상엽	2017-07-21			오퍼스픽처스	데이드림 엔터테인먼트	2018	
	16	2017	독전(가제)	범죄/액션	이해영	정희순	정서경, 이해영	조진웅, 류준열, 김주혁	2017-07-01		씨네그루㈜키다리이엔티	씨네그루㈜키다리이엔티	용필름	2018	
	17	2017	협상	범죄/스릴러	이종석	이상직	최성현	현빈, 손예진	2017-06-17		CJ E&M 영화사업부문	CJ E&M 영화사업부문	JK필름	2018	
	18	2017	마약왕	범죄/시대/드라마	우민호	김진우	우민호	송강호, 조정석, 배두나	2017-05-05		쇼박스	쇼박스	하이브미디어코프	2018	
	19	2017	자전차왕 엄복동	드라마		이상민	김유성	정지훈, 이범수, 강소라	2017-04-18		셀트리온엔터테인먼트		셀트리온엔터테인먼트	2018	
	20	2017	리틀 포레스트	드라마	임순례	구정아	황성구	김태리, 류준열, 문소리	2017-01-21		메가박스㈜플러스엠	메가박스㈜플러스엠	영화사 수박	2018	이가라시 다이스케 동명 만화 원작
촬영 준비	1	2017	기묘한 가족 [N]	코미디	이민재	이치범	이민재, 정서인	정재영, 김남길, 엄지원	2017-10		메가박스㈜플러스엠	메가박스㈜플러스엠	씨네주/오스카10스튜디오	2018	
	2	2017	뷰티풀 데이즈 [N]	드라마	윤재호	김성년	윤재호	이나영, 장동윤	2017-10		페퍼민트앤컴퍼니		엔타로직	2018-상반기	
	3	2017	도청(가제)	범죄	최동훈	김성민	최동훈, 이기철	이정재, 김우빈, 김의성	2017-하반기		CJ E&M 영화사업부문	CJ E&M 영화사업부문	케이퍼필름	2018	홍콩영화 〈절청풍운〉 리메이크작

Production note | 2017년 10월

2017.09.25 기준 | [N] 신규 등록 작품 | 한국영화 제작상황판 수정·보완·추가사항_영진위 전산운영팀_02-6261-6577/mmdb@kofic.or.kr

구분	번호	제작 연도	영화명	장르	감독	프로듀서	각본	캐스팅	크랭크인	크랭크업	제공	배급	제작사	개봉(예정)	비고
9월 개봉	1	2016	살인자의 기억법	범죄/스릴러	원신연	구태진	황조윤, 원신연	설경구, 김남길, 설현	2015-10-30	2016-01-30	쇼박스	쇼박스	쇼박스/W픽처스/그린피쉬/영화사이창	2017-09-06	김영하 동명 소설 원작/2015 영진위 영화현장응급의료지원작
	2	2016	안녕 히어로	다큐멘터리	한영희	홍지유	한영희	김현우, 김정운	2012-11	2016-09		시네마달	연분홍치마	2017-09-07	2017 인디다큐페스티발 국내 신작전 초청작/ 2017 영진위 상반기 저예산영화개봉지원작
	3	2017	저수지 게임	다큐멘터리	최진성	김보람		주진우	2015-12	2017-08	프로젝트 부	스마일이엔티	프로젝트 부	2017-09-07	프로젝트 부(不) 다큐멘터리 3부작 중 두 번째
	4	2017	시인의 사랑	드라마	김양희	이정은	김양희	양익준, 전혜진, 정가람	2016-12-21	2017-01-20	CGV아트하우스	CGV아트하우스	영화사진/미인픽쳐스	2017-09-14	2016 JIFF 전주프로젝트마켓 극영화 피칭 부문 최우수상·관객상 수상/ 2017 토론토국제영화제 디스커버리 부문 초청작
	5	2017	여배우는 오늘도	드라마/코미디	문소리	구정아	문소리	문소리, 성병숙, 윤상화	2013-11	2015-05		메타플레이	영화사 연두	2017-09-14	2017 영진위 상반기 저예산영화개봉지원작
	6	2017	구세주: 리턴즈	코미디	송창용	도위석	안원회, 송창용	최성국, 김성경, 이준혁	2016-10-07	2016-11-30	BoXoo 엔터테인먼트	BoXoo 엔터테인먼트	창컴퍼니/메가커뮤니케이션	2017-09-14	〈구세주〉 시리즈 세 번째 작품
	7	2016	사월의 끝	미스터리/스릴러	김광복	김형준, 이대영	김광복	박지수, 이빛나, 장소연	2015-10-05	2015-10-23		BM컬처스	코라필름	2017-09-14	2017 BiFan 코리안 판타스틱 여우주연상 수상
	8	2017	귀향, 끝나지 않은 이야기	드라마	조정래	홍세나	조정래	박지희, 강하나, 서미지	2016-07	2017-04		커넥트 픽쳐스	제이오 엔터테인먼트	2017-09-14	
	9	2017	아이 캔 스피크	휴먼 코미디	김현석	이하영	유승희	나문희, 이제훈	2017-03-29	2017-06-26	리틀빅픽처스	롯데엔터테인먼트/리틀빅픽처스	영화사 시선/명필름	2017-09-21	2015 영진위 가족영화제작지원작
	10	2016	이웃집 스타 [N]	코미디	김성욱	감성진	조일주	한채영, 진지희	2016-10-18	2016-11-21	레보코리아/스톰픽쳐스코리아	스톰픽쳐스코리아	컬처 캡 코리아	2017-09-21	
	11	2016	분장	드라마	남연우	이왕형	남연우	남연우, 안성민, 홍정호	2016-01-11	2016-01-25		무브먼트MOVement	이야기秀CUT	2017-09-27	2016 서울독립영화제 새로운 선택상 수상/ 2016 서울프라이드영화제 핑크머니상 수상
	12	2017	땐뽀걸즈	다큐멘터리	이승문			이규호, 김현빈, 배은정	2016-07	2017-06		KT&G 상상마당	KBS	2017-09-27	KBS 스페셜 다큐멘터리 극장판
	13	2016	다시 태어나도 우리	다큐멘터리	문창용, 전진	전진		파드마 앙뚜, 우르간 릭젠	2009	2016	엣나인필름	엣나인필름	소나무필름/프로섬	2017-09-27	2017 베를린국제영화제 제너레이션 KPlus 그랑프리 수상/ 2017 모스크바국제다큐멘터리영화제 그랑프리·편집상 수상
10월 개봉	1	2017	남한산성	사극	황동혁	한흥석	황동혁	이병헌, 김윤석, 박해일	2016-11-21	2017-04-25	CJ E&M 영화사업부문	CJ E&M 영화사업부문	싸이런픽쳐스	2017-10-03	김훈 동명 소설 원작
	2	2017	범죄도시	범죄/액션	강윤성	유영채	강윤성	마동석, 윤계상, 조재윤	2017-02-27	2017-07-19	키위미디어그룹/벤티지이앤엠	메가박스㈜플러스엠/키위미디어그룹	홍필름/비에이엔터테인먼트	2017-10-03	
	3	2017	넛잡 2 [N]	애니메이션	캘런 브런커	해리 린든, 김종수, 이영기, 김종한, 밥 발렌	밥 발렌, 캘런 브런커, 스콧 빈들리	윌 아넷, 캐서린 헤이글, 청룡(목소리 출연)	2014-01	2017-06		롯데엔터테인먼트	레드로버/TOONBOX/ 상해홍만과학기술유한공사	2017-10-03	한·캐·중 글로벌 프로젝트
	4	2015	희생부활자	미스터리/스릴러	곽경택	연영식	곽경택	김래원, 김해숙, 성동일	2015-09-30	2015-12-21	쇼박스	쇼박스	영화사 신세계/바른손E&A	2017-10-12	A.K.A. 부활/박하익 소설 「종료되었습니다」 원작
	5	2016	대장 김창수	드라마	이원태	김영호	이원태	조진웅, 송승헌, 정만식	2016-11-07	2017-04-20	키위컴퍼니	씨네그루㈜키다리이엔티/키위컴퍼니	비에이엔터테인먼트/무비스퀘어/원탁	2017-10-19	
	6	2015	가을 우체국	로맨스/드라마	임왕태	유연수	김전한	권보아, 이학주, 오광록	2015-10-23	2015-11-20	에스와이코마드	에스와이코마드	BPM 엔터테인먼트/ 동아방송예술대학교산학협력단/HATCH FILM	2017-10-19	2017 JIFF 코리아 시네마스케이프 부문 초청작
	7	2017	유리정원	미스터리/드라마	신수원	임충근	신수원	문근영, 김태훈, 서태화	2016-05-27	2016-07-24	리틀빅픽처스	리틀빅픽처스	준필름	2017-10-25	2015 영진위 예술영화제작지원작/2017 BIFF 개막작
	8	2017	미스 프레지던트	다큐멘터리	김재환	김재환	김재환	故 박정희, 故 육영수, 박근혜	2016-06	2017-04		인디플러그	단유필름	2017-10-26	2017 JIFF 코리아 시네마스케이프 부문 초청작
	9	2017	그리다 [N]	옴니버스/드라마	장호준, 이인의, 박재영	이동현, 이은주, 박영준	장호준, 이인의, 박재영	서준영, 황상경, 고은민	2015-08	2017-02		인디스토리		2017-10-26	통일부 '평화와 통일 영화 제작지원 시나리오 공모전' 수상작 중 3편을 묶은 옴니버스/미디액트 배급지원작
	10	2017	내 친구 정일우 [N]	다큐멘터리	김동원			故 정일우 신부	2015-04	2017-04		시네마달	푸른영상/제정구기념사업회/한국예수회	2017-10-26	2017 DMZ국제다큐영화제 한국다큐쇼케이스 부문 초청작/ 2017 정동진독립영화제 땡그랑동전상 수상
	11	2017	게이트	코미디	신재호	오필진	신재호	임창정, 정려원, 이경영	2017-04-24	2017-06-16	제이앤씨미디어그룹		삼삼공구브라더스/제이앤씨미디어그룹	2017-10	
개봉 준비	1	2017	부라더	코미디	장유정	이재민	장유정	마동석, 이동휘, 이하늬	2017-01-06	2017-03-05	형제문화산업전문(유)	메가박스㈜플러스엠	홍필름/수필름	2017-11-02	뮤지컬 〈형제는 용감했다〉 원작
	2	2017	올드마린보이 [N]	다큐멘터리	진모영	진모영		박명호, 김순희, 박철준	2013-11	2017-08		CGV아트하우스	영화사 님아	2017-11-02	2017 DMZ국제다큐영화제 개막작
	3	2017	메소드 [N]	드라마	방은진	김성은	방은진, 민예지	박성웅, 윤승아, 오승훈	2017-06-04	2017-06-26	엣나인필름	엣나인필름	모베터필름	2017-11-02	2017 BIFF 한국영화의 오늘-파노라마 부문 초청작
	4	2017	내게 남은 사랑을	휴먼드라마	진광교	나용국	진광교, 이성경	성지루, 전미선, 권소현	2017-05-13	2017-06-15	와호엔터테인먼트/CBS	BM컬처스	와호엔터테인먼트/CBS	2017-11-02	
	5	2016	미옥	누아르	이안규	김미화	이안규	김혜수, 이선균	2016-01-28	2016-04-28	씨네그루㈜키다리이엔티	씨네그루㈜키다리이엔티	영화사 소중한	2017-11-09	A.K.A. 소중한 여인
	6	2017	채비	휴먼드라마	조영준	허정욱	조영준	고두심, 김성균	2017-04-10	2017-06-07	오퍼스픽쳐스	오퍼스픽쳐스	26컴퍼니	2017-11-09	
	7	2016	모범생	스릴러	노홍식, 이영진	노홍식, 권중목	노홍식	김효진, 강하린, 최라윤	2015-10-16	2015-11-15		씨엠닉스	파란프로덕션/씨엠닉스	2017-11-17	
	8	2017	반드시 잡는다	스릴러	김홍선	황상길	박원진, 유갑열, 이찬영	백윤식, 성동일, 천호진	2016-10-24	2017-01-20	NEW	NEW	AD406	2017-11	A.K.A. 아리동/제피가루 웹툰 「아리동 라스트 카우보이」 원작
	9	2017	꾼	범죄	장창원	성창연	장창원	현빈, 유지태	2016-10-01	2017-01-20	쇼박스	쇼박스	영화사 두둥	2017-11	
	10	2017	침묵	드라마	정지우	박준	정지우	최민식, 박신혜, 류준열	2016-10-17	2017-02-07	CJ E&M 영화사업부문	CJ E&M 영화사업부문	용필름	2017-11	A.K.A. 침묵의 목격자/중국영화 〈침묵의 목격자〉 리메이크작
	11	2017	기억의 밤	미스터리/스릴러	장항준	박준식	장항준	강하늘, 김무열, 문성근	2017-03-11	2017-06-08	키위컴퍼니/메가박스㈜플러스엠	메가박스㈜플러스엠/키위컴퍼니	비에이엔터테인먼트/미디어메이커	2017-11	
	12	2015	역모-반란의 시대 [N]	사극/액션	김홍선	양선모	김홍선, 권순규, 김황성	정해인, 김지훈, 조재윤	2015-07-27	2015-08-30	스톰픽쳐스코리아	스톰픽쳐스코리아	PICSSO/원픽쳐스	2017-11	
	13	2016	로마서 8:37 [N]	드라마	신연식	김지형	신연식	이현호, 서동갑	2016-11-09	2016-12-28	루스이소니도스	루스이소니도스	루스이소니도스	2017-11	2017 BIFF 한국영화의 오늘-파노라마 부문 초청작
	14	2016	클레어의 카메라	드라마	홍상수	홍상수	홍상수	이자벨 위페르, 김민희, 장미희	2016-05-12	2016-05-20	영화제작전원사	영화제작전원사/콘텐츠판다	영화제작전원사	2017	2017 칸영화제 스페셜 스크리닝 부문 초청작
	15	2016	아들에게 가는 길	가족/드라마	최위안	김서곤	최위안	김은주, 서성광, 이로운	2016-02-15	2016-03-02		에스와이코마드	리얼곤시네마	2017	2016 장애인영화제 관객심사단상·우수상 수상
	16	2014	천당의 밤과 안개	다큐멘터리	정성일	박영언, 함규리		왕빙	2009-12-01	2014-02-25			영화사 키노	2017	2015 BIFF 뉴커런츠 부문 초청작/ 2016 로테르담국제영화제 딥 포커스 부문 초청작
	17	2015	사랑후애	멜로/로맨스	어일선	강완경	어일선	박시후, 윤은혜	2014-11-09	2015-02-01		씨타마운틴픽쳐스	리엔엔터테인먼트	2017	한·중 공동제작 프로젝트
	18	2016	슈팅걸스	스포츠 드라마	배효민	리주영, 이준호	배효민	정웅인, 김보경, 정우림	2015-01-08	2016-01-26	슈팅걸스 유한회사/ 새바엔터테인먼트/아이언스튜디오		새바엔터테인먼트/아이언스튜디오	2017	삼례여중 축구부와 故 김수철 감독 실화/ 2017 BiFan 패밀리존 부문 초청작
	19	2016	유타 가는 길	드라마	김정중	송지연, 이승복, 신인기	김정중	이진욱, 류혜영	2014-02	2016-01			바다엔터테인먼트	2017	2016 BIFF 한국영화의 오늘-파노라마 부문 초청작
	20	2016	누에치던 방	드라마	이완민	윤나경	이완민	이상희, 홍승이, 김새벽	2016-01-07	2016-02-06	키스톤 필름/윈드웰러스 필름/ 영화사 잠	서울독립영화제/ 무브먼트MOVement	윈드웰러스 필름/영화사 잠	2018-01	2017 인디포럼 인디포커스 부문 초청작/ 2017 영진위 상반기 저예산영화개봉지원작
	21	2016	엄마의 공책	가족/드라마	김성호	이은경	김민숙	이주실, 이종혁, 김성은	2016-10-25	2016-11-16			영화사조아/인디라인	2018-상반기	2017 BIFF 한국영화의 오늘-파노라마 부문 초청작
후반	1	2017	검객	사극/액션	최재훈	박아형	최재훈	장혁, 정만식, 조 타슬림	2017-06-15	2017-09-14	오퍼스픽쳐스		오퍼스픽쳐스	2018	

시나리오

1판 1쇄 인쇄 2017년 11월 15일
1판 1쇄 발행 2017년 11월 20일

발행인 문상훈

편집주간 송길한
편집고문 최석규
편 집 장 최종현

자문위원 지상학, 신정숙, 이영재
편집위원 강철수, 이환경, 정대성, 한유림, 이미정

홍보마케팅 본부장 강영우
홍보마케팅 팀장 최종인

취재팀장 이승환
취재기자 김효민, 함동국

편집부 한위서, 전수영
교 정 박소영

표지디자인 정인화
본문디자인 김민정

인쇄처 가연출판사 (서울시 마포구 월드컵북로 4길 77, 3층 (동교동, ANT빌딩))
전 화 02-858-2217 | 팩 스 02-858-2219

펴낸곳 (사) 한국시나리오작가협회
주 소 서울시 중구 필동 3가 28-1 캐피탈빌딩 202호
전 화 02-2275-0566 | 홈페이지 www.moviegle.com

구입 문의 02-858-2217
내용 문의 02-2275-0566